一只在树上生存的鸭子

谭祖胜◎著

知识产权出版社
全国百佳图书出版单位

图书在版编目（CIP）数据

一只在树上生存的鸭子 / 谭祖胜著. —北京:知识产权出版社,2017.8
ISBN 978-7-5130-4941-2

Ⅰ. ①一… Ⅱ. ①谭… Ⅲ. ①长篇小说－中国－当代 Ⅳ. ①I247.5

中国版本图书馆CIP数据核字(2017)第127028号

责任编辑： 卢媛媛　　**责任出版：** 刘译文

一只在树上生存的鸭子

YIZHI ZAI SHUSHANG SHENGCUN DE YAZI

谭祖胜　著

出版发行：	知识产权出版社有限责任公司	**网　　址：**	http://www.ipph.cn http://www.laichushu.com
电　　话：	010－82004826		
社　　址：	北京市海淀区气象路50号院	**邮　　编：**	100081
责编电话：	010－82000860转8597	**责编邮箱：**	31964590@qq.com
发行电话：	010－82000860转8101	**发行传真：**	010－82000893
印　　刷：	三河市国英印务有限公司	**经　　销：**	各大网上书店、新华书店及相关专业书店
开　　本：	720mm×1000mm　1/16	**印　　张：**	21
版　　次：	2017年8月第1版	**印　　次：**	2017年8月第1次印刷
字　　数：	330千字	**定　　价：**	42.00元

ISBN 978－7－5130－4941－2

我将此书送给我的女儿

作为她十八岁的成人礼物

自　序

单纯的执着

职场充满了期待、希望和喜悦，也夹杂着震惊、失望与痛苦。职场中人，林林总总，或匆匆、或从容，有规划和谋略，也有尔虞我诈的阴谋。职场小说琳琅满目，不乏优秀的作品，而我的这本书，只是想通过朴素的文字去描述一种单纯的执着，使人充满信心——只要单纯地去努力奋斗，就能造就自我职业生涯的辉煌。

我将本书送给我心爱的女儿，作为她18岁的成人礼物。我想告诉她，所有的努力一定有收获。这不是大话，更不是美丽的谎言，而是经过几年、几十年的沉淀必定能得到的成果；我想告诉她，人生中有坎坷、有曲折、有背叛、有被算计、有被排挤……但绝大部分仍然是携手共进、共克时艰、共享辉煌，以及一种对人生和职业的执着追求。

成功就源于简单的坚持。

借此，我要感谢我的父母，不仅是因为他们生我、养我、培育我，更是因为他们单纯的执着、努力克服人生和时代的困难的那种坚韧不拔，在我的成长历程中潜移默化地影响了我。即使到了暮年，他们的勤劳、坚守和时不时想出的新点子，仍然是我前行和上进的动力。

我要感谢我的岳父母，在我初入职场，初为人父时，没有他们的帮助，我可能真的应付不过来。是他们的关爱，使我在职业生涯中，能够有精力去拼搏，为自己的发展打下基础。

我要感谢我的妻子，她默默的奉献是我取得这些小成绩必不可少的踏实后盾。也要感谢她，容忍我这个蹩脚的写手窝在家里的沙发上用笔记本电脑码字，而把家务都留给了她一个人；容忍我在公园的长椅上流着鼻涕用手机写呀写，而把她一个人丢在寒风中独自领悟那些树叶飘落如何成就春的山花烂漫。

我当然还要感谢我的女儿啦！她让我感觉到生活是如此的美好，她总是让我感到无比骄傲。

对我的朋友和同事们的感谢就不说了，要不也没法写这本书。

人生短暂，时间总是不够用。我们有许多可以去做的事，但真正去做了的只是几万分之一。我是一个工科男、一个工程师，但当我想去写作的时候，我用我执着的本性，就真的去写了。当然，这主要是我对女儿的爱在热烈地鼓舞着我，我想把我对单纯、执着的领悟，在她刚步入成人阶段的时刻，以一种明显的方式传递给她。

“凡事预则立”，这一出自《礼记·中庸》的励志名言已经传承了2200多年，但很大一部分人却真的是到了用时方才领悟“书到用时方恨少”的真谛。更有那些不幸者，甚至切身实践了“少壮不努力，老大徒伤悲”！

所以，我想让我的女儿在即将到来的高考前，和即将开启的大学生活之初，能够有一个朦胧的人生规划。有打算，就可以有的放矢地去准备。当然，女儿自己的生活才刚刚开始，她拥有充分的、宝贵的时间财富。有准备的行动，提前掌握好该学的知识，提前付诸实践，往往能够更早于别人达到一个新的高度。站在新的高度上，开阔的视野会让她有更宽广、更高远的志向和规划。这不正是一个单纯的逐梦旅程吗?

机遇是可遇而不可求的，机遇只会给有准备的人。当机遇来临时，你没有准备好，它就会无情地与你擦肩而过。一次机遇的错失，也许就是永远失去。如果人生多把握住几次机遇，那她的职业生涯，甚至是自己和家人的生活，都将会发生极大的改变。

人生的选择本来就是复杂的课题，并不是自己的选择和所从事的工作就一定是最适合自己的，有人甚至穷其一生，也并不一定知道自己究竟适合做什么。就像一只鸭子，如果它必须活在树上，与其去抱怨什么赶鸭子上树，浑浑噩噩地过活，还不如学会去改变，努力去适应。改变自己，适应存在的环境，让自己活下去，活得更好。

励志的故事是我们的明镜，但只有自己去实践了，才不至于是镜中花。我的实践，也只能是女儿的故事，希望她能够领悟这份执着的含义，踏上自己充满阳光的前程。

当然，我也不是个吝啬的人，如果此书能够为他人所拥有，希望拥有它的人不要太介意这笨拙的文笔，只好好去体会这平淡辞藻背后的意义吧！我把这当作对我莫大的鼓舞。

最后，我要感谢让本书得以出版发行、广为流传的所有单位和个人，更要感谢耐心去读它和领悟它的读者。

作者

2015年1月18日

目　录 | CONTENTS

第一章　抱上枝头 __ 001

第二章　泪珠儿 __ 007

第三章　迷茫 __ 013

第四章　一种孤独的感觉 __ 022

第五章　当婚 __ 029

第六章　迈向新阶段 __ 034

第七章　乘叶飞 __ 039

第八章　关心 __ 047

第九章　成功之母 __ 053

第十章　于细于易 __ 059

第十一章　磕绊总是少不了的 __ 064

第十二章　规矩 __ 071

第十三章　能负多大责任 __ 078

第十四章　利其器 __ 086

第十五章　帮 __ 097

第十六章　就你能耐 __ 107

第十七章　怎么又气着他了 __ 117

第十八章　飘摇 __ 126

第十九章　对水的向往 __ 138

第二十章　风吹散 __ 146

第二十一章　越 __ 159

第二十二章　抬举 __ 173

第二十三章　站高一点，风景不一样 __ 183

第二十四章　随树一起长高 __ 198

第二十五章　再展一下翅膀 __ 215

第二十六章　一纸的官儿 __ 229

第二十七章　跌落 __ 241

第二十八章　做好“头鸭” __ 251

第二十九章　该踢的时候还得踢 __ 267

第三十章　知之 __ 273

第三十一章　老鸭有言 __ 282

第三十二章　树形 __ 290

第三十三章　再造 __ 305

第三十四章　青枝之上 __ 317

后　记 __ 328

第一章　抱上枝头

“小宁啊，根据你的介绍，你毕业答辩刚结束，毕业证书和学位证书也还没有颁发下来，这还算不上正式毕业啊！不过没关系，你入职的手续，我会安排人事部门帮你办理的，你抓紧时间把学校的事情办完了就来上班吧！”

我到公司报到的第一天，接见我的是一位50岁开外的领导，中等个子，身板结实硬朗，一点儿也没有这个年龄的人常见的胖和大肚腩，头发整齐地向后梳起，更显得印堂发亮，容光焕发，颇有领导风范。

虽然当了几年的学生干部，有过几年大学和研究生学业生涯，自认为也算是见过些世面，但初入社会，面对自己职业生涯的第一位领导，既兴奋又紧张，抑或还有一些怯场，竟忘了问领导贵姓——也可能是领导自我介绍了，但我糊里糊涂，根本都没记在心上。不过，我总算是把准备好的自我介绍向领导背诵完了。哦，不对，是报告完了。听口吻，他应该是个大领导。听了和蔼的领导如此关怀的话语，一只脚刚刚踏进社会的我，只能用“受宠若惊”来形容我的心情了。

五月的却月市，中午天气已经有些湿热。我走在集团公司的林荫大道上，听不到鸟叫，偶尔会有几声蝉鸣。这丝毫不会影响我愉悦的心情。高大的梧桐树，让这里的温度比其他正遭受暴晒的地方低了好几度。抬头看看湛蓝的天，几朵轮廓分明的白云慢悠悠地浮着，好像并不急着要赶往某个方向；放眼路的两边，嫩绿的树冠下，修剪整齐、高低有致的各色花卉正次第开放，看架势永远也开不完；在我的周围，刚下班的人们来来往往，或匆匆、或悠然，洋溢着朝气和喜悦。看来这是一个很讨人喜欢的企业嘛！我禁不住对前途又多了一些遐想。

7年前，我考入了却月市一所国家重点大学，主修机械专业。却月市是省会城市，我的第一感觉（幼稚的原始感觉）——好大的城市啊！我的眼界一下子开阔起来。我的大学生涯，还处在统招统分的高校教育年代，也就是说，只要上了大学，好歹工作是不用愁了。

然而，三年前，受某些事件的影响，以天之骄子自居的大学生一下子就变得不那么招人待见，分配的去向大不如前，一些专业的毕业生就业还比较困难。好在我平时成绩一直都好，当然是可以分配到好的工作单位的，并且按学校的规定，还可以由着我挑选呢！所以，我也并不着急，一心读好书，完成好毕业设计，好迎接即将开始的职业生涯。

眼看大四上学期就结束了，根据国家教育部通知规定，本届应届毕业生除具备推荐条件的可以攻读硕士研究生外，其余均不得参加即将举行的全国研究生入学考试。因家境困难，我本打算直接参加工作挣钱的，就没有准备报考研究生，但由于平时成绩尚好，这一政策的变更，我就被直接推荐上了研究生。唉！这“舍我其谁”怎么在我面前就变得不那么豪迈了呢？如果不上，就得占用分配名额，对不住那些同样是寒窗苦读的同学们呀！在学院领导和老师的一再劝导下，我只好选择放弃毕业分配，留下来继续攻读硕士研究生了。

今年又恰逢举国上下大力推进社会主义市场经济建设的第一年，工科毕业生哪怕拥有硕士文凭，在统招统分的年代就业依然艰难。临近毕业的我，不仅幸运地分配到该集团公司新创立的一家中外合资企业，谋得了宝贵的工作机会，还有幸投在了如此亲民的领导旗下。这对一个初涉社会的年轻人来说，真是莫大的鼓舞。

想起在大学期间，偶尔我也会与同学们凑在一起用两副扑克打几圈双升，每每我所在的一组攒够八十分时，我都会狂喊：“户口解决了！”终于有一天，牌友们受不了我的癫狂，发起了抗议，“嘿，哥们儿，你这啥意思啊！老在这么喊啊喊的，受啥刺激啦？”我却只是“呵呵”傻笑。当然，在他们忍耐的极限到达前——大概问了有四五次吧——还是告诉了大家伙儿，“唉！不瞒兄弟们说啊，我活了十八年，寒窗苦读十一年考上了大学，总算从农业户口转为非农业户口了，我的老爸老妈可真不容易啊！可不，我也不容易嘛！我这么喊一喊呐，其实是在提醒我自己，要适可而止，别玩物丧志！咱兄弟们偶尔玩玩可以，人终归还是要有个娱乐不是？要不然也没劲，但千万别沉迷进去，把自己玩丢了！”我顿了顿，眼珠子滴溜溜扫了一圈儿，“呵呵！大道理，呵呵！不好意思，呃！接着玩，接着玩……”

这一晃，跳出“农”门，寒来暑往，不觉光阴又飘过了七年的苦读寒窗。今天更不一样了，我有了一份工作，一个月后就有了工资，我马上就可以自食其力了，我还可以给我父母钱还我上学时欠下的一屁股的债，我……

我不觉鼻子一酸，赶紧快步走到路边，假装痴痴地欣赏花丛，极力抑制住低沉的呜咽。

是的，心酸，但更是喜极而泣……

正式上班的第一天，我被公司分配到了技术研发部，成了一名产品研发设计技术员。这是一家制造特种交通装备的中外合资高新技术企业，研发的产品最近获得了国家科技进步一等奖，填补了国家该行业的空白。能在这样的公司上班，并能在技术研发部门供职，一种自豪感油然而生。

“我叫宁致远，老师请抽烟，老师请多关照！”由技术研发部的郑经理带着我去办公室，我一进办公室，也没等经理介绍，就大着胆子、满脸春光地——当然，现在想起来，应该是傻乎乎地——向各位未来的同事们介绍自己，并且不论前辈还是兄长，哪怕估摸着是同龄人，抑或是比我还小的人，一律谦卑地尊称为“老师”。

这还是毕业前同学们帮助我树立的“思想”，并且花了两包“画苑”拜师学艺，基本学会了抽烟，并掌握了一点点看起来像是成熟烟民的抽烟技巧。“不会抽烟，怎么在同事圈子里混呀！”说实在的，在毕业前，很多同学都显得比我成熟得多。

可今天倒好，我所在的办公室，除我之外就三个人，好像每个人都是那句话：“不抽烟，都是同事了，别客气！”我一时显得不知所措，是嫌弃还是客气？还是烟的档次不够啊？这可是“阿诗玛”呀！带领我到办公室的郑经理不禁哈哈大笑起来，“小宁真的别客气，是不是有人告诉你与人交往要以烟打头阵啊？我们真的不抽烟的，还真不是为难你。”

我感动得眼泪都快下来了，初入职场的忐忑，差不多一扫而光。“是同事了！”我不觉兴奋地在心中大喊了一声。确实，自打学会抽烟，在以后工作的几十年中，除了偶尔应酬抽支香烟外，我基本上都没怎么抽过。

郑经理发给我一套行业规范，一个日记本（我的第一本工作日志，至今工作日记本编号已经快到五十了），一支三色圆珠笔，一个文具盒（那种铁皮的，中间有一个夹层，外面是绚丽的卡通画，至今仍然在办公室文件柜里，不过已经有些锈迹斑驳了）。他指了指空着的那张办公桌，这就是我的新天地，我的职业生涯开始的地方。

“我们根据产品的特点，结合行业惯例，暂时把部门划分为总体、机械和自动化三个专业，你学的是机械，那就分到了机械专业。目前，你是该专业的新员工。”经理简单地做了介绍，并把我指定给一位年纪五十岁左右的老同事，“这是陶老师，今后他指导你熟悉工作。”

我称呼了一声“陶老师好”，并向陶老师鞠了一躬。陶老师笑着用右手在我的左上臂使劲地拍打了两下，算是收了我这个徒弟。

“陶老师可是这一行的专家，有的是学问和实践经验，就看你学不学得到了。”郑经理双手抱在胸前，郑重其事地看着我说道。

我立即宣誓：“我一定虚心请教，认真学习，刻苦工作！”呵呵，当时一定书生气十足。

这位陶老师一直在公司工作到七十多岁，不仅教给了我工作方法，更引领我不断成熟和进步，不仅是工作，更包括生活。“一日为师，终身为父”，多年后，我成为他的上司，但我一直尊他为老师，并且在我遇到解决不了的难题时，我仍然会去请教他。他渊博的知识一直是我取之不尽的宝库。在他退休以后，我还经常去看望他，甚至比看望我的亲生父母的次数还要多。

从陶老师那里我才知道，第一天接待我的是公司的黎副董事长兼总经理，董事长是外资方代表。我又是一阵感动，但更多的是压力。我想，我一个刚刚踏出校门的毕业生，虽然当时硕士研究生比例很小，还很“值钱”，但也不至于劳烦总经理，也是副董事长——亲自接见啊！董事长远在国外，那黎董事长就是我们的一号人物了。看来，公司对我还是寄予了很大希望的。

“既然是这样，那就更要好好搞啊！千万不能辜负了领导的期望！”陶老师嘱咐道。

我毕业于本市的一所重点大学，本科攻读的机械专业，硕士攻读还是机械专业，课题研究方向是机械CAD与专家系统，主攻软件工程。作为部级重点实验室，我的毕业课题已经采用了时下昂贵的“386”电脑，进行可编程机械CAD图形自动生成和专家系统软件开发。然而，即使是对中外合资的高新技术企业来说，在“386”电脑时代，甚至在过渡到“486”的年代，办公设施计算机化也是一项高昂的投资。这不，正式上班的第二天，我就在陶老师的带领下，去领取了一张0号绘图板、一把丁字尺、一套带量角器的三角板、一套组合绘图工具和一套组合描图笔，开始了设计和绘图工作。

陶老师简单地给我进行了入职教育。由于公司创立不久，进行的又是国家新产品开发，没有成熟的技术和经验可循，公司既没办法组织系统的入职培训，也没有既定的开发设计流程和方法可遵守，一切全靠自己利用所学的专业知识，结合规范的规定，收集可以想到的技术资料，去想办法开发设计满足市场和顾客要求的新产品。

虽然我大学本科学习的是机械专业，但毕竟只是机械行业广阔领域的基础和皮毛，研究生阶段的主攻方向与目前面对的工作似乎完全风马牛不相及。

热情和水平在现实面前第一次如此生动地碰撞，却没有激起一星火花，心情不免十分沮丧。

“这有什么呀！”陶老师看到我黯然的神情，打气道，“既然入了这一行，就要打拼嘛！这就像赶鸭子上树，办不到也得办到。现实就是这样的，万事都得有人开头嘛！如果鸭子必须上树，那就千方百计创造条件也得上，否则企业失去生存和发展的机会，你也如此，就是这样！”

老师说得很有激情，甚至挥动的手都像在发抖，“我知道，虽然你本科学的是机械专业，但三年研究生学习和课题研究主要是搞软件开发，这一上来就搞新项目，对你来说，确实有些勉为其难啦！是的，你也是一只鸭子啊！不过你放心，既然领导把你交给了我，我抱着也要把你放上去。但要想不掉下来，甚至要飞得更高，还得看你自己的修为，明白吗?”

我也受到了感染，因为对未来的困难还没有足够的认识，所以立刻又觉得这份工作很豪迈、很高端，觉得自己很重要，一时竟不免有些飘飘然。

根据陶老师的安排，我还得先看看项目研发设计任务书，结合发给我的那本《规范》，好好温习一下我本科和研究生学习阶段的专业课知识，有一个比较系统的认识。然后，陶老师会带领我去相关科研院所调研取经。

真是“书到用时方恨少”！拿着任务书，对比我当年高分毕业的课程，别说哪条要求对应课本哪些章节，就连书本上的知识，有的都已成过眼云烟，有的也只能算是似曾相识。好在我还是那个勤奋的学生，接受能力依然很强，毕竟是学过的东西，何况大学老师教给我们的还有认识和解决问题的基本方法呢！所以，基本知识很快就回来了。特别是在陶老师的指导下，对着任务书，以前的课本内容一下子变得那么生动，我也更能体会到课本原本就有的现实意义。

第二章　泪珠儿

没有任何征兆，在上班的第一个星期快要结束的时候，对我寄予了重大希望的黎董事长就交给我了一份纯英文的合同，密密麻麻三十多页。

“小宁啊，你是我们的高才生，这份合同你抓紧时间翻译一下，最迟下个星期一上午下班前交给我。我星期一下午的飞机，要出国去谈项目。呵呵，岁月不饶人啊！年纪大了，大量的英文看起来还是有些吃力呀！”黎董事长拍了拍我的肩膀，“不过你也别有太大压力。我知道，你的专业技术都还在学习阶段，对合同的理解肯定有难度，况且合同本身也是一门学问。有一些专有名词翻译不对不要紧，我能明白，能够纠正得过来。”

我拿着那一本合同，越听越觉得它沉甸甸的。

星期一中午前就要完成，那就是说只有一天半的时间（那时只有星期天休息），就算不睡觉也就只有四十个小时！我这四级的英语水平可能够呛。听黎董事长这语气，英文也是看得懂的。如果翻译得太差，这刚上班就被领导称出斤两来，以后就没法混了啊！

“黎董事长您放心，您对我的希望就是鼓励，我一定完成任务，不会让您失望的！”在领导面前怎么能不试一试就打退堂鼓呢？赶鸭子上树，就是掉下来摔死了，也要死得壮烈！

要知道，这还是Windows3.1的年代，在中国，好像什么“www”“.com”都还没听说过，因此，翻译只能靠翻手头的那本《牛津现代高级英语双解辞典》了。我熬红了眼睛，用了一百多页信签纸，总算在规定的时间之前，把作业交给了黎董事长。

黎董事长出国回来后，专门把我叫到他办公室表扬了我。“你的英语水平比我预料的好得多啊！除了像‘不可抗力’这些个专有名词外，基本上都还不错。当然，这个词，估计是你连中文都没听说过吧！”说完，黎董事长给了我一本中文合同范本，“你抽时间看看这个，学习一下，没准你以后还用得着。”

我如释重负，也很欣慰。原来，完成工作并不像心中担心的那么难。只要有底子，认真对待，就能做好。这一次成功，为后来几年的翻译工作打开了门路。除了我承担的技术工作外，只要有需要，无论是合同还是技术规格书，甚至是设备资料，翻译工作基本上都少不了我，这就好像成了我分内的事。

不过，硬功夫是逼出来的，机会也是由逼出来的硬功夫所创造的。所以，只要有需要，出国的机会也就少不了我。曾经我护照上的戳一度比总经理的还多，别人嫉妒也没辙啊！这一点，我在十几年以后才悟出来。

合同签回来了，技术规格要求也更具体了，陶老师摩拳擦掌，精神抖擞。“小宁，你先把这几样设备的技术要求分别草拟成传真（当时还没有电子邮件），发给不同的生产厂商，索取技术资料。哦，对了！一样设备尽量发给两到三家厂商，便于比较。”陶老师一边准备和整理着什么，一边头也不抬地对我说。当然，他知道我肯定在认真听，并且在快速地做着记录。

“厂家名称、联系人和传真号码这些东西，你别问我，我暂时也不知道。这几样设备都是董事长推荐的国外产品，我们国内暂时还没有，你自己去采购部问吧！对了，他们暂时也不知道，他们还等我们呢，你还是去经营部问问吧！如果他们也不清楚，让他们去问我们在国外的董事长，然后告诉你。”陶老师说得可真仔细。

也是，我参加工作还没多久，对一个单位各部门的职责还没摸清楚，陶老师不说清楚，我还真的会跑错码头。

我快速地在经理发给我的工作日记本上记着——也可以说是画着。我可不会

“速记”那个高端的技术，所以要快速记录，就只保留主语和宾语，主语同前的，就干脆只要宾语，陶老师改变主意了，我就划掉旧的，逻辑关系嘛。潦草的箭头是再好不过的了，哪里有重点，就画个手指头指着它。

“好记性不如烂笔头”，我在上学时就养成了记笔记的好习惯。进度讲得慢的，我可以原话记录，字迹还挺讲究；进度快的，就主谓宾、主宾，甚至宾。逻辑关系是笔记的主要功能，我一般在快速记录时就采用箭头，有时一个词几个箭头指向好几个地方，有时好几个词指向一处，甚至用一根线条曲里拐弯地把箭头送到地方。无论如何，我的目的总能达到。

经理发给我的第一个日记本，我就庄重地写上了“工作日志（1）”。几十年下来，我的工作日志编号估计在年末或者明年初就能排到五十了！记工作日志，除了流水账，主要包括问题及处理方法草稿，有时候还是现场的草稿纸或传真件的剪贴等。这些工作日志，不仅积累了我的岁月，甚至我的经验教训，我发表的几十篇学术论文的题材和数据都来源于此。以设计为主要工作的人，没有这种积累，职称就难评上去。这不，十几年下来，我都是“正高”职称了。一些与我同龄甚至比我年龄还大些的同事，还在中级职称上坐着呢！

两天内，经营部的同事们陆续把我要的信息转给了我，我也陆陆续续地把传真发了出去。

最要命的，还是那些在国内没有代理商的厂家，还得编写英文传真，这对我这个半瓢水的英语水平又是一番考验，少不得又自费买了一本《英语应用文书写大全》——还是偷偷地，免得被人家看扁了。还能有什么其他办法呢？鸭子都放到树上了，要想不掉下来，那就得勤快些，多扑扇扑扇自己的翅膀，苦练飞的本领；否则，不是饿死就是掉下来摔死。

在等传真回复的时候，陶老师拿着准备好的一大堆东西对我说：“出发吧！小伙子，我们到西天取经去。”这就是老师，安排好我的工作后，自己把工作计划都草拟好了。除了一些盖着公司公章的介绍信，还列出来一大摞问题清单。有些还写了一些红的、黑的和乱七八糟的方案，有些是疑问句，还有的干脆就是问号或感叹号。

还有几本书，我发现不是折了页就是塞着一张纸。好嘛，在我吭哧吭哧搞定那几份传真的当儿，陶老师就翻过了几座山还拐过了几道弯。唉，看来我还有得混呢！

按照陶老师的计划安排，我们扛着行头（当然，大部分都是我扛着啦），先在本市几家单位，然后东到上海、南下广州。历时半月余，我肩上的东西越来越多，心里越来越踏实，陶老师的脸上笑容也越来越灿烂，直到嘴都快合不拢了，我们才打道回府。

我感觉到了社会的力量，也感受到了人脉的价值。“我找的都是在同行业里的同学、同学的同学、朋友、朋友的朋友。看看吧！要不是他们，谁会把‘经书’给你？你以为他们是如来和观音啊！甚至你拿钱都不晓得到哪里去、找谁买。没有交流，你都不知道自己到底想要什么！”陶老师兴奋地说，“所以小宁啊！你平时可不要太懒，抽空多与同学联系，别断了线，关系也是要经营的。这你也许明白，也许不明白，如果我说了你也不明白，那你就自己慢慢弄明白吧！”

这一连串拗口的“明白”哲理，还真把我绕得有点儿晕了。不过我肯定弄清楚了一点，那就是别把同学们忘了，多联络，有相互用得着的时候。我不住地点头，“好的！陶老师，我记住了！”

在陶老师的带领和指导下，我们开始了紧张的研发和设计工作。其中有许多时候我们还要与另外的专业组人员协调，有时候是他们在找我们商量。毕竟是一个课题组的，几个专业不能各自为政，否则就会因相互矛盾而调整方案，甚至前功尽弃，重新来过。有时候是郑经理，有时候是总工程师颜总工，召集各专业组长甚至全体课题组人员开协调会、方案评审会或阶段成果汇报会。

总之，忙！但同事们的工作热情都很高。

在我入职后不久，又有三个本科应届毕业生陆续加入进来，三个臭小子当然都比我小啦！从大到小依次为贝鸿涛、司空星汉和江明杰。我们这一忙，工作干劲倒是挺大的，成长得很快，也很有成就感，但只有一样令我们都很苦恼，那就是没时间谈恋爱了。这可乐坏了那位大我两三岁的老同事龚骏远。这个幸灾乐祸的家伙，因为他在忙碌之前刚刚结婚了。我们这五个年轻人，在以后相当长的时期内，都被客户称作“五虎”。当然，我们肯定是谦虚地自称“五鼠”啦！

这个项目的投产，是公司真正意义上投放市场的第一个产品。研发设计大会战持续了近两个月，好像就休息过两天，每天还要工作将近十二个小时，总算是拿下来了。

在图纸提交的前一天晚上，都快十点了，我负责的图纸中有一张各专业机械设备的综合布置图，其中一件自动化控制设备还要调整安装位置。这件控制设备的布置位置已经调整四次了。这种调整就是用单面刀片将其从透明描图纸上刮掉，然后在另外合适的位置再画上去。同一个位置如果被改动了几次，描图纸就有可能会被刮穿，能够被改动的次数完全决定于刮图人的手艺，有的人一次都可能刮破。在公司有条件进行CAD制图前，我一直保留着五次的最高刮改记录，当然这是以后，而不是今天。

今天我刮改的地方其实才刮过第二次，但由于此处原来的控制设备被刮掉后，是要与另一处布置的控制设备进行交换。也就是说，在此处还要画上另一件设备。毕竟是我职业生涯中的第一个设计，我想让图纸看起来更干净一些，所以我小心翼翼地尽量把原来的痕迹刮干净。也就是这个努力，因为当时并不娴熟的刮图技术，把图纸刮掉了一块，这还怎么画得上设备啊！重描一张至少得两天时间，明天拿什么交差？又气又急，我的眼泪就滚了下来。

老同事们一看，大小伙子流眼泪，看来情况确实严重了。这个设备是我们韦副经理的，他嘴巴“啧啧”着，赶紧跑过来救场。姜还是老的辣，经验这东西就得服。韦经理就像裁缝一样，比画着又裁又剪的，硬是给补上了。

研发设计工作大功告成，上下欢呼！庆功宴会上，好几个同事都激动得流下眼泪来。这是我入职后公司完成的第一件产品研发和设计，虽然还要经历艰苦的制造阶段，但这一阶段的成功就像一剂兴奋剂，使公司上下信心和干劲倍增。对我来说，这是职业生涯的第一次成功（虽然最后关头闹了个小插曲，害得我被同事们笑话了好几年），对我的鼓舞是莫大的，它使我对以后的工作充满了信心。

这一阶段的工作，使我的思想也成熟了很多。它让我认识到陶老师一开始对我说的是正确的，那就是没有什么是绝对办不到的。

我生来并不知道我的未来要做什么，我大学志愿所报的专业和实际录取的专业也不一样，那又怎么样？我其实也并不知道我到底更适合哪个专业，没有任何择业经验，也没有人帮我进行系统性的评价并指导我选择更适合我的职业，那又怎么样？我同样也并不知道从事什么性质的职业更容易让我取得成功……

我们每一个人，或者很大一部分人，可能都走进了不适合自己的环境：猴子可能面临着要学会游泳，鸭子将不得不学会上树并在树上生存……况且，又有谁是一开始就知道或精通某一行的呢？没准儿你连自己是不是一只鸭子都还没搞清楚，就已经在扑扇着翅膀借着笨拙的爪子在往树上爬呢！毕竟在你面前只有那棵树，只有在那棵树上你才能谋得生计，才有未来。

这一阶段的经历——虽然它在我的职业生涯中只是很短暂的一段时光，但却使我认识到，正如敬爱的陶老师教导我的，只要努力，全力以赴，就能为自己创造生存和发展的环境。这个宝贵的领悟，在当时虽然很朦胧，基本上还停留在口号上，但我毕竟实实在在地领悟到了，它在我以后的人生和职业生涯中起到了决定性作用。

第三章　迷茫

在我毕业前夕，校研究生院的党委书记亲自找我谈心，作为思想教导，也作为毕业赠言，因为我不仅仅是一名学生干部，也已经是一名中共预备党员了。

“宁致远，作为你的书记，我最后再给你三个忠告，不能叫‘约法三章’，只希望对你今后有用。”书记顿了顿，显得很隆重，我不由得肃然起敬，坐直了身体，调整好笔记本在腿上的位置，以便于更好地记录。“这第一啊，要坚持原则，不仅仅是说坚持党的四项基本原则，更是工作原则。要学会积累各方面的经验和培养判断能力。领导不一定总是对的，如果你盲目服从，万一出现差错，你要负直接责任，还会害得你的上司负领导责任。第二，要端正生活作风，这并不仅仅是指男女关系，更是待人接物的真诚。要懂得付出，学会由衷的关爱。要努力做到别人尊重的是你的为人而不是你的职位。第三，也是最重要的，在学校，你成绩好，表现也好，可以当学生干部，获得奖学金，但在工作中可能并非如此。要有思想准备，更要用成熟而又大度的行动去面对。要树立积极的职业观，这包括了你的人生观、世界观和价值观。要知道，你的工作态度和由此产生的效果对一个大的集体来说都是很小的，甚至是极其渺小的，但对你个人来说却是你的全部，你必须要珍惜，并时刻准备着——哪怕是机会总是与你擦肩而过。我想，这三点对你来说并不难理解，因为我一直记得你在入党申请书中引用你父亲的那句话，‘要想对得起党和人民，首先要对得起自己’。”

回想起来，当时书记的三个忠告，我只是写在了本子上，其实并没有如书记所说完全理解了，或者说并没有悟透，正如我在入党申请书中引用的我父亲的那句话，是在我离家到寄宿初中上学时老爸对我说的，我当时也没有完全明白。

我是在“文化大革命”接近尾声时上小学的，在小学作文中经常要表决心，“努力学习，向党和人民汇报，做一个对得起党和人民的共产主义事业接班人”。懵懂少年，口号和行动往往并不一致；或者说，并不特别知道自己喊的口号是什么意思，抑或是自己连喊口号时都没意识到自己在喊口号。年少往往就是这样，有口无心，单纯而幼稚。

寄宿初中离家有十几公里山路，只能靠步行。寄宿初中每两周放一次假，当地俗称“放大假”。上学时，自己背去一个星期的食物，中途家长再送一次，顺便给孩子上上“紧箍咒”。所以，我从进入初中开始，就逐渐脱离了父母的监管，懵懵懂懂地开始自我管理了。虽然当时并不完全懂得什么叫自立，只知道一些事情必须自己做，必须自己管自己，但生活就这样摆在了自己面前，没有什么好商量，大家都一样，当然我也不例外。

寄宿初中生活开始了，起初还能惦记着父母的唠叨——好吧，是嘱咐。但过不了多久，那种脱缰的感觉就逐渐地，抑或是不知不觉地变得清晰起来。记得初中一年级上学期，还只在期中考试后不久，自以为成绩不错，考了班上前几名，居然偷偷地晚上和几个同学在外面打扑克，被班主任抓了个正着。

“你们这样做对得起父母吗？对得起你们自己吗？”老师气急了，对我们大声吼道。

我脑袋嗡嗡直响，父亲的话被提醒了，回响在耳边。毕竟一直是大人眼中的“好孩子”，我突然明白了，要对得起自己，也是件非常不容易的事。

自此以后，父亲的话一直勉励着我成长。我时常用“要对得起自己”提醒和鞭策自己，甚至逐渐领悟到，要想对得起别人，有时候可以撒个谎，或者欺骗过关，但这样做对不起自己。如果连自己都要欺骗，那就更对不起自己了，甚至失去了自己存在于世的意义。

今天书记的话，现在还没有切身的体会，但我知道，正如书记所说，走出“象牙塔”踏入社会，两者肯定有区别。我还知道，无论是时间还是空间，我都离生身父母越来越远了，书记也是在作为一个家长对我进行教育，就像当年从父母的翅膀下走出来单飞时父亲要嘱咐我一样，走出校园，“象牙塔”的家长也会嘱咐我。

这几句话我必须经常提醒自己，它并不深奥，千万不能像从前一样，在经历错误以后才领悟。

企业，特别是制造型企业，不可能一直处在研发新产品的过程中。一年中，需要研发一两个新产品以提高市场竞争力。除此之外，除非是客户有要求，一般都是推荐客户购买本企业成熟的产品，以降低企业和客户的成本。这样，我们技术研发部一般都是采用成熟的技术，以成熟的产品为参照，设计同型系列产品，以适合不同客户和市场定位的需要，而不是研发不同型号的全新产品。

在公司第一次新产品研发设计成功后，公司步入了稳定发展期。大会战结束后，除了生产部门偶尔赶进度加加班以外，各部门——特别是我们技术研发部，步入了正常上下班、波澜不惊的工作轨道。新老同事都相互熟悉了，设计间隙，大家还会开些没大没小的玩笑，气氛很融洽。

大会战时从集团公司临时借调过来搞突击的同事们又回到了原来的岗位，我们技术研发部机械专业就又只剩下陶老师和我两个人了。按人事部门的计划，本应再招聘一人的，但目前没有物色到合适的。新来的另外三个人都不是我们专业的，除了一起玩以外，工作上只能各搞各的，没办法分担。

“现在，我们除了刚搞完研发设计的项目要补充一些生产用图纸外，还要准备做下一个新项目的设计，听公司通知，这个合同已经签了，听说下个星期就生效了。”这天，陶老师一上班就拉上我说开了，好像很着急，“经理只是甩给我们一个坨子，也没有一个计划，连个清单也没有，这都是我的事啦！”

我突然发现陶老师的茶杯还是空的，只有干茶叶，我赶紧起来抓起开水瓶给陶老师沏上，心里想，我以前怎么没注意呢？忙糊涂了！上了几个月的班，居然一次都没有给老师沏过茶，亏得陶老师还孜孜不倦地教导我。我们办公室还是原来的四个人，每个人都比我大很多，所以早上扫地、抹桌子、打开水都是我包了，居然还自以为做得不错了呢！

“小宁你别忙，我的茶自己泡，我们是同事，我虽然长你几十岁，但也不能摆老师的架子嘛！来来来，我们接着说。”陶老师看我给他沏茶，赶紧站了起来，稍微哈了一下腰，用手指在桌上敲了两下，这个动作把我吓一跳，以为出什么事了，后来在酒桌上才学到，原来这是表示谢意（要学的可真多啊）。不过，后来在一个办公室时，我都会记得先给老师沏好茶，这不是刻意图表现，主要还是提醒自己记得尊敬老师。

“我工作大半辈子了，也从来没当过领导，这一下子要管个事儿，真还不知从何处下手啊！我听说你在学校是个不小的学生干部，肯定有当领导的潜质，以后没准能混个领导当当。”陶老师说着，对我招招手，示意我靠近些。

我和陶老师的办公桌并排，中间只留了走道。我贴着屁股把椅子挪过去，挨着陶老师坐在他的桌子旁边。

“俗话说，‘凡事预则立，不预则废’，你可不能像我啊，有机会的时候自己却没有准备好，那机会就溜到别人那儿去了！”陶老师说着，吹了吹茶杯，小咂了一口，摇了摇头，不知是有些烫，还是表示无可奈何。

接下来，陶老师和我首先清理了一下刚完成的研发设计的项目的图纸清单，原本经理带着各专业负责人初排了一个清单，研发设计过程中，陶老师和几位集团公司来的外援又调整、补充了一些，几张纸被涂涂画画得乱七八糟。

“任何一个行业都有它的规矩，这我知道，”陶老师说，“你把经理发给你的那本《规范》拿过来，这就是规矩，它要求的东西一个都不能少，否则审图部门就不会批准这个设计。”

陶老师带领我对着规范条款一条一条地看，在原来的清单上重新编上序号，并把基本的和派生出来的也归拢排序，用了整整一天，连中午吃饭都只草草地扒拉了几口，就更不用说午休了。期间，我刚有倦意，陶老师就说：“对待工作就要像对待烫手的山芋，不要在自己手上久留，否则会烫着自己的。计划归计划，但能提前完成就不要拖拉。像我们现在做的，那就是为下一步工作厘清头绪。你现在可能还不理解，以后会的，以后肯定会理解的。今天下班前不厘清楚啊，晚上我肯定睡不着觉。”

我们总算是赶在下班后半个小时内整理完了，陶老师说还要带回家再核对一遍。

第二天一早，陶老师一手拎着他的公文包，一手“哗啦哗啦”摇晃着一沓纸，大步流星、饶有兴致地走进了办公室，一屁股坐在了椅子上。有那么一会儿，他愣了愣，眼睛在我和他的茶杯上来回扫描了几趟，“小伙子来得早啊，有出息，那句话怎么说来的？哦，‘早起的鸟儿有食吃’！对的，你这辈子不会挨饿的。”我望着陶老师并报以傻傻的笑。

“今天你先把这个混乱的清单按编号顺序誊写一遍，记得按我拟好的格式，沓单就要有个清单样儿，没准儿我这个以后就成了公司图纸清单的规定格式了呢！”陶老师走到我的桌子旁边，把手上摇晃着的清单放到我面前，并在画着表格格式的地方用手点了点。

这段时间以来，我越来越发现陶老师是一个学识和经验都很丰富的人，也是一个工作作风严谨的人，更是一个对别人毫无保留的人，是一个非常值得尊敬的人。我的职业生涯有这样的好老师，真是三生有幸啊！确实如陶老师所说，他勾勒的这个图纸清单格式，很快就成了公司的范本。

“你誊好后，自己好好核对一遍，负点儿责嘛！就不要再给我看了，直接拿去文员那里让她打印出来（公司目前还只有文员和会计那里有电脑和打印机）。”陶老师接着说，“这个清单可以作为下一个同类型产品图纸清单的范本，就不用每次都去翻规范来编了。你弄好了就去好好看看上次我和其他几个人完成的那些设计图纸，好好学习一下，这一个项目有些就是你的任务了。提前掌握知识和方法，设计起来就顺手些，也快些。”

陶老师回到自己座位上，端起茶杯，先习惯性地吹了吹，小喝了一口，接着又喝了两大口，舒心地转过身来对我说：“小宁啊！难得你有这份心，还真是的，走了一大段路，又讲了一席话，能大口地喝几口茶，真舒坦啊！”

我心里也是一阵温暖，激动地说道：“陶老师对我那么好，当老师还不收学费，我泡杯茶不算什么。倒是我昨天才想起来，还真是愧对老师这么长时间对我的培养呢！”

办公室另一位同事，就是前几天才换到我后面的龚骏远，现在还在幸灾乐祸的“大鼠”，夸张地大叹了一口气说：“你小子算是有福气哟，我工作四五年了，也没你这几天的长进快呀！”

我转过身对他说：“公司的颜总工，还有我们的郑经理，那不都是你一个专业的吗？你龚大肯定比我宁二进步得快，到时候当了官，可别忘了兄弟们哦！”

陶老师“呃呃”了两声打断了我们，“你们俩别瞎操心，要进步，一靠个人修为，二要看机会，难道不当官就不叫进步了吗？我不是很好吗？是不是啊，小孟？”陶老师回头对他后面的孟进学说。

“是啊！一个公司毕竟当领导的人是少数，要是每个人都是领导，那就都不是领导了，也没有做事的人了，估计隔天就关门了。”老孟放下手中的笔，把图纸上刚才因为修改用橡皮擦擦起的沫子用刷子扫到一边，“再说，在行业里混，提拔是靠别人的，不是自己硬上的，还是摆正心态，努力工作，不给领导找麻烦为好！否则……嘿嘿！不说了，不说了。”

老孟的话使我又想起来毕业前书记所说的话，不禁伸手在抽屉里摸了摸那个“人生随想”小笔记本。孟进学跟陶老师一样，也是公司成立时从集团公司调来的，三十多岁了，资深工程师，正在努力，希望过两年能够评上高级工程师。

“好了，好了！该好好工作了。”陶老师坐回身子，又突然转向我，“对了，小宁啊，你可能要誊写快一点，文员那里可是每天排长队的。我这里今天争取把这个项目还要补充的生产图纸清单分解、清理出来，这个你一时半会儿还搞不清楚，我弄就行。哪天把行业标准中关于产品图纸清单的标准从集团借来了，再对照着跟你讲。”

我马上接口说：“那谢谢陶老师啦！”

陶老师轻轻摆了摆手说：“你可别忙着谢我，我也是过了五十岁的人了，过几年就该退休了，把你先教会了，事情就可以交给你做，我才能轻松啊！到时候有得你忙的。”

在陶老师的辅导下，我的工作日志很快就过渡到了第二本。我不仅学会了编制产品图纸清单，包括送审的图纸清单和生产图纸清单，这可是一个项目研发设计的纲领呢！我还分别记录下陶老师分配给他自己和我的内容，并把每份图纸的逻辑关系整理清楚，记录下开始和完成的时间。图纸清单有它自身要求的顺序，但并不完全代表其先后的逻辑关系。哪些图纸要先与其他专业共同协调确定基本参数和方案，待其他专业完成了后，我们才能继续完成该图纸，以及哪些图纸和参数必须由我们先完成了，以便尽快提供给其他专业，等等。图纸清单的逻辑顺序就是计划安排的依据。

几个项目下来，在陶老师的精心安排和指导下，我和他轮流完成不同的图纸。慢慢地，一个项目所有的技术我基本上都能把握了，工作起来也逐渐得心应手，不仅陶老师高兴，我也觉得很有成就感。

随着公司的发展，管理体系也越来越完善，分工也越来越明确，各个岗位的职责也分得很清楚，形成了一套管理制度，指挥着逐渐壮大的企业。

职责清晰，对企业是必要的。在同一个项目上，各部门都有对口的负责人和参与项目的人员，部门之间经常要就某一个具体的事情协调沟通；一个部门内部也一样，像我们技术研发部，一个项目人手要的多，还有三个专业，也存在协调沟通问题。在持续发展过程中，并不是同一时间只有一个项目，往往是几个项目穿插或并行，也存在资源的协调沟通。

管理学上说，团队合作是建立在职责分清的基础上的，这话说得似乎很有道理。在项目越来越多的情况下，明确职责权限，工作起来会更顺畅。

然而，大事管理成绩斐然，日常琐事却容易出乱子，我就不小心中了一枪，不仅弄得我前段时间积累的那点儿成就感涤荡殆尽，甚至在几十年过去后，我仍然没有更好的思想和方法去合理应对当时的情形。也许，这正是人生本该经历的，也或者在人的一生中，许多事情本来就没有必要去弄得清澈透亮。那些顺理成章或性情使然的事，姑且把它当作插曲、调味品，也未尝不是一种生活态度。

按照公司的人事安排，现在办公室的清扫工作已经安排专人负责，一般都会在公司上班前打扫完成，当然偶尔也会有例外。比如，某一处耽误了，就可能有那么一两间办公室没能赶在上班前完成清扫。这一天，这种例外就发生在了我们的办公室。

韦副经理进入我们办公室的时候，好像上班时间才开始几分钟。因为我刚为陶老师泡好茶，并把我的水杯加满水，陶老师都还没进办公室呢！当时，负责清扫工作的那位女同事正在快速地拖着最后一张桌子下面的地板，就是靠近门边我的那张桌子。我端着烫烫的玻璃水杯站在旁边，正嘘着气躲闪着来来回回的拖把想把杯子放到我的桌上去，韦经理正好就进来了。

“怎么，大老爷们儿的，看着也不帮忙拖一下，不想上班了，当老爷啊？”没有任何征兆地，韦经理就嚷开了。他两眼扫视着我们，我感觉到他最后好像把眼光落在我身上了，并且好像是认真的。现在回想起来，都不能确信他是不是真的在看着我，也不能确信韦经理到底是拿我们开玩笑，还是认真地批评我们，我只能说，我脑海中那根想把任何事情都分得一清二楚的弦怦然振动，发出了声音。

“只有她有拖把，怎么帮啊？再说，不是分好工了吗？说了不让我们插手的，连我们原来的扫帚拖把都收上去了……”我好像并没思考就脱口说出来了。怎么可能思考呢？才工作几天啊，第一次觉得被领导批评，懵了！

“韦经理是在批评你吗？你充什么人物啊！”我脑海似乎传来一声断喝，我愣了一下，赶紧把水杯放在身后陶老师的桌上了，不知所措地站在那里。

韦经理又不知说了些什么，只知道很大声，很生气。我也不知道是委屈，还是傻了，稀里糊涂地又抢白了几声：“我又不会拖得比她快，再说，公司刚规定好就出尔反尔，那以后我们怎么工作啊！”

这话刚一出口，我就被自己吓醒了，后悔了。“出尔反尔”是能跟领导说的吗？韦经理看来是气急了，“你给我等着！”他甩下这句话就出去了。

那位拖地的女同事不知所措，草草地弄了两下就低着头快步走了出去。陶老师还没到，老孟和龚“大鼠”看着我直摇头。“大鼠”说：“你小子行啊！就等着吃苦头吧!”我坐回自己的位子上，头脑发懵，两眼发直。

“我觉得我没错!”我大喊一声，把刚迈脚进门的陶老师直接吓停了。看着陶老师进来，我又突然觉得很委屈，不过还好，强忍住没有让眼泪掉下来。

中午吃饭的时候，郑经理把我从餐厅叫到门外，还没等他开口，我就先叫开了：“我没错，我不接受批评，也不检讨，不道歉!”

“谁说要批评你了?”郑经理是又气又好笑，“你真是岁数不大，脾气不小。韦经理跟我说了，这段时间任务紧，压力大，见不得影响工作的事。他说是他说话不妥，叫你别担心，安心搞好自己的工作。”郑经理摇了摇头，“没想到有你这样一个愣头青，伸着脑袋接石头。”

晚上，我认真地思考早上发生的事情，甚至把“人生随想”小本本拿出来翻看那些“警世名言”，仍然有些茫然。就说老书记的嘱咐吧，还真难以分清，难以悟透啊！以后工作中还不知道要遇到什么呢！不过，今天我肯定是大不敬，毕竟是领导，而且年龄也比我大呀！但我又能怎么办呢？就是装哑巴，那也可能被当作无声的抵抗啊！又或者低头怯怯喏喏，领导还不一定瞧得起呢，以后估计也没得混啦！学着更圆滑些？就像老孟和龚“大鼠”那样只当没听见？

唉！

第四章　一种孤独的感觉

却月市的夏天湿热又漫长，好似一个大蒸笼，一直蒸着，怎么也没个头儿；却月市的秋天倒是怡人，可衬衫从短袖到长袖，再在外面套上夹克，时间之快，好像都没有什么印象，冬天就来了；却月市的冬天那真叫冷，也很漫长，好像也没个头儿，不过，这其中总会有一小段时间你并不会在意它的湿冷，那就是过年，热闹啊！

年关将近，这天，我们依然在埋头苦干，同事们偶尔也会有一搭没一搭地谈谈工作、核对一下数据、闲扯些“野棉花”。突然，陶老师放下手中的笔，“吧嗒”一下，吓了大家一跳，我紧张地转过头，好像笔在图纸上还瞎划拉了一下，陶老师正若有所思地看着我。

“小宁啊，过年回家吧?”陶老师关切地说，“大学都放寒假了，我儿子昨天就回来了。”陶老师看着我，不知道再怎么说下去。陶老师心细，我是个新近加入城里人行列的乡下人，我之前向大家绘声绘色地讲起过我那山高路远、交通不便而又如世外桃源的老家，陶老师这会儿是想起我怎么才能回家了。

“哦!”我脑筋一下没转过弯来，“是要回家呐，我在这儿还没法过年呢！再说，上班第一年总得回家孝敬孝敬父母吧!”我不知所措地挠了挠头，“哎呀，我还真就过糊涂了，把过年都忘了。以前上学，放假就像个闹钟，闹钟一响就知道了，再说，火车站还到学校来售票呢！哦，对了，知不知道我们公司什么时候放假啊?”我紧张地环顾着大家，还真没了主张。

“大鼠”龚骏远也是一脸的茫然，“看来你是真不知道啊！企业可比不得学校，一般都是年三十的头一天下班时才放假，有的甚至三十还要上半天班呢！我老家近，交通还行，本市客运站大客车每天一班，下车后走个把小时就到家了。前两年，我都是一到家就直接放鞭吃年夜饭了。今年我就不能回老家过年了，好歹我也是个家长了，再说，这娶了媳妇忘了娘啊！呵呵！”“大鼠”摇了摇头，看着我，不知说什么好，“呃，你可能麻烦了！三天？你是不是说过你路上都要三天才能到家来着？赶紧的，想办法请假吧！”“大鼠”说完，真的不知说什么了，只是同情地看着我。

老孟也关切地说：“是的，小宁，赶紧请假，赶紧，看你的运气了！”

陶老师摆了摆手，“小宁啊！上班就是这样，一忙就什么也顾不上了，特别是你们年轻人。像你，还是个上进心很强的人，巴不得什么都一下子学会，什么都赶快做完。计划归计划，你好像从来没有耽误过计划，是个领导喜欢的员工。”陶老师说着，端起茶杯喝了一大口。

我看看陶老师的杯子快空了，赶紧起来拿起开水瓶帮忙满上，并环顾了一下，把老孟和“大鼠”的也加了些，然后给我的杯子也满上，顺手就把开水瓶放到我桌子边靠墙的地方，来不及送归原位。我又环顾了一圈，然后对陶老师说：“现在好像挺忙的，好不好请假呀？”我很担心。

“赶紧吧！”陶老师深深地看了我一眼，“好了，大家干活吧！我可不想领导看见我这个老家伙带头聚众聊天怠工，我脸皮薄！”

大家都赶紧投入工作中去了。我看了一眼图纸，那被陶老师吓出来的一划拉还真是位置，横跨在非常复杂和密集的那一部分，橡皮擦都无从下手。算啦！反正是白图，描图的时候注意点就是了。我不免心烦意乱起来。

是啊！从五月开始踏上工作岗位，一晃大半年过去了。工作忙，季节更迭的印记好像在脑海里没留下任何信息，我突然发现我正在脑海中搜寻对老爸老妈的记忆……

我上学时，至少一个月给家里写一封信，并不是只想汇报一下我已经收到家里寄来的生活费了。我一直是个好孩子，我妈总说我有孝心。我上大学每年都有奖学金。那个年代还不允许打工，但我还是偷偷地做了一份家教工作，挣点儿钱补贴一下。我平时也很节省，所以我并没有从父母那里要更多的钱。但即便是那一点儿钱，父母也是付出了很大的代价，还欠了不少债——张家十块、李家二十、王家五块……

我只记得上班后不久我就给家里写了信，说我有工作了，我可以自食其力，我会寄钱回家的……但我真的记不起来我是不是寄钱回家了，我也记不起来我后来又写了几封信，甚至我都记不得我最后是什么时候写的信……

“我必须回去，我一定要回去!”我不禁沉闷地锤了一下办公桌，站起身来就往外走，好像陶老师他们对我说了什么，但我也没理睬。

我来到经理办公室，正好郑经理和韦副经理都在，我的心情还没平静下来，我好像还带着哭腔，应该是着急得声音在颤抖，“郑经理，我想先请几天假，我今年刚上班，得回家过年……”

冷不丁地看到我这副样子，韦经理呛了一口烟，直咳嗽。

郑经理也愣了一下，指了指他对面的一把椅子说：“小宁，你坐下来慢慢说。”郑经理突然停顿了一下，似乎还没完全弄明白，“过年不是要放假的吗？我们都要回家过年，我还要回老家过年呢！怎么……”

“我知道要放假的，”我可能很急，还没等郑经理把话说完，我就插嘴了，“我听说公司放假都是在年三十前一天，我来不及了，我……”

“怎么来不及呢？我知道你是本省的，我还是外省的呢，都来得及的。”郑经理平静地说。

“我听陶老师说过，小宁回家交通好像很不方便，要两三天才能到，那可真是个事儿啊!”韦经理听明白了，赶紧给郑经理解释。

郑经理也开始有点着急了：“那怎么办啊！今年是公司的开局之年，集团公司很重视，团拜会都要在我们这里办，还要排练表演节目呢！你不参加怎么行呢?”

“没关系的，我刚参加工作不久，没人会发现我在还是不在。”我赶紧辩解，生怕失去机会。

郑经理和韦经理小声商量了一下，然后转过来对我说：“小宁啊！你刚参加工作，本来这次机会很难得的，你想想，集团团拜会呀！公司领导都在不说，集团主要领导也要来，你平时表现不错，又是新来的高才生，没准儿哪个领导就注意上你了。”郑经理看了看我的苦瓜脸，“别苦着个脸，我和韦经理商量了一下，你情况特殊，就准你两天假，不过走之前工作要完成，怎么样?”

“那不行，”我当时就急了，“起码还得给我两天，我才能赶得上回家吃年饭。呃！不是说家在外地的单身汉有探亲假吗？还不包括路上的时间。”

郑经理可能也有些急了，“你这个小宁，为什么得理不饶人呢？这不是讨价还价的问题，我得全盘考虑节前工作计划完不完得成。你可以晚几天来，但不能早走。”

韦经理赶紧调和打圆场，“是啊！小宁，我们部门经理这个级别就只有批两天假的权利，再多就得报告公司批准了。你说说，为什么非得再要两天呢?”

我真的是哭腔了，“两位领导，我们县客运站到老家当地的班车在节前两天就没有了，如果没有乘客了，可能提前就停班了。赶不上车我一样也回不去呀，那是差不多两百公里的路啊！在农村，人们过了小年好像就都在家忙着准备过大年，没几个人还在外面行走的。”我顿了顿，清了一下有点儿哑的嗓子，“再说，我从这里到县城，路上整整两天两夜呢!”

“那如果再给你两天假，你的工作能提前完成吗?”郑经理郑重地问。

我脑子里大致盘算了一下，加上星期天，也就四天时间了，加班加点都来不及了。一时间，我沉默地低着头，一句话也说不出来，也不知道怎么说，急的!

郑经理看出来了，叹了口气，“唉！那就没办法了。”郑经理顿了一下，好像是喝了一口水，“工作完不成，就是公司批准了，我也不可能批准！你想想，就你和陶老师两个人，他的工作量本来就大，根本没时间再帮你的。这是今年公司的献礼工程，完不成的话，明年我也就不是你的经理了!”郑经理的话，声音越来越低，看来是真的无可奈何了。

我可能也是急糊涂了，简直都失去了理智，“我忘我地工作，把其他的都忘了，连老娘都忘了，可到头来公司还不领情，一点儿人情味都没有。那好，我辞职不干了!”我边说边站了起来，打算一头冲出去。

“啪！”郑经理重重地拍了一下桌子，但还是非常镇静地说，“宁致远同志，你以为这里是菜园子？辞职，谁给你的权利？你刚刚转正成为一名正式的共产党员，你的组织原则又到哪里去了？”郑经理进一步平静了一下，但依然坚定地说，“是的，你积极的工作态度我们都看到了，但‘忘我地工作’也并不是要你抛弃你的生活。如果你以为是工作把你的生活搞得一团糟，那只能说明你还没长大，还不成熟。”

“好啦好啦！小宁啊，你先回办公室吧！如果确实回不了家，那也是没有办法的，这就是工作，也是生活，都得负责任。当你一定要做出选择时，那只能做出牺牲。”韦经理走过来拍了拍我的肩膀，也算是安慰我吧！“你先冷静冷静，好好想想，然后好好安排，有困难来找我们。你的工作和生活也许才刚刚开始，以后要你选择和决定的事还多着呢！我们是过来人，要知道，时代对我们这一代人比对你们这一代更难呢，慢慢来吧！”

我不知道是怎样回到我的办公桌前的，但一看到图纸，我的头脑顿时清醒了许多。是的，工作是为了生计，也是一份责任。我赶紧投入工作，希望能够在最后期限完成工作，来得及获准赶回老家过年。

是的，这是一家中外合资企业，但中资是国有企业。我们是统招统分时代的大学生，国家出钱培养了我们，国有企业的人事关系没有给我们辞职的权利。在国企中，组织原则仍然是第一位的。我毕业分配来公司还是一名中共预备党员，就在上个月，我们党委书记，也就是我们的副董事长黎董事长，亲自主持党会，为我一个人举行了转正仪式，并要求我时刻牢记党员的责任和义务。

我进的不是菜园子！

我加班加点，最终也没能提前完成工作。毕竟只有四天，能给我加班的机会也就三个晚上加一个星期天，要是再多一天就能够完成了。

是的，再多一天！要是我早做安排，而不是等到陶老师提醒我，早点向公司提出请假要求，提前开始安排加班，也许就能够赶上了。“凡事预则立，不预则废”，可真不是放在嘴上喊的，但要真正付之于行动，也不是一件容易的事，能够“预”多长远，是个大学问啊！

这一年，我参加工作的第一年，我没有能够赶上回老家过年。我没有能力左右通向老家的交通，也没有能力改变国家关于春节放假的规定，更没有能力缩短回老家的距离……我只有权利来选择是留下来参加公司的团拜会暨表彰大会，还是提前请假回老家与父母一起吃年夜饭，这个选择难吗？但就是从这一年开始，直到十二年后我有了自己的交通工具为止，我都没能赶回老家过一个年。

唉！这就是工作，这也是生活。结婚后探亲假四年一次——国家规定的“娶了媳妇忘了娘”！再就是请事假，后来有了“五一”和“十一”长假，我基本上每年都会回去一次。但我也知道，无论我中途回老家几次，在老爸老妈眼里都赶不上过年回去一次。

忘我地工作没错，公司领导也并没有强迫你忘我地工作啊！工作是为了什么？不就是为了生活吗？为了自己生存发展，为了孝敬生我养我的父母。当然，以后还要维系自己的家庭，培养自己的孩子，怎么能不好好关注一下自己的生活呢？是什么把这搞得一团糟，难道全是工作太紧张吗？郑经理说得非常正确，不能怪工作把生活搞得一团糟，生活得靠自己安排好才行！

还好，我女朋友（是的！我老婆。我们那帮痴狂的“老鼠们”都是这样互相抬庄和给自己涨面子的）家在却月市，我荣幸之至地在她家过了第一个年，并连续过了随后的十一个年。是啊！这也是我以后要孝敬的父母啊！

大年三十的晚上，我独自躺在蜗居冰凉的床上，窗外鞭炮声噼里啪啦地响成一片，但我好像并没有听见。我正静静地用心去听，好像听见遥远老家一个一个炮仗清晰的爆鸣，接着便是稀稀拉拉的一阵鞭炮声。一种孤独的感觉强烈地涌上心头，我眼角挂着一滴泪，昏昏沉沉地睡着了。梦里，鸭妈妈在水中，我却在遥远的一棵树上，这次是真的回不去了！

年前我知道回不去了，又没有电话，就赶紧地写了一封信。我女朋友还特地挑了一张可以发出快乐音乐的贺卡，一起寄回去了。明知道年三十前十有八九到不了家，但还是希望老爸老妈能够在吃年夜饭时听到。反正也来不及了，又担心过节期间乡下邮政系统投递安全，我就没给家里汇款。

正月快过完了，我爸来信了。信中报了平安，说了过年如何快乐，哥哥和妹妹们都回来了，说要给我寄腊肉过来；还说马上开春了，种庄稼少不得肥料，希望我寄一点儿买肥料的钱。

我当时就抽了自己一耳刮子，“我个没良心的!”父母好不容易把我养大了，人反倒看不到了，钱也没看到一个子儿。

想到七八年前，我考上了省城的一所重点大学，不说在我们村，就算是在我们公社，那也是开天辟第一个呀！后来，我读上研究生了，乡亲们虽不知道到底是个什么级别，但读别人想都想不到的书，那肯定是了不得的一件事吧!

“哎哟!”我那读过几年私塾的老外公掐着手指突然喊道，“举人，我的外孙中举啦!”

于是，我父母的耳朵又变得更大了，溢美之辞不绝于耳嘛！五十岁开外的人就白了头，但日日笑逐颜开。

可这么多年养育我，却只是挣了一双耳朵……

我记住了，甚至后来把我老爸的邮政储蓄卡都拿了过来，记得定期给父母钱。但老爸老妈总是说：“我们不缺钱，你们留着，你们用钱的地方多呢!”

是啊！儿大女大的，还要那么多钱做什么啊？我知道父母希望我们常回去看看，但他们也心疼我们，还是没说出口。

可怜天下父母心啊!

第五章　当婚

所谓“光阴荏苒，日月如梭”，说的是时间过得那个快呀！据说，原话出自清朝石玉昆所著《三侠五义》。呵呵，可不是我们公司的“五鼠”演义。

虽说我上班一晃两年就要过去了，公司发展得顺风顺水，也没有什么经天动地的大事发生，但毕竟是在发展，有些方面还是很喜人的。

我们技术研发部的郑经理晋升为公司副总经理，分管生产去了，同时带去了老孟，出任生产部经理；我们的“大鼠”龚骏远，也被郑副总“顺”走了，安排在生产部任现场主管，我们为之一振，都说他进“黄埔军校”了，没准一毕业就被直接委任“上校团长”呢！

我们原来的韦副经理当然就被晋升为正经理，也是可喜可贺的大事。只是部门一下子少了三个人，工作开展就很困难。还好，报告上去之后——当然可能公司也早有安排，集团公司安排了三个人到了我们技术研发部。其中一位是资深的伊教授，一位是高级工程师周工，还有一位与“大鼠”年龄相当，叫丁力成。

考虑到不能“人走茶凉”，我们并没把“大鼠”的头衔授予新来的丁力成，并郑重约定，“五鼠”是时代的产物，以后无论如何变化，都保留原来的“五鼠”称号不变，大有“海枯石烂，永不变心”之势。确实，几十年过去后，当你再见到我们这几个人时，职务和职称各有高低，工作性质也有变化，但我们之间的关系纽带还真是建立在当年“五鼠”淳朴的友谊基础之上的。

我们产品的市场没得说，好像永远也忙不完。本来，该行业全球市场都处在又一个低潮期，一片愁云惨雾，但由于是制造业，无论生产水平如何先进，人都是少不了的。国际上那些劳动力成本高的国家，干脆就退出了该产品制造行列；我国一些底子不厚实的企业，响应中央号召，走上了关停并转之路。我们企业做的是新产品，是高性能特种交通工具，填补的是国家该行业的空白，在我国市场经济发展刚起步和改革开放又上新台阶的年代，我们产品的市场需求呈现出强劲的上升趋势，而新的竞争对手还没有诞生，因此我们企业一时间成了行业的神话，在国际和国内的知名度直线攀升。

在公司成立的第二年，我们研发设计的两型新产品，都有产品交付投入使用，市场反响强烈，为公司的下一步发展和市场开拓打好了坚实的基础。这不，春节刚过，其中一型产品又接了个小批量订单，并且还接了一个新产品研发的单子，公司的第三个年头真是个开门红啊！用经营部同事们的话说，他们今年可以休长假了，因为一年的生产任务已经排得满满当当。

企业良好的市场发展势头，和公司人力资源的发展势头没能够合拍。人力资源稍微制约了经营生产的发展，对我的直接影响就是，从上班至今，我都没能够翻越千山万水回家探望过一次父母。

好在我给自己找好了对象，恋爱也很成功，马上就要结婚了，就在今年“五一”。

这么大的事，公司上下肯定早就知道了。日子越来越近，韦经理看到我还没递请假条，终于沉不住气，一天早上刚上班，就主动找上门来，“小宁啊！这嚷嚷着要结婚了，怎么还不发帖子啊？是不是不想请我们喝酒啦？”韦经理自顾自地深吸了一口香烟，来不及打转从鼻孔出来，就直接从口里吐出来了，一大团乱糟糟的，连个像一点儿圈的都没有。也不等我答话，他就又开始了，“你的婚假怎么安排的？先给我吱一声，我也好安排工作啊！免得你一走，留下陶老师几个人可怎么办啊！要他们找个人，现在还没有着落，真是急死我了！”韦经理又吸了一口烟，半天没吐出来，我知道是在等我答复了。

我一时还真的是愣在了那里，原指望除了婚假外，再把今年的年假也算上，如果可以的话，能把前两年——哪怕是把去年的年假给补上，我就可以多在家待几天，也陪陪年迈的父母。可这会儿，韦经理这番话是什么意思？困难，我肯定是知道的，人手不够啊！

“我……”我一开口就结巴上了，“韦经理，我……我知道陶老师他们几个人忙不过来，所以一直在抢活儿做。活儿不做完，也没敢开口呢！”我停了停，韦经理看着我，刚从口里出来的烟又从鼻孔吸了进去，肯定是还要我接着说啦！

“我父母隔得远，来一趟不容易，路上来回就得一礼拜呐！这您是知道的，之前忙，就过年有时间，那点时间就只够在路上，所以我从上班起就没回过家了。”我重新整理了一下思路——也谈不上整理，就是立即发现这不是诉苦的时候，“我是这样想的，婚礼前一天开始休假，我父母不来，公司帮忙安排好了酒席，真是太好了！但屋里没个人，我和老婆来收拾……”我发现我也有点着急了，不觉手里直冒汗，“婚后三天老婆回门后，我们就回老家去，这婚假加上年假，差不多……一个月……”我没敢再说下去。

“啊?!”韦经理猛地有些夸张地看向我，可能是被烟头烫了一下，一摆手，就扔在了地上，当然，反正我们办公室也没有烟灰缸。

可能是发现不能坏了我的喜气，韦经理赶紧调整好了神态（要不怎么是领导呢，看来什么都要学啊），“哦，没关系。我还想着你就三天婚假呢，忘了你还有晚婚假，是该结婚了，该结了！我像你这样大都当爹了，哈哈！”韦经理又不由自主地点上了一支烟。我当时想，怎么我就没准备一盒在办公室呢？这会儿上一支，没准儿就好批假了不是！

韦经理把吸进去的烟很快就从鼻孔里喷出来了，看来还真有点着急，“你是我的部下，我平时也没关心你的生活。但你的情况我很清楚，你之前确实为公司牺牲了不少！父母年迈，是应该多回去看看啊！公司的困难不能全部由你们来承担，所以你的晚婚假和路上的时间，我保证给你。”韦经理又吸了一口，这次是烟和话一起从口里出来的，“好不容易回去一趟，是该多待几天，不过这年假只能你自己向公司争取了，我可做不了主呢！”

韦经理又关心了我一些别的事情，甚至还指派丁力成帮我发请帖和糖，负责照相和录像，并说还要把郑总——我们以前的郑经理搬来给我主持婚礼。在我千恩万谢后，韦经理又给自己点上一支烟，回自己办公室去了。

韦经理出门拐弯后的一刹那，我突然发现他的背都有点驼了，看来领导的压力太大了啊！

时间不等人，是该写请假条了。晚上一回家，顾不上收拾和做饭，就找来纸笔铺开来，“好不容易回去一趟，是该多待几天，不过这年假只能你自己向公司争取了，我可做不了主呢！”韦经理的话萦绕在耳畔。看来，要想争取年假一起休难度很大，补上之前未休的年假的，干脆就别指望啦！

我几易其稿，在深夜熬红了眼，总算是写好了请假条。不觉间，这请假条洋洋洒洒几千言，用了七页信签纸，还夹杂着几滴眼泪。

功夫不负有心人，第二天一大早，韦经理只看了一眼请假条的开头，就让我直接去找总经理。总经理不在，我让总经办主任代转，就赶紧地回去抢活儿干。

一上午无话。

下午快下班时，黎董事长打电话过来，要我去他办公室一趟。黎董事长现在已经是公司唯一的董事长了。前不久，与外方合作期满，刚刚把公司股份置换成集团下的全资子公司。

门没关，我一到门口就发现韦经理也在里面，黎董事长手上拿的好像就是我的超级请假条。好像屋里还有其他领导，我已经忘记当时自己是不是向领导们打了招呼请了安，只是懵懵懂懂地在黎董事长指挥下浅浅地坐在了一处沙发上。

“小宁文笔不错啊！”黎董事长轻松地说，当然，也可能是想让我觉得轻松些。“你这哪是请假条嘛！都滴滴血、声声泪的，我们都看了，要是不准假，那我们都成什么了？刘文彩？黄世仁？周扒皮？啊？哈哈……”

黎董事长和其他几位领导都在笑，我紧张得头都要爆炸了，但好像又觉得领导们，特别是黎董事长，他们好像并不是有恶意的。总之，我手足无措，牙咬得紧紧的，口也张不开。

黎董事长接着说道：“小宁啊，韦经理和公司的困难我们想办法，以前没关心你们年轻人，以后我们会要求人事部门工作做得更细致些，多多关心职工的生活，特别是你们这些年轻人。毕竟在你们这一代，艰苦奋斗不应该再是主流精神了嘛！你安心结婚，安心回家看父母，就按你说的时间，到期回来上班，怎么样？”

我兴奋得腾地一下站了起来，又是点头又是鞠躬，连连感谢。

“哦，对了，我已经让人事部门安排公司的几台车作为你的婚礼用车，也好给你减轻些负担。还有什么困难，你就向你的韦经理说就行了。”黎董事长就像父亲一样，替我都打算好了。

这些其实我都还没开始想！虽说就剩十来天了，父母也不在身边，愣头愣脑地以为不就是把个老婆接回来嘛，如何去接，还真没想过。但领导都帮我安排好了，这可能也是我一直在这家公司供职的根本原因吧！

第六章　迈向新阶段

一个多月后，严格说是一个月零七天后，我又回到了省城却月市。

时间总是过得很快，却是满满的幸福感。当然，更重要的是，我真真正正地是一个大人了，是一家之主啦——只是名义上的，“妻管严”是男人的通病嘛！

我不在公司的这段时间里，我们的“三鼠”贝鸿涛也结婚了，这是我知道的，得了请帖也封了红包，就是欠了我的酒。

由于我不在，人事部门也终于给陶老师又找了一个帮手，一个帅小伙子，叫杜明浩。他学业比我晚一年，本科，所以工龄比我还多两年，先在一个同行业企业工作，有一些工作经验，企业不景气了，就跳了槽。

当然，更让大家伙儿高兴的是，我们技术研发部终于来了一位年轻的女同事，伊筱雪，今年应届本科毕业生。我刚回来，还没去公司，那帮臭小子们就告诉我说来了个漂亮的女同事，她也一直以部门第一美女自居，因为第二名在哪里八字还没一撇呢！

部门一下子又添了新丁，原来几个小间办公室就不够了。同时，为了工作起来沟通方便，公司专门规划装修了一个大间办公室，连经理带员工都搬在了一起。一时间，部门的人气上升了好几倍！

“这也有你的功劳啊！”韦经理把我像新进职工一样带到我的位子上后，神秘地对我说。

看我丈二和尚摸不着头脑的样子，他就用夹着铅笔的食指和中指指了指我的鼻子（呵呵，大办公室不允许抽烟，经理官大也架不住人多啊，手指缝就没烟夹了），“请假条，滴滴血声声泪的那个，你将了一军，人事部招人就快了啊！”

我不好意思地抓耳挠腮，一个劲地“呵呵”傻笑。

有了杜明浩的加入，陶老师稍微轻松了一些。虽然公司的订单越来越多，但毕竟又多了一个人，忙起来的架势和效果就完全不一样了。

我刚到办公室，向领导报了到，与新来的同事认识认识，并大大咧咧地寒暄了几句，就赶紧地跑去对陶老师问寒问暖：“陶老师，对不起啊！我把老师丢在这里受罪，我满世界去玩去了，该罚！我多加几个班，呵呵！”

陶老师笑呵呵地看着我。

我又一板一眼地比画着手指说开了绕口令：“我，婚了，但没昏，呵呵！这不，完成了人生一件大事，以后有人做家务了，我就可以轻轻松松地给陶老师干活了……”

我还没说完，立马就觉得自己犯了严重的语言错误。那几只“老鼠”（当然不包括“三鼠”了，因为他也刚结婚），还有韦经理，都哈哈大笑起来。

后来，韦经理总算是忍住了笑，又用夹着铅笔的手指着我说：“看把你能耐的！你还是和贝鸿涛一起交流交流经验，想想办法吧！唉，只怕是你的陶老师还要加班帮你了！”

其他人又是一阵欢笑，就连新来的女同事伊筱雪都在大笑，连嘴巴也不用手含蓄地遮一下。那当然啦！就数她最有优越感，这是个“妻管严”的新好男人时代嘛！

这就是有家庭以后的生活写照，我听得心里暖暖的，不免又飘飘然起来。

“好啦好啦！”陶老师最后说，“小宁你过来，我和你还有小杜要重新分一下工了。”

我和杜明浩都把椅子挪到陶老师的桌子旁边。陶老师看了看我已经准备好的工作日记本，又看了看杜明浩，然后把我的工作日记本扉页翻开看了看，望着杜明浩说：“小杜啊！你看看我们小宁，工作也刚刚两年，他的工作日志都快记完第五本了。他的进步与这是分不开的，建议你也学着点，日记本是公司发的，写完了再去领就行了。”

“宁致远你行啊，都可以当作家了！”杜明浩也看了看我的本子，说着话就扭过身子去就把他桌上那本韦经理前几天发给他的日记本和笔拿了过来。

“就像毛爷爷说的，‘明天终归是你们的’！我也一把年纪了，经理安排我照应着我们专业的事，但管理上我也是勉为其难。现在我们专业固定的员工就我们三个人，我们抬着干，我争取让你们俩都能够早点放单飞、挑大梁。”陶老师兴奋地说，并慢慢把目光转向我，“以前是我和小宁两个人，我带着你，你也进步得很快，特别是通盘管理，基本上是会了。”

“我还差得远呢！”我赶紧说，一方面真还有几分得意，另一方面嘛，也还真有点心虚，不知道陶老师把我吹那么高干什么。

“别在那里假谦虚！谦虚使人进步，假谦虚就是骄傲，使人落后，要么就是想偷懒，不想担担子。”陶老师假意恶狠狠地批评我，并把眼睛在我和杜明浩身上不时地转换着，然后接着说，“下一阶段，我的主要任务是带小杜，并审核你们俩的图纸。每个项目来了，小宁你来总体分配。大的项目先由小宁担着，并完成主要的部分，次要的部分给小杜；两年内，小杜先担着小的项目，也一样，主要的部分你做，次要的给小宁。”

陶老师喝了一口水，看了看我们，“我这段时间主要带小杜，不是不管小宁了，只是你要有什么问题，就主动来找我。不找我就说明你没问题，我就不操心了！你俩明白了没有啊？”

我和杜明浩直点头。

陶老师看了看杜明浩，又看了看我，然后眼睛落在杜明浩那里，“小杜的图纸由小宁先校对并签字。小宁的图纸嘛，开头一两个项目我带着小杜一起校对，然后小杜要学会独立校对。”陶老师眼光又扫了我们一趟——也许是两趟，因为突然发现陶老师的眼神很严肃，这种严肃我还是第一次看见，不免有几分紧张。

“小宁工作有两年了，小杜虽说刚来，但工作经历也好几年了。按照公司正在讨论制定的考核制度啊，估计是马上开始，最迟明年开始，你们就将为自己的设计质量负责，那可是真的罚款了！要扣工资的，因为你们到了该负责任的时候了。”陶老师顿了顿，以便从我们的眼神中确认我们是不是已经听明白了，至少是听进去了。“公司的规定迟早会出台的，这我知道，集团公司早就有。我先把话说清楚，免得以后互相扯皮。规定下来后你们就知道了，跟我今天说的应该差不多，那就是谁设计的谁直接负责，谁都不是领导，我也不是。我们的韦经理呀，可能还会因为你们错误的大小负相应的领导责任，甚至会被罚款的，你们好好掂量掂量哦！”

我们都在点头，陶老师还是要确认一下，“你们俩到底听明白了没有啊？”

“明白了。”我赶紧回答。杜明浩的回答比我还快。

按照陶老师的安排，我们开始了新阶段的工作。

虽说以前我已经对如何编制项目的计划有了较深刻的认识，从整理设计清单开始，并伴随着时间的积累厘清了逻辑关系，但毕竟都是在陶老师的把关之下进行的，所以每次完成得既愉快又有成就感。

但现在，甚至在以后，我还是会经常提醒自己，好像对设计清单并不那么自信了，总觉得少了什么，担心最后因缺少图纸而耽误其他部门的工作。计划安排的时间也是，我每个礼拜一开始，都要对照公司的计划，检查自己的计划是不是排好了，是不是能完成计划，该完成的是不是完成了。

设计图纸也一样，以前画好了，草草地核对一遍就往陶老师那里送，现在总要看两三遍，计算书也是至少演算两遍。如果两遍不一致，还得再来一遍。图纸弄好后，不管是拿到杜明浩那里去校对，还是拿到陶老师那里去审核，脚步好像总是挪不动，路上都还在看。

我也偶尔发现陶老师在看着我发笑，我摸不着头脑，又不敢问。有时候还偷偷在心里生陶老师的气，“还老师呢！就晓得幸灾乐祸……”有时候我甚至还嫉妒上杜明浩那小子了，看着他坐在陶老师旁边，歪着脑袋听，我就有气，那以前不是我的位置吗？

不过我醒悟得还算快，可能真如我自己所说，“新婚，昏了！”有一天，我突然发现我生老师的气和嫉妒杜明浩简直就是幼稚，都二十七八岁的人了还这么小气，不是自己觉得结了婚就是真真正正的大人了吗？这还不只是小气，是小孩子气！看来，以前在大树下面乘凉舒服过头了。

从这一天起，我的自信心又回来了。一些事情好像一看就知道是对是错，没什么好犹豫的——“就是这样啊!”做起事来也得心应手，步履也轻快了。

又过了一段时间，好像没几天，陶老师拉着我说：“小宁啊！你现在真的成熟了，我放心了，基本上可以脱手了。”陶老师使劲地拍打着我的肩膀，“记住，正确的判断来自于你知识和经验的积累。不管是技术，还是管理，你积累得越多，判断起来就越快，也越准。”

陶老师松开我，背着手、昂着头，好像思考了一下，然后对我说：“也要记住，切不可刚愎自用，偶尔要对自己的所作所为持一点怀疑态度，多听听别人的意见，多问问别人，这样，犯错误的概率就会低一些。”

我跟着陶老师一起走着，倾听着谆谆教诲。

陶老师突然又停下来，转向我，看着我的眼睛说：“千万不要害怕犯错误，只要认真对待就行。记住，错误可是个宝贝呀！发现了，就千万不要放过机会，我们将从它那里学习得更快，成长得也更快!”

是啊！“吃一堑，长一智”，我们似乎很早就懂了，但今天听了陶老师这一番话，好像才真正有点领悟。

陶老师说得没错，我们到了该负起责任的时候了。就在杜明浩见习期满不久，他就中招了，这给我们都上紧了“紧箍咒”。

第七章　乘叶飞

南航波音737客机一直向南，再向东南，侧身在海上盘旋了一圈，也好像只是大半圈。我正在心中赞美蓝色的大海，这是我第一次真正看到它，就听旁边有人在说："快看，那就是香港！"我还没辨清香港所在的方向，就在空姐甜美的声音中，忙不迭地收起小桌板，调直座椅靠背，用手摸了一下全程都系着的安全带，带着巨大的耳压，俯冲着奔向了深圳宝安国际机场的跑道。

"高科技是企业的力量，高质量是企业的生命"，这是我们企业文化的一部分。不仅仅是口号，我们更注重行动，因为我们公司从这方面得到了实实在在的收益。

我们技术研发部又添了丁进了口，力量获得了很大的提升。公司决定，在人力刚刚得到补充，而任务重担还未跳跃性加码的情况下，组建一个全面的考察组，对行业市场前景、前沿技术、配套市场状况等进行考察学习，为公司产品结构调整、新产品定位和新技术的研发储备方向等搜集一手的资料。

为此，公司特地安排分管工艺和质量的言教授带队，由伊教授、丁力成、"三鼠"贝鸿涛和我组成的五人考察组，"南巡"来了。

下飞机前，言教授再三叮嘱："我们五个人都相互照看着点儿，千万别掉了队。万一有人走丢了，就在领行李的地方等。机场人多地方大，找人很麻烦的（这时候可没有手机，连CALL机都没有）。"

这是20世纪90年代中期，改革开放的前沿阵地——深圳特区与内地有巨大差异。对我们年轻人来说，第一次来这个内地传说中的"花花世界"，那是异常的兴奋。别看都奔三十的人了，都高兴得跟个孩子似的。在出口处等待来接我们的人时，我们这三个老小伙子还觍着脸打闹着。

“你们几个安静点儿!”伊教授严肃地对我们说，“一会儿接我们的人来了，都显得精神点儿，装得老成点儿，别让人看我们就像看乡巴佬似的。”

是啊！听说这里人欺生，大省城来的又怎么样？内地人对他们来说那就是乡下人!

一会儿，言教授就对着一个方向微笑挥手，迈着气宇轩昂的步子——在公司可从来没见过言教授这样走过——向前走了几步，一个年龄与言教授差不多的人，伸着双手快步走过来用力地握着言教授的手，夸张地寒暄着。我也没听清他们都说了什么，只知道抬头挺胸、面带微笑地朝着言教授那个方向站着。

接着，伊教授恰到好处地往前迈了几步，伸出手去握伸过来的手。言教授相互介绍了一下，不免又是几句寒暄。再接着，我们也老成地微笑着走过去，好像言教授在介绍着我们，我记得这位老者并没有握我们伸过去的手，倒是夸张地向后退了半步，挺了一下肚子，双手开弓，拍打着我的肩膀，又擂了一下丁力成的胸，兴奋地说：“嗯！好，小伙子，小伙子好啊!”气氛一下子就轻松了，我们三个小伙子又回到自然样——当然还是有所克制的啦!

向车子走过去时，言教授大致给我们介绍了一下，这位来接我们的老者是言教授的大学同学，现在是我省交通行业驻深圳办公室主任的李总，我们在深圳的考察单位都是麻烦他老人家安排的。

来到车前，李总客气地拉开商务车的大门，请我们上车。我自作主张地把副驾的门拉开，请言教授上了车。大家笑着、客气着就了座。

李总跳上驾驶位，系好安全带，插上钥匙正准备打火，我们面面相觑，言教授忍不住说，“怎么，领导成司机啦?”李总一边打火一边说：“这就是深圳，这就是深圳速度啊!”

车行在路上，李总就谈开了：“我们老了，在这里都是年轻人的天下，行业开个会，我们老家伙一开始还大摇大摆地摆个老资格，找个正位置坐着，颐指气使地发表些想法。一个会开下来才知道，我们的意见啊，呵呵……是宝贵的专家意见！专家，知道吗？这里是深圳，在改革，一切都是新的，邓小平同志说什么来着？”李总打了个转向灯，大幅度地来回打了几下方向盘，接着说，“哦！‘摸着石头过河’，他们年轻人摸着过就行了，我们老家伙的思想跟不上形势啦！”

李总呵呵地笑了笑，抬头从后视镜看了看，正好与坐在中间座位的我对了个眼，“小伙子好啊！该让小伙子们担担子啦！你们这几个小家伙要好好抓住机会啊！在这里，不到四十岁就该从总经理的位置上退居二线了，免得老思想妨碍了发展。也真是的，我都向厅领导报告了多少次了，要他们派个年轻人来当主任。厅里最年轻的处级干部也都奔五十的人了，来了也白来，干脆等我把余热用光了再说。”

言教授和李总又拉了些家常，叙了些旧，一切都是年轻时的模样！一路兴高采烈。

又过了一个红绿灯，我透过微微开启的车窗，好像闻到了一股咸腥味，正在私下交谈，李总就说话了，“啊！是的，我们办事处在蛇口客运码头附近的大楼内，就在海湾边上，马上就到了。”李总说着，好像又想起了什么，像是自言自语，但声音还有点儿大，“年轻人做得到的，这里的年轻人也就三十来岁，他们都做到了！”

接下来车里一阵沉默，一直到目的地。

听了李总的一番话，我心中感受到一股巨大的压力，这股压力甚至盖过了责任，不觉一丝怅然骤起，扫过心头，但没留下太多痕迹，就又感到了隐隐约约的希望。是啊！我也二十八岁啦！内地发展可能是慢了些，但我也必须学会随着企业的发展而发展，即便还是一只不能展翅高飞的鸭子，站在公司这棵大树上，它在长高我不也在长高吗？只要站稳了，乘着树叶飞舞，不也是一种凌空高飞吗？

关键是，树叶总是有的，就看你是不是抓得住、站得稳。眼下言教授带队的“南巡”，不就是一片凌风劲舞的树叶吗？

在李总的安排下，我们在蛇口一家运输公司参观了一款进口特种交通装备。这是用户市场，需要广泛的供应商参与竞争以控制质量和成本，特别是产品能够国产化，可以降低初投资成本和营运成本，并使营运过程中的维护和保养、备件的供应都得到保障。听了李总对我们公司产品和业绩的介绍，这家公司领导非常热情地接待了我们。

在现场，我们将这款进口装备的总体设计、配套设备和系统的配置、制造工艺水平、表观质量等，对照我们生产的产品进行了较充分的对比。在获得允许的前提下，我们对能够获得的技术参数做了详细的记录，对我们特别关注的地方，还照了一些照片作为资料，以供后期分析之用。

在该单位豪华的会议室里，该公司技术和操作人员分别对进口产品的技术、性能等指标做了介绍，并从使用、维护和保养的角度对该装备及其配套设备和系统的优缺点进行了比较详尽的讲解，希望我们在研发设计过程中学习它的成功经验，避免其不足，想办法改进，做出更好的产品，并表示愿意第一个“吃我们养出的螃蟹”，希望我们能够早日将这类装备国产化。

对方也听取了我们对公司和产品的介绍，并对我们的咨询做了尽可能详细的解答。

“总之，就是希望你们能够早日开发、制造出同等甚至更好的同类型产品，让我们早日用上自己国家的产品。产品的本地化，对我们用户降低各种成本，提高在用率，保障服务的及时性和安全性都有很广泛的现实意义啊！”最后，这家运输公司的总经理对我们提出了殷切的期望。

通过参观和交流，我们不仅学习了解了该类产品在国际上的发展现状，以及相关信息和知识，更使双方增进了认识和互信，为公司经营市场开拓寻求了一条新的路子。

同样是通过李总的介绍，我们还参观了在蛇口、中山和番禺的几家中外合资制造企业，接见我们的都是中方总经理。

这几家企业基本上都是利用外资方的订单和图纸，以及中国内地的廉价劳动力进行制造。所以，这是一个获得一手技术指标和工艺资料的机会。然而，这几家制造业与运输公司不同，他们是我们的同行。毕竟“同行是冤家”嘛，即便是李总的介绍，加上校友和同学的关系，但除了礼节性的接待和泛泛的介绍，有含金量的信息收获甚微。特别是中山和番禺的那两家企业，连生产现场都没让进。

在蛇口那家制造厂，年轻的总经理热情地接待了我们，并把我们带到车间外围看了看。

“同行是冤家，希望你们能够理解呀！朋友归朋友，在商还得言商，我的老板也盯着我呢！”总经理耸耸肩无奈地说。

是啊！也不能太为难人家，毕竟人家是给“资本家”打工的。就算是总经理，那又怎么样？还得维护老板的利益，否则饭碗就给弄丢了。

言教授和伊教授缠着总经理有一搭没一搭地絮叨，我们几个小伙子贼眉鼠眼地在一旁听着。突然，丁力成轻轻拽了拽我的衣服，我一回头，看见伊教授对我使了个眼色，我一愣，马上有所会意。这时，言教授已经拉着总经理转过身背对着我们，面向着另一个车间谈论着什么，“三鼠”轻轻说了一声“快”，我们三个小伙子就一闪身进到旁边的车间里去了。

乍一进车间，里面热火朝天，轰隆轰隆、叮叮当当成一片。这阵势，一下子把我们给镇住了，三人不觉一愣。

戴着红袖章的安全员看了看我们，赶紧用手示意我们打住。我心想，“坏了！”丁力成也从容地、不显山露水地把相机藏在了拎包里。

“你们好！”安全员用广东普通话说，“我们总经理跟你们强调了安全没有啊？车间里不安全的因素很多的，你们只能在安全通道里走。只有那些没有人施工的地方，你们才可以靠近看。知道吗？请配合一下啦！”我们马上表示同意，十二分地保证注意安全，不给领导添麻烦。

“哦，对了！”安全员离开了几步又突然转身说，我们做贼心虚地又吓了一跳，“请跟我来，每人领一顶安全帽，不戴安全帽是不能进入车间的。要不然，我也要挨批评的啦！”

在车间内的办公室，我们穿戴整齐，安全员又逐个检查了我们的帽带是不是都扣好了，然后又一再强调："一定要小心听着各种警笛、警铃的声音。一般就是行车呀叉车呀什么的在接近你，一定要注意避让的啦！看完了，要记得把帽子还回来。"我们马上点头并深表感谢。

可能安全员看我们是与总经理一起过来的，所以还以为我们已经获得同意了。看来，现场安全员不小心打了个盹儿啊！正好没看见我们是如何避开他领导的视线偷偷潜进来的。

接下来，我们分专业快速、认真地在车间疯狂地"掠夺"，不时地小声说："快，这里！"丁力成就赶紧扭摆着相机给照下来。当然，他没有忘记关闭闪光灯，免得太招摇。很快，带来的两卷柯达胶卷就用光了。

藏好相机，我们快速地还了安全帽，从车间另一边的门出来，故意大方地在路上一边指手画脚一边评论着眼前的风景。

言教授看见我们后，嗔怒道："你们几个干什么去了，厂区有安全生产管理规定，千万别给领导添麻烦！"

总经理无可奈何地看着我们，但也还是微笑着摇了摇头，那意思肯定是在说"耍小聪明"。

无暇流连深圳诱人的世界之窗、购物广场，更没多考虑一下有些神往的沙头角中英街，我们一行五人乘船离开深圳，来到了珠海。

在珠海，我们在伊教授的带领下拜访了他同学所在的一家国有工厂，生产的产品与我们有一些相似之处，不过是传统产品。

伊教授的同学是厂里的中层领导，看到我们中只有言教授和伊教授有名片，就善意地批评道："交换名片是一种礼节，有讲究的啦！如果等会儿我们领导给你们名片，而你们没有回赐，那很不好，不礼貌的啦！"

伊教授赶紧解释："出门匆忙，不好意思！"并回头对丁力成说，"你赶紧带他们去印。"

实际上这也是我们公司管理上的疏忽，内地企业嘛，都差不多。考虑到我们技术人员与外界打交道少，为免浪费，就没有给我们这些“小萝卜头”印发名片。在回公司后的考察报告中，我们专门针对名片与礼节的关系做了汇报。公司立即采纳了建议，并在随后的管理过程中为每个员工配发了名片。

同样，我们无暇去一睹珠海渔女的芳容，也未光顾拱北贸易市场领略澳门市场的光怪陆离。为了赶时间，五人挤在一辆“黑的”中去了中山那家中外合资企业。作为同行，我们也只是喝了一口水，聆听了些许无关紧要的信息（可能离深圳的李总远了点儿，热情也就淡了些）。然后，我们又挤着“黑的”去了番禺的一家引进国外先进技术并吸收转化、生产新型配套产品的乡镇企业。

在当时，这家乡镇企业生产的配套产品专门针对与我们公司类似的新型特种交通工具。由于该产品在国外与这种交通工具相伴成长了近十年，在国内这种交通工具的市场刚崭露头角之时，这个老板就嗅到了商机。南方改革开放前沿阵地信息之灵通，创业之热烈，可见一斑。

在利用二十多年前生产队老仓库改造的车间里，我们见证了“只怕想不到，不怕做不到”。这种配套产品解决了困扰我们近两年的难题。虽然坐在简易的木质长条板凳上，面前是那张曾经是木工工作台的办公桌，心中还有些忐忑，但看到旁边一班子工人正在用先进的工具制作着，车间的一角还堆放着一批经特别保护和包装等待发往国外的成品，我们当即就与这家乡镇企业签订了合作协议，并把我们的基本数据附上，希望其尽快完成适合我们产品的试制。

这家乡镇企业从此开始了与我公司的长期合作，其成长非常迅速。一年后，我们公司再去考察时，看到的已经是一家现代化的花园工厂了。接下来，该企业在国内、国际行业博览会上都有相当规模的展台。这也是成功企业的一个典范。

晚上，在去餐厅的电梯里，言教授突然用手撑在电梯箱壁上，好像站立不住，虽然并不明显，但还是被我发现了。我发现言教授面部有一丝痛苦的抽搐，并在口袋里慌忙地摸索着什么。我从没经历过这种状况，只是无所适从地看着他，心里很慌张，但不知道该怎么办。言教授发现了我的慌张，赶紧把一只手的食指放在嘴唇上，示意我别声张，然后另一只手已经从口袋里掏出来一个小药瓶，哆嗦着拧开，倒出一粒——也许是几粒，猛地丢进嘴里，喉结只是那么上下一咕嘟，就干干地咽下去了。

“救心丸?”我心中正紧张地嘀咕着，电梯门开了。言教授扶着我的胳膊，还使劲地捏了我一下，边走边小声对我说：“别担心，可能是这几天太赶。没事儿的，别让大家知道了，免得着急。”

第八章　关心

太赶！没办法，计划还得赶！

虽然我不知道言教授到底怎么了，但这个年龄的人，心脏病的可能性很大。一种对父辈该有的责任撞进了我的心头，我从此多了个心眼儿。

在番禺的最后一个项目是去拜访深圳李总介绍的那家中外合资企业，虽然有前两家的“不良”经历，但有鉴于该公司的总经理是伊教授拐着弯儿的同学，早年还有些交情，我们还是如约去登门拜访了。

正如所预料的，我们得到了该总经理的热情接待，并有幸让我们参观了接近完工的产品，但就是无论如何也不同意我们进车间。那是一间巨大的全封闭车间，仅仅远看外表，就能感觉到它的分量。当然，接近完工的产品，其外部油漆已经涂刷完毕，内部装潢和安装也接近尾声，制造过程的痕迹已经被很好地掩盖起来。然而，无论如何，“外行看热闹，内行看门道”，我们还是能够领略到该产品设计的先进性，也能感受到工艺水平的高度。更重要的是，我们发现了我们还有差距——不小的差距，也得赶，抓紧赶！

虽然有深圳李总当司机的先例，但在考察过程中，该总经理一会儿去兼任公司货车司机转运刚到厂的设备，一会儿又去客串叉车司机把设备送去车间，真是让我们瞠目结舌。下班后，当他客串职工班车司机，载上我们去广州时，我们已经不感到有什么特别的了。

“给‘资本家’干活，何况还有我的股份呢！我也算是小老板，一专多能，省下的都是自己的。再说，我闲着也是闲着，哈哈！”在伊教授确实忍不住表达了疑问后，他的这位拐着弯儿的同学不以为然地说。

这种观念，内地和南方还真是有巨大的区别啊！改革开放、市场经济，中国幅员辽阔，差别巨大也是正常的吧！

来到广州的当晚，我就偷偷动员伊教授，让他提出主张，与言教授一同留下来休整一天。同时，我和丁力成统一口径，让“三鼠”贝鸿涛也留下来，说是整理考察报告，其实是照看两位老教授，以便应对不时之需。

第二天一大早，丁力成和我去了广州南边乐从的一家工厂，考察公司急需的生产设备。来回班车路程不短，加上在该厂还要做试验，所以返回广州酒店已是下午四点多了。

一到酒店，“三鼠”就说：“出事儿了！”原来，伊教授并不知道言教授的病情，没留下来一起陪伴休整，只是让贝鸿涛陪言教授在酒店休息，他自己不辞劳苦，单独出去购买回程机票，并拜访广州某大学同学，希望能够再多搜集一些资料。其时，市场经济发展导致的浮躁现象严重，各色人等奔赴广州淘金，导致广州治安环境较差。伊教授刚下公共汽车，就被早已跟踪左右的小偷明火执仗地当街抢去了装有机票、身份证和少量现金的纸袋。伊教授上了年纪肯定追不回来，赶紧到附近派出所报了案——机票和钱事小，没有身份证没办法再买机票和乘飞机了，那可是大事。伊教授在派出所打来电话到酒店，简单告诉了贝鸿涛状况，然后还在派出所等着，指望警察至少能够把身份证找回来。

我一听，凭直觉就知道警察找不回来了，等着也没用。但我们只有派出所名称和地址，那时候打电话来是酒店总机转到房间的，也没留下派出所的电话号码。打110和114，嘿，居然还没登记，好歹是派出所啊！总找得到的吧？但等了一会儿，没有110和114的回音。眼看天色将晚，我让“三鼠”留下照顾言教授，然后就抓了一张地图，拉着丁力成壮胆，也顾不得省钱了，打了个出租车，照着地图的指引，拐弯抹角地奔那家派出所去了。

路上，我总在担心伊教授可能一着急就去追那个打劫的人，那岂不是一把年纪还被一个甚至几个丧心病狂的歹徒给打了？一时心中烦闷，不免时时催促司机快点开车，可怜广州这会儿正是堵车高峰，司机骂骂咧咧，好像永远也到不了。

一进派出所，在接待室见到了伊教授。还好，虽然又气又急，脸色有些苍白，但他只追了几步就放弃了，来到了派出所报案，人总算健康完好。

现在各单位都下班了，经过一再央求，派出所值班民警分别打电话到民航和公安局，帮忙了解如何处理登机事宜，最后汇总各方信息，结果只能是由该派出所出具证明，我们出具传真的户口信息，公安局可以特别办理临时身份证明，供购买机票和办理乘机手续，但申请后至少要三个工作日才能核准并办好临时身份证明。

接下来是星期天，我们的户口信息至少要礼拜一才能从家属处收集起来传真给我们。一来二去，一个礼拜后我们才能回得去了。

我和伊教授商量了一下，只能辛苦两位老教授坐二十几个小时的火车了，我们争取买到卧铺票。

在我们再次的请求下，值班民警好事做到底，又致电民航寻求退票办法。答复说，派出所出具证明，我们凭身份证号码到民航直属售票大厅办理退票，办理时间可以为我们延长到晚上八点。

时间紧迫，我们千恩万谢地离开了派出所（没抓到小偷或者抢劫犯也不能只怪该派出所。时下世风如此，除非你运气好得不得了），打车赶到民航售票大厅，幸亏报案及时，抢劫犯也没退走票（没准退票还能被逮住，机票和身份证还回来了呢），顺利地办好了退票，领到了失而复得的现金，把损失降到了那剩在袋子里的百十来块钱，我们的心情一下子就多云转晴了。

我们风风火火地赶到火车售票大厅，一问，没票了！看我们着急地不想离开，好心的售票员补充了一句："不过，卧铺还有，要不要？"

我一听，与丁力成和伊教授对了个眼，心想：你早说啊！我们想要的就是卧铺票啊！要不，这俩老爷子怎么受得了啊！

我当时就兴奋地掏钱，赶在窗口关闭前买到了次日的返程卧铺票，一颗悬着的心总算是踏实了。其实，当时卧铺票基本上还是奢侈品，买的人少，而我买票时情急之下也没说清楚，这一阵闹得，心跳都快停了。

回到酒店，已经是晚上十点多，肚子里“咕噜”一阵响，才想起来大家都还饿着！好在广州是个发达的城市，我们住的地方基本上就是“不夜城”，这会儿并不晚呢！吃晚茶的地方也多，为了给伊教授压惊，也庆祝我们考察计划完成，虽然最后出了点小插曲，但还好有惊无险，言教授领着我们特地选了个像样的去处，美美地享受了一顿，还弄了点儿小酒。

一般来说，作为同级别最低层次的员工，都是按年龄长幼排序。在这件事上，我虽不是年龄上的老大，但情急之下出头做出了决定，牵头办妥了事情，好像改变了一些状况。当时并不知道，还是以后经历了几次后我才发现，那就是每次出差，只要有我在，我就被授命成了“管家”。

我们一行五人“南巡”考察团回到公司，晏伯辉总经理亲自主持了报告会，黎董事长也列席了会议，公司中层以上干部和技术研发部、经营部全体员工参加。会上，言教授将我们汇总的考察报告进行了汇报，并额外对我们三个年轻人提出了表扬，还简单地提到了我应对异常状况的沉着冷静。

这次考察的成功，为公司下一步产品开发和市场开拓方向的决策提供了一手资料。公司很快就决定，在努力稳固目前已有的南方市场外，为避免恶性竞争，将市场主攻方向转移到东部和西部；由于东部目前已经有了一定的基础，所以，在开拓东部市场的同时，注意向北推广；西部目前是空白，应作为重中之重。根据这一决定，下一个研发的产品将以适合西部自然环境、满足西部市场需求为基础。

新产品研发需要进一步了解当地的人文和自然环境，在推介公司现有产品性能、增进用户了解和理解的同时，摸清当地用户群体的普遍要求和特殊要求，这又需要进一步进行实地考察。

公司和技术研发部研究决定兵分两路，一路由伊教授主持，前期由陶老师、丁力成和“三鼠”贝鸿涛参与，在南巡考察成果基础上开展初步研发工作；另一路由技术研发部韦经理带队，言教授、我和“五鼠”江明杰参加，一行四人组成“西游”取经团队，赴重庆及周边地区考察。

由于当地天气原因，我们乘坐的飞机在天上盘旋了不知多少圈，也未能获准降落。空姐强装笑脸极力安抚着焦躁的乘客。就在我的精神接近崩溃的边缘时，空姐兴高采烈地通知，可以降落了！

出了机场国内到达大厅，去出租车排队点还有一段不近的路程。韦经理和“五鼠”江明杰正在前面边走边飘飘欲仙地吞云吐雾，声称还要把民航造成的损失补回来，而我则背着自己的行李，拎着言教授的行李，慢慢地跟在言教授后边。

不出我所料，虽然这会儿没赶什么路，但飞机在空中盘旋太久，不免让人心中紧张，有点儿心脏病的人，肯定很难受，弄不好就会犯病。这不，在我执意要帮忙拿行李时，言教授先是极力推辞，但还是拗不过我的坚持，就索性让我帮忙拿着了，现在又从上衣口袋里拿出了小药瓶，囫囵地吃了药片儿。虽然他的动作很含蓄，但只要用心留神，就一定能看得出来。

“言教授，心脏是不是又不太舒服啊？”我疑虑又关切地问。

言教授揣起药瓶，轻轻地拍了拍我的肩膀说：“小宁啊，难得你有这份细心啦！上次在广州时，我就注意到了。现在的年轻人，别看都三十来岁了，有你这种修为的人越来越少了！”言教授稍微停顿了一会儿，“是啊！我有冠心病，现在工作忙，加上年龄越来越大，发病的概率越来越高。你看看，我口袋里伸手就能拿到的不是别的，而是药瓶，没办法啊！”言教授又拍了拍我的肩膀，“不过，幸好你们成长得快，像你，将来一定有大出息的，到那时，我就可以颐养天年了！”

说话间，就到了出租车乘车点，言教授用眼神示意我不要声张，我就装着没事儿一样，与言教授有说有笑地一起排队了。

“西游”考察比较顺利，也都是用户单位，都希望我们能够开发出我国自己的产品，提升他们的运力和服务质量，并提升运输安全性。所以，按说一般都该由供方请客吃饭埋单的，但热情的客户却反过来招待我们。走的时候，有的还送了当地的土特产，算是给我们的鞭策。美中不足的就是各个考察点之间山高路远，在路途颠簸的时间远远多于工作的时间。

回程又受到天气影响，本来早上九点多的航班，硬是延误到午夜零点前五分钟才开始登机。我们幸亏有丰硕的考察成果和成就感带来的兴奋，在机场候机也未见得有太强烈的反感，反而还休整了一下，缓解了旅途的劳顿。

当我把言教授送到他家时，已经是凌晨三点多了，而在我从出租车上下来，带着沉甸甸的收获走进小区大门时，不由自主地抬头向东张望了一下。穿过黛色的楼群，东边天际已经开始放亮，低低的一线暗白中透出一丝暗黄和暗红。

新的一天正向我们迈步走来！

第九章　成功之母

在我们“西游”取经回来的时候，伊教授的研发团队在公司既有技术和“南巡”考察成果的基础上，已经有了初步方案。特别是吸收了考察中所搜集的国际先进设计理念，在总体布置和结构设计方面，引入了新颖、现代的思想，与我国该行业产品，甚至与我们公司之前已经出厂的产品相比较，都有很大的改观。可以说，我们公司的产品研发又上了一个崭新的台阶，在产品投放市场后，必将引起新一轮的热潮。

韦经理主持“西游”考察成果报告会，对我国四川及西部地区的广泛市场需求，以及用户的殷切希望，都做了详细的介绍，并特别强调了西部山川海拔落差大的自然环境和弯急坡陡的交通路线状况，要求我们在研发设计过程中，对材料和设备的选配、操纵性和耐受力等方面高度重视。

“我们的产品不仅要看起来与众不同，更要能够与当地的水土相符，接地气，这才能够成为成功的产品。”在言教授、我和“五鼠”江明杰做了补充发言，并认真地听取了研发小组的汇报后，韦经理做了简明扼要的总结。

有些话说起来容易做起来难；有些精神不难听懂却难于领会透彻；领会透彻了的精神要与具体实践充分吻合，当然又是一个高度了。这尤其是在产品研发阶段，因为涉足的是新领域，并无太多经验可循，更没有宝贵的失败教训可供吸取和用于警醒，不知不觉中，就极有可能跌入陷阱而不自知。

在我回到研发小组后不久，有一天，我在翻阅配套设备资料时，突然发现了一项已经确定的决定似有不妥，那就是用于该新型交通运输装备的主推进发动机可能并不适合我们刚刚完成考察的西部地区使用。

用于产品的主推进发动机是产品研发设计之初就必须核算、论证并确定下来的，因为它不仅决定了产品的主要性能指标——承运能力和运行速度，更决定了其在该产品中所占据的空间，从而决定着产品的总体尺度和布置形式。

主推进发动机一般都是采用合适功率标定的成熟产品，并不是新研发的产品，也正因为这一点，往往容易被人忽视，即便它是决定研发设计的产品性能的首要配套设备。

“陶老师，”我走到陶老师办公桌旁边时，他正在审核一份由杜明浩设计的图纸，用红色铅笔在图上勾勾画画，所以我一直等到陶老师把手头的那部分审理完，收回思路，摘下老花眼镜抬头看我时，我才接着说，“我们这个产品的主推进发动机的功率好像……”

陶老师看了一眼我手上拿着的发动机资料，还未等我说完，就抬了一下手，示意我停下，并欣慰地对我说：“嗯，我果然没白教你。你是说这款机器的功率标定不适合我们正在研发的产品的使用环境吧？我等了你几天，看你能不能发现。不错，比我预计的天数要少。”陶老师用手指了指他办公桌旁边的一把椅子，“坐下，谈谈你的看法。”

我本来还心存顾虑，心想这是陶老师在研发之初确定的，那几天我们正在“西游”的路上跋山涉水呢，而我现在却去指出老师的不是，总有些底气不足。陶老师估计是看透了我的个性，所以及时地打断了我，并稍加点拨和褒奖，我的勇气一下子就被调动起来了。

“是这样的，我今天突然记起您说的关于负责任的思想，心想虽然您也在这个项目上，但毕竟您是把关的，而我是该项目的专业负责人，所以我就想，我必须对该项目本专业的内容有全面的了解和把握，哪怕是您完成的那一部分。因此，我就根据以前您教导我的思路和程序，从头看了一遍。”我一激动，语气就急促，都快要结巴了，“本来我已经看过去了的，突然想到考察时用户单位的专家给我们的提醒，脑袋里一下子就充斥着我们考察时乘坐的交通工具在爬坡行程时的轰鸣，就又专门回头看了看，结果就发现，我们选择的发动机功率，其标定的使用状况恐怕不能满足实际需要。”

“嗯，”陶老师此时神色变得凝重了，“我当时也是这样说的。你看看，这个功率在每十二小时中只能使用两小时，其余时间将自动降功率运行，而我们的产品市场定位呢？当然，首批产品的用户提出的要求也是这样的，那就是该产品每天跑往返班次，往和返都是三到四个小时啊！”陶老师说着说着不免有些着急和激动，“这个标定的功率，单边行程没跑完，速度就跑不起来了，驾驶员肯定首先想到的是该产品出故障了。哼！真的故障是能修好的，但这个不是故障，是问题，修都修不好啊，先天不足嘛！”

趁陶老师喝茶的当儿，我插话道：“是啊！哪怕是采用十二小时六小时的标定功率，也还勉强够，就是机器大修期来得快点儿。这倒好，一个单边没跑完就不行了，如果赶上哪台排班为下坡往上坡返的，才走到半道儿，油门踩到底速度也上不去，那还不把人急死啊？何况像这样用机器，没几天不垮才怪！”

“是啊！当时讨论决定时，我们都说不行。如果要换，机器的型号就要上一档，体积重量都加了不少，对产品总体性能又不利，那就只能更换发动机的品牌了！”陶老师说着说着就有些生气了，“我们是搞技术的，不是说科学的东西来不得半点儿虚假和骄傲吗？但有时候做决定的人是商人，特别是有技术权威帮腔的商人。这个发动机生产厂极力想把该产品推广到我们的产品领域，通过我们打开新的市场。厂领导很重视，厂长和总工都来了，在会上当面做了承诺。我说要形成书面承诺，而双方的领导都说在合同中规定就行了。合同，是采购部的事，我们技术研发部不参与，但愿他们能搞清楚。”陶老师又喝了口茶，叹了一口气说，“再说了，如果发动机真的不行，就是在合同上画个老虎又能怎样呢？”

这件事，一直压在我心上不能释怀。不是因为我发现了问题有多么了不起，而主要还是我首次在项目研发设计中真正意义上负责。

研究生毕业前夕书记的话一直在提醒我，“坚定的工作立场，待人以诚的作风，稳重成熟的职业观。”要做事就要负责任地去做，要有一举成功而没有闪失的决心；作为年轻人，也要追求成就，要努力做到像一个炮仗一样，在噼里啪啦的鞭炮声中炸响，能引起别人注意。要追求进步，时刻准备着，有机会就有可能是我的；没有任何准备，机会再多，于我也不相干。加个油，来一点儿强劲的动力，向高一点儿的枝头蹿一蹿……

时间过得真快，一晃几个月就过去了。我们研发的该型产品中，第一台完成了所有的检验与试验，顺利通过竣工验收，在隆重的交接仪式结束后出厂了。

公司上下、用户单位，也包括发动机生产厂家，都笼罩在节日般的气氛中，为各自的成功而欢欣鼓舞。

而我心中却依然忐忑，禁不住又跑去陶老师那里。

“是的，按照试验大纲，发动机满负荷运行只需要两小时，也就只连续运转了两小时。你也看了，所有的热工参数都是在合格范围内的，至少说明了这款机器的功率标定还是正确的。”陶老师看我还没有放下当初的念头，试图安慰我几句，但也看得出来，他也一直还记挂着。

“陶老师，”我无法消除心中的顾虑，“虽说产品交付了，好像万事大吉，但我们还有一年的质保期呢！我这几天找了我的一个学法律的同学问了一下，他现在已经是律师了。他说，如果产品本身经过技术鉴定确认存在缺陷，而不仅仅是不合格，那我们公司对该产品终身都得负责任，所以我仍然很担心。”

陶老师使劲地看了我一眼，就好像才认识我似的，也好像要在我脸上确认一下什么。“哦！你考虑得很周到，我还没想到这一步呢！看来你真的成熟了。”陶老师说着，不免心情沉重，“无论如何，该发生的都已经发生了，现在只能寄希望于发动机厂家的自信了，也许他们的产品在标定功率时本来就留有余地呢！要不然，他们的厂长和总工凭什么打包票啊？”

我和陶老师又谈论了一会儿该产品研发设计中的成功之处和要改进的地方，并就检验和试验过程中反映出来的问题商量了一些解决方案。由于时间紧迫，陶老师和我做了分工，要求尽快修订好图纸，保证不耽误后续产品的生产进度。

“你年轻，后边的路还很长，工作中谨慎些对你有好处。但在这件事情上，你不要背思想包袱，毕竟是我同意了的，问题也提出来了，还是在会上讨论决定的。所以，即便有事，也不会由哪一个人来承担，更不会怪罪于你。”最后，陶老师见我仍然纠结于心，便轻轻地在我肩上拍了拍，安慰道，“好了好了，你安心做好下一步的工作吧，就当没这回事儿！要知道，当断则断也是一种工作作风；否则，久拖不决，工作更没办法开展了。所以，也不要一味地纠结于已经过去的事，把眼光放长远些，万一真的有事，再来解决嘛！”

然而，若真有事，心中怎么能放得下呢？若原本就有事，又怎么能逃得掉呢？但愿如厂长和总工所承诺的那样吧，毕竟自己的孩子自己最了解！

首制产品出厂后，用户单位空载试运行了一个月，就批红挂彩地投入了处女行。也就在这一天的下午，我们公司售后服务部、经营部和总经理办公室的电话就几乎被打爆了，其中还有几个打到了我们技术研发部，陶老师都拦住了我，他自己去接了。

担心的事情真的发生了，我的心情反倒一下子坦然了。一时间，我甚至怀疑自己是不是在变态地幸灾乐祸。不过，我很快就在心中把这个“恶毒”的念头给赶走了，“天地良心！”

我们技术研发部赶紧投入善后处理工作中。

因为之前我和陶老师多次担心此事，所以都已经想好了备用方案。在售后服务部组织的会上，陶老师沉着地提出了这个在心中积压已久而又无可奈何必须使用的方案。

在一番简单的讨论后——其实都谈不上讨论，只是大家一起核实了一下手头的资料，公司领导就决定采纳了这个方案。

最后，在会议结束前，陶老师又补充道：“公司发展有好几年了，这才出了第一次大的事故，已经是万幸了！”陶老师快速地扫描了一圈在座的人，最后，眼光在黎董事长、晏总经理和颜总工程师脸上来回走了几遍，接着说，“我们做的是大工程，产品成本动辄上千万，甚至几千万。很多配套设备本身也很复杂，价格不菲，其各项指标更是不可小觑，所以在采购设备前，特别是大型设备，如今天谈到的发动机，应该由甲乙双方的技术部门签署技术协议，甚至由总工程师最终签批。这已经是国际惯例了，我曾经见过到我们公司的进口设备代理商有与其他公司签署的技术协议，但我们公司还没有引起重视，还没签过。签技术协议不仅仅是走法律程序，其关键在于，把关的人多了，就会少犯错误，甚至不犯错误，更不会因'一言堂'而造成损失。"

我们公司这一次西部考察开拓的市场，在用户单位的殷切期望中诞生，在售后服务部主持更换了发动机后结束。时至今日，我们公司再也没有能够踏足该市场半步。

难道能怪用户启用一直在我们后面追赶的竞争对手吗？难道我们真的是被发动机生产厂给坑害了吗？难道这不是我们拱手相让了市场机会吗？难道我们真的没有看到和感受到用户单位在这次难得的合作中所蒙受的损失，以及险些也被挤出了他自己的市场吗？

商场如战场，有时候有竞争对手的冲击对我们自己的发展有好处。但代价是残酷的，特别是这种无法挽回的损失。

在我的职业生涯中，我在本专业负责的第一个项目就这样以不甚高明的失败而告终。"也许是机缘巧合吧！"我这样安慰我自己。

而陶老师就这件事对我的影响的看法却不一样。在所有该处理的事情都完成了以后，陶老师专门对我进行了谆谆教导。

"失败乃成功之母！你都忘了？"陶老师严肃地对我说，"正如我之前说的，你要充分珍惜这个失败，它可是惠及你一生的宝贝。在工作中一帆风顺往往让人丧失警惕，而时不时地磕绊一下，反而能使你头脑保持清醒，尤其在一开始。所以，只要你真正吸取了教训，我相信你以后很难再犯错误的。"

我不由得释然，并且充满了信心。正如陶老师所说，在以后的工作中，几十年了，我还真就没有犯过一次直接责任事故呢！

第十章　于细于易

公司蓬勃发展的主流仍然势不可当。

偶尔的失败，被某一个客户抛弃，真正在市场上摸爬滚打的人都已司空见惯。毕竟市场很大，任何人也不可能真正垄断，更不用说去独占市场。

虽然很惋惜，但我们也不可能一直纠结在一次失败上而停滞不前。痛定思痛，我们很快又投入一款新产品的开发中。我们坚信——至少我坚信，失败所带来的宝贵教训，只要你能去吸取，从方方面面，那都是取之不尽、用之不竭的财富，“前车之辙，后车之鉴”！

这个新产品研发的思路仍然来源于“南巡”和“西游”考察的成果，而其定位却在我国更为广阔的北方市场。

相比改革开放的前沿——南方，以及以时尚之都上海为核心的东方，北方市场相对更沉稳。以首都为核心，以北方重工业基地为基础，改革开放十几年了，北方市场在我国的领导地位仍然难以动摇，新产品要想在成熟产品坚如磐石的市场中打开一个突破口，谈何容易！所以，针对北方市场，产品的定位除了我们的特点以外，首先要大气，其次要新颖，而其核心仍然是成本要符合市场环境。这样，产品投放市场时就能做到石破天惊，市场的大门便自然被打开了。

该型产品的定位是总体尺度和承运能力上一个新台阶，一方面为目前公司产品结构新增一个更大的型号，扩充产品序列；另一方面，也是其主要思想，就是想以北方大市场为牵引发动机，拉动全国交通运输工具的结构更新，从而扩大公司产品在全国的整体市场需求。

“天下大事必做于细，天下难事必做于易！这个项目虽然新、大，但只要把它按我们之前的思想和程序进行分解，你就会发现，原来崭新的东西并不多，困难也不大嘛！突破口一下就暴露出来了，甚至连解决问题的办法也跟着就来了。”陶老师看着我面对新项目，似乎仍然未走出刚刚失败的阴影，显得无所适从，专门走到我的办公桌旁坐下，对我进行开导，帮我厘清思路，“上次那个项目总体上说是没有成功，但细分下来，除了发动机选择上有问题外，其他部分都没有问题，至少是没有大问题。这就是说，我们依然是成功的，只是稍微被绊了一下，跌了个小跟头。没什么，爬起来就行了！”陶老师一边说着，一边用力地拍打着我的手臂。

“谢谢陶老师！”我尽力释然，感激地说，“我知道您这是在着力培养我呢！有一段时间我被累得犯糊涂了，心中还直吃杜明浩的醋呢。当时心里就想，陶老师有新徒弟了，苦头就让我一个人吃。还好，我很快就明白了，您这是给我机会呢！”

我不由得挺了挺胸，坚定地说道：“您放心，我不会让您失望的！”

“嗯！你也不要只感谢我，其实把你们培养出来了，以后你们能独当一面，也能带新人，我就能够享清闲了！”我去陶老师桌上把茶杯拿来，陶老师满意地喝了一口，“你把你之前的工作日志拿出来，我们重新整理一下，以后你就算是出师了。你不来问我，没有大事，我也就不再像以往那样罩着你了；否则，你成不了大气的。”

陶老师帮我从头快速地整理了一下设计研发的工作思路，统一了意见。陶老师眼中闪烁着光芒，语重心长地说：“以后啊，无论项目如何，工作程序可以基本一样，这就是所谓的程序化。按程序做事，你就可以机械化地运转，工作上就不容易犯原则性错误。”

可以说，这一次的总结，使我对我们专业的工作在管理方面的理解又上了一个新台阶。

陶老师欣喜地接着说道：“你要想做个有心人的话，就不妨把我们的这个工作思路或工作程序整理成文，方便你自己学习和使用，也可以方便杜明浩和后来的同事快速地上手。”

确实，如陶老师所说，把做事程序化，分细、分易，工作开展就顺利多了。在21世纪的第一年，我们公司建立ISO9001质量管理体系的时候，时任技术研发部副经理的我，主持编写部门工作程序和作业指导书时，就是基于今天陶老师的教导成果和我整理的这个文件。

陶老师起身去自己的办公桌上拿来一个文件夹，翻开后草草地给我从头到尾看了一遍，边看边说："这是一份极其简单的发动机宣传样本。你先看看，后面还有几样设备的技术协议，你也从中归纳一下思路。"

陶老师又返回到文件夹的第一页，也就是唯一的一页发动机样本，"本项目总体部分已经初步核算过了，发动机的功率较大，这样高功率的机器，目前国产的还没有，只能依赖于进口，这是采购部送来的样本。"陶老师顿了顿，"嗯，要吸取上次的教训，我在会上提到签署技术协议，这一台发动机的技术协议将是我们的第一份，无论供应商准不准备，我们都要准备。你先大致准备一下，我也回去准备，过两天我们再碰头讨论完善一下条款。"

任何事情都会有第一次，大姑娘不上轿，怎么做新媳妇呢？不过，已经有了之前研发和设计过程中积累的对设备的认识和经验，参照陶老师提供的几份设备技术协议样本，我很快就把该发动机的技术协议框架搭好了。

陶老师专门在公司小会议室主持了一个技术协议研讨会，并经总经理同意，将经营部、采购部和质量管理部的相关人员也召集到会。

会上，我先就发动机的技术协议框架大致做了讲解，一般会包括：该设备的型号、规格和主要技术参数；该设备的结构和系统组成，及其必须配套的设备和附件，最好随技术协议附上主要图纸，如外形及安装尺寸图、各系统原理图、电气原理图或电气接线图等；该设备的控制与自动化系统，包括其提供的控制板、控制台和控制箱，以及电力和通信接口、通信协议等；设备的备件和工具，特别是专用工具；技术资料和图纸的认可，工作图和交货随机文件的提供；设备的试验与验收标准和程序，设备应具备的相关证书；设备供应商应提供的培训和现场服务；设备的交货期和质保期等。

随后，我把与设备供应商讨论过的技术协议完整地进行了介绍。当然啦，这其中肯定是基于我对技术协议的理解，所以介绍时简繁由我，以便控制好时间，留足充分的讨论时间。

“嗯，小宁准备得很充分！”陶老师肯定道，“我再补充几点：首先，我们还应该将产品的使用环境条件、产品对该设备的总体要求罗列清楚，可以将其作为技术协议的总章或是通则。这样，即便我们有疏漏，供应商也有责任把好关，这一点也是我们的教训换来的。其次，在控制和自动化的级别、备件和工具配备，甚至随机文件和证书的套数，以及质保期要求等，经营部应明确地把用户在合同中对我们的要求转发到我们部门和采购部门，以便规定清楚，免得遗漏。还有一点，可能涉及钱，那就是我们或者用户有没有要去供方工厂验收的要求，这是进口设备，去一趟的开销可不是个小数目啊！所以，一方面经营部要与用户确认，一方面质量管理部要向分管领导请示，然后通知我们部门将其写到技术协议中，或是通知采购部写到采购合同中。最后一点，我们还要向供应商明确界定，我们设计中与该设备有关的系统的图纸，他们要审核，毕竟责任和义务都是相辅相成的嘛！”

与会的其他部门又提了一些建设性的意见，特别是采购部，还专门针对同一设备不同供应商的技术协议应在内容表达上基本一致，便于报价和招投标，提出了看法和建议。

这一次的研讨会时间并不很长，在公司各种会议中也没有特别值得注意和纪念之处，但这次会议确定的技术协议框架，成了以后几十年工作的依据，并收录到后来公司建立的管理体系作业指导书中。

虽然，随着市场的不断发展和规范化，各设备的供应商也有了自己的销售技术协议格式文本，一般我们也会直接采用，但是供应商的技术协议有其自身的立场，我们的框架将要约束供应商的技术协议。不满足的，一定要协商修订成满足我们框架要求的版本，才能签署。这其中，最为常见的是关于质保期的规定。一般情况下，设备厂家、设备供应商或其代理商都会这样规定，即质保期为该设备出厂后18个月或甲方交付后12个月，以先到为准。然而，我们的建造合同规定的质保期是装备交付后12个月，如果因为各种原因，在设备从设备厂家出厂后甚至到我们厂以后的6个月内，我们的装备不能交付，那就存在该设备厂家对我们的甲方的质保期不足12个月。因此，为了避免合同纠纷，维持各级合同的一致性，我们的技术协议和采购合同就必须严格把好关，统一将设备的质保期规定为我们的装备交付后12个月；否则，受损失的将是我们。

第十一章　磕绊总是少不了的

这一年的冬天似乎来得特别早，然而又似乎过得特别快。在圣诞节前夕，我们的产品研发基本上进入尾声。有些生产工作已经在紧锣密鼓的准备中，大型进口设备的采购也全面展开了，在公司黎董事长的带领下，由晏总经理、颜总工程师、伊教授、丁力成和我，以及一位银行专员组成的发动机技术商务谈判小组，来到了还有不到两年就该回归祖国怀抱但目前仍然在英帝国统治之下的香港。

在国外就该按国际惯例执行，所以原本在国内由领导享用的宽敞的副驾驶位，就轮到我这个“小萝卜头”享受了。专程来迎接我们的商务车驶出维多利亚港停车场，一个上坡转弯就上了车水马龙的中环。猝不及防地，一辆车迎面就朝我的方向疾驰过来。突然发现异常，我不由得身体一转，吓得司机不知所措。“怎么了？”司机不解地问。

说话间，我们的右边川流不息，我顿悟道：“不好意思，我一时没反应过来，忘了香港是左行了。”车上泛起一阵笑声，气氛一下子就活跃起来了。大部分人还是第一次来香港，所以司机在沿途当起了导游。

发动机厂家在香港的代理商帮忙预定了相对比较便宜的荃湾悦来酒店。当天到得较晚，我这个“大管家”就肩负起了入住登记和晚餐预订等工作。人地两生，业务不熟，加上南北温差，还来不及更换衣服，直忙得我汗流浃背，但还要摆出一副老成的模样，现在想来肯定挺滑稽的。

司机告辞的时候告诉我们说，这几天他们公司已经为我们安排了中餐。言下之意，每天的早餐和晚餐需要我们自理了！问了问酒店，也不提供早餐，所以接下来我还得赶紧准备明天早餐。还好，领导们体谅我的辛苦，坚称只要有面包和牛奶就足够了。

第二天上午，礼节性拜访。双方相互介绍公司的情况，并参观供方在香港的备件与维修车间；下午交换项目情况和意见。接近下班前，供方技术人员和商务代表分别将之前的技术协议和商务合同格式文本草草地修订好了，打印了几份，分别给了我们几位领导一份，就结束了第一天的工作安排。

这一天我感到很沮丧。供方工厂在法国，技术人员和商务代表都是法国人，讲着一口流利的操法国口音的国际官方语言——英语。我的英语水平本就不高，还是时下相当流行的"哑巴英语"，书面工作还勉强对付，口语和听力嘛……自从迈出学堂的大门就跟它"拜拜"了。今天听不大懂，也完全开不了口，没法交流。出行前，领导通知仓促，也没能来得及恶补一把，所以翻译工作只能由供应商的中方代表代劳了。黎董事长和晏总一开始还时不时看我一眼，后来也不看了，估计是彻底绝望了！

我算是明白什么是"打击"了！这一次的打击之深，倒是为我以后的"图强"注入了强心剂。当时回国后即坚持开展自我练习，工作中抓住一切可能的机会与老外交流，硬是把自己磨砺成了公司第一"荣誉翻译员"。凡是我带队或有我参加的出国团队，都不用带翻译人员了。我既当领导，又当技术人员，还兼做翻译。如果碰巧我的工作安排不过来，没有我，那就得派出去三个人。其中，典型的经历包括两次带队出国对公司出口产品进行售后服务，一次组团参展德国汉堡国际博览会，还上了当地电视专题节目，也算是为公司的经营发展立下了汗马功劳。但话又说回来了，如果没有这两下子，出国估计有第一次就没有第二次了。

当日晚餐时，黎董事长安排我翻译一下技术协议："小宁啊，我们刚刚吃了发动机的亏，所以这份技术协议辛苦你晚上翻译一下。我们都看看，好好把把关，不能上了洋鬼子的当。合同嘛，晏总还将就看得过来，就不翻译了。"

这是一个将功补过的好机会，我绝不敢放过，所以马上挺胸应道："黎董事长，请您放心，书面翻译我还行，不会让领导失望的。”我赶紧接过黎董事长的安排，生怕失去了这个机会，“今天的交流会，我的口语确实对不住大家，怎么也张不开口，让领导失望了，我很抱歉，也很难为情……”一想到可能是黎董事长专门给我安排的找回信心的机会，我心存感激与愧疚，不失时机地表达了歉意。

我是真心的，眼泪都已经在眼珠子上覆盖着，视线已然模糊，我深深地吸了一口气，才没掉下来。

晏总赶紧鼓励道：“这不能怪你，我们公司以前的环境和市场也没有你们锻炼的机会。要说，我早年留学英国，语言关早就过了的，但荒废多年，不也哑巴了！”晏总看了看我，又看了看丁力成，“我们年纪大了，但你们还年轻，应该补课啊！目前，我们对外主要接触的是设备供应商，本来他们就该当翻译。以后我们的产品还要打开国际市场，我们的语言关过不了，就迈不进国外市场的大门，生意就没得做啦！所以，这个担子你们必须要能够挑得起来呀！”

我由于很少公出，对外面的世界充满了向往。特别是香港，在内地通过电视剧和电影已经了解了不少，什么黑帮、赌神，我是无缘接触的，什么灯红酒绿、纸醉金迷更没机会消受，但出去看看这光怪陆离的花花世界总是可以的。然而重任在肩，理智告诉我“来日方长”。所以，吃过饭就回酒店埋头操刀翻译起厚厚的技术协议了。

不知过了多久，突然门铃“叮咚”响了一声，我也没从猫眼看看，就打开门，我们漂亮的银行大姐夸张地一扭身就进来了，“嗨！小伙子们怎么搞的，可别辜负了领导的好心安排呀！好不容易出来一次，就窝在酒店里，浪不浪费啊！”

还没等我把门关上，大姐就嚷嚷开了：“哪位陪姐购物去？总不至于大晚上的连个‘护花使者’都没有，在这里——香港，多丢份儿啊！”

我无可奈何地回头看，嘿！啥时候丁力成回来了？正歪在床上看电视呢！我如遇救星道：“丁力成，你去吧！我今晚要做作业，明晚一定陪大姐去。”

丁力成好像正看得入迷，头都没转一下，就含糊地说：“还是宁二你去合适，这是香港，人们大都讲英文，你还能对付，还是你去吧！对了，顺便把大家伙儿明天的早餐都带回来啊!”

银行大姐是来帮我们公司洽谈付款担保的，也不能怠慢人家啊！由于行程安排得紧张，没有预留观光和购物的时间，这可就苦了我这个小管家了。没人做的事，我就得亲自出马，何况公款还在我手上，要招待人家喝个咖啡什么的，得我埋单呢！丁力成估计也是考虑到这一点，又不好意思在外人面前揭公司的底子。

购物可是女性的专长，加上我心不在焉，更没好好研究研究，只知道去了酒店地下的八佰伴，又去了新世界百货，顺便还光顾了周大福什么的，手上的购物袋越来越多，还真没感觉到越来越沉的双臂和灌了铅似的两条腿，因为所有的感觉就是感慨自己的薪水太少，太少啦!

“好啦!”银行大姐左右看了看她满满的双手，又看了看我的双手和双肩，“不好意思，辛苦你啦！我请你喝一杯。”她抬头在各个商厦扫了一遍，“我刚才看见那里，哦，好像是那里，有卖鲜榨西瓜汁的，我们的却月市好像还没有哦！走，去尝个鲜。”

当然不能让银行大姐买单啦！一大口冰鲜可口的西瓜汁下去，我立马清醒了，视线也变得清晰起来，这才发现不夜的香港是如此美丽，也才真正听清楚了大姐在谈论着每次到香港购物的激动心情，“小宁啊，你怎么也不给你老婆买件衣服啥的?我们却月市刚开了第一家新世界百货，你猜怎么着，一件同样款式的羊毛大衣，这里只要一半的价。”大姐双手合掌于胸前，抬头眯缝着眼说：“香港，真真儿的是个购物天堂啊!”

我讪讪地说：“啊，我不太会买东西，特别是衣服，我出来时也没把码子问清楚，不合适就麻烦了。”

银行大姐又夸张地看着我，“这姐可就要批评你了啊！还什么没弄清楚码子，就是典型的不心疼老婆，这我都抗议，以后好好儿的关心着，啊?”

回到酒店都快凌晨一点了，还是银行大姐的提醒，才没忘了买早餐。

完成发动机技术协议的翻译，已快凌晨四点，想到六点半还得起床安排大家的早餐，我也顾不得洗澡，和衣就钻进了被窝。

技术协议谈判进行得很艰苦，我们基本上是逐条核对确认，特别是发动机标定条件及本项目使用条件下的功率修正，以及工厂常规报价本身所包含的供货范围与本项目必须配却又不包含在常规报价范围内的配套附件和备件。这些都涉及商务合同的总体金额，双方互不相让。其中，一套发动机磨合期的机油滤器，在我公司产品试验结束出厂前就必须更换，之前其他项目的发动机都是随机配套供应的，但这个供应商就是不同意奉送。这样一来，一套小小的滤器，金额本来不大，但却整整讨价还价大半天，最终供方无奈称可以先向工厂申请特批，如果工厂同意，则可以纳入常规报价范围。好嘛！东西方几个小时的时差，又去了个大半天。

通过艰苦卓绝的谈判，在多占用了一天计划的时间后，伊教授、丁力成和我小签了技术协议，颜总工大签，作为商务合同的附件。

由于在技术谈判过程中已经就商务合同的一些细节交换了意见，并达成了共识，商务谈判相对轻松了些，黎董事长安排晏总经理留下负责商务合同洽谈，给我们其他人员安排了一个下午的自由时间，公司安排了司机负责交通和陪同。我们约定，合同谈好了，晚上在“大富豪”摆庆功晚宴，大家分头去赴宴。

由于时间有限，经过司机建议，我们最后统一意见，直奔赫赫有名的旺角。

沿途，司机海阔天空地介绍着旺角乃至香港的繁荣与奇闻异事，我们也问了问内地来港一般都带些什么回去，热热闹闹就先奔旺角的女人街去了。

“各位想不想买一些《花花公子》或《龙虎豹》回去呀？这种书也不十分讲究期数的新与旧，我正好知道哪里有刚过期的，便宜！我去给几位买几本。”司机从后视镜向后扫描了一下我们，又诡异地说，“我还知道这里有一家电影院，有很过瘾的片子，我请客，当然是老板报销啦！不看可要后悔哟！”他还故意拖长了腔调以激发我们的兴趣。我们当然知道他讲的大致是些什么了，大家“哈哈”着不置可否。

说话间，我们就到了停车场。按照早先的共识，大家主要是想逛逛大名鼎鼎的女人街，淘淘便宜货带些回去送给亲友，再买买香港款新价优的黄金首饰，算是完成老婆大人特别嘱咐的光荣任务。

“我们还是去看电影吧！反正就这几个小时，估计也逛不出个名堂，还跑得累。”大家刚下车，丁力成与司机对了个眼，就提出了建议。

说到累，到港的第二个晚上我又是陪逛又是熬夜到天亮翻译技术协议，接下来几个晚上也没消停，陪逛得更远了，累得一直得不到休整，元气每况愈下。队里就我们两个年轻人，丁力成一次都不帮一把，就只窝在酒店看花花电视，我还没说累呢，他倒嫌累了！况且大家不是都说好了要逛街吗？

可能是又累又气，也可能是看到几位老领导相互看着一时不知怎么决定，我一下子嘴上门没把住，就不知轻重地嚷开了：“大家来之前不都说好了的吗？你一听有电影就变卦了，是不是太自私了点儿！”

我这一嚷嚷不打紧，司机马上显得尴尬了，几位领导更是面面相觑。还是黎董事长首先反应过来，用手在我的肩头轻轻地拍了一下，然后勾着我的肩膀说：“年轻人要学着大气一些，要沉着，不能有意见就大声叫嚷嘛！”

我知道又冒傻气了，恨不得掴自己一巴掌。

黎董事长又看了看大家，说道：“我安排大家出来是让各位放松放松的，不要搞得太紧张嘛！”说着，又摇了摇我的肩膀，“就依小宁的。哦，对了，就依我们先前说好的，逛街，买东西。”

我精神本不饱满，加上这一折腾，就成了泄气的皮球，强打精神跟着逛，反正兜里也没几个子儿，随便买了几样东西就将就打发了。

合同进展得并不像我们预料得那样顺利。供方一会儿称中国的银行国际信誉度不够，一会儿又要增加预付款的额度。当然，无非就是想要个好价钱。晚上八点多，我们才在“大富豪”三楼的包间完成了签字仪式，在香槟丰富的泡沫中举杯庆祝。

这次香港之行，不仅仅是第一次踏出国门开了眼界，更重要的是获得了一次宝贵的锻炼机会。这是我第一次接触技术协议谈判，而且一上来就啃上了一块硬骨头，意义更大，价值更高。我相信，在技术和方法上，我没有辜负领导给予我的机会。这个成功，为我以后的工作生涯奠定了坚实的基础，不仅为我积累了技术和经验，更为我增添了胆量和信心。

在从香港到蛇口的“迅隆一号”高速班轮上，我一直趴在座位上呼呼沉睡。在深圳宝安国际机场登机前，我的鼻子流血不止，只能用卫生纸塞住鼻孔，害得空姐沿途都在关心我的安危。

“看来，这次真的把小宁给累着了！”黎董事长关切地说。

而在我心里，虽然有胜利的喜悦，但仍然有些顾虑，一会儿在担心自己的英语水平，一会儿在羞愧自己不够成熟……只希望这些千万别绊着我。

第十二章　规矩

俗话说，“人上一百，形形色色”，或者“林子大了什么鸟都有”。且不去论这些话的褒贬含义，单论其自然规律，那肯定是这样的。人类社会的发展，之所以有别于其他动物种群，不仅仅在于劳动创造了思想，更在于其努力使混沌变得有序，小到家庭，大到公司、国家，甚至国际社会。

哪怕是我们部门的一个专业科室，人多了，设计风格和图纸文件输出格式都会因人而异，且大有百花齐放，各争锋芒之势。如此一来，对外单位和对内其他部门，我们输出的图纸和文件的表现形式就显得五花八门。

关于这一点，对外单位的影响相对还小一些，毕竟他们接触的产品厂家不可能仅此一家，对百花齐放，百家争鸣已经司空见惯了。

但对公司内部其他部门来说就不同了，总不至于对同一类设计，张三这样表达，而李四又另有高见，让用图的人——特别是现场工人不停地变换读图习惯，工作上就难免会出岔子。

在我奔忙新项目研发时，陶老师就发现了这一问题，并立即着手带领新来的杜明浩和另一位周高工一起，在之前陶老师和我的工作基础上进行风格和格式规划，集众人之长，形成了我们专业统一的设计风格和图纸文件输出格式。

却月市的冬天湿冷难耐，但春天还是如约到来了。阳光明媚，和风徐徐，小草初长，树吐新牙，百花含蕊，莺啼鹭啭，又一派吐故纳新的盎然景象。

这一天，陶老师约好韦经理，在公司小会议室召开了一个研讨会，专题讨论设计风格和图纸文件输出格式的规定。除了陶老师带领的我们专业的全体人员外，韦经理还把其他专业的负责人也一并叫来了。

“今天，经陶教授提议，我们想专题讨论一下我们部门的整体设计风格和图纸文件输出格式。”韦经理吸了一口烟，用眼扫了一下在座的各位，“这确实是一个问题。我们部门成立也有三年多了，从最初开展一个项目的几个人，发展到今天这么大一支队伍，项目和成果越来越多，但也暴露出了管理上的一些细节问题。”韦经理看了陶老师一眼，说道，“还是先请陶教授大致介绍一下吧！”

陶老师把最初的想法和我们专业讨论确定的方案介绍了一遍。

“最初我们专业就是我和宁致远两个人，其他就是临时由集团公司抽调来的突击人员，工作起来很单纯。特别是小宁，基本上就是我确定思路，他去实施。”陶老师顿了顿，看着周高工笑着说，“老周来了以后，我就发现有些不一样，起初并没完全明白，但很快就清楚了。老周在这个行业工作几十年了，经验非常丰富，在之前的单位也积累了一些设计经验，他们的图纸文件格式也很好，并且老周也养成了遵守规定的好习惯，这都是我们的宝贵财富啊！”

陶老师喝了一口茶，又看着杜明浩说：“小杜也一样，虽说只有三四年的工作经验，但同样也是有些积蓄的。”

杜明浩看到陶老师在领导和大家伙儿面前专门提到了他，骄傲又腼腆地笑着点了点头。

“图面格式基本上沿用部门最初确定的标准，包括标题栏和明细栏的要求，以及文字和标注样式等，因为这些都有国家标准可循嘛！”陶老师接着说，“但在设计内容表达风格上，我和老周、小杜一起，在我和小宁之前的基础上，借鉴了他们的一些成熟经验，做了调整和统一。比如说，局部剖视图的引出形式、节点——特别是焊接节点的形式等。”

“在文件格式方面，我们调整的范围更加广泛，比如说计算书。”陶老师又喝了口茶，因为有些激动，像是被呛了一下，便用手指了指我。我不太明白，一边看着陶老师，一边用手指了指我的嘴，陶老师“咳咳”两声，急忙点了点头。

韦经理被陶老师的激动劲儿逗得也差点儿呛了烟，口里一边吐着烟一边指着我说：“小宁，你接着你老师的说。”

“嗯……”虽然我们部门的会一向以轻松活泼自居，我也有过一些发言的锻炼，但有时仍然会紧张，特别是这会儿突然无准备地被点名，更显出局促和不安，不过我很快就镇静了下来，便接着陶老师的话头继续讲道，“是这样的，我们专业的计算书格式之前调整过几个版本，从一开始的文本形式，到后来的表格形式。”

我看了看周高工，他点头示意了一下，我就接着讲了，“我们目前还没有实行电算化，所以我之前也没真正体会到，经周高工建议，我们把计算书中的已知参数全部集中到了前面。这样，如果实行电算化，计算书的格式不变，只要把一个特定项目的已知参数集中输入，计算结果就自动填写到了相应的位置，一本计算书很快就生成了，就是这样的。”

“哦，对了，”我立即又想起来什么，接着补充道，“电算化的格式计算书，集成了计算模型，包括各计算公式和它们之间的逻辑关系，只要在第一次应用时，对结果进行验算，有错误的话，对计算模型进行更正，直到格式计算书的结果正确。那么，以后使用时，只需要检查已知条件参数的正确性就行了。这样做不仅效率高，还不会出错。”

我说完，看了看韦经理，示意他我已经讲完了。

韦经理若有所思地摁灭了烟头，看了我一眼，说：“嗯，很好！不过你说的电算化，我怎么好像听出来一种提意见的味道啊？”

“只是想，不敢提意见……”我故意嬉笑着说。

韦经理又点了一支烟，夹在手上指点着我说：“宁致远也学会耍小聪明了啊！不过你放心，我们马上就会考虑添置计算机的。”

韦经理看了看大家，意思是想听听其他人的意见，大家又相互看了看，又转回到韦经理。

“好啊！”韦经理把烟架在面前的烟灰缸上，任其袅袅，“机械专业的提议很好，很及时，方案也可行。其他专业下去也在组内讨论统一一下，争取下个礼拜能拿出来。另外，在机械专业的基础上，其他专业对整体风格和格式有好的建议也提出来，我们再一起共同协商，做到部门设计和表达风格统一。”

韦经理拿起他的香烟，小吸了一口，说道：“希望这一次的成果能够成为我们部门的一个标准，在确定好以后，我再组织贯彻，以后有新人加入，首先就从这个标准学起。好了，散会！”

这个时期，公司还没有建立基于ISO9001标准的管理体系，公司的运作仍然基于传统的管理方式。陶老师开创的这个标准，为统一我们技术研发部乃至全公司的文件化管理打下了基础，并逐步在我心目中使“管理”的概念变得越来越实际，“管理”的思路也更开阔了。

转眼就到了初夏，我研究生毕业参加工作已经整整三年了，按国家教育部规定和我们公司管理制度规定，我将自动转正成为一名名副其实的工程师。

“新的起点，对自己应该有新的要求啊！”陶老师在对我表示祝贺以后说，“之前是我带着你，虽然也让你独立主持了几个项目，甚至包括研发的重点项目，但毕竟是为了培养你的能力，让你更快地成长起来，真正能够独当一面，而主要责任呢，还是我无形之中罩着，当然，那也是我的责任。”

听陶老师这么郑重其事地说，我不免有些局促和紧张起来，甚至还夹杂着一丝不安。

陶老师也看出来了，拍了拍我的肩膀说：“是的！你现在是真正的工程师了，这并不仅仅是多了一个职称证书那么简单，更多的是要真正地负起责任。比如，明明白白地清楚自己的职责，明明白白地清楚自己的工作失职所造成的后果，并勇敢而诚实地为自己的工作失误承担责任。简单点儿说吧，就是你出错了就得被罚款。”

“这我知道，我会好好干的，坚决不给您脸上抹黑！”我夸张地挺直腰杆，与其说是在向陶老师表决心，还不如说是在给自己壮胆。

“呵呵，行了。”陶老师笑着在我的肚皮上击打了一下，把我的腰杆又打弯了，“没出息，别总想着会犯错误，要对自己有信心，否则缩手缩脚的，怎么建功立业啊？”

陶老师简单地梳理了一下我大量的优点和少量的缺点，我们俩都对我以后的工作都充满了信心。

“以前基本上都是按部就班地工作，哪怕是研发新产品，套路还是依据规范、标准、设计手册，总脱不开既有的成果，那你以后是不是还总是炒现饭呢?”陶老师问道。

“这我还真没认真想过呢!”我挠了挠头皮，想了想，不得要领。

“你现在是工程师，过几年以后还要评高级工程师，甚至教授级高级工程师，那可跟你这次不一样，不是等着时间到了就行了的哦!”

“……”

“从现在开始，你不仅要独当一面地主持工作，负起责任，更要拿出自己的东西来。也就是说，你要在前人成熟的成果基础上有所创新，有所改进，要学会分析和总结，在此基础上，你还可以发表学术论文，提升自己在行业中的影响。”陶老师殷切地勉励道，“记住，这于公于己意义都重大啊!”

陶老师的话，真是终生受用不尽啊！若干年后，有人曾经问到我在工作中感触最深的人和事，我不假思索地就答道，是陶老师和他总是提前对我进行的先导式教导以及随之而来的“抱鸭子上树”似的训练。

公司的发展蒸蒸日上，我们的特种交通运输设备在市场上供不应求。尤其是我们自身具备的研发能力，不断地为用户推出新的产品；同时，我们也在不停地接到用户定制新产品的需求。

在这个发展过程中，产品结构形式逐渐多样，但有一个共同的趋势不容忽视，那就是交通运输装备承载能力攀升带来的推进功率的不断加码。

终于有一天，我负责研发的产品，由于推进发动机功率大，传动轴直径随之加大，但由于安装空间的限制，传统的联轴器形式根本无法使用。

“遇到困难找老师”的惯性思维驱使我去找陶老师，希望获得指导。

“看看，看看！我前几天怎么跟你说来着?”陶老师摘下老花眼镜，揉了揉因长时间审图而有些酸胀的双眼，用右手食指点了点我说，“小宁啊！你看你这运气好的，你的机会这么快就来啦！现成的饭吃不成了吧，那就新锅下生米——呵呵，自己煮。”

“那怎么办呢?”我还是有些着急。

“这次你可别指望我!”陶老师掩饰不住喜悦，高兴地说，“你是工程师知道吗?工程师，你得自己想办法。”他顿了顿，“我知道研发周期紧，但我不能浪费了你到手的机会。给你两天时间去想，我也同时想办法，到时候如果你确实没辙，我们再一起搞，怎么样?”

陶老师说得没错，我是该单飞了。我也突然意识到，此时不飞，更待何时?

同一个问题本来就可以用不同的方式去解决，条条大路通罗马嘛！只不过标准和设计手册在总结既有的知识基础上给出了一条可行的路，但并不是说别的路就走不通或者不能走。

有了这几年陶老师的准备式教导和自身实际工作经验，真正在没有退路的情况下，头脑反倒清醒了。

是的，不一定完全依赖标准和设计手册的条条框框，何况现在也没有什么可以依赖的了！但是，行业规范是不能违背的，否则设计不会被行业审批部门批准，除非有充分的理论和实践依据，书面征得行业规范部门的同意。

有了这个原则基础，我认真清理了一下思路，草拟了一条方案研究路线图：首先，重新逐条对照规范，比较标准和设计手册关于联轴器及其有关零部件相对于规范要求的符合程度；其次，根据符合程度的比较，在标准和设计手册的基础上寻找富裕度，从而减小富裕度以减小零部件总体尺寸；再次，对于没有富裕度或富裕度不足以解决问题的节点，重新研究新的节点形式；最后，综合各方面因素，整理完善，形成新的设计。

通过加班加点，对比各种方案计算，终于在第二天深夜完成了一套完整的方案。在第三天上午，对各种中间步骤重新清理，又提出了两套备用方案。

陶老师对我的工作很满意。他将自己草拟的粗略方案也与我的进行了对比，充分肯定我的方案的同时，将他的方案和我的三个方案又一起综合分析了一遍，并在我的主方案基础上，进一步优化了结构形式，形成了最终方案。

“你看，我们的这套方案，相对标准形式和设计手册给出的设计方案来讲，结构更为简洁，加工和拆装更为方便，重量也减轻了不少。我看，以后就把它确定为我们的企业标准，并申请专利进行保护，怎么样?”陶老师满意地从老花眼镜上方看着我说。

“我当然同意啦！真的很感谢陶老师的鼓励！不过，我还有个想法……”我看着陶老师，征求是否讲下去。

“嗯，你说说看。”

“我想，是不是干脆把工作做到底？也就是说，抛开规范的要求，直接采用理论分析计算。比如说，采用有限元计算方法，将各节点要求的尺度进一步减小，甚至包括减小传动轴的直径，是不是更好呢?”

陶老师用手托着下巴，半眯缝着眼睛思考了很长时间，然后摇了摇头说：“这不失为一个好的思路，但目前估计还不太可行。”

陶老师把老花眼镜取下放到桌上，伸手去拿过茶杯，但没喝就又放下了，“你看啊，这超出规范要求的设计，必须得经过特批，这个项目估计来不及了。另外……”陶老师盯着我，好像在组织语言，又好像拿不定该怎么说，“你想想，传动轴和联轴器承担了很大的负荷，除了交变的扭矩外，还包括纵振、横振、回旋振动和扭转振动，以及负荷的突加和突卸，也许还包括一些其他的因素。所以，规范采用的经验公式中，肯定包含了一定的安全系数，直接计算就是把安全系数的一部分或全部拿掉，这可能不妥。我认为还是慎重些，别想着一口就吃成个胖子。”

“还是老师想得周到，我怎么就把安全系数给忽略了呢？这也是学过的，何况在传动轴强度校核计算时，对安全系数的选取本身就有规定呢！”我一边收起桌上的方案，一边说，“那好吧！就按陶老师说的。”

陶老师戴上眼镜，又补充道：“你把你的这个思路放在心上，等这个项目完成后，我们一起用有限元分析一下，再约个时间和规范部门讨论讨论，集大家之所长，肯定会有新突破。”

这一次对传动轴的联结方式优化创新，形成了我们公司自己的方案，经过向审图部门解释设计过程，最终获得了批准。从此，该联结方式和该型联轴器就成了我们的企业标准，还申请了实用新型专利。

第十三章　能负多大责任

所有事情的发生都不可能是偶然的——即使是偶然发生的事情，究其原因，肯定有其必然会发生的因素存在，只分时间早晚。

公司一直坚持进行质量考核，这可能是实行社会主义市场经济制度，打破铁饭碗以后，让人印象最深刻的一项管理制度。

根据各人在行业中工龄的长短，一般情况下，一个公司都有从半年到两年不等的责任事故免责阶段。比如，工龄两年以上的员工，在加入公司后的半年见习期中，发生责任事故是免责的；而工龄少于两年，甚至是应届毕业生，加入公司后，会有半年到一年的见习期，并在工龄不少于两年内，发生责任事故也是免责的。而作为一家诞生还不足四年的公司，对于公司员工来说，前车之鉴就相对少，印象不够深刻，就容易麻痹大意，容易犯错误，特别是对于工作态度本就不够仔细的人。

在我们专业组，我的认真仔细是出了名的，我的图纸下发到生产部门后，生产现场都抢着做，不担心返工耽误工期，这让陶老师很放心，也很省心。

而杜明浩相对来说就要马虎些，陶老师也经常提醒他，特别是针对设计、校对和审核的责任范围，各负其责，并多次提醒他不要过于指望错误都会在校对或者审核时被发现。比如说，像零件尺寸这样的错误，特别是那些看似无关紧要的尺寸，不属于原则性问题，责任在设计人员自身，校对人员——特别是审核人员，是不会重新进行全面核算的，时间也不允许。而一旦犯了错误，就会导致返工，甚至使产品成为废品。

这天早上，离上班还有十好几分钟呢，办公室的人正陆续赶到。陶老师刚把茶泡好（我已经很久没有给陶老师泡茶了，自从我们从小办公室换到大办公室以后，特别是杜明浩加入我们专业组以后，陶老师就坚决取缔了我的这一“特权”），韦经理就神情严肃地把他拉到一边，小声说道：“陶教授，这次你的杜明浩事情犯大了，非常严重!”

“怎么了，怎么回事？什么非常严重?”陶老师一时未领会过来，语无伦次，声音也有点儿大。

“嘘……小点儿声。这样吧，我们先到隔壁会议室碰一下再说。”韦经理说完，半低着头，急匆匆地先走了。

没过一会儿，陶老师从门外探过头来，看见我到了，就望着我说：“小宁，等小杜一到，你就叫上他一起到隔壁会议室来一下，有点儿事儿。”

“嗯，好的。”我还没说完，陶老师已经扭头走了，也不知听到没有。

陶老师可从来没有这样过。我摇摇头，不知所措，心想好像刚才韦经理和陶老师在那儿嘀咕些什么，又神神秘秘地跑到外面去了。我习惯性地挠了挠头，心下嘀咕：啥事搞这么严重啊，一大清早的!

心中不觉紧张起来，好像时间都停止了。“这个浩子，每天都不早点来，钟点把得就真能那么准？早晚会迟到，扣了工资就好了!”我心中越发焦躁。

公司上班的喇叭响了，杜明浩从门外咚咚地跑了进来，喜形于色地，口里还鼓囊着，估计是那最后一口馒头。这是我们的便利条件，集团公司的食堂就在我们的家属区和办公区之间，上班途中，顺便就把肚子的革命给镇压了，一点儿也不耽误，一点儿也不跑冤枉路。

“你小子总算是来了!”还没等他坐下，我就一把拽着他往外走，“咱俩估计犯事儿了，一大早韦经理就把陶老师拉到隔壁去了。刚才陶老师让咱俩也赶紧去。”

“呜，呜……嗝……”看我认真着急的样子，差点儿没把他给噎死，“你说啥呢！怎么回事儿?”

“我也不知道，他们搞得神秘兮兮的，好像很严重。这不，在等你时，差点儿没把我给急死!”我边走边没好气地说道。

我轻轻地敲了敲虚掩的会议室门。

“进来吧!”是陶老师的声音。

我和杜明浩一前一后进了会议室，杜明浩顺手把门关上了。

韦经理坐在会议桌的主席位置上，陶老师在会议桌的右边，也就是对着门的方向。陶老师看着我们，努着嘴示意我们就坐在他对面，即会议桌的左边。韦经理右手拿着烟，头也没抬，香烟过滤嘴一端在会议桌上“嘟嘟”地墩着，好像已经墩了很长时间，并不着急点上，因为平时他都是右手拿打火机的。

一看这架势，我和杜明浩就知道事情真的严重了，相互对望了一下，赶紧轻轻地坐下。我坐得直直的，两手交叉握着，放在并拢的膝盖上，两眼匆匆扫了一下韦经理和陶老师之后，就盯着眼前的桌子，只敢用余光来观察领导的动静。这时才想起来，着急间忘了带上笔记本和钢笔。

韦经理抬头看了我们一眼，面部表情严肃而又平静，然后回头看着陶老师，轻轻说道:“教授啊，你先跟他俩说说吧!”

“咳，咳……”都没带茶杯，因为不是正式开会，也没有安排，所以也没有文员来倒茶，又是一大早，陶老师显然口里有些发干了，所以清了清嗓子，说道，“是这样的，这次小杜中了大奖，并且连中四个。”陶老师可能是想让气氛显得轻松些。

我和杜明浩对视了一下，丈二和尚摸不着头脑。

“由于设计失误，共有四处达到罚款标准。这按规定啊，现在公司判定的是每处失误两百块，一共就八百块啦！八百块啊!”陶老师接着说道，开始还比较平和，最后一句提高了八度，并且嘴唇有些发抖，就再也没说话了。

不知杜明浩什么感觉，反正我的头“嗡”的一下子，两眼也有些发直，心想：“八百块啊！一个月工资才八百五十块，那不都扣光了？这水电费、保险和公积金啥的，还不够扣，这一个月怎么过日子啊!”

我不明显地稍稍歪了一下头，斜着眼瞟了一下旁边的杜明浩，恍惚看见了一张有些苍白的脸，嘴巴微微张合着，眼睛直直地，好像是看向陶老师方向。

“是啊！这个处分按说是按照公司的制度规定来判的，也还只是中等的错误。”韦经理说话了，一改平时嘴快的风格，慢慢地，好像在边构思边讲。

“但是，这又很严重，对你杜明浩来说，一个月的工资都没了……”韦经理看着杜明浩，不知该如何讲下去。

杜明浩一脸茫然，估计严重性是已经深有体会了，但又好像还没弄明白到底是怎么一回事。

韦经理看了看陶老师，接着目光转向前，没看着任何人，叹了一口气，说道：“我也是有责任的，平时还是太大意，疏于对同志们常敲警钟啊！”韦经理顿了顿，看了看手中正搓着的香烟，“这次是我们部门这几年来第一次犯够得着罚款的错误，且质量事故集中，一次就是四项。在昨天下午的经理例会上，晏总狠狠地批评了我，这个月的部门考核也扣了不少分，并将直接影响到我们整个部门员工年终奖的比例……”

看着韦经理难过自责的样子，陶老师挥手向他示意了一下，接过韦经理的话，继续说了下去：“小杜的四个质量事故中，其中三项是你目前正在主管的那个项目中的，都有个小批量。一项四件和一项八件都已经加工完了，对本项目来说基本上是报废，看以后能不能在别的项目上使用；另一个也已经把毛坯都车到位了，后期你看看能不能想办法修改一下设计，看看有没有挽救的余地。”

“那另外一项呢？”杜明浩焦急地问。

陶老师看了看我，然后又转向他说：“另一项是宁致远主管的项目中的，但图纸是你的，是你设计的，所以责任仍然在你，这是有规定的。”

“既然是批量生产，为什么都做完了才发现？他们就没有责任吗？”杜明浩不服气地说。

“图纸错了我有责任，生产主管和加工人员就没看看，拿着图就做？还有，我们不是有三级检验制度吗？检验人员都没有发现，他们就没有责任？”大概是听明白了怎么回事，杜明浩越说越有气了，光我听着也觉得有他的道理。

韦经理把香烟在桌上蹾了一下，打断了杜明浩的话，“小杜啊！你还没弄明白生产管理程序和加工工序，就不要瞎说。”韦经理尽量平静地说，“你的心情我理解，一大早就跟陶老师议过了。但是，出了事故首先要端正自己的态度，先找自己的原因，别人的原因再多，别人按章受罚，也不能减轻你自己的过错。”

“那……”杜明浩还想争辩一下，被陶老师示意打住了。

“批量生产是同步进行的，几件产品在一台设备上的相同工序完成后，再一起转到下一台设备，所以要错就都错了。”陶老师耐心地解释道，“这是零部件，按图加工，按图检验，与图纸要求相符，那么零部件本身就没有问题，就是合格的。问题出在安装阶段，各零部件组装时不配套，那才是问题所在。”

“并且在事故认定和责任判定上，这与事故造成的损失程度是直接挂钩的。”韦经理补充道，“公司为了降低损失，首先是整改价值相对较低的那一件，所以，同时也就减轻了对你的处罚。”

陶老师又接着说：“当安装时，发现你连续出了两个质量事故后，质量管理部马上会同生产部有关人员一起举一反三地排查，果然又发现两处。所以，有一批刚完成毛坯粗加工，检验人员就及时地下了停工令。”

对如此大面积的错误，我听得毛骨悚然，也大惑不解，所以我大着胆子问：“陶老师，这杜明浩要错怎么一下子就错了这么多呢？我校对时一个都没发现。”

“生产部和质管部也对照图纸分析了一下，”陶老师先是对着我说，但马上又转向杜明浩了，“几张图纸对照一看，就非常明显，因为这几个零部件形状相似，但各部位尺寸不尽相同，小杜偷懒，原图抄描，修改尺寸，比例就失真了，尺寸全靠推算，稍有不慎就会犯错误。”

我和杜明浩相互看了看，陶老师摇了摇头说：“借用并不是绝对不行，只要认真核算弄对了就好。根据出图时间，这次的原始版本，也就是宁致远管的那个项目，小杜实际上就已经错了，所以其他的项目就一错再错了。”

小杜一听，好像抓住了稻草，底气也足了些，更不服气地说：“宁致远管的那个项目，已经都出厂了好几台设备了，以前就没有问题？为什么现在才发现呢？”

韦经理也有些沉不住气了，大声说道：“昨天的经理例会上我也提出来过，质管部已经查过了，作为原始版本，这个错误相对那个产品来说程度较轻，安装时就疏忽了，只要装配得上就行。所以，公司已经责成售后服务部去回访出厂设备的工作情况，后期还得想办法补救呢！”韦经理停顿了一下，有些恼怒地说：“我们今天是找我们自己的原因，公司不会草菅人命，处理问题都是非常慎重的。按职责规定，是由几个部门共同核实判定的，绝不会冤枉一个人，何况一下子几个事故同时发生在你身上，公司领导首先想到的还是你这个月的生活问题。”

杜明浩可能是真急了，居然也大声申辩起来：“我管不了那么多，‘放羊的赔不起羊’！错了我承认，以后我会改，但不能全让我来赔。”

“谁说让你赔了？”韦经理一拍桌子，大声道，“你知不知道你造成了多大损失？光这几件废品的直接成本损失就已经超过了三十万啦！这几台设备按时交出去，利润也没这么多。现在好了，已经亏了本了！”韦经理气得气儿都喘不过来了，“这些毛坯都是铸锻件，订货周期都在三个月以上。好啦，这下来不及了！这几台设备交货期肯定要推迟，交货延误是要按天罚款的。你知不知道，初步估算，损失又是上百万啦！万一业主弃了这个单，这种量身定制的特种装备卖给谁去？但钱还得还给人家，上亿的损失，什么概念？搞不好公司都会垮掉，这么多人都可能没饭吃！这是你那几个钱能赔得起的吗？”

一时间会议室沉寂了，谁也没说话。

“这会儿经营部何经理和晏总经理已经在去用户单位的路上了，但愿人家能高抬贵手！”韦经理低低地说，低得都快听不见了。

又是一阵沉寂。

我心中也非常难过，真的，反倒是一开始的紧张感没有了。

我扭头看了看杜明浩哭丧着的脸，心中想，他这一个月怎么办？我们年轻人基本上都是月光族，没啥积蓄。

我又看了看低着头的陶老师，转头又看了看还在墩烟的韦经理（我真希望他把烟点上，吸上一口可能会好些），若有所思，想起了什么，随即开口道：“韦经理、陶老师，这不是有一项是在我管的项目上吗？我也有责任，希望领导跟公司说一声，把这一项转到我身上，行不行?”

“这怎么行呢?”陶老师和韦经理几乎是异口同声。

杜明浩也急了，很干脆地说：“这绝对不行，不说公司规定，陶老师之前也跟我们约法三章了的，谁设计算谁的，好汉做事好汉当!”

我在桌子下面捅了捅杜明浩的腿，小声对他说：“咱哥们儿谁跟谁呀！一个槽里扒食吃的队伍。”

杜明浩还在推辞，韦经理已经说话了：“小宁想帮助小杜的想法也不是完全可取，抛开公司管理规定不说，这毕竟是钱的问题。如果小杜经济上有困难，我们当领导的可以帮助，先借给他。”

借了毕竟是要还的，我想不管是冲动还是什么，话既然说出口了，就要做到，否则不就显得虚情假意了吗？所以，我转过去对韦经理说：“韦经理，人都会有犯错误的时候。这一次的教训对我俩来说都很深刻，我们以后会吸取教训，但我也不敢说真的就不会犯错误了。所以，这次我真的想帮帮他，没准下次我犯大了，还得要他帮我呢!”

韦经理看着我，显得很为难，不知道该说什么，也许还不知道怎么办，毕竟这还没有过先例。他想了想，又看着陶老师，想征求一下陶老师的意见。

陶老师也不知道怎么办，想了想，看看我，又看看杜明浩，叹了一口气，说道：“这法不容情啦！小宁的心是好的，但公司有制度，并且早上韦经理说了，公司的处理决定已经拟好了，这会儿估计在复印，马上就会发到各个部门了。”

杜明浩听了也赶紧说道：“是的，宁致远的心我领了，如果真过不下去了，我再找你借。”

我的倔强劲儿也上来了，“韦经理，处罚决定是公司文件，可能是没法改了，也就不改了。您看看能不能这样，您去给人事部打个招呼，那两百块就在我的工资上扣，这别人也不知道啊!”我说着，看了看杜明浩，接着说，“我估计，算上水电费什么的，你这个月工资根本就不够扣了，所以就听我的，下次你再还给我不就行了!”

韦经理看了看陶老师，又不免叹了口气，然后转向我们俩说：“呃，原本我只是想向你们通报一下情况，阐明一下严重性，希望引以为戒，并打算在部门内把小杜的这次质量事故作为典型开个专题会，共同分析大家可能存在的各种潜在因素，制定一些预防措施，并把部门内部质量考核办法在公司制度基础上细化一下，防微杜渐，以避免同志们再犯更大错误。”

“关于小杜的经济困难嘛，”陶老师乘着韦经理停顿的当口，补充道，“韦经理早上跟我也商量了，错误归错误，要处罚，以治病救人；困难归困难，自己的同事一定要帮助，所以，我和韦经理打算分别资助一点的。小宁，你就免了。”

我正打算说话，韦经理挥手示意我停下了。

“我想了想，决定支持小宁的做法。这样一方面可以警醒他自己，另一方面，让小杜欠个人情，兴许更能加深他的印象。”韦经理语重心长地说，“小杜，希望你能够吸取教训，端正态度，在以后的工作中看你的表现。”

杜明浩直点头，保证道：“谢谢领导和陶老师、宁致远的关心和帮助，这次打疼了，肯定记得一辈子，我会好好干的！”

陶老师冲杜明浩宽慰地点了点头。

韦经理也欣慰地说道：“那就好！你放下包袱，安心工作。关于部门考核扣分和大家年终奖受影响的事，我会在部门会上给大家讲清楚的。我们是一个团队，不是独立的个人英雄，要互相帮助、相互监督，共同承担责任和义务。”

韦经理终于伸手去拿起打火机，“吧嗒”一声打着了，微微颤抖着点上了香烟，并深深地吸了一口。

韦经理的香烟自始至终都在他的右手上，不是墩着就是搓着，这还是我第一次见到，韦经理这么长时间居然没有抽一口香烟，甚至都没去拿一直放在前面的打火机。

随着一缕轻烟缓缓地从微启的唇间呼出，韦经理的心情也放松了些。他慢慢地扫视了我们一遍，然后平静地说道：“那就这样吧！你们回去工作，我还得向总经理报告一下。如果公司没有别的安排，下午四点部门开个会。”

第十四章　利其器

一晃，“大鼠”龚骏远就从“黄埔军校”毕业了，重新回到技术研发部，被提拔为副经理了。这对我们年轻人来说可是一件大喜事，免不了我们其他四只“老鼠”又宰了他一顿酒喝。

技术研发部的员工也发展壮大了，大的办公室被调整为专门的设计室。而作为自动化专业的老大——我们部门的韦经理和作为总体专业的老大龚副经理，被安排在一间小的办公室；同时，为了工作方便，我们专业的老大陶老师——虽没有具体的行政头衔，但也是资深的教授——也被调整到该办公室。这样，部门的领导核心第一次有了完整的专业结构。

考虑到公司经营发展迅速，研发设计任务越来越繁重，公司决定与时俱进，为技术研发部添置一批电脑，以改善工作条件，提高工作效率。

彼时586电脑已经投入市场，486电脑便放下了其高贵的身价，可以进入寻常百姓家了。公司拨下专款，为技术研发部采购了一套586电脑和两套486电脑，并配套一台标准0号图幅的喷墨绘图仪，部门一下子就步入了局部办公电气化时代。

为了便于管理，部门内部专门成立了计算机室，由自动化专业的丁力成出任室主任。又一位年轻人被提拔了，这个举动，在部内引起的反响可要比添置电脑大得多。

年轻人都知道，电脑这东西是个宝贝，不仅可以降低劳动强度，还能偷偷地玩个游戏什么的。时下市面上已经有了电脑游戏室，时不时听到“四鼠”和“五鼠”

在谈论什么《C&C》和《沙丘》如何如何好玩，又或者《仙剑奇侠传》那么个婆婆妈妈的游戏，怎么有那么多的人迷恋它，等等。

我呢，木质绘图板上的工作忙了好几年，对电脑几乎快淡忘了，只是时不时要把文件送到综合部文员那里去录入、排版和打印，才知道还有电脑这个好东西，还有“北大方正”这么好的软件。我全然忘记了自己当年攻读研究生时用过的大型“王安”计算机、中型并行机和小型的IBM AT个人计算机。甚至毕业前才用过的286和386电脑，在大脑里也没了模样。我拿手的dBase和Oracle数据库软件，设计制图AutoCAD软件，Fortran程序设计语言，以及当时很时髦的C语言软件，也被都我抛进了历史的长河。

这批电脑的出现，在我心中一下子就激起了波澜。我突然发现，那些曾经日夜忙于软件开发的兴奋时光仿佛就在昨天，那些曾经精通的软件，特别是适合于我们研发设计常用的AutoCAD软件，依然烂熟于心。

我一下子就兴奋起来，感觉又有很多事情可以做了。

不过，毕竟只有三台电脑，这对于有二十多号人的技术研发部来说，甚至还够不着用“僧多粥少”来形容，仅仅算得上一大锅水中的几颗米粒儿。

“我们目前有了三台电脑，这已经是公司下了很大决心啦！毕竟是万把块钱一台的投资啊！”在电脑还处于安装调试阶段，韦经理适时地利用部门月度例会专门安排了一次民主讨论。

韦经理一边高兴地向那几个烟民战友派发着香烟，一边郑重其事地说：“我知道，大家都看着呢！都想知道先分给谁，是不是?”

“嗨！还是老规矩啊！”韦经理一边点自己的香烟，一边指着另一位战友说，“这里有妇女、儿童要保护，我们几个轮着来，呵呵！我要先讲话，我先来，我先来，呵呵！”

估计是想到今天的会议有难度，我总觉得韦经理在故意调节气氛，尽量分散大家的关注点。

看到好几个人被自己吐出的烟圈吸引过去了，韦经理又打开了话匣子，“这个难题呀，我还不想自己去解决，今天想先听听大家伙儿的意见。”他把目光在我们一批扎堆的年轻人这里来回地探察，“电脑是新生事物，是个时髦的高科技玩意儿，你们几个年轻人先发表发表看法，怎么样?”

这一说，反倒把我们的嘴都堵上了似的。几个人你看看我，我看看他，不知怎么办。

新扎主任丁力成也是紧张地看看经理，又看看我们，估计想好的台词也不知道如何开场了。

“怎么，都不想要是吧？你们不想要，那我先要一台啦！散会。”韦经理卖着关子，哪能就这样散会呢?

看着大家都不想当出头鸟，韦经理看了看丁力成，说道：“那这样吧！你是主任，管电脑的，你说说你的想法吧!”

丁力成丁主任“咳咳”两声清了清嗓子，看来刚当领导还有点儿紧张，“电脑是少了些，我也没想清楚怎么办好。”他停顿了一下，看了看韦经理和龚经理，“要不这样吧，每个专业先抽一个人，最好是有点儿基础的，入门快，见效快，领导面前就好交代了。这几个人先用熟了，以后买了电脑他们就可以当师傅了。”

“三鼠”贝鸿涛开腔了：“这是个办法，但可能有失公平。不如每个专业一台大家轮着来，或者每天抓阄。”

我想了想，也发表了自己的看法：“我觉得，是不是每个专业的总布置图都用电脑来设计。一方面，我们这些人基本上都管着项目，就都有上电脑的机会，各位按照公司项目安排的计划来，也不用抢；另一方面，总布置图信息量大，设备和部件建好了模型，以后的项目就可以通用。此外，就是修改起来方便，返工多少次都行，提供给用户审核也方便……”

“哈哈!”我还没说完，韦经理就笑起来了，搞得我很难为情，“宁致远的意思我再明白不过了，用电脑，图纸改多少遍也不会搞坏，就不用哭鼻子了!”

哎呀！刚上班那会儿的丑事儿被翻了出来，我一听脸一下子就发烧了，挠挠头在那儿傻笑。“大鼠”、陶老师啊，以及那些元老级的人，也都笑起来了，搞得杜明浩、伊筱雪等那些后来者，都丈二和尚摸不着头脑。

等大家伙儿也笑得差不多了，韦经理就打断了说：“好了，好了！谁还有高见？”

伊教授提议说：“能不能先把计算书都安排在电脑上做，特别是那些性能计算和有限元结构计算，如果实现电算化，效果会更明显。”

“是啊！”陶老师也立即补充道，“我们专业在统一文件格式时，小宁就已经按电算化要求统一好了格式。如果计算书实行电算化，不仅可以避免计算过程中不小心产生的错误，更不用一遍一遍地验算，效率就大大提高了！”

“是啊！所以这机器就叫作计算机嘛！那首先肯定要解决计算书的问题了。”韦经理肯定道。

大家七嘴八舌地又谈了各自的看法，韦经理一会儿兴奋，一会儿皱眉，丁主任也直感叹公司出手不大方，搞得大家心痒痒。

龚经理抽完了香烟，看了看大家，夸张地干咳了两声，意思是想说两句，大家慢慢静下来都把眼光投向了他。

“前不久，我和经营部何经理出了一趟差，是去洽谈一个项目，同时到用户单位的还有另一家同行，人家拿出来的图纸和文件清一色的都是电脑制作，那叫一个上档次啊！”龚经理不紧不慢地说，“所以呀，我觉得首先把各个专业用于商务谈判和合同附件的部分纳入首批电脑制作范畴，先解决‘外面光’的问题是大事。”

这一次，大家的认同度明显提高了，互相对望着点头表示赞同。

韦经理看了看手表，觉得不论是讨论还是开会时间，都差不多了，故而在烟灰缸里摁灭了香烟，把手上的钢笔盖上笔帽，放到打开的记录本的中缝上；然后，把老花眼镜也取下来叠放在一边，这才用眼睛扫视大家，等到声音完全静下来了，话语权就完全回到了他那里。

“确实，由于公司投资必须谨慎，一方面要减轻资金压力，另一方面也要看效果来评价必要性。”韦经理说道，“可能有人会说，电脑普及是发展的必然，不错，但必然普及也不是说到位就到位那么简单。也许，再过几年，不用大家争取，公司就主动配齐，并按期更新换代，但绝不是现在。现阶段，电脑毕竟还是奢侈品，所以大家要理解，使用时要爱惜！”

韦经理重新把眼镜戴上，把刚才的记录浏览了一遍，接着说：“刚才大家的意见很充分，很客观，我也不再发表什么意见了，就只总结一下。”他顿了顿，看了看大家，“综合大家的意见，先从紧要的和见效快的入手。那就是，每个项目、各专业的经营合同附件部分和计算书部分先上电脑。因为合同附件涉及的内容都是各专业的总布置图和技术规格书，所以在合同生效后，这些工作继续利用计算机进行。”

韦经理停顿了一下，评估了一下各位的反应，接着说：“各项目的方案我们也是按计划轮流安排的，所以你们可以看得出来，这个方案同时考虑了各位的均等机会，上机时间就按照公司和部门项目计划进行。”他看了看丁力成，“这个计划具体由丁主任传达。注意，是传达，而不是另外安排计划，所以我想各位应该能够理解并支持他的工作。有没有问题啊？”

除了极个别人还在小声嘀咕外，基本都点头或口头表达了同意。

“好，那就这么定了。”韦经理总结道，“为了提高效率、共同进步，一开始大家可以共同商量，统一方法和格式，特别是计算书的程序，各位要相互校对模板，毕竟以后就只是直接使用，所以胚子绝不能坏。”

韦经理又征求了龚经理、陶老师和丁主任是否有进一步的要求后，合上笔记本，最后叮嘱道：“近期还有没有电脑投入，全看大家的表现了。如果成果显著，我才好向公司申请嘛！还望大家努力。”

按照计划，我们专业正好是我第一个上机。当然，陶老师、周高工和杜明浩也都表示，这方面我有优势，所以在计划安排时，有意将第一个轮班上机项目排到了我的名下。我弄好了，他们也乐得坐享其成。

虽说电脑生疏了好几年，软件也是日新月异，不过这基本上还难不倒修习过软件工程的我。一方面，学生时期距今毕竟才几年光景，主要的基本功还没忘记；另一方面，电脑和软件对我大脑神经的冲击也丝毫不减当年，一旦面对，即刻热血沸腾。更何况，我们都一直盼着呢！所以，从软件安装到使用，我不出半天就对Office

和AutoCAD这两个急需软件掌握了个八九不离十。当然，虽谈不上“好为人师”，自己这几刷子少不得还要给另外两台机器上的兄弟们指点一二，这样一来二去，水平提高得还挺快！

这天，我正在电脑上聚精会神地忙乎着，突然被身后的声音吓了一跳。“宁致远，你这是做的什么东西，我怎么看你弄了好几天了还没弄好啊？”是韦经理，还不知道他在后面看了多久呢！

我惊魂未定，赶紧站起身对着韦经理解释道：“韦经理，您可别冤枉我啊！这个计算书是我今天才开始做的新文件，这才大半天呢，但也都完成了大半了，估计明天早上就可以让杜明浩和陶老师校对考题了。”

“那你前两天做的不是这个？我怎么看着是一样的呢！”韦经理不解地问。

我习惯性地挠挠头，想明白大概是怎么一回事了，遂打开Windows资源管理器，翻到我的文件夹，指给韦经理看，“哦！您看看，我已经完成了两份计算书的格式文件，今天做的是第三份，就是这一个文件。这些计算书都是用Excel做的自动计算表格，格式是按之前我们专业统一的工程文件输出格式做的。”

我打开了之前完成了的一个文件，“您看，这个文件和我今天在做的样子差不多，这是因为我们专业统一了计算书的整体格式，所以猛地一看就是一样的。”我看向韦经理，补充道，“也不知道您什么时候来看过，是不是这个，或者我把另一个也打开看看？”

韦经理道：“还是年轻人学得快呀！我记得你说过，你读研究生时是学过软件的，是不是找到用武之地了？”

我不好意思而又沾沾自喜地说：“是的，不过刚开始手有些生，但马上就顺手了。”

我一时兴起，不觉就飘飘然显摆起来，把另一个文件也打开了，“韦经理，您看看，这个计算书是我最满意的一个。由于精度要求达到小数点后四位，之前是用计算器计算，我一般要两到三天才能完成，先做一遍，再验算。如果验算时与第一次计算不符，就得再验算一次。总之，要有两次计算结果是一致了，才敢交给周高工校对。那周高工校对和陶老师审核，一般又得一到两天，加起来总共要个把星期。”

我顿了顿，咽了口口水，“我每次最怕做的就是这一份计算书，挺累的，呵呵！不过现在好了。”

我兴奋地搓了搓手，把计算书翻到开头的已知参数部分，“您看，现在嘛，一个项目来了，我们只要在这里输入已知参数，后面的结果就自动出来了。因为在文件的后台集成了计算程序，这可是核心，打印输出是看不见的。”

我又跳转到结尾部分，“这个考题是前天周高工和陶老师校对、审核过的，是之前一个项目的计算书，结果一致。现在，我将该计算书作为模板锁住了，不解锁就只能输入已知参数，其他诸如格式和程序就动不了了，这就保证了计算书的安全性。以后我们计算、校对和审核加在一起，在这份计算书上花的时间，顶多也就半天。所以，有了电脑，真的是好快啊！”

韦经理左手抱着放在右腋窝，右手食指和中指夹着香烟（没点着，可能是又被丁力成主任给制止了。计算机室嘛，那是有规矩的，哪个计算机房不是一尘不染的），用虎口托着下巴，若有所思地看着电脑屏幕。

“小宁啊！我在想，”韦经理边想边说道，“你看看有没有可能啊，我刚才一边听你说就一边在想，我们的那些性能计算和结构计算，是不是也可以弄成这样呢？”

我脑袋里面飞快地回放着龚经理、“三鼠”贝鸿涛他们总体专业经常做的那些计算。这些方面我多少也了解一点，因为当年读研究生时，有同学就是做这方面软件开发的，因此我知道，这不是Excle这种简单的办公软件所能解决的。

所以我转向韦经理，点点头又摇摇头，不知从何说起：“韦经理，计算机肯定是可以解决这些问题的，但不是我目前使用的这种软件能完成的。”我看了看丁力成，他这时也加入进来了：“这些性能计算，数学模型很复杂，是属于量比较大的浮点运算。所以，只能用开发工具软件来开发自己的软件，或者购买专业软件才行。”

“你看看目前有哪些工具软件好用，先推荐一下。”丁主任说道，“我们却月市目前还只有一家电脑城，东西也不多。如果找不到的话，可能要跑一趟深圳。”这还是20世纪90年代中期，还没有铺天盖地的盗版光碟，更不用说在网上download（下载）了。

我想了想，也是，没有工具软件，还谈什么开发呢？正发愁间，突然灵光一闪，说道："有了，我可以回一趟母校，看望一下老师们，顺便看看能从我研究生导师那里弄来什么。"我一时又兴奋起来，"对，大学一般都走在研发的前沿，肯定有不少开发工具软件。我记得，当时国内还处在DOS时代，还没几个人听说过Windows，而我的导师硬是从美国搞回来一套Windows 3.0，为此还专门订购了一台两万多元的386电脑，好像是当时学校最好的。"

兵贵神速，韦经理当时就批准我回母校走一趟，最好多打听一些关于软件的事情。

按下回母校的情景不表，单说两天后，我回到了公司，旋即拉上丁力成一起到了经理办公室，"韦经理，这次回母校，开了眼界，也小有收获。"看到陶老师和龚经理也一起围了过来，我更加卖力地介绍起来，"首先，开眼界，那就是我们真的是有点落后了。用我导师的话说，那还真配不上高新技术企业的头衔，呵呵！"我当然是有目的的啦！要配得上，那就得人人有电脑不是？

"行啦，行啦！别贫嘴，知道你那点儿花花肠子！"韦经理一边抽烟，一边打断我，"快说说看你的那点儿收获，交给的你任务完成得怎么样啊？"

"嗯！那当然是出色地完成了。"我索性贫起嘴来，并从口袋里掏出一个磁盘盒，三寸半的那种，满满地插着十张，"我弄回来了一套FoxBase 3数据库软件，一套C++，还有一些小工具，像Pctools工具和Norton杀毒软件。"

我把磁盘盒给了丁力成，"你把它拷贝一套，这些是借来的，过两天我还要还回去的。"

韦经理他们分别拿着那些磁盘查看起来。我打开我的工作日记本，看看还有什么要汇报的。

"哦，对了！"我补充道，"关于结构有限元分析计算，我找我原来同学的导师请教过了，目前他们有现成的软件，也是从国外买回来的，如果要自己开发，那就太庞大了，投资肯定少不了，还不一定成功，所以不建议自行开发。老师们提议，可以和我们开展项目合作，有偿提供计算服务。"

“嗯！这很重要。”龚经理接着说，“我也打听过了，要是自己开发的话，投入资金和人力都太大，还不一定能搞成功。否则，要那些专业的软件开发公司做什么啊？”

韦经理也表示赞同，“嗯！以后项目多了，不一定什么都自己做，人手也不够，老土的办法，还耽误事儿。”

韦经理又接着对龚经理和丁主任的话说：“你们俩安排一个时间，让宁致远带你们去拜会一下那位老师，谈谈合作方法。”

“另外，”我接着汇报，“我顺便拜望了我之前的CAD老师，想请他来给我们上几节课。”

“那好啊！顺便给我们这些老家伙们也扫扫盲。”韦经理赞同地说，“什么时候可以来啊？”

“是这样，老师每周三下午和星期天有时间，看我们的安排，再通知他就行。”我回答说，又想了想，觉得还是补充一下好些，“老师说，看在我们勤奋好学的份上，可以免费为我们讲课。当然，只能是入门，长期上课他可能难以安排时间。”

“太好了！”龚经理说，“实际上进行个入门教育也就够了，同志们可以边工作边自学，可能提高得还快些。”

“也是啊！”韦经理赞同龚经理的看法，“实际上，要我们安排更多的时间上课，对工作影响也大，可能比老师安排时间还难呢！”

韦经理看了看自己的日程安排，对丁力成说道：“丁主任去总经办征求一下意见，看看公司能不能在下周和下下周安排两个周三的下午。如果可以的话，就能不占用老师的休息时间。”

虽然目前还只有三台电脑，但同事们学习劲头都很足。特别是在老师有针对性地教授了几次课后，大家对CAD软件的理解和应用都有了质的提高。

由于产品多，正常情况下，一个项目的研发设计周期也就一个月到一个半月，并且部门几乎每一个人都有一个项目。这样，两三个月下来，同事们对AutoCAD绘图软件基本上都能熟练运用了。我们这几个年轻人还基本上掌握了Microsoft office

Word软件的初级应用技巧，能自己完成文本文件的录入和编辑工作，不仅减轻了综合部文员的负担，也把计划掌握在了自己部门手上。而Microsoft office Excel软件，特别是自动计算部分，这会儿却还只有我一个人能熟练运用。这一方面是软件向高层次应用相对比较难，另一方面也是因为部分人的工作主动性不够，甚至还认为拿工资上班，做好本职工作就行了，何必把自己搞得那么累去研究什么软件呢？更何况，工作手段效率低一点，那是公司的硬件和软件配置问题，也怪不得个人，一直这样几年了，不是挺好的吗？计划等急了，那就加几个班，还能挣加班费……

这上班工作嘛，本来也就是这样，无可厚非。

在这一段时间，我基本上都处在一种亢奋的状态，仿佛又回到研究生课题攻关阶段。像AutoCAD绘图软件和Microsoft office办公软件这些应用工具，对我来说是小菜一碟，甚至还把CAD的菜单按自己的应用习惯进行了重建，并增加了一些合成命令按钮，如无干预自动完成的PURGE命令，和自动两次存盘再退出的CLOSE命令，不仅快捷，还能保证“.bak”文件与源文件一致，确保了劳动成果。

而我最大的心愿和成果还在于软件开发阶段，这也是我相对于其他那些本科毕业的同事们所拥有的长处。我并不认为多付出就吃了多大的亏，只要是自己想做的，且有助于提高我的工作效率，减轻我的劳动强度，减少加班，有更多的时间在周末享受家庭生活，那么有条件就要向前迈步，而不是停止不前。

然而，正如大家的共识，做好本职工作才是该履行的职责和义务。如果纯粹利用正常工作时间，并且挤占别人的上机时间，利用公司本就稀有的计算机设备，来搞一个前途未卜的软件开发，肯定不合适。所以，我做了口头申请，征得韦经理和丁主任同意，在计算机没有被安排加班的前提下，利用自己的休息时间上机，完成了基于FoxBase的装备重量重心计算软件和基于C++的推进轴系强度和回旋振动计算软件的开发。

推进轴系计算软件是专为我们机械专业开发的，它集成了规范和标准的数学模型和各项要求，适合于现行规范和标准条件下的各种应用情况，只需要在条件选择界面简单地进行选择，并将要求的已知参数在数据录入界面按提示进行录入即可，计算结果将按规定的格式进行输出。由于数学模型的复杂性和计算量大，简单地运用Excel来编制是难以完成的。有了这个软件，加上我之前做的Excel自动计算格式文件，我们专业的计算工作，就全面步入电算化时代了，把其他专业羡慕得要死要活的。

而这款重量重心计算软件呢，是为全部门各专业谋福祉的，是完全基于我们技术研发部的工作程序进行开发的，可以供三个专业分别统计计算，再由总体专业汇总计算分析。有了它，之前繁重的统计工作减轻了不说，其最大的好处还在于总体布置调整更方便，使总体设计优化变得轻松可行，甚至精益求精也变得现实了。而之前呢，每进行一步调整，那就意味着重新进行一次计算，工作量大，耗时长，将占用大量的人力等资源，研发设计进度也耗不起，所以一般在基本达到要求后就止步了。

第十五章　帮

计算机为工作带来的便利与好处，以及在工作效率上的改观，通过韦经理在公司经理例会上的报告，在公司各部门引起了各种反响，要求改善工作条件的呼声日益高涨。

其中，财务部门的要求首先获得了批准，毕竟市面上已经开始兴起财务电算化了，而集团公司财务部门刚刚引进了专业财务软件，据说功能很强大，会计们再也不用加班加点做报表了。甚至还有小道消息说，那些以前忙得晕头转向的大嫂们，现在上班还闲得偷偷地织起毛衣来。但是，目前公司还仅限于一月一次地利用综合部的那台电脑进行员工工资核算，其他的财务工作暂时还没有可能使用电脑，因为这还不仅仅是电脑投入的问题，关键是市场上崭露头角的财务软件太贵了，也不完全适合公司的薪酬和财务制度。

工资核算其实还不是财务部门的主要工作，而是人事部的工作。财务部只要那张报表，然后提交给银行，就可以向职工的银行账户上转账了。那个时候，企业还不能与银行联网进行自助网银转账。

这天，人事部的宋经理找到我，一本正经地跟我说："小宁啊，听你们韦经理在会上说过，你给自己部门开发了好些软件?"

"是啊!"我不解，以为是违反了什么公司规定，人事部门来追责了。

"是这样的……"宋经理显然也看出来了我的异样。那肯定啊！人事部门在公司的工作主要是管人的，弄不好，一般人都会退避三舍的。

“是这样的，”宋经理尽量平和地说，“公司同意我们用综合部的电脑核算大家伙儿的工资，那得有个什么软件才行不是？总不至于拿电脑当算盘或者计算器啊！”

“是啊！”我总算是一颗心踏实了，也大概知道了宋经理的意图，“那我能帮宋经理什么忙吗？”

“前几天我找集团公司财务的一个朋友帮忙，他根据我们的工资体系做了一个，但我不会用。”宋经理点上一支烟，有点儿难为情地笑了笑，“我这年龄，哪会用电脑啊？就更不用说软件了！”

“这也不全是您的问题，”我解释并安慰道，“您那位朋友财务业务肯定是没得说，软件功底肯定也不浅，要不怎么能给您开发出这个软件呢！”

“……”宋经理一脸不解。

我接着说道：“我记得当年学习软件工程时，印象最深的一点就是，一个软件产品要符合所针对的用户自身的特点，用户界面友好程度应达到用户的最低要求，甚至是没有软件基础，只要精通自己的业务，会使用就行。”我看着宋经理，注意着说话的分寸，“所以，我想您的朋友把您想成是软件能手了，您可以让他帮忙把界面改一改。”

“困难啦！公司花了点钱让他做的，我不会用，肯定有我的问题，说出去不好听啊！再说，要改的话，可能又得花钱，领导那里不好交代呢！”

“那……”

“我找你，就是想让你帮忙看看……”宋经理期待地看着我。

我脑海里飞快地转着，在想这件事对我的难处在哪里，“我软件方面应该没问题，但业务不熟，拿个叉子不晓得从哪里下手，更不晓得怎么下手呢！”

“这没关系，”宋经理看我能帮忙，激动地说，“韦经理直夸你，那能力肯定是没得说啊！业务方面，这很简单，比起你们的技术活儿来说，那就是小儿科，你肯定一点就通了。”

“宋经理您可别抬举我，俗话说‘隔行如隔山呢’！”

“没问题，只要你有时间——是业余时间啊，要不然韦经理会找我算账的。只要你肯帮忙，我教你，你肯定一学就会的!”

“那行!”我满口答应了。不答应也不行啊！人家一把年纪找上门来，何况还是人事部经理呢？再说，有锻炼的机会，特别是又能操起老本行，如鱼得水。不对，是“如鸭得水”，再辛苦也愿意干！“时间您安排。”

“那真是辛苦你啦!”宋经理激动地说，“如果你没问题，晚饭后，我在综合部办公室等你。”

“好的!”我也爽快地应承了下来。

果然如宋经理所说，晚上，他把公司工资制度和工资结构对照一张上月的工资表跟我讲了一遍，我就基本上明白了。然后，我基于软件开发的思路，把它转换成程序框图，简单地草拟了一个框架，并把几个计算模型在相应的位置标注出来，以方便宋经理审核。

宋经理一看，高兴地说：“真不愧是我们公司的高才生啊！当时黎董事长招了你，公司可是赚大了!”

我被夸得脸上都快挂不住了，不好意思地说：“宋经理您可别瞎夸我，搞不搞得成，八字还没一撇呢!”

“肯定没问题!”宋经理兴奋地一拍我的肩，“你那两下子，绝不是程咬金三板斧那么简单，我看得出来!”

“呵呵!”我也只能傻笑着由着他夸了，“您看看是不是这样，您先让我看看您朋友给您做的那个软件，我可以感觉一下软件本身与您使用之间的差距，好有的放矢，没准儿还可以站在他的肩膀上呢，毕竟他才是个行家嘛!”

“好的!”宋经理一边说，一边打开工作日记本，直接翻到封底，然后走到电脑那里，对照它，一步一步小心操作起来：插插头、轻轻按下电脑电源（第一次力度不够，没成功）、紧张地等到“C:\>_”和一个一闪一闪的光标出现。然后，他又对照日记本一个字母一个字母地敲着键盘，回车，一个界面就打开了。

看宋经理的架势，之前基本上没有计算机基础——那时电脑还是奢侈品呢。再仔细看看打开的那个工资软件，倒是一个中文版的，界面上真的还很清楚。

我试着按提示输入了几条命令，大致浏览了一下功能，很全面，都可以作为我的业务指导了。

但这是一个基于Dbase Ⅲ Plus数据库开发软件开发的DOS版本软件，别说是宋经理，就连我一开始也没办法熟练地运用，就连基本的文件打开和文件保存功能，都得基于对路径和文件名的记忆，在命令提示符处准确输入才行。在Windows 3.1中文版已经普遍应用，Windows 95也已经面世的大背景下，该软件只能定义为功能型，而不能算作用户友好型。

我转动转椅面向一旁期待着的宋经理，无奈地摇了摇头，笑着说:“宋经理，这别说是您了，我用起来都很困难。”

我顿了顿，等宋经理把香烟点好后，才又接着说：“这是专业人员用的，我听说集团公司的财务人员都在外面专门参加了财务电算化培训班，学了好几个月呢!”

“那怎么办?”宋经理快速地吐出了刚吸进去的那一口烟，看到在我面前一团浓烟，又赶紧用手扇开了些，“难不成我这个年纪也要去学习？呵呵!”

我边想边摇着头说：“那也未必。这样吧，宋经理，他这个软件我估计也用不上了，因为这是个执行文件，源文件好像没有拷贝过来，我在电脑上找了，没看到。”

看着宋经理一副不知所云的为难样儿，我也就干脆不指望借用这个软件的源程序了。终归是要辛苦的，不如做个新的吧！说起来也好听一些不是？稍微懂一点软件工程的人都知道，要想使开发出的软件对使用者的要求降低一个层次，开发者所付出的代价将呈几何级数攀升。我所面临的工作量到底有多大，暂时我还没办法估计，但我知道，相对于这个软件的核心程序而言，这用在软件友好程度上的工作量是要大得多的。

为了让宋经理放心，也想让他多给我一些时间，我在脑海中迅速地思考再三，最终还是试探道:“宋经理，您朋友这个软件用了多长时间才给您的?”

“好像是一个半月的样子。”

“哦!”我大致评估了一下，“那我可能要花的时间会更长一些，但我争取能够在两个月之内完成。呵呵，您还得用老牛拉几个月的车啦!”

“那绝对没问题！”宋经理大喜过望，“这么多年都过来了，不在乎这几天。好，那就辛苦你了，到时候我向公司给你申请奖励！”

接下来，我白天在技术研发部工作，晚上再在综合部工作一两个小时，那时人年轻，又是自己喜欢做的事，好像从来也没觉得累过。

但问题还是有的，当然，那也并不是我的技术够不够的问题。

一开始，宋经理还陪着我加班，但毕竟对他来说是一件索然无味的事，而我忙得也没工夫搭理他。不出几天，他就丢下我一个人了，而这时综合部的那个文员差不多每天都要嘱咐我，千万别把她的“宝贝饭碗”搞坏了。

而对我的家庭来说，我刚刚升级做了一个“千金”的爸爸，虽说孩子还不知道对我提意见，甚至都还不晓得那个每天匆匆地抱着她摇荡一会儿的家伙到底是谁，但我毕竟是爸爸呀！加个一天两天班可以，但时间一长，就全然没有尽到一点儿家庭男主人的责任了。

看来理想和现实还是有距离的，无论是时间，还是空间。

没办法，答应人家了，人家还指望着呢！

我千方百计地向我那刚当妈就阶段性对我冷淡了的老婆献殷勤，好歹倾囊搬回来了一台电脑。当然，这个时候的一台电脑依然是奢侈品，那Intel奔腾的芯是没办法inside的，只配得起价格低廉性能相当的AMD CPU，其他配置也是淘出来的便宜货，而就这也消耗了我大半年省吃俭用才攒得下来积蓄！

在家上班，并且我的电脑比我们部门的那台586还快，更不是综合部那台早期的486电脑可以比的，效率就大不一样了。如我承诺的，在两个月还差几天的一个星期天的上午，我就和宋经理在综合部的那台电脑上调试起我的软件来。

这是一个在Windows 3.1中文操作系统中运行的基于FoxPro数据库开发软件开发的工资管理软件。我只要指导宋经理在开机后输入WIN，回车，就启动了操作系统；然后，我开发的软件图标就能够在程序窗口里边找到，鼠标点击图标就能打开它。

Windows环境下运行的软件，友好程度本来就比DOS环境下的好，而我做的这个软件，又具有操作再简单不过的界面，所以宋经理一看就非常满意。

“嗯！这个看起来好多了，我应该盘得过来。”他吐了一个圆圆的烟圈后，兴奋地说道。

“宋经理，我可不是瞧不起您的电脑水平啊！”我对着屏幕解释道，“我只是想尽量让软件的操作简单些。这样的话，您在工作中就不会忙中出错，我可不想因为把谁的工资算错了挨骂呢！”

我把欢迎窗口关闭后，开始逐步介绍其主要功能来。

“您看，这一打开，就提示您输入工资的年月。起始年月我安排的是从这个月开始，您只要按它后面的‘+’或前面的‘-’就可以调到想要的年月了。”

“让我试试看！”宋经理迫不及待地抢过鼠标，我赶紧把他的食指纠正到左键上，并用手帮他找了找感觉，没几下，宋经理就熟练了。

我接过鼠标继续说：“选好工资所在年月，按下这个‘确定’按钮，就能进到主界面，所以，每次登录就只能处理所选中的这个月的工资，不会跟别的月份搞混，保证了安全可靠性。再点击这个‘新建’菜单项，点开后，您看，这第一次就只能平地起高楼了。进到这个编辑窗口后，缺省是录入总经办的第一条记录。这里只有要输入的部分，并不是您给我看的工资单的全部项目。那些通过计算派生出来的项目，会在工资查看和报表窗口自动显示。”

我把鼠标推给宋经理，然后说道：“您先试着输入一条看看。”

宋经理赶紧把上个月的工资报表拿出来，把总经理的各工资相应分项对应输入进去。

“好的，您再看看，点按这个‘录入下一条’按钮，光标就会自动移动到下一条了。”在宋经理录入完毕第一条记录后，我用手指点着计算机屏幕，引导宋经理把光标移了过来，然后在手指的指引下继续往下讲，“您还可以这样点部门小窗右边的倒三角，在下拉的部门列表中选择其他部门，比如说我们‘技术研发部’。您再把我的工资输进去，可千万别输太多了啊！呵呵！”

宋经理又输入了我的各分项工资。

“好了，现在点‘完成’，这一次的工资录入工作就算是完成了。”我接过鼠标，点了一下“完成”按钮，又回到了主界面。

我停顿了一下，然后望向宋经理说：“我认为最值得骄傲的一点就是，用我的这个软件，您完全不用去操心文件存储在哪里，也不用担心刚才输进去的是不是没保存，下次打开软件时，也不用满世界去找这次保存好的文件，我的软件已经帮您都做好了。”

“真的？”宋经理又惊讶又疑惑地问，不觉又掏出一支烟点上了。

“那当然啦！不信我们看看。”我自信地说，并把鼠标推给了宋经理，“我们先点击‘修改’菜单，您来点点试试。”

宋经理看了看我，拿过鼠标点了一下，修改窗口立即就打开了，我们刚才输入的这个月的工资表跃然窗口之上，光标自动定位在第一个部门第一个人的第一个工资项上。

“哟！真的呢！”宋经理欣然道。

“那肯定是。”我讲解，“软件再聪明，那也是开发者赋予的指令，它只会忠实地执行。”

鼠标还在宋经理手上拿着，我也不想现在就拿回来。我用手指了指屏幕上相应的位置，“您看看，您想要修改哪一项，就把鼠标点在哪里，重新输入就行。部门的切换与新建功能一样。”

宋经理试了几次，满意的笑容挂在脸上。

“您看看下面的按钮，与先前那一个新建窗口不同的是，当您点按‘插入’按钮时，会在本部门插入一个新员工的工资；点按‘删除’按钮时，光标所在的那个人的工资就连人一起没了，这一般是有人退休或辞职了才用得着；如果这个人是换了部门，那就点这个‘剪切到别的部门’按钮，然后切换到相应部门，再点按刚刚才出来的那个‘粘贴’按钮。请放心，您看，‘剪切到别的部门’按钮按下后，就只有这个‘粘贴’按钮和这个‘取消’了。您要么把它粘贴到一个新的部门去，要么取消移动，总之是不会把这条记录搞丢的。按钮已经设计成每次都只能操作一个人，所以不用担心弄丢。即便突然断电了，那条被剪切了但还没移动到新部门去的记录也还会保留在原来的位置。”

“呵呵！这真的是太神奇了！”宋经理把每一项功能都试了几遍，不用我提醒，就点按了“完成”按钮，回到了主菜单。

这一次，宋经理拿着鼠标在主菜单后面的两个菜单项目上来回巡视着，犹豫了一下，没有去点击最后的那个“帮助”，而是打开了“报表”窗口。

“很好！”宋经理已经不需要我的指导了，依次查看了“工资汇总报表”“个人工资单”和“银行报表”等窗口，核对了工资计算的正确性，还分别按各窗口下面的“打印”按钮，打印了一套各种报表，并对个人工资单中两人之间的分界虚线设计赞不绝口，“真好啊！再也不会裁剪歪了。”

至此，宋经理已经很兴奋并表示非常满意。

“还有呢！”我拿过鼠标，点击“退出”关闭了软件，然后又重新启动软件，重新回到了主菜单，继续介绍余下的新功能。

我又选择了一个新的月份，进入主界面，点开“新建”菜单，打开窗口，问宋经理道：“宋经理，您看看与刚才相比有没有变化啊？”

宋经理有些吃惊，“不会是我搞坏了吧！你刚才不是说命令都是你安排好的吗？”

“呵呵！”我挠了挠头，心想宋经理是误会了，就先申明道，“不是坏了，这也都是事先安排好了的。”

“哦！”

“您看，总不能让您每个月都重新来一遍吧！”我讲解道，“只要数据库中已经有一个月的工资了，就会多出来下面这一个选项，所以刚开始是没有的。再新建另一个月的工资时，您可以平地起高楼，您也可以在这里选择作为参考基础的那一个月的工资表，然后点击‘确定’，那参考数据就直接拷贝过来了，您就只需要在修改窗口中去修改即可。”

打开了修改窗口后，我转向宋经理，以一种特别强调的口气说：“其实在一定时期内，公司的人员和工资相对来说是稳定的。那就是说，新一个月的工资与前一个月并没有太大的区别，而改变得最多的一般就是加班费或者请假等相应扣除。所以用这种方式录入记录，后期的工作量就极大地减少了。”

“哎呀！”这下宋经理又是一番惊讶，“这个功能更强大，更有用啊！我心想，以后每个月只用输入一遍，不用再计算，相比以前每个月要抄写一遍，还要计算和验算，那已经是轻松多了。这下好了，大干一个月，以后就都不用这样忙了。”

“另外，”我补充道，“您一次没完成也不要紧，只管退出去，软件会保存好的，您现在也没必要知道它存储在什么地方。下次打开软件，选好年月，进到主界面，它就会把选好的这个月的工资文件调出来了，直接点选‘修改’菜单，继续完成工作就行了。”

宋经理夸张地拍打了我一下，说道：“太好了！我一定要给你申请奖励。”

这天上午剩余的时间和整个下午，宋经理就一边录入上个月的工资，一边熟悉软件。除了年纪稍大，不太熟悉拼音，汉字输入慢了些外，其他都运用自如。

我在一旁看着，认为宋经理对软件操作技巧已经完全领会并得心应手了，就提醒他说：“宋经理，大量的录入工作我们俩比文员差多了，特别是汉字，所以您明天干脆让综合部经理安排他的文员帮您录入一下，她一会儿就能录完，以后小修小改您自己就行，这不是更快吗？”

“也是啊！”宋经理答道，又马上显得若有所思，“哎哟，有个问题呢！你看这台电脑是共用的，一不小心被别人打开了，搞乱了或者把哪里改动了，岂不是很麻烦？有没有办法解决啊？”

“哟！我还真没想到这一点呢！”我又习惯性地挠挠头，想了想，“要不，我给软件设置个密码，这个比较简单，或者我制作个钥匙盘，您拿在手上，怎么样？”

“你说的钥匙盘是？”

“哦，就是一张软磁盘。”我把今天早上拷贝软件用的磁盘拿了一张给他看了看，“我会把软件中的一些程序放在这个磁盘上，您要用软件时，把它插在这个驱动器里。”我指了指驱动器，把磁盘插了进去，“然后电脑上的软件就能用了。”我按下驱动器的按钮，退出了磁盘，“如果没有它在里面，电脑上的软件就没法启动。”

宋经理思考了好一会儿，然后一拍大腿，高兴地说：“嗯，好！这个钥匙盘最好。不像密码，如果我要是忘了，连自己也没办法用；如果被别人知道了，呵呵，‘芝麻开门’，乖乖，那就坏了。”

“那好吧！”我说，“我今天晚上加个班，把程序再修改一下，并给您做一个钥匙盘，明天早上一上班，我还在这里等您，我们再调试一遍。”

“好的！真的是太辛苦你啦！谢谢！”宋经理又顺手给了个高帽子戴在我的头上，“年轻人有才，以后必定大有作为呀！”

这件工作顺利完成了。当然，这是用了大量的时间和几万行程序才实现的，即使FoxPro的project功能已经很强大了，这份工作完成得也不轻松啊！

当然，我更万万没有想到的是，我从这一开始，这个软件我就负责维护、升级达十余年之久。这可不单单是因为Windows操作系统从3.1版一路升级到了XP，而是因为公司工资体制改革和国家个人所得税改革等原因，软件必须更新。为此，我专门带了人事和财务两个部门的徒弟，后来还公派专人出去脱产学习，但后来的这些年轻人啊……我终究也没有遇到一个肯钻研的，都只想用现成的，也只想安心于模范完成本职工作。后来，我升职为副总经理了，一是我无暇顾及，而那两个部门的同事们也不好意思再来麻烦我。没办法，公司只好另寻专业公司定制软件。当然，随着时代的发展，计算机已经走进千家万户，软件使用者基础相对提高，特别是年轻人，几乎没有人不会使用电脑。因此，我再也没有看到过一款像我开发的那款如此友好的、纯傻瓜级的软件。

这几个软件的开发工作，除了扩大了我工作对接的圈子——也就是人脉，对我最大的好处还在于：我总结开发所得，在国家一级核心刊物上发表了好几篇学术论文，为我晋升高级工程师打下了坚定的基础。

“功夫不负有心人”，做事都还得用心啊！我们并不能仅仅局限于圆满完成自己的本职工作，而不去开展创造性的工作。这，可能也就是为什么我最终晋升到了教授级高级工程师，而其他几“鼠”和后来的那些同龄人却还停留在工程师级别上的原因吧！

第十六章　就你能耐

电脑在公司所创造的价值，有多少人真正懂得，好像没什么人去探究过。至少我没有认真地盘算过，仅仅把它当作一种需要、一种满足。当然，这也还犯不着我去关心，所谓“不在其位，不谋其政”嘛！

自从技术研发部配备三台电脑以来，一晃半年多就过去了。前两天，听说计算机室丁主任受韦经理责成，打报告给公司晏总经理，申请给部门每个人——至少是每个年轻人配置一台电脑，但报告被打回来了。昨天，听说韦经理又亲自打了报告上去，还是没批准。看来，韦经理真是想给大家伙儿配电脑啊！但报告虽然没批，却把同志们肚子里的馋虫都勾出来了。

今天一大早，我还在设计室外边没进去，就被几个同事神秘兮兮地拉到拐角处，撺掇我说我的文笔如何如何能耐，估计没有我的报告，电脑还真批不下来，希望我行行好帮忙给大家伙儿谋谋福利。

也许是我思电脑心切，也或者是我被这几个死党弄得飘飘然，真的就不知高低，一等到韦经理进办公室，就毛遂自荐去了。

“好啊！”韦经理头也没抬，一边将桌上的东西排兵布阵，以投入一天的战斗，一边在兜里掏着香烟，“你试试看，死马当活马医吧。没准儿啊，还真被你给弄下来了呢！”

我回到办公室，原打算去把韦经理和丁主任的报告借来先学习学习，看看问题出在哪儿，琢磨一下晏总经理为什么不批。我坐在那儿思前想后，突然隐隐约约地感觉到我做事太过唐突了。

“逞啥能呢？”我心说。

但是，开弓没有回头箭，上下都说了，撞破头皮也得干啊！

我一激灵，头脑倒清醒过来，灵感也来了，遂以“工欲善其事，必先利其器”为主题，结合我自己的本职工作，以及由于电脑的应用而给工作带来的显著改善，草拟了一份报告。没敢把软件开发的事写上，那一看就知道是谁写的了。报告也没敢写太多，以免功高盖主，所以也谈不上洋洋洒洒，就几百字，一张半纸，没署名，只落款技术研发部。

趁着中午吃饭时间办公室没人，我做贼似的把报告放到了晏总经理的办公桌上。心中没有忐忑，因为并没抱希望，甚至希望不要批下来。

下午一上班，严格说，是上班喇叭刚响，龚经理就在他办公室门口扯着嗓子喊我去接电话。那时电话少，每个部门就经理办公室安装了一台。

我跑进去一边往电话机那里走，一边望着“大鼠”小声问：“谁的？”

“大鼠”对着我耸了一下肩，瘪了一下嘴。

“喂，你好！我是宁致远。”我疑惑地对着电话自报家门。

“你们部门的电脑申请报告是谁写的？”听出来是晏总的电话了，语气好像很严厉。我与龚经理对了一下眼，又看了看韦经理，他们都没表情。我心想也是，估计就龚经理知道是谁打来的。

我立即明白为什么晏总经理电话直接找我了，但后悔晚矣！晏总经理是个心细的领导，这些年，我不止一次写过各种报告和文件，肯定有一些是他看到过的，我的笔迹兴许他一眼就能看出来。也不是我自恋或自信我的书法，而是那年月不是电脑还没有普及嘛！要不然我干吗逞能写这个报告啊？

我感觉我的脸在往白里变了。

“啊！是……是大家的想法……”我嗫嚅道。

还没等我说完，晏总就说话了，好像是在说：“这还像个报告，我批了，叫丁主任来拿去……”

我不知如何是好，还好晏总已经把电话挂了。

我拿着“嘟嘟”作响的话筒，脸上一阵一阵发热。

龚经理看着我，“你倒是说话呀！没那么严重吧?”

我看看“大鼠”，又看了看韦经理，小声说道：“好像是说报告批了，又好像还说了，要丁主任去拿回来……”

“那是好事啊！”韦经理一下子就站了起来，“看把你吓的，瞧你那点儿出息！”

韦经理好像突然想起了什么似的，赶紧对“大鼠”说：“骏远，这事儿还是你去通知丁主任吧！”然后，他又对我说，“小宁你立了大功啊！你回设计室吧，就好好等着用新电脑，哈哈！”

是啊！“工欲善其事，必先利其器”，我们部门终于人手一台电脑了，办公桌也一道变成了时髦的卡座，还配套了转椅。从此，技术研发部鸟枪换炮，真正步入了高科技时代。

当然，申请报告在我心中的那个纠结，也被单纯的我抛到九霄云外去了。怎么不呢？有这么好的工作条件，这在当时的同行业中可是极少见的，高兴还来不及呢！

在我们技术研发部普及了电脑以后，紧接着，人事部、财务部、经营部等几个部门也分别安排了一台或者两台电脑，公司的办公条件和企业形象大为改观。

我在技术研发部工作中的软件应用与开发水平，这还只是在墙内香，但自打帮助人事部门开发工资管理软件以后，我的那点儿小名气一下子就在公司传开了。也是，那个时候会电脑可是一件非常时髦和高端的事，特别是会软件开发，换工作、加薪水都是分分钟的事儿。

这天，我刚进公司，还没到办公室，就被韦经理站在他办公室门口叫住了。

“你小子成香饽饽了！”

我一愣，“哎呀！韦经理您可别讥笑我，怎么……”我一时还没弄明白是做错了什么事儿，还是耽误了什么。

“是这样，”韦经理把头朝他办公室摆了一下，“你进来，我跟你商量个事儿!”

“怎么样啊？有了电脑，我看大家伙儿都跟发了疯似的，特别是你……”韦经理边说边朝他办公桌走去，还顺手拉了一把椅子放在他桌前，示意我坐下。

“前段时间，我看你晚上加班帮宋经理做事，白天还要做自己的工作，真担心你吃不消呢！”韦经理坐到他的椅子上，一边掏香烟一边接着说。

我坐在韦经理搬给我的椅子上，顺手把手包放到了屁股后面，“还好吧！我只是担心会影响工作，自己不好交差，又怕弄太久了，宋经理那边着急。”

“那就好！不过，工作是一个长期的过程，不可贪一时之快，把身体搞垮了，那以后的工作就没指望了。”韦经理不无关切地说。

“呵呵，我们当韦经理是资本家呢，哪知道您还这么关心我们。”我弄明白了，心情就放松了，不免嘴又贫了起来。

“别贫嘴！”韦经理吐了口烟，假嗔道。

一旁陶老师说话了，“致远啊！一个人能力有大小，精力也有限度，切不可逞强，别以为自己年轻，就不把身体当一回事啊！”

“好的！”我憨笑着对陶老师说，“现在用上先进武器，工作反倒轻松了，不像之前趴在图板上，一天下来腰酸背疼的。”

“你现在可能还没有体会，你照没照过镜子？”陶老师指了指我的眼睛，“前阵子，你帮宋经理做的那个什么工资软件，我知道你的脾气，有事儿巴不得一口吃完，连续晚上加班，那电脑屏幕就是个大灯泡，把你的眼珠子都烤红了！你没觉得吧？”

“哎哟！这我还真没注意呢！”

“你们没注意，我们可看着呢！”韦经理接口道，“身体是革命的本钱，要不会影响工作的。最好就是把身体搞好了，保证充沛的精力，能够打持久战，才是真英雄。”

龚经理也到了办公室，听着几位领导的关心，他“大鼠”也得关心关心我这个“二鼠”啊！“前几天韦经理就跟我们商量过了，电脑降低了劳动强度，提高了工作效率，但不是要相应给弟兄们工作加码，相反，要相对给弟兄们减负呢！”

“也就是说，工作效率提高了，工作量不一定要同比例增加。”韦经理补充道，“工作量肯定是要有所提高的，这样公司的效益才能上去；但同时，公司领导也提出了‘快快乐乐上班，轻轻松松挣钱’的人性化口号。”

陶老师也兴奋地说：“以后就是你们现在这帮年轻人的天下了，大家悠着点儿，要学会沉着，稳扎稳打，更不要因为图新鲜而不能持之以恒！”

“我明白了！”几位领导你一言我一语，说的看起来是小事，却是严肃的大事！

“这些话，我们会在下次部门例会上跟大家讨论。今天找你是为了另一件事。”韦经理收住话头，对着我说，“本来我是不想接下来的，但谁让你那么能干有名气呢！”

这时，龚经理隔空丢给韦经理一支香烟，韦经理娴熟地一手接住，然后给自己点上了。

“前两天经营部的何经理就找到我，希望我安排你帮他们一个忙。”韦经理看着我，停顿了一下。

“我没问题，别担心！”我肯定道。

“我知道你没问题，我担心我有问题！”韦经理抽了一口烟，慢慢地吐着，显然是在思考，“前面不是说了吗，这段时间你连续突击，我担心把你身体搞垮了，陶老师一时就少了一员干将。”

“哦……”我一时也不知道说什么好了。

“这我跟陶老师一说，他也对我提了意见！”韦经理边说边看了看陶老师。

我的目光也转向了陶老师。

陶老师说话了，“我知道你的为人，只要是你办得到的，你肯定不会拒绝，这就是个摆在我们面前的问题。”

韦经理接着对我说：“往大处说，别的部门的事做好了也是公司的事；往小处说，我们部门的事耽误了，也是公司的事啊！”

我一时被韦经理的绕口令弄糊涂了，但突然就领会了过来，不免折服于他的理论和逻辑。

“昨天下班后，何经理又找到我，问能不能支援一下。他说他的队伍搞了半个多月了，还没弄出个眉目，好像是经营报价系统的事。”韦经理的烟好像抽得格外快，那一支啥时候抽完了，又在点了。

“我想估计是推不掉了，再说，也不想让你放弃这个锻炼的机会。你手头的工作怎么样?”韦经理说完，抽了一口，看着我。

“啊！我的工作比计划的稍微提前了一点儿，后期只要设备资料不耽误，应该可以提前完成任务。”我光顾着听了，突然被问起来，一时还紧张了一下，幸亏我平时做事还是注重计划和条理的，心中一直有一本账。

“你看这样行不行，”韦经理吐了个不怎么圆的烟圈，“你把手头正在忙的那几张图完成了，就先把后面的工作放一放，去帮人家经营部一个礼拜再回来，怎么样?”

“应该没问题。”我答道，“我手头的图纸计划是下周二完成的，但我比计划稍微提前了一点，这个礼拜还有两天，稍微赶一赶就能完成。这样的话，就干脆下个礼拜去经营部上班了。”

“行！万一来不及也不要赶，更不要又晚上去熬夜加班，知道吗？因为你已经连续加班很长时间了，就是考虑到这一点，我们才商量了一下，让你在上班时间去帮忙的，就当是临时调换了部门一样。”

“真是太感谢领导关心了！”

“别只顾嘴上感谢，关键要把我们的关心付诸自己关心自己的行动。这不仅是要对自己负责，也是对公司的未来负责啊！”韦经理语重心长地说道，“你去吧，有什么问题记得告诉我们。”

我星期一就到了经营部，首先来到何经理办公室，向他报到。

“哦！宁致远来了，好！好！”何经理亲自离开了他的办公桌，移步到办公室门口来接我。

其实，何经理岁数并不大，好像也就大了我两三岁的样子。不过，本科毕业的他，工龄长了我三年，还是集团公司派出来参与本公司筹备的团队中的一员，可算得上是名副其实的元老了。

何经理个子不高，与我差不多，但比我稍胖，人也长得白净，脸上总是挂着职业般的微笑，活泼中不乏练达，平易近人又透着城府，确实是一个难得的经营掌门人。

说话间，何经理已来到门口，随和地搭着我的肩膀，就把我请进了办公室。

“你的韦经理可视你为珍宝，好说歹说，才勉强同意借给我一个礼拜呢！”

“其实也只怪我们做事太拖拉，让领导操心了，生怕部门完不成公司的任务。”我赶忙客气道。

“真有你的，还真会替领导说话，怪不得韦经理不放手。”

何经理走过去给我弄茶水，被我坚决谢绝了，“谢谢！不用麻烦领导了，办公室隔得不远，听完你给我指示，我就去干活了，我带着水杯呢！”

“那好吧！”何经理坐回自己的办公桌，“工作对我们来说有些困难，俗话说，‘难者不会，会者不难’，可能对你来说是小儿科啦！”

何经理一边说一边拿起电话，“我把弟兄们叫来，让他们告诉你该干什么，然后你带着他们干。”

电话接通了，何经理通知了一声，没一会儿，队伍就都过来了。

何经理把指导思想向我和他的队伍贯彻了一遍，然后强调说：“宁致远是放下他自己的工作来帮我们的，他的韦经理说了，完事儿后他还要回去赶工呢！”

他微笑着看看我，又看看大家，“所以，你们要认真学习着点儿！先把你们要软件化的工作向宁致远讲解清楚。这样，他领会了，工作起来就顺手些！不要怕人家学会了抢你们的饭碗啊！这师傅都上门来了，我们可不能小家子气，是不是啊？哈哈！”

毕竟都是一个公司的人，彼此都认识，只是分工不同，上班各居其所，来往不太频繁而已。听何经理这样轻轻松松一说，大家伙儿一下子就活跃起来，气氛变得很融洽。

“那你们就开始吧！”然后，何经理又站起来，来到我身边，送我出来，“你在这里就跟在自己办公室一样，都是一个大家庭嘛！不要拘束，有什么困难可以随时来跟我说。”

随着电脑的引入，各个部门都在积极地革新自己的本职工作，或者是说让自己的工作上档次、上台阶。这样做一方面可以减轻自己的劳动强度，提高工作效率；另一方面，也能让公司领导看到这个投入是值得的，以便为后期的追加投资投入铺好路。

经营部的弟兄们肯定也不甘落后，何况他们闯荡江湖跑营销，眼界比其他部门还要开阔，更知道要门面光亮。所以，他们就想开发一个经营报价软件，让经营报价过程自动化，并将经营报价所涉及的项目统一在一个或一批数据库里，既可以作为资料留存，又可以作为一种资源，方便新项目报价时调用。

通过一个上午七嘴八舌的相互交流，最后我们统一了一个折中的工作思路。考虑到时间最多就一个礼拜，而且各位基本上都没有软件基础，哪怕是用我最熟悉的FoxPro数据库开发软件，估计也要一个多月——这可比工资管理软件复杂得多。况且，后期的维护怎么办？所以，结合公司产品的相似性，我们先用Microsoft office的Excel软件，制作经营报价自动计算表格模板，以解燃眉之急。同时，我也答应这帮家伙，平时教他们学习软件，以便后期共同开发真正的经营报价软件。

编制经营报价自动表格模板，那对我来说就是小儿科了。虽然他们一开始也是这么打算的，但毕竟没有基础，确实难为他们，两三个礼拜下来，也没办法向何经理交代。

经营部这次就分配到一台电脑，所以，这几天大家就都围着它转，一会儿是我在上面操作，一会儿是我在一旁指指点点，而他们中的谁来鼓捣鼓捣，办公室里好不热闹。

也是我急性子，身在曹营心在汉，不时地，总是记挂起我自己那未完成的工作，巴不得自己三下两下就把这件工作应付完了，好赶快回去。心中所想，不觉中，嘴上功夫见少，而手上功夫不免就加快了，还好他们中也有学得快的，在我为他们完成了经营报价自动表格模板时，大部分人基本上都掌握了方法。

礼拜五的下午，我就到何经理办公室交差辞行。

“不是说好来帮我一个星期的吗？怎么，还只剩最后一天就熬不住啦？”何经理先是愕然，马上就和颜悦色道。这时还是六天工作制的时代，一个星期的工作日还没完呢！

“呃……”我一下子也想起来了，但话都已经说出来了，也好像不好再改口了，

"是这样，大家伙儿学得快，我们很快就弄好了一个模板，以后他们直接用就行了。再说，我也隔得不远，他们随时可以叫我过来。"

第二天一大早，我就来技术研发部了。可没想到韦经理比我还早，他好像守株待兔似的，站在他办公室门口抽着烟，眼睛一刻也没放松地盯着我来的方向。

"你回来了！"还没等我开口，他就先远远地招呼起我来了。

我发现韦经理有些异样，就只敢"啊"了一声，加快步伐向他走过去。

他简直是拽着我，就把我拉进了他们的办公室。

"你让我说你什么好呢？"还没等我屁股坐稳，韦经理就说话了，"全公司就你能干，啊？"

我一时不知说什么好，并且根本就没有搞清楚状况。

"这也不怪你！"韦经理重新点上一支香烟，神色缓和了些，"我们天天跟你在一起，都知道你的个性，有工作没做完，你就放心不下。"

我默默地听着！

"可你就是缺心眼儿啊！终归思想还不够成熟啊！"韦经理一副恨铁不成钢的样子，"可你也得替人家着想啊，是吧？"

我傻愣愣地挠着头皮。

韦经理用夹着香烟的右手食指和中指指点着我，轻烟随之起舞，胡乱而急促地变换着姿态，"人家几个人、几个礼拜都没弄出来，你倒好，三下五除二，弄好了，人家脸面过不去呀！再说了，人家何经理求我几遍我才答应把你借他一个礼拜，你就不能挨到一个礼拜结束，完成个八九成的，留点小尾巴，下次再去一天，大家不就都好交代些吗？"

我有些恍然大悟，但为时已晚，心中惭愧至极，顿足叹道："唉！我真就没考虑这一点啊！真是傻透顶了……"

"你也别自责，要说这毕竟不是正常行为规范要求。"韦经理若有所思地说，"我也是昨天听何经理对我一说，自己感觉出来的。其实本不该说你的，但一想，你为人太实在，人情世故，总还是要机灵一点儿、圆滑一点儿，场面上才混得出去啊！

毕竟公司的事不是哪一个人就能独立完成的，一切要有大局观念，要有团队意识，要顾及大多数人的感受，不能逞个人英雄主义。”

韦经理又从为人处世方面对我进行了一番指点，使我这个已过而立之年的人，恍如大梦初醒一般，但仍不甚了了。

趁大家还没上班，韦经理揽着我的肩膀，把我送出了他的办公室，临别又补充道：“我国诸子百家，思想博大精深，但各有所长，各有对错，相互有别，我们为人还得自己去悟。我刚才的话，也不一定正确，你也只能批判地去听，千万不能照搬啊！”

我也是的，回来那么早干吗？我的工作不是比计划还提前完成了吗？担心什么呀！慌七慌八地赶回来，显得自己很能干是不是？

是啊！这人比人气死人，我不在乎，我不与人攀比，总不能让别人也不在乎吧！我这一显摆不打紧——可我是在显摆吗？但我这样做无形之中不就把别人贬低了，别人在领导面前不就很没有面子吗？

看来，这计划也还有另外的作用，那就是，大家都按计划完成工作，公司的目标实现了，个人的绩效完成了，谁也不挤对谁，谁也不亏欠谁，上下齐心，一团和气，高度彰显了和谐的团队精神，实乃企业之大幸也！俗话说，树大招风，枪打出头鸟，计划要把握得好，还得多个心眼！

可这心眼儿也太……

第十七章　怎么又气着他了

我们这个时候所说的计划，可不是后来建立ISO9001管理体系以后的策划，还做不到“何人”“何时”“何地”“何因”“做何事”和“怎么做”（即5W1H）这样完整的策划，更没考虑“人”“机”“料”“法”“环”“测”（即5M1E）这些影响因素，并分析原因，制定对策，以保证计划的顺利实施。没有保证措施的计划是苍白无力的，只有玉皇大帝和如来佛祖知道最终能否保质保量按期完成。

作为一个高新技术企业，但同时仍然处在传统的市场环境中，市场准入机制还没有倒逼企业必须建立这样的管理体系，而仍然处于自愿申请认证阶段。关于这些粗浅的知识，我还是从一个在质量认证咨询公司供职的同学那里弄来的资料，通过自学而掌握的。记得当时同学来我们公司推荐认证业务，由于没有市场绝对的要求，还要额外花钱，更主要的是认为会有一大堆的文件束缚企业的发展，所以晏总经理就婉言谢绝了。我对体系的认知，也仍然处于对ISO的敬畏，和对市面上一些通过了哪怕只是ISO9002体系认证就大张旗鼓地进行宣传的企业的艳羡。

我们目前的计划仍然处于“何人”“何时”“做何事”的阶段，有时还只考虑“何时”“做何事”，甚至于“何事”都没有涵盖全面，因为计划仍然处于“一言堂”的状态，就像计划经济时代一样，全部是上级下达的计划，盖上一个公章，无比权威。但由于计划并没有经过相关部门或人员的评审，在执行过程中，也疏于及时发现和调整，所以领导的作用和权威必须无时无刻不在，一周一大会，一天一小会，显得高度重视。

技术研发部在步入基于电脑和软件的工作时代后，由于显性和隐性的工作因素存在，部门率先在公司实行周计划制度，即由经理主持，在公司下达的月度计划基础上，分解编制各个员工每周的工作计划，每周一下发给员工，并在每周最后一天的下午检查周计划完成情况，每月月度例会再检查月度计划的执行情况。

这是我们部门在公司开创的先河，是一件公司高度赞赏的大事件。晏总经理在全公司，特别是生产部门，开始大力倡导周计划制度的制订和推行。

“天下大事必做于细”，将大的研发设计工程分解细致以后，就容易发现疏漏，及时予以整改。

我们的韦经理分管自动化专业，那么该专业的周计划理所当然归他自己来安排；我们机械专业的计划，考虑到专业的特殊性，经过商讨，就由陶老师带着我来清理，最终由陶老师编制下达；而总体专业呢，韦经理考虑到龚副经理尚年轻，经验恐有不足，而该专业基本上又都是比龚经理小的年轻人——军中“三鼠”贝鸿涛算是老大了，又不便于劳动颜总工程师，那只好由韦经理勉为其难地担纲，由龚经理辅助了。

实行周计划的第一个项目接近尾声了，也就是到了最后一个周计划的阶段，在一次中间检查过程中，韦经理发现某一个专项好像没有人在做，可能也不能确认是不是安排过，便询问各位技术人员。

“据我所知，您好像真的没安排呢!”贝鸿涛对照他编制的图纸目录说。

“三鼠”贝鸿涛是该项目本专业的牵头人，他的图纸目录上还按他的老习惯有一些他自己约定的记号，如标记一个三角形，表示该项已经启动，标记一个勾，则表示该项已经完成并审核通过。

当时，我们技术研发部还没有像生产部门那样有一个主管的行政头衔赋予牵头人，但在部门履行的职责差不多。作为牵头人，除完成本专业的主要工作外，还要牵头与相关专业交流沟通有关事项，以保证研发设计过程顺利开展。在部门未实行周计划制度前，牵头人还要根据按项目要求编制的图纸目录来大致安排工作计划，并监督完成情况。但自从实行周计划制度后，计划和监督工作由经理层来完成，那么专业牵头人就没有再去有意识地关注了。

“四鼠”司空星汉看到韦经理走了过来，也赶紧站起来，忙不迭地在他那一堆上帝才知道是什么的纸堆里翻找，总算是把委派给他的周计划找齐了。

“我也没有！”他如释重负地说。

“我也没有！”伊筱雪还未等经理发问，也赶紧地撇清了。

韦经理习惯性地掏出一支香烟，但马上意识到这是机房，是禁烟办公室，就又习惯性地抱着膀子，一手托着下巴，来回巡视着项目上的这几个人，思考着对策。

这几个人应该是计划的忠实履行者，很难有空闲。关于这一点，韦经理和龚经理都是知道的。所以，在韦经理询问一番后，无功而返。

当天下午下班前，陶老师把我叫去了他的办公室。

除了陶老师，韦经理和龚经理都在，大家一副凝重的表情，把我愉悦的心情弄得五味杂陈的。

陶老师叫我去，肯定是他先说话了，“小宁，你的任务今天已经提前完成了，这让我们都很放心啊！”

他看看我，又看看韦经理，我也是看看他，又看看韦经理，突然灵光一闪，上午韦经理在我们办公室的情形再现，心中便明白了个三四分。

“是不是……”陶老师正待开口，就被我抢先了，而韦经理又举手示意打断了我。

“是的，看来你已经明白一二了。”韦经理看了一眼龚经理，接着对我说，“领导也不是那么好当的啊！这不，新制度第一回，我和龚经理就出了些岔子。”

韦经理估计是不知如何讲下去了，我也不好接口说什么。过了一会儿，还是龚经理说话了。

“这次是我没把好关，计划安排有疏漏。虽然按照总体计划还留有几天余地，但他们估计是赶不上了来。所以，我们和陶老师商量了一下，考虑到你的工作提前完成了，并且你的手脚也快，希望你能帮忙把与你专业相似的那一部分完成一下。”

“我没问题！”这种时候，我只好大包大揽了。

“今天已经是礼拜三了，按部门计划，本周应完成该项目的全部工作；而按公司计划，只要下周三前完成，都算我们按时完成了任务。”韦经理补充道，“所以，你不用太赶，分配你的工作，他们做也就三天。虽然你不太熟悉任务，但你手脚快，所以我相信你三天估计也没问题的。剩下的，无非就是把你的这一部分汇总成总装图，就由他们下周来完成吧!”

这又是一次帮忙，还是帮自己部门的同事，这可非同小可啊！我警觉地想。

然而，我已经拍胸脯答应了——领导的要求能不答应吗？当我回过神来的时候，已经晚了。总不至于刚答应就反悔吧！我心想，即使反悔，又怎么说啊？

后来陶老师他们都说了些什么，我好像也没什么印象。我告别了经理办公室，脸上懊悔地一阵发冷一阵发热。

这件事我无论如何也没办法隐瞒过去，一方面，设计需要相关的信息和参数，就必须找“三鼠”他们去讨要；另一方面，即便我不说，“三鼠”他们没接到计划，难不成是龚经理自己做了？这一问就知道了。

当然，也许是我太神经质了，抑或是我自己太小家子气了。助人为乐不是中华民族的美德吗？光明正大的事儿，难不成我还……

所以，第二天一早，我就自作聪明地先发制人。我是“二鼠”嘛，就倚老卖老地向“三鼠”和“四鼠”数落，什么自己享清闲就害老哥做苦力呀，什么费力不讨好啊……

他们几个先是丈二和尚摸不着头脑，但很快就明白了是怎么一回事，也就幸灾乐祸地“哈哈”过去了。

就这样，在他们的帮助下，工作算是得到了顺利开展。

由于做贼心虚，也怵于前一次的教训，便有心拖拉磨蹭，反正不是自己的分内工作，稍微晚一步估计也不会挨批评。

然而，我那该死的秉性不是说改就改得了的。心中虽然这样想着，但动起手来，就刹不住车了，时不时地甚至还会想到，皇榜都已经揭了，这还人事两生的，不赶紧就心中没底，万一完不成，拖了工期，整个部门的年终考核就会因此受到影响，我岂不成了部门的公敌？

就这样，工作在心理和手头自相矛盾的状态下进行，正面无形中战胜了负面，不知不觉中，两天下来，安排给我的工作就完成了。我非但不敢有丝毫的骄傲和兴奋，反而倒抽一口凉气，不敢显露声色。

第三天——也就是计划的最后一天一早，我刚到办公室，就听见那两只“老鼠”在那儿磨牙齿。更难受的是，美女同事伊筱雪也随声附和着，一声高一声低的，全没把我当回事儿。我一听，傻瓜都知道是专门针对我的了，还专门等我进来后才开始，就跟事先彩排过一样。

“到底是研究生啊，能力就是强呢！”

“可不是，公司其他部门的工作都会做。”

“俗话说‘隔行如隔山’，对他来说是一马平川啦！”

“关键是人家做得比我们还快，以后我们就没得混喽！”

“……”

“……”

我真想地上能立马炸裂出一道地缝，让我遁形！无可奈何，我只能权当没听见，躲在我的卡座上假装埋头做事。我这不是自找的吗？该从哪儿同他们理论呢？别说理论，人家压根儿都没点着你的名，谁跟谁理论啊？心中越想越觉着堵，这事儿也太……

突然，窗外一道明晃晃的闪电划过，把阴沉的天瞬时照亮了一会儿，但紧接着，又暗了下来，办公室似乎比先前又更暗了些。

哼，真是应景啊！我正郁闷地想着，又立马被一声炸雷截断了思绪。

雨哗啦哗啦地就倾泻了下来！

我祭起心忧排解大法——忘我地工作，打开这两天完成的图纸和文件，仔细校对起来。由于匆忙，加上业务并不熟悉，担心会有错误，特别是有导致大的返工或报废的错误。鉴于事件的背景，我可没指望那两只“老鼠”会认真地审核我的设计。将心比心，就我这心境，没准儿他们也都一样。

也是该出事，我正在电脑上巡回检查那部分图纸时，正好被韦经理站在身后看见了——但我并不知道。

“行啊！你已经都搞完了。”

这一声虽然不大，但对我而言，不亚于早先的那一声惊雷。

我正心头郁闷，又被他惊了一下，但也不好发作。当然，就更不敢给领导甩脸子了，只好强颜欢笑，故作镇定。

“嗯！画是画完了，但还要校对。这毕竟不是我的专业，肯定有问题的，自己再多下点儿功夫，好好看看。”我故意大声地说，似乎在表白或是辩解。

韦经理来得晚，并不知道先前的状况，肯定也把之前教导我的诸子百家的经文忘到九霄云外去了。当然，他也许只关注他的计划，这才是正事儿。能拿到桌面上说的事儿，也是不能在桌面上被责问的事儿。

“宁致远，你看看这样好不好，干脆帮忙帮到底，把那总装图也弄一下吧！我估计今天就能完得成，我们部门的计划岂不是就没问题啦？”韦经理兴致勃勃地说道。

我一听，心头就闷“哼”了一声，心想，您这不是把我往死里推，陷我于不仁不义的境地吗？就这，我已经是得罪了一湾子人了，再帮就真要闹鬼了！求求您啦，您还是行行好帮帮我吧！

但是，毕竟韦经理并不知道状况啊！

“韦经理，我这还没完呢，我不校对好，担心……”

韦经理还未等我说完，就抢过了话头，“校对嘛，我让贝鸿涛……哦，干脆让龚经理和陶老师来做。如果有问题你再改，或者让贝鸿涛抽空改一改。”

还扯上贝鸿涛了，真是哪壶不开提哪壶，那不是给伤疤上撒盐吗？

“可那总装图专业性太强了，我真的弄不过来……”

“这个对你来说应该没问题，不就是把你已经画好的零部件拢到一起吗？”韦经理自信满满，越说越来劲，“对了，我让贝鸿涛给你拷贝一份参考图，你一看就明白了。”

我一看就明白了。是的，我早就弄明白了！接到任务的第一天，我没好意思，也没敢问“三鼠”，就偷偷在资料室把上一个同类产品的图纸借出来自学，要不我真就有那么能干，那么快就能完成了？再说了，公司不还讲究风格和格式的统一吗？难不成我还要自创一套？

可这又把贝鸿涛扯进来了，我心里既难受又憋屈。今天韦经理是怎么啦？这么缺心眼儿！当着大家伙儿的面，抬一个踩一个的，这都哪儿跟哪儿啊！还嫌害我不够吗？

我心中憋得慌，一边快速地翻滚着电脑屏幕，一边用手指点着桌上那张打印出来的草图，好像认真地在校对图纸，但仍然难以平息心中复杂的怨气，语气上可能就有变化了，“这个总装图……这个总装图，您还是让贝鸿涛他们弄算了吧！我……”

韦经理从我犹犹豫豫的话中，好像也听出来了点儿什么味儿，肯定琢磨着这宁致远到底是怎么了，心中也有些不悦，“怎么，有情绪啊？”

情绪！我这会儿真还不知道怎么表达情绪呢！我还根本就厘不清到底是怎么一回事儿——左右为难？钩心斗角？不！这怎么谈得上钩心斗角呢？充其量也就是人情世故罢了。

“我哪敢有情绪啊！”

“那你为什么不干呢？上次不好好儿的吗？”韦经理好像也有些急了。

是急我不听领导的话，还是急他的计划？

为什么？这不是明摆着吗？

哦！韦经理不知道，至少不知道我早上刚刚被人涮过。

为什么？难道我还能说这究竟是为什么吗？我能说我的帮忙是显摆自己而又贬低了别人吗？我能说我帮忙帮出鬼来了吗？我能说您韦经理之前是怎么教导过我的吗？

我……我能问您韦经理这是为什么吗？

我心中已经没有多少气力了，我好像已经伤害了我的同事们。难道我还能告诉您韦经理，那两只该死的“耗子”，还有那花脸蛋黑心肠的丫头片子，今天早上，也许就是在您进来之前，是如何地在挤对我吗？

我把刚校对完的那份图纸存盘，传输到绘图仪上打印正式的透明硫酸纸底图，供签批晒制蓝图。然后，我一边撕碎草图，揉成团，扔进一旁的废纸篓，一边回韦经理的话说："不为什么，反正我就是弄不好这张图，我……"

"你越来越出息了，是吧？居然敢当着我的面耍那么大的脾气，啊？"

"我没有啊！韦经理，再说，我哪敢啊！"

"你还不敢？你又是撕图纸，又是摔东西的，你……"

韦经理真是被气急了。

我心想，坏了！怎么这么应景啊？

我不由得懊恼地一拍脑袋，赶紧解释道："韦经理，我刚校对完图纸，您看，那正式图正在绘图仪上打印着呢。"我指了指后面的绘图仪，接着补充道，"您不是有规定，所有的草图都要撕碎，说工业垃圾会泄密的吗？"

"狡辩！"韦经理愤怒地打断道，好像已经到了尊严大受伤害的地步，"你能耐，你接着狡辩！真是没名堂啦，居然还不服从安排，你……"

我还想解释，但事已至此，任何理由都是苍白的。

韦经理余怒未消，仍然在大声说着什么。我直直地站在那里，头脑嗡嗡作响，什么也听不见了。我两眼直直地盯着窗外的雨幕，就好像看着自己的泪水如暴雨般倾泻下来……

仿佛印象中是我们的周高工过来把韦经理劝出去了，韦经理一边往外走，一边还回头用手指着我。

……

仿佛感觉有人在不断地轻轻拍打着我的后背，我直直地站在那里，头涨得生疼，就跟坐在飞机上往下俯冲一样地耳鸣，两眼已经模糊……

也不知过了多久，突然，我耳朵深处"嘁"的一声，周围的声音再次传了进来，视线也渐渐清晰了，我只觉得头脑里发热，两腿一软，幸亏有人扶了我一把，才坐在了椅子上。

"好啦，好啦！"是周高工的声音。

我回头望了她一眼，是她正在拍打我的后背，是她扶了我一把，我感激地对她笑了笑。

“好啦！我们都知道是怎么一回事儿，是有些委屈你了。”

周高工比我母亲还大两岁，我老家离得远，平时看她就像看我母亲一样。我本来就容易动感情，听她这一劝，哪管男人不男人的，不觉眼泪就滚了下来。

“好啦！同事们调侃几句，也没什么坏心眼儿。这韦经理又不知道，一来二去，他就生气了。领导说两句，听着就是了，别太往心里去，啊！”

好像还有其他同事也来安慰我了。

好像“三鼠”还来重重地拍了我肩膀两下，说了“兄弟对不住了”什么的。

……

可能是心力交瘁，我一趴到桌上居然就深深地睡了过去。

……

下午，陶老师过来小声跟我说，韦经理生病住院了！

“我怎么又气着他了？”

想起上次惹他生气，好像就是昨天。但一晃四五年过去了，我怎么就没有一点儿长进呢！

我再一次迷茫了。这一次可是真真切切的迷茫，毕竟都一把年纪了，惹顶头上司生气，那还是掂量得出分量来的！

第十八章　飘摇

傍晚，我拎着自家包的饺子去医院看望韦经理。

我就像一个犯了错误的小学生站在班主任面前一样，低着头，不知道如何开口，手上拎着的饭盒也不知道该放到什么地方。

还是一旁的郑总在我背上拍了一下，“瞧你那点儿出息!”这才算是点醒了我。

“对不起，韦经理，我……”

“没有什么对不起的，这事我也有责任。”韦经理反倒安慰起我来，“我是领导，处事不够冷静，对工作安排也只注重计划的落实，没有顾及同志们的感受，我也对不起你啊!”

“韦经理，您别说啦!”我赶紧把饺子递过去，“这是我自己包的饺子，您尝尝看合不合口味。”

“那我就不客气啦!”韦经理接过饭盒，打开盖子，夸张地闻了闻，“呵!好香呢!”

郑总又在我背上拍了一下，笑呵呵地说，“呵呵，马屁精，怎么，我就没给你当过领导了？包饺子也没我的份?”

我不好意思地傻笑着，病房里的气氛一下子就融洽了起来。

晚上，我从医院回到家里，心情依然很沉重。

刚从韦经理的病房一出来，我脸上刚才还堆着的厚厚的微笑，就像后面打开又关上的门一样，也转变了方向，转到了忧郁的一面。

早上的一幕幕，通过清醒后的一遍遍回放，也逐步地重新清晰起来。虽然刚才郑总和韦经理对我很宽容，就像老领导关心下属一贯的做法一样，甚至韦经理还主动跟我说了对不起，但我知道，即便领导是真心的，我也不得不进一步去思考。

是啊！我已经过了三十岁了，已经当了父亲了，还在惹领导生气，这……

我看着独自趴在床上玩乐的女儿，听着老婆在厨房给我热饭菜传来的锅碗瓢盆声，心情稍微好转了些。女儿看到爸爸，向我伸着小手，口里咿咿呀呀的，我张开手臂，逗她过来，呵！她还小呢，才几个月大，哪里爬得了呢！我把她轻轻地抱起来，在手上颠了两下，她就高兴地咯咯笑起来了，还用手在我脸上抓来抓去的。

这就是家啊！一个幸福的港湾，无论工作苦与乐，都是为了有个和谐美满的家。要想港湾是温馨的，那就把苦抛弃在进港之前。想到这，我轻轻地搂着女儿摇啊摇，心情一下子就好了。

然而，人非圣贤，心中有事，终归是个结。晚上妻女都睡了，我却难以入眠。我睁开努力闭着的眼睛，忽然发现窗外透着月光。哦，雨早就停了，天也放晴了，看来明天有个好天气。

我轻轻披衣下床，从抽屉里拿出纸笔，借着月光看了一下一室一厅的家，也就餐桌上宽敞，还不会影响妻女睡觉。

坐在桌前，我一边把台灯的插头往餐桌旁的插座上插，一边心想，我这是想写点儿什么吗？写什么呢？

真像书中所写，月光如水！可能是它的清澈又涤荡了我心中的思绪，让我从混乱中厘清了眉目。是的，在这件事情上，抛开下级冒犯上级可能带来的各种不利影响外，从组织原则上讲，我还真没有犯多大的错误。

夜的宁静，使我的思绪更加集中，逻辑也更加清晰。我铺开纸，落笔就在第一行中间位置写下了“报告”两字，并且一气呵成，在正文的第一行就写下了“我之所以提交的是报告，而不是检讨，那是因为我并没有错误”。在写下这一句话的过程中，我直接把“那是因为我觉得我没有错误”中的“我觉得”删除了，以表达我对整个事件毫不含糊的认识，也表明了我坚定的原则和立场。

这一份报告是直接写给总经理的，因为我思来想去，无论如何我不能把这件事憋在心里，即便最终裁定我错了，我也必须说出来。因为是和部门领导之间的冲突，报告就只能给公司最高领导。这份报告，可能是我职业生涯中的第一份对管理思路有基本认识的书面文件。

在报告中，我毫不避讳地承认我是个有能力的人，是一个能干人；也毫不夸张地表明我对能者多劳的认同，哪怕是多劳并未多得，我个人也任劳任怨；我还坦诚地阐明了我如何在上班时刻苦劳动完成领导交给的任务，免得加班，并不是不想挣加班费，而是想多带孩子去公园玩。

在报告中，我清楚地叙述了事情的经过，还拉了几位老高工出来当证人，以便领导需要时可以去调查对质。我从我如何抓紧完成了自己的设计任务，到韦经理如何要我帮忙完成一些我并不是很熟悉的任务；从我如何想不辱使命，又怕造成不好的影响，自己补课完成了任务，到韦经理在我完成任务后又要布置新的援助任务；还从我的逞能如何伤害了总体专业同事们的自尊，到拒绝韦经理新派的任务，又不便直接说明拒绝的理由，最终导致了韦经理生气住院……

在报告中，我第一次提出了对“帮忙”的不同理解。我认为，“帮忙”或者说“助人为乐”，固然是一件值得推崇的美德，但在工作团队中，这种“帮忙”应慎重对待。在工作团队中，每个人都有自己的职责，就像木桶的每一块板，虽然短的那一块决定了盛水的高度，而如果缺了一块，就一滴水也装不下了。帮忙，从某种意义上讲，就是拿这个桶的一块板或这块板的一部分，去补另一块板的缺失或者不足。更有甚者，团队中的人还不仅仅是木板那么简单，人是有思想、有感情的，事件的复杂程度和结果，还因人而异。

所以，在报告中，我近乎耸人听闻地断言：“帮忙”，帮忙者会像乌云一样遮挡了被帮忙者的光芒；帮忙者将成为被帮忙者进步阶梯上的绊脚石；帮忙将成为影响团队合力和战斗力的罪魁祸首。

这份报告洋洋洒洒数千言，写了厚厚一沓信签纸。在报告的最后，我还提出了自己的建议。我认为，为避免这种事情再度发生，并不是光靠思想教育和管理就能够实现的，而应本着实事求是的态度，逐步规范。因此，我建议在人员不便增加的前提下，或者说在既有的条件下，一方面要努力提高人员的综合能力，让每个人都能胜任本专业的工作，且在不同的项目中人员完成的角色应交换，这就会产生人与人的相互比较。也就是说，相对主动的人的进度，就会作为相对不主动的人的标杆，这样一来，人员的主观能动性就会被充分地调动起来。而另一方面，项目计划的管理者，应在项目一开始就充分协调好人员的分配，以保证计划的落实，不至于临时把某一个人本来就无法完成的任务划出来分配给另一个人。虽然工作本身的结果可能本来就是这样的，但一开始分配好的就成了应该的，而后期调整，总是显得有能干和不能干的表象，人的感受肯定是不一样的。

第二天一早，我就趁总经理还未到办公室的当儿把报告放到了他的办公桌上。

大概是上班后不到十分钟的样子，就有同事叫我接电话。我真的没有想到会有这么快，但确实是晏伯辉总经理亲自打给我的电话。

晏总一确认是我在听电话后，首先就说："小宁啊，辛苦你啦！"

在确认我心情已经平复了以后，晏总就嘱咐我要抛开思想包袱，安心工作，并说韦经理那里他会亲自去处理，让我不要再有心理压力了。

挂上电话，虽然我心中隐隐地仍然有说不出的担忧，但一块大石头总算是落地了，心情自然就好了。

雨过天晴，阳光明媚，虽然季节是有些热了，但毕竟是雨后，空气凉爽宜人。周高工看我接电话回来的脸色，就知道没事儿了，那两只死"耗子"还有其他同事们也放心了。

我在"三鼠"后背和胸前各擂了一下，相逢一笑泯恩仇。谁让我是"二鼠"呢？也是鼠辈一个！

Time flys！时间改变一切。时钟滴答，声音虽小，但总能在空气中产生波澜，能不能引起你的共鸣，全看你有没有在意它。

我又埋头于另一个新项目了。虽然本专业已经有老少好几位同事了，但新项目还真只有我敢接挑子。这并不是因为陶老师只看得中我，确实是试过几次后，新项目和“硬骨头”还真只有我能不辱使命。所以，至少到目前为止，这种项目分到我的名下好像是顺理成章的事。

这一天，我正在调试一个新的程序，肩头被人狠狠地拍击了两下，真真吓出一身冷汗来。因为老程序虽然是我编的，同事们也用得很好，但当时编程时为图简单，结合公司产品的特点，对边界条件的设置是固定的。然而，目前手头的新项目，该边界条件必须要调整，因此我就想建立一个模型，设置一个边界条件输入窗口，去自动更改软件的执行程序，而不用每次调整边界条件就必须重新编译可执行文件。所以，同事叫我接电话时，我根本都没听见。

我一步三回头地来到电话机旁，心中想着自己的程序，一手心不在焉地抓起电话，程序般地应道：“喂，你好！我是宁致远，请问……”

“啊！宁致远先生，总算是找到您啦！”我的话还没说完，对方就冒冒失失地插进话来，声音之激动，使我不由得把听筒远离了耳朵。

听声音，好像是一位小姐或者是年轻女士，要不是这样，我可能都把听筒给扔掉了。

我丈二和尚摸不着头脑，还不知道说什么或者问什么，对方就又熟络地讲开了：“宁先生，您用过Oracle软件，是吧？”

我脑海里就像录影机倒带一样，这“Oracle”一下子就把我手头的软件从脑海中抹去，把视线拉回到我研究生学业时代。当时，我的课题是故障诊断专家系统的开发，用户界面、数据处理和专家系统采用的是C语言，而数据库开发软件采用的是当时号称的真正的关系数据库软件，就是Oracle。记得当时我就向导师提议使用相对简单得多、应用也更广泛的dBase数据库软件。但由于课题是与加拿大合作研究的，业主是加拿大某铁路部门，必须使用功能更强大的真正的关系数据库，以便处理大量的数据，并在当时欧美已经拥有而中国还没有的网络上通过卫星传递数据，所以，必须是Oracle。

“喂，您在听吗？”感觉到很久没有反应，对方急切地问道。

“哦，嗯！”我赶紧收回了思绪，看了看办公室，确认没人，又探头看了看外边是否有人，然后回答她道，“是的，但是……”

“太好啦！”可真是个急性子啊。

我也基本镇定下来了，必须弄清楚到底是怎么一回事，所以在对方继续说话之前，就赶紧插话道：“喂，你好，能不能听我也说说啊？”

“哦，对不起！”对方总算平静了些。

我又看了看周围，小声说道：“首先，我想说，我是用过Oracle，但那已经是好几年前的事了！”

“那没关系！”可能是知道自己又插嘴了，赶紧补了一句，“哦，对不起！”

我“咳咳”两声清了清嗓子，严肃地说：“关键是，你是哪个单位的，或者说是干什么的？你又是在哪里翻出来我用过Oracle的？我是不是捅了什么娄子，还是你需要什么帮助？你火急火燎的，能不能先一次性把你的事交代清楚，别总像是在打探什么似的，弄得我紧张兮兮的。我说完了！”

“哦！真的是对不起，是我太着急了。”对方好像总算是踏实了似的，平静多了，“是这样的，我这里是美华猎头公司，美国的美，中华的华，你可以叫我小刘。”

我心说，我哪知道你究竟是小牛还是小羊啊！不过第一次听说猎头公司，还真搞不清楚状况，但又怕露了怯，丢了分，就故作镇定地说：“小刘你好！请接着说。”

“啊，谢谢！”我听到对方话筒传来了大口喝水的声音，估计真的是急了。

对方接着说道：“是这样的，宁先生，是我们美国的机构发来信息，要求我们找一个用过Oracle的宁致远先生。他们是怎么知道您的，如果您在意的话，我会去落实。不过您也知道，我一开始并没有任何关于您的其他信息，找到您可真是为难了我。我找了个把月，再找不到，我可能这个月和下个月的奖金甚至工资就没有了。”

我后背冒出了一股冷汗。要知道，这还是20世纪末，可不是像现在，在“百度”或“谷歌”里就能轻易地通过你发表过的论文什么的就能找到你。所以，在当时，美国居然有人知道我，再让人在中国找。我这还是第一次遇到，就有一种谍战片的恐惧感觉。

不过，我还是要表达出见过世面的样子，这就是通过电话沟通的好处。由于手头工作忙，又为了表达我的大度，就简短地说："他们怎么找到我的，你又是怎么找到我的，你以后再慢慢告诉我吧！你现在告诉我，需要我做什么？"

"啊！真是太感谢了！"对方如释重负，"您可能也知道，目前美国特别紧缺软件开发人员，所以在满世界找人。中国不是人多嘛，大家又都想去美国，所以，就打起了中国人的主意。像Oracle这种软件，会用的人还真不多，所以那边放话过来说，只要用过的，有一点儿基础就行，查到了的务必要找到，所以就找到您了。"

我心头不觉一喜，去美国，有这么好的机会！不过我还是镇静而又沉稳地说："看来，如果我理解得正确的话，这是要去美国工作了。这可不是一件简单的事，我怎么去，给我什么条件，有什么保障，这你得先给我讲明白。必要的话，不光是签合同，可能有些保证条件得先提供给我才行。"

"那当然，这些我们都可以安排好。"小刘顿了顿，吞吞吐吐地说道，"嗯，如果宁先生有意，能不能把身份证号码报给我，另外再提供一个方便的联系方式，我在办理的过程中会需要的，可以吗？"

我人生的这个阶段，在中国大部分还是书信联系，城市里工作电话基本普及到中层部门了，但家里有电话的不多。CALL机嘛，这会儿我也还没有，移动电话，那还是奢侈品，那会儿的工资待遇还没法考虑。

"你要找我的话，还是打这个电话。我自己的电话还是不告诉你吧！请你理解。"我自己给自己贴面子，"另外，身份证号码还是等到需要的时候再说，可以吗？"

对方沉默了一会儿，说道："那也行，我理解您的顾虑。不过请放心，我们是会为顾客保密的，我们老板交代过，否则公司也开不下去了。"她稍微犹豫了一下，又接着说，"这么说，我是不是可以理解您已经是同意了，我是不是可以接着去办理相关手续？"

我也装着思考了一会儿，告诉她道："这样说吧，我基本有意向去，但还得等你反馈我相关的条件和保证措施，我再决定，我想你肯定理解的。”

“那是，我理解，也谢谢您啊！”我在电话中听得出她有一种如释重负的感觉，“那就不再耽误您工作了。我会立即向我们的美国公司报告。一般情况下，他们会在两个礼拜的时间内把相关工作反馈回来，到时我会及时通知您的。祝您工作顺利！再会！”

挂上电话，我心头波澜起伏，并把刚放下的工作忘到了九霄云外。

在回办公室的路上，我基本上处在魂不守舍的状态，刚才讲电话时的清醒和沉着，使我的大脑好像过度消耗了的机器，变得比先前更加迟钝了。

当然，也可能是突然降临的去美国工作的机会冲昏了我的头脑吧！

好像是两年前，我的一个老乡，也是我读研究生时高我一届的师兄，要我和他一起移民去加拿大。当时拥有研究生学历，只要5000美元就可以在香港办妥相关移民手续了，但我思考再三，最终放弃了这个想法。去年他回来探亲，还在动员我呢，但我还是放弃了。

可这一次，我似乎有些动摇了，就好像突然被黑洞强力地吸引着一样，又好像心中有一种无形的力量在把我往那个方向推。究竟是什么，我也不能真切地说清楚。难道是遇到了专业对口的工作，可以如鱼得水了？或者说鸭子可以不在树上艰难地混，而可以在水中悠然自得了？难道是不久前的风波在心中的阴云还未散尽，没有彻底释怀？

总之，这一次好像真的是有些动摇了。

我是一个很投入的人，只要投入研发设计工作中去，我基本上就感觉不到地球还在不停地转动着，直到我再一次接到那个美华公司的小刘打来的电话，我才似乎感觉到地球转动突然刹车传来的尖锐的摩擦声，并且让我有一种被惯性激起的晕眩感。

是的，我好不容易忘记了，可这会儿又来提醒了。

“喂，你好！我是宁致远。”

"您好，宁先生！"小刘这一次比上次要熟络多了，说话中，一种职业的感染力强烈地从电话线的那一端传了过来，"让您久等了，不过我相信，您的耐心等待肯定是值得的。"

我的思绪从工作中回转了过来，闭目一想，才刚过了十二天，还真快呀！我赶紧看了看周围，然后沉静地说道："谢谢你！你还真快啊！"

"主要是对方急着要人，所以就办得快一些。"小刘兴奋地说。

"呵呵，搞得我像个香饽饽似的，那是不是条件很优厚啊？想动用挖掘机来挖？"我心中欣喜，但还是显出不着急的样子打趣道。

"嗯！我想您一定会很满意的。"她停了一下，听筒里传来纸张翻页的哗啦声，"哦，就在这里。我们美国公司从软件公司要到了我们从来没有得到过的优厚条件，您猜猜怎么样？"

看来她势在必得，还卖起了关子。

我想，这可能真的是一件千载难逢的好事了，但也不想表现得太兴奋。当然，也指望能吊她个大胃口。所以，我故作不耐烦地说："行啦！量你们也没有什么好条件，就别卖关子了！"

"那好吧，宁先生。"对方清了清嗓子，"条件真的很好呢！软件公司可能真的想要您，所以直接就把协议签好了寄过来，他们自信给的条件您肯定会签的。"听筒那头又是一阵纸张翻页的声音，"协议上您可能最关心的条件大致是这样写的，第一个工作签证周期是三年，到期后他们会负责再给您两年的工作签证，然后会根据您的情况，协助您申请绿卡。这里我得重点解释一下，一般工作签证是两年，除非用人公司特别申请，且用人公司有一定背景，否则移民局是不批的。您的两个工作签证周期就是五年，到期时，您一般就可以拿到绿卡了。如果按两年的工作签证，两个周期是四年。没有特殊情况，移民局一般就不会给第三个周期的工作签证了，拿绿卡就更不用谈了。您说，条件是不是很优厚啊！"

说实话，听到第一个工作签证周期是三年，我就已经有些飘飘然了。确实，这基本上就是一个无法抗拒，也没有理由拒绝的条件。不过，我还是强作镇静地进一步落实了一下薪水的情况。

“是这样的，宁先生，工资肯定令您满意，我只能说比其他程序员高，具体情况得等您来签协议时才给您看。”这会儿她可真的是卖起了关子，“您看看什么时候方便，拿着您的相关证件来我们公司签协议。护照和签证我们会帮忙办理，该您出场时才会耽误您时间的。”

在上次接到电话以后，我就专程去了一次这个美华公司在却月市的办事机构，当然是火力侦察啦！反正他们也不认识我。我还托朋友帮忙打听了一下，以证明该公司的实力。毕竟猎头公司在当时还是个新鲜事物，我之前还真没听说过这样一个行当。

所以，小刘今天所说的这些条件，十之八九是值得我相信的，也非常吸引我。

为了给下一步追加砝码留足空间，我并没有在语气上表现出我的兴奋，只是淡淡地说道：“小刘，首先我得谢谢你提供的这个机会，但这毕竟是大事，所以我必须先与家人商量好，才能给你答复。这样吧，我会在一个礼拜内给你确切的答复的。去贵公司前，我会给你先打个电话约定时间。”

这倒真的是大事！

这个电话，打破了我平静的生活。时间紧迫，我还真的要抓紧时间与家人商量落实。

下班回到家里，老婆已经将饭菜准备好了。我怀里抱着孩子，一边吃饭，一边逗她玩，复杂的心情，一时真厘不清该如何开口。

“你怎么啦？好像心不在焉的。你想喂孩子饭，又不看着她。你看她的小嘴巴够着，追着你的筷子呢，你小心别把她伤着了！”老婆看出了我的异样，提醒道。

我一下回过神来，赶紧好好地喂了女儿一口饭，才把上次和这次电话的情况一五一十地告诉了她。

“你上次接电话后怎么不说啊？这么突然，闹着玩儿呐？”老婆是真的急了，她放下筷子，伸手从我这儿把孩子接过去，自己抱着，好像我会把女儿抱走了似的。

我也放下筷子，心中难过，道："我也没想到这事儿还真的能让我动心，先前不说，不是怕你为八字没一撇的事操心嘛！"

虽然是大事，而且还是至少在一年半载内两地分居，天各一方。但作为我们那个年龄的人，在那个时期，能够有这么好的机会去美国，毕竟是一件难得的大好事。所以，两口子一会儿沉默，一会儿兴奋，一会儿忧伤，最后还是"美国梦"占了上风。

"我倒是没问题，孩子还有我妈帮忙呢！我爸妈估计也没问题。"妻子决定了，所以心反倒是放下了，"不过，你老爸老妈可能会有问题呢！"

这我之前还真没考虑过，我思前想后地盘算了一下，说道："你看，我们离老家这么远，跟在国外没有什么区别，他们应该会同意的。"

"但你总得跟爸妈商量一下呀！"

"那当然，我明天想办法打个电话回去。"

老家爸妈家里是没有电话的，我在省城都还没有呢！我基本上都是通过书信与父母联系。而且，由于路途遥远，交通极不方便，自打结婚回家后，我们还没回去过，老爸老妈还是在女儿出生后来了一次，也已经有一年多了。

前不久我哥来电话，说村里供销社安装了一部电话，有急事可以打给他们，让他们叫一下。然后，估摸着时间，爸妈差不多已经到了，再打过去。

这一次运气很好，我打过去，接电话的人说不久前还看到过我爸妈，应该就在家里。我再三强调，要他把我老爸老妈都请来，我有重要的事情要和他们商量。

我妈先接的电话，听得出来很高兴，我就把我的想法跟我妈说了，电话那边先是沉默，然后我听到了抽泣声，我喊了我妈好几遍，就只听到有抽泣声，越来越伤心，就是不说话。

我是个孝子，只是隔得远，没法尽孝。我平时看书看电视，只要有伤感的场景，我就会流眼泪。听到我妈的抽泣声，我心如刀绞，后悔太自私，没想到会伤她老人家的心。

这会儿我爸说话了，“致远啊，你跟你妈说的话，我们这边都听到了，是喇叭放的呢！好多人都听着呢！”

“爸，我……”我的眼泪已经下来了，喉咙哽咽，已说不出话来。

“致远，我们都替你高兴呢！去美国，很好啊！”我爸停了一下，我听到我妈已经哭出声音来了。

“致远，只是我和你妈年纪大了，你们工作忙，娃儿又小，回来不方便。如果你们在却月，我和你妈实在想你们了，想办法还能去看看，但如果你去了美国，那就没办法啦！”

“爸，您别说了，妈，您也别伤心了，我不去了，真的不去了。美国有什么好的，去干什么呀……”我语无伦次，还没说完，就抱着电话哭开了。

我彻底抛弃了去美国的念头，美华公司的小刘也觉得失去了一个获得奖励的机会，但不管她是真理解还是假理解，她还是说了：“您爸妈真有福气呀，有您这样孝顺的儿子！”

第十九章　对水的向往

不过，这件事情还是动摇了我多年来的立场，想换一个环境，并希望得到一个宽松的工作环境，能有机会多回家看望日渐年迈的父母。

我平时陷在公司的小圈子中，一心埋头搞研发设计，每每完成一个新的项目，就颇有成就感，对自己的工作忠心耿耿，对业务的钻研孜孜不倦，精益求精，但过的基本上是公司和家庭“两点一线”的单纯生活，对外界与工作无关的形势基本缺乏认识和了解。

这一次的经历，虽然无果而终，但似乎触动了我潜意识中的什么神经，眼界突然变得前所未有的宽广，心思也变得不再那么单纯，会胡思乱想了。

既然美国急需软件人才，国内肯定也有需求。我不就是刚过了三十岁吗，“I’m still young! ”现在回归我所向往的另一个本行，一切都还来得及。我认真地分析了一下，虽然我对从事的机械研发设计行业也已经有了浓厚的兴趣，并且通过我单纯的执着，至少在工作能力和水平上小有成就，但我时不时地在公司从事的副业——软件开发，好像更能激发我的工作热情。这可能就是我真正想从事的，或者说真正适合我的职业吧！

我又想到了美华公司的小刘，是不是她们公司也为国内公司物色人才呢？或者，是不是可以通过她了解一些市场行情呢？她所在的公司，不就是到处打探的吗？肯定少不了这方面的信息。

什么叫“无巧不成书”，这就是！一旦被猎人发现了，只要有机会，你就逃不掉。其实，在我还在盘算时，甚至还没开始盘算时，猎人犀利的眼光就一直没从我身上离开过。这一次，在我还没最终下定决心要不要打这个电话的当口，美华公司的小刘就先来电话了。

由于前一个狩猎项目的关系，小刘也显得熟络多了，貌似她对我的底细和工作取向的了解似乎比我自己还笃定。在电话中，她如数家珍地把却月市几家急需软件人才的企业向我作了介绍，并根据对我工作取向的分析先入为主地将这些企业进行了排序，还对一个为美国软件公司代工的公司和一家本地上市公司进行了特别推荐。说实话，我好像真的还是第一次清晰地认识了自己，并对这两个特别推荐的企业非常向往。

这一次，由于与小刘有了进一步的相互了解，所以我也没必要再装深沉，更没必要拐弯抹角。在小刘的协调下，分别与这两家公司的人事部门约定了在礼拜天的面谈，以免我为此向公司请假。

在分别与这两家公司人事部门面谈后，我最终选择了本地的那家上市公司。我这也是经过了慎重考虑才下定决心的。要说上次打算去美国是一时的冲动，那么这一次才算得上真正意义上的重新择业。可能我们这一代人总会认为国有企业或国内大公司更有安全感吧！

我向被我放弃的那家公司的人事部门表达了我的感谢，并向我选择的那家公司的人事部门表达了我的向往。通过这家公司人事部门的安排，公司技术总监与我约好在周末面谈。

我如期到了公司，一位人事专员安排我在一间较小的接待室等候。我无心欣赏接待室的考究，心思全被我来接待室路过时看到的情形拉过去了。今天来面试的人很多，在一间大的会议室和通往人事部门的走廊上排起了长龙，估计有百十来人，我不免有些忐忑起来，上次来好像没几个人啊？

正在我有些焦虑的时候，接待室的门有人轻轻地敲了两下。正在我快步走过去的当儿，门已经被打开了。一位个子瘦高，头发有些花白但显然被精心梳理整齐，戴着一副金丝边眼镜的男人——应该说是绅士，走了进来，一看这气势就是个领导。

我正被他突然的出现弄得不知如何开口时，这位领导关上门，然后和蔼地，并且极具亲和力地率先跟我打招呼："不好意思啊！小宁，让你久等了，我是陈可达，就是我约你来的。"

我赶紧向前略一欠身，朗声道："陈总您好！今天您肯定很忙的，能够抽时间见我，对我来说已经是三生有幸了。"

陈总微笑着示意我在接待室一侧的小会议桌前坐下，然后他就在我对面坐了下来，看着我说："你的资料我看过了，人事部门也和美华公司的刘经理交换过一些信息。我想，你对我们公司也有了一定的了解，所以我也不多问你什么问题了，就想与你探讨两个老生常谈的问题，你看如何啊？"

这倒是我来之前没有料想到的。其实，这是我真正意义上的第一次应聘，为此还专门在图书馆泡了几个下午，学习了一些面试的技巧，这种情形还真没有思想准备。

虽说是探讨，还是老生常谈的问题，那是领导礼贤下士，绝不会那么简单。但毕竟是三十多岁的人了，工作这么多年，多少也算是见过些世面，应该不会有什么说不上来的问题吧？再说了，都已经面对面了，好歹都得过去不是。

我脑袋里只是这么一闪念，赶紧回答道："陈总，您太抬举我了，我不敢说探讨，只是我说错了什么，还请您谅解和指正。"

"小宁啊，放轻松些，我不也是从年轻时候过来的吗？"陈总一边轻轻地挥了一下手，一边说道。然后，他把两手手指交叉扣紧，放在面前的桌上，若有所思地看着我说，"我看了你的资料，工作有五年多了吧？你先谈谈想不想当个领导啊？再说说如何看领导和员工在一个企业中的决定性因素，怎么样？想到哪儿说到哪儿，不要拘束，这其实也应该不是有规定的正确答案的问题。"

我心头一紧，心说坏了。正如陈总所说，这不是有正确答案的问题，而是仁者见仁、智者见智的问题。同样的答复，不同的人对你的评判就不一样，甚至截然相反。再说了，这好像在揭我的伤疤似的，让我怎么说啊？心中这样思量着，不觉额头都沁出汗来了。

陈总正微笑着看着我，依我多年察言观色的经验，十之七八是善意的，所以我不觉就轻松了些。

“陈总，这两个问题还真是大问题。”我鼓起勇气说道，但开了口，反倒觉得更轻松了，“那我就斗胆说了，有不到之处……”

陈总用手示意打断我道：“没关系，你只管说，我就想听你的真实理解。”

我也不好再客套，要不就显得婆婆妈妈的了，估计没几个领导喜欢。我大致清理了一下思路，说道：“有句话说得好，‘不想当将军的士兵不是好士兵’，所以说，从主观上讲，我还真想被提拔到一个领导岗位，也时刻准备着。但不是每个企业都是靠竞选组建领导班子的，没被提拔也是正常的，毕竟不可能每个人都是将军，没有士兵这仗也没法打。所以我的原则是，只要留在岗位上，就认真做好本职工作，但不放弃提升自己的能力，以免错过机会。”

我停顿了一下，看着陈总，陈总用眼神示意我继续。

我轻轻地清了清嗓子，接着说道：“至于决定性因素，其实每个人都是决定性因素，因为每个人都有自己的职责要履行。只有每个人都完成了任务，集体的任务或者说一个项目才算完成了，缺一不可。”我不觉又顿了一下，担心下面说得会有些不妥，但也就是顿了那么一下，不经意地顿了一下，免得陈总又催我，“但是，如果上升到决定公司发展甚至命运的决定性因素，那普通员工的能量有多大，还得看领导的态度。毕竟大事还是领导说了算，即便领导的意见或者思路是错误的，员工的意见再怎么正确，不被采纳，也只能保留意见，甚至还只能眼睁睁看着公司走下坡路。所以，我认为，领导才是真正的决定性因素。”

陈总的眼睛似乎比先前睁得更大了些，不过仍然是面带微笑地看着我。意识到我已经说完了，他松开扣着的双手，改成了抱着膀子托着下巴，看着我，好像在一边思考着点了点头道：“嗯，有些意思。好，说得好！”

我有些摸不准，不敢表什么态，只是也微笑着看着陈总，估计还有些傻气。

陈总用刚才还托着下巴的手指了指我，问道：“如果你是个领导，就说是个部门领导吧，你个人认为最重要的一点是什么？”

“计划完整分解并安排到人。”我不假思索地说。

陈总站起身来，隔着会议桌向我伸过右手：“好，今天就到此为止。”我赶紧站起来，欠身双手握着陈总的手。

陈总把我请出接待室，然后告诉我下周等待人事部门的通知，如果满意，再向原单位提出辞职，妥善办好相关手续后再来上班。

告辞出来，我心中对我今天的表现一点底气都没有。陈总总是微笑着，对我的想法也只是说好——是真好，还是假好？

快到公共汽车站时，我才突然发现我装资料的文件袋忘在了接待室，就赶紧回去取。在通过人事部门办公室外时，突然听到里面一个声音提到了我的名字——对，是陈总。看到走廊还有人，我没敢停留，只是稍微放慢了脚步。在听不到后，我快步去了接待室，拿了文件袋又赶紧回来，再慢慢通过人事部门办公室。

我心跳极快，就像做了亏心事似的。通过所听到的片段，好像是在说试用期给我一个主管的职位，但按见习副经理要求安排工作并考核。

果然，礼拜一人事部门就来电话了，说打算安排的职位是技术主管，试用期三个月，并开了一个工资标准，征求我的意见。我已经有了思想准备，何况工资比我现在的高出一大截呢！但口头上，我还是回了个大话：“我想来贵公司工作，是因为我想回到我所学的本行，也是对该行业很感兴趣。至于职位和待遇，还得看我自己以后的表现，不敢现在就有什么苛求。”

这就算是双方谈定了。

回想起来，从我结婚时写请假条开始，以后的报告什么的，都是长篇大论，这一次也不例外。我声情并茂地写了好几页纸的辞职信，从我如何在公司获得了培养，到我如何希望回归本行，一直写到深夜。

但是，第二天早上，我突然觉得没有这个必要了。可不是吗？我都要离开了，我单方面对公司的感情表白和我的依依不舍，即便是我发自内心的，不说领导会不会有丝毫的相信，但至少已经没有任何意义了。

我利用上班前的时间，快速地重新写了一封简单的辞职信，可以说是一封标准格式的辞职信。以个人专业对口为原因提出辞职，仅仅表达了对公司领导和同事们的感谢，并对因辞职可能带来的不利影响表示了歉意，希望能得到批准；然后匆匆赶在韦经理未到之前放到了他的办公桌上，就好像稍一迟疑，就会反悔似的。

然而，事情比我预想的要复杂得多。原本想，部门领导和公司领导可能只是象征性地挽留一下，甚至也可能是领导大发雷霆，骂我一个白眼儿狼，将我开除，赶出公司了事。但是，从韦经理开始，再到人事部经理，甚至是总经理，都是极力挽留，并晓之以理、动之以情，表达了我于公司是如何如何重要，我的离去，对公司这方面工作的开展是巨大损失，希望我能留下来共同发展。由于我的去意坚决，经过几天的思想工作，最后晏总经理只好把我领到了黎董事长的办公室。

没想到，黎董事长更是情深意长。为了表明离开的决心，我干脆往大了说，以第一次关于去美国工作的经过作为由头，向黎董事长做了汇报，希望黎董事长高抬贵手，放我去吧！

“小宁啊，你的心情和想法我们都理解。按照国家和公司的用人制度，你是国家公费培养的最后几届毕业生，也过了必须服从分配而工作五年的期限，我们没有理由拦着你了。”黎董事长通情达理地说。

我心说，既然是这样，那就给个痛快吧！

看到我好像依然不为所动，黎董事长又说：“你看，公司培养一个人也不容易。你可是个能干的人啊，你这一走，韦经理可真是缺了一个角儿呢！”

晏总经理也补充道：“公司确实是因为人手紧张，特别是像你这样的中坚人员不足，所以才执意挽留你的。”

他们越是这样说，我好像越是坚定了去的决心。可能是我真的厌倦了什么吧！所以，我也有些心急地说：“黎董事长和晏总这么一说，我也想了想，确实理解公司的困难。可是，领导也要替我想一想，我也不小了，再不行动，我可能就真的被淘汰出去了，所以我一定要抓紧机会，早点锻炼自己，把本行做好。”

“可你现在不也是做的本行吗？你本科不正是学的机械专业吗？我相信，依你现在的发展势头啊，再过几年，在技术上，你肯定能够完全独当一面了，你在这一行的前途也是很好的嘛!”晏总说道。

这一点我也相信，但我也知道我这几年的难处与坎坷。本来研究生毕业后，就应该轻车熟路去就业，但机会不好，只能重操本科时的旧业。这几年下来，心中一直想要回到自己想要从事的专业，特别是在工作不顺和受到委屈时。现在好不容易下定决心了，也找好了理想的工作岗位，怎么就这么难脱身呢?

所以，我近乎央求地说：“两位领导，确实对不起，我真的想换一下环境，哪怕是碰得头破血流，我也必须去试一试，否则我不甘心啊!”

黎董事长叹了一口气，说道：“小宁啊，你的报告一递上来，我也想到了你的决心，所以就向集团公司报告了你和公司目前的情况。”他停顿了一会儿，看着我，摇了摇头，又接着说道，“本来，我还以为我能够做通你的思想工作。看来，我只能请集团领导来做你的思想工作啦!”

听了这话，我不觉一愣，这事还用得着集团公司管？我就这么不可或缺，或者如此重要？但我毕竟去意已定，九头牛也别想拉我回来，所以我仍然固执地说：“我……”

黎董事长心情沉重地用手示意打断了我，然后左手拿起我的辞职报告，放在面前，扶正了架在鼻梁上的老花眼镜，右手拿起笔，说道：“时间过得好快啊！好像是昨天，你来到我的办公室。对，你好像就是坐在现在的这个位子上，我当时非常高兴地接收了一个研究生毕业的高才生。我不记得是不是用这支笔签的‘同意’了，但我记得后来是我安排人事部帮你办理的入职手续，好让你回去安心地做完毕业前的工作，然后来上班。但今天，还是我签字，又要把你送走了……”

我看着黎董事长因操劳而略显苍老的神情，看着他颤抖着手慢慢落笔，脑海里快速回放着从前的画面，一下子又快速地把自己拉回到现实中来。我来不及想任何事情，站起身来，冲过去一把就从黎董事长手上把我的辞职信抢了过来。

黎董事长一愣，由于事发突然，抬头带着一丝惊慌地看着我，笔尖却依然带着惯性戳到了办公桌上。

“黎董事长，对不起！”我近乎带着哭腔说道，“即使我非常想去做我想做的事，但我也不能忘了您对我的恩德！”我重新整顿了一下我的情绪，接着说道：“在哪儿不都一样工作吗？我不走了，不管发生什么事，只要您在公司一天，我就再也不提离开的事。请相信我，既然我留下来了，我会一如既往地做好自己的工作的。”

晏总也反应过来了，他站起身来，在我肩头重重地拍了一下，铿锵地说道：“好！这下好了，我就放心了。”

黎董事长也站起来了，绕过办公桌走过来拍拍我的肩头，说道：“不就是想去美国吗？你等着，我会让你去的。”

第二十章　风吹散

自从上次香港之行回来，我就重新捡起了英语课本。当然，这并不局限于大学的教科书，毕竟有条件了，我置备了一个冒牌的“爱华”随身听，专门买了一些配套有磁带的英语读物，包括办公室英语，实用商务英语，甚至还包括出国必读之类的书籍。我一方面练习听力，一方面重新格式化我那糟糕的发音，总不至于让满口的流利英语，英国人和美国人都听不懂吧？

在公司刚给技术研发部添置了几台计算机以后，我也初为人父，父母又远隔千山万水，本来我应该是忙得屁滚尿流的，但我慈爱的岳父母却帮我们分担了很多繁重的育儿工作。我每天除了下班后抱抱孩子、洗洗碗以外，仍然有不少时间可供支配，所以我给自己也购置了一台电脑。

家里有一台电脑，在当时仍然是一件了不得的事情。当然，有不少家境富裕而又稍微有些电脑知识的人，也给自己弄了一台电脑，但大部分时间却是在玩游戏。而我，在那个时候，除了损私肥公用自己的电脑给公司加班做了几个软件以外，首先想到的还是学习英语。有了台多媒体功能的电脑，我经常去电脑城搜寻各种英语学习软件。其中，最最称心的就数那一套我用了好几年的《走遍美国》了。

我一直信奉学习知识不会无用的信条。当然，即便是那些不能用上的，它也烂在自己肚子里了不是？正因为有这种信条支撑的努力，使我在有机会去美国时，我有充分的把握能够适应美国的工作和生活。

“人无千日好，花无百日红”，说的是青春不能永驻，也说人生多有波折，难得一帆风顺。确实，就如我国国歌的旋律，正是因为其跌宕起伏，才如此雄浑有力，饱含激情与活力。人生如无一些波折，生活将趋于平淡，平淡则无力。所谓“吃一堑，长一智”，有些刻骨铭心的领悟并不源于一帆风顺、如日中天的辉煌，而来源于所吃的那“一堑”。

辞职风波平息后，我又重归于家庭和办公室“两点一线”的生活模式，依然如之前的我，上班时忘我工作，尽力按时完成任务，不至于要加班，这样周末就可以带着老婆孩子满世界去玩了。

我同样信奉生活的信条，任何付出必定有所回报，即便是没有感觉到回报，那些付出不都是给了自家人了吗？我要让孩子能够开心地玩，让她能够感觉到爸爸陪伴她逛公园、玩滑梯时的快乐。虽然小小的她并不一定在长大后还记得这些，但人生的快乐不正是从混沌开始培养而潜移默化逐渐形成的吗？即便是她对着自己当时的照片也记不起来当时的情景，但个性形成的潜意识必定存在于那些岁月镌刻印记里，不管这些印记她是否看得到或感觉得到。我们每一个人不都是这样过来的吗？所以，我要尽量给孩子一个快乐的童年。

这些生活的点滴，有时候也是为了留给自己一些感动，让自己见证孩子的成长，甚至现在孩子已经长大成人了，我心中仍然还时不时地想起她的小时候。当然啦，那也是我的年轻时代。我一直还记得，我一手抱着玩累了的孩子，一手拽着拥挤的公共汽车上的扶手，我尽量站稳了，尽量抵御公共汽车的惯性，让趴在肩头熟睡的孩子能睡得更安稳些。十几站下来，我的两只胳膊都僵住了，但我心中却柔软而温暖，觉得自己做了一件了不得的事情。

这两年，一款风靡华夏的游戏——《仙剑奇侠传》，在发行了WIN95版以后，更是如火如荼。在我订阅的《电脑报》上，似乎终日人声鼎沸，不知不觉中，我也终于忍不住下手了。

这确实是一款难得的好游戏！在打砖、挖金子、俄罗斯方块和魂斗罗那种游戏就把人迷得三荤六素的年代，一下子冒出一个故事哀婉，让人魂牵梦绕的角色扮演类游戏，可真是苦了那些少男少女们了。就连我们这些已为人父的“半老徐男”都深陷其间，不能自拔。

虽然不能自已，但我终究还是有所不同，因为我玩《仙剑奇侠传》的幌子还是以娇妻为念，想她终日伴着乖乖女，但孩子毕竟睡着的时候多，醒着的时候少，除了家务，总得有些娱乐打发时间啊！

更有甚者，我这颗用于研发的技术头脑在游戏中也大放光彩——不对，是大放异彩。我根本就瞧不上那些在报纸和期刊上赚稿费的游戏攻略。那都太粗糙，甚至他们自己都没弄懂，稀里糊涂地过关了，就写些糊弄人的鬼把戏来。这些攻略，除了让人盲目地跟进，不明不白地过关外，削弱了不少游戏乐趣。这简直是对这款“前无古人，后无来者”的旷世之作的侮辱！

我在玩这款游戏的时候，以领略荡气回肠的剧情为首要目的，不是急于过关和忙不迭地向下一集剧情仓促进发。我不仅要让自己犹如与灵儿、逍遥生活在同一个时代，更要让使用我的攻略的人——当然主要是我的老婆大人——也能有如此的感受。

现在的人都知道，这一类游戏的升级途径主要是依靠不断的发现和一次又一次的战斗。为了延长游戏时间，提供充分的历练机会，一种基于迷宫机理的长征之路设计贯穿始末。这种迷宫，并不是简单地拖延时日，而是让你充分领会你所扮演的角色所处的境地，如履薄冰、战战兢兢、诚惶诚恐、提心吊胆，同时又有义愤填膺、情绪激昂、如沐春风和豪情万丈，不经历风雨怎能见彩虹！

所以，我必须善待迷宫，以不辜负游戏开发者的良苦用心，这是那些为通关而游戏的人所不能领悟的。我自始至终把各个迷宫中的每一个支路都探索出来，绘制了完整的“仙剑世界”地图，并把游戏攻略按小说故事梗概的方式叙写出来。如果你只想大致领略一下幽婉的情节而草草收场，你就只走主线好了；如果你想彻头彻尾地爱恨一场，那你也可以轻松地、目的明确地畅游在“仙剑”的世界。当然，如果你也像我一样，希望自己去探索、去发现、去参悟，那就甩开攻略，提剑前行吧！

我就这样重新分配了我的业余时间，有如我的研发设计工作。我大致安排了计划，专门用一个大开本的记事簿来记载攻略和绘制地图。有时候，为了能够真正领会剧情，或者为了核实地图的准确性——绝不能拐错了一个弯，我会把某些片段重复好几遍。

刚开始，我只是在女儿睡觉了才从事这一自认为高尚而又有成就感的工作，但在“仙剑世界”地图和攻略初稿成形后，为了验证，我必须再快速完整地回放一遍，就忘了作息时间。

终于有一天……

“啊！妈妈……”

我的灵儿！不，不对，好像不是从电脑音箱出来的声音，电脑显示器上也没有字幕……

“妈妈……妈妈……”

是我身后传来的。我一下回过神来，扔下鼠标跑过去。我女儿正坐在床上举着颤抖的小手哭叫着，一个水杯掉在地上，身边的床单上还有一摊水迹。

女儿不是在和妈妈一起洗澡吗？哎呀！那不是我刚给女儿倒的开水，等放凉了好喝的吗？是啊，她洗澡后口干，喝了水才能睡觉……哎呀！开水！

我终于清醒过来了。我蹲在床边半搂着女儿，一边哄着，一边检查，哎呀！在这里，在她拿水杯的这边肩头上，已经烫红了一大片。

我心疼地不断吹着她烫红了的小肩膀，一边说：“乖乖，别怕，爸爸来了，爸爸来了！”

女儿真坚强，我知道烫成这样一定非常疼，她却还挂着眼泪咧着嘴笑着对我说：“我喝水，它烫我，它不听话！”

我的眼泪都快掉下来了。

这时老婆匆忙地洗完澡也过来了，一看到烫成这样，心疼得不得了，话都说不上来。我知道，这还是女儿第一次受伤。

“你看着她，千万不能让她抓到这里。我知道这条街上有一家药店，很晚才关门的，我赶快去买点药回来。”

我到药店时，已经晚上十点多了，一个五十多岁的阿姨正在锁门。

听我上气不接下气地讲完，阿姨简直是愤怒地对我说：“你们这些当爸的，一点儿都不晓得心疼孩子！要是我儿子把我孙子给烫着了，看我不打断他的腿，让他哪儿都不能去，成天看着孩子！”她一边开门一边还在“叽叽咕咕”地埋怨我，我懊悔极了。

在药店阿姨的推荐下，我买回来了带有芝麻油香味的湿润烫伤膏。我轻轻地给女儿烫伤的地方涂上药膏后，她原本一直有些颤抖的手臂终于安稳下来了。

老婆在一边噙着眼泪说：“看把孩子可怜的，我们都知道她很疼，她手都抖成那样，都不哭，还对我笑……”

我低头不语，心中悔恨交加，心说：“从什么时候开始玩游戏的，又是从什么时候开始在孩子还没睡觉就在玩游戏的？”居然都没有印象了。

这药还真灵，好像擦上去就立马见效，孩子的睡意也马上回来了。看着孩子刚躺好就进入了梦乡，我叹了口气，心想：“这烫伤药倒灵，但却没有后悔药啊！要是女儿肩头留下了疤痕，她怎么穿漂亮裙子啊？那我岂不是要后悔一辈子？”

我看了一眼仍然开着的电脑，“是啊！那金创药、还魂丹终究是虚幻之物，当不得饭吃，更不能解决实际问题，我却还真就沉得进去。这些年了，我怎么突然地就变成这样子了？”

不幸中的万幸，女儿的烫伤毕竟不严重。第二天早上醒来，虽然起来两个小泡泡，但已经不像昨天晚上那么红了。

重新擦了药，女儿自己还拿着妈妈的镜子认真地照来照去，不知道这一岁多的小脑袋瓜里面是怎么想的。

“妈妈，水烫，我先尝，要先尝尝……”女儿已经学会说话了，但还不能说太长的句子。

听她说话的意思，好像是在说自己没先尝尝就喝，结果就烫着自己了。

我心中更是恨死了自己，马上拉着她的手说：“都是爸爸不对，爸爸应该先尝尝的，不烫了，才能放在那里给小乖乖喝的。”

好了伤疤忘了疼，何况这伤疤还没在我们当父母的身上呢？我们毕竟还是年轻的父母，玩性未退，何况又有这么好玩的游戏呢！

就在女儿被烫伤的第二天晚上，看看女儿肩头的小泡泡也塌了，周围也不红了，洗澡水溅上去也不疼了，在女儿刚闭上眼还没完全睡着时，我们两口子就已经又进入了《仙剑》的世界。

当然，这时候我的角色已经发生了改变，老婆才是主角，而我只是对我那自认为满意的攻略和地图进行解惑罢了，顶多也就是提供一下打BOSS的援助而已。

应该说，我的克制力还是相当强的。尽管多年以后，我在手机上还玩了一遍《仙剑奇侠传》，对这款游戏仍然推崇备至，喜爱有加，而且在当时也玩了一遍，有些场景甚至玩了好几遍，依然对此依依不舍，但我却没有流连忘返。

我好像又回到了先前的我，白天上班，晚上回家，带孩子，饭后洗碗，礼拜天一家子逛公园，平平淡淡的生活，其乐融融！

就在我依然“嘲笑”“四鼠”和“五鼠”玩的那些“弱智”的《沙丘》和《命令与征服》时，一款注定是属于我的游戏横空出世了——《盟军敢死队：深入敌后》。

这是一款以第二次世界大战真实历史为背景的即时战略游戏。正如在广告中所说的那样，它开创了一种新的游戏模式。

我之所以称“四鼠”和“五鼠”玩的游戏是弱智游戏，主要是因为游戏的开放程度不足。因为是战役，你只能按照游戏既定的规则，去发展军队，打大仗。即使你不想打大仗，但电脑总是对你发动大规模的侵略战争，逼着你打阵地战和攻城战，否则没法取得胜利。虽然也有辉煌的成就感，但那种蜂拥而上的作战模式，加上只有你一个人在指挥，难以形成真实的层层指挥作战的智慧战争，那不就是“弱智”吗？

但据介绍，《盟军敢死队：深入敌后》中的每一个人都需要得到你的指挥，或者说，你将扮演游戏中的每一个角色。不同关卡，出场的人员不同，数量也不同。这些人的本领也各有千秋，能分别完成不同的任务，并且你完全可以按照你自己的理解去完成任务。光看游戏的介绍，我就已经跃跃欲试，仿佛身处战争时期的敌占区了。

这款游戏刚上市，只有英文版，这难不倒我，我还可以顺便学习学习英语，练练听力呢！每当听到“Yes, Sir!”“Thank you, Sir!”时，我就像是一个真正的将军；而当队员发出“Are you crazy?”的埋怨时，我就体会到什么是“猪一样的领导”了！我完全沉迷在了游戏场景之中。

孩子过了一岁半，就跟个小大人儿似的，可以自己到处溜达着玩儿了，也不稀罕爸妈总抱着她，甚至总充能耐，非得自己走。这走还没会呢，踮起脚就跑，刹不住车就摔倒，摔倒就摔倒呗，爬起来继续跑。她也不稀罕我总带着她看什么蚂蚁搬家，或者是爬沙堆挖沙洞了。除了礼拜天去逛公园外，平时下班回家，很多时候都变成了她玩她的，我玩我的。

女儿需求的改变，或者说我个人所起作用的改变，不知不觉中影响了我的生活。我的关注焦点也随着氛围的变化发生着变化，但能不能往正确的方向变化，一定还是受着自我意识的支配的，就看对自我意识如何把握了。

这就是我——自认为克制力强、有一颗上进的雄心的我，不经意间就到了另一个战场，深入敌后，干起了间谍和刺客的行当，以小博大，左右整个大战的发展方向。

我带领着一小队特种兵潜入德军后方，或匍匐前进，或潜水偷渡，或老拳相向兵不血刃，或匕首见红悄无声息，偶尔也远程狙击，或枪炮手雷大开杀戒，完成了一系列最危险的任务，最终还将队伍安然无恙地带了回来，并由此获得勋章，军阶也不断攀升，好不荣耀！

我非常欣赏德军（也就是电脑程序啦！）的AI值，相当强悍，有优秀的对手，才能显示出我的将才。我采用不同的战略战术完成同一个关卡，俨然是我正在改写着历史！

我的研究型游戏方式，让我在不长的一段时间内就将《盟军敢死队：深入敌后》玩穿了好几遍，当然采用的是不同的战略战术啦！

在这期间，我还与“四鼠”和“五鼠”交流游戏心得，愣是把“五鼠”江明杰的心动摇了，使他投入了我的阵营。“五鼠”也算是一个游戏高手，但在《盟军敢死队：深入敌后》面前，算是领教了什么是“弱智”游戏，什么是“高智商”游戏。

江明杰在玩这款游戏时，即便是参照我的攻略，也是高祭“SAVE & LOAD”大旗，才能磕磕绊绊勉强过关。一些较难的关卡，还要我现场来一段军事演习，他才能临摹着过关。

当然啦，“五鼠”既然是游戏高手，又有丰富的大战役指挥经验，那么他必然也有很多值得我借鉴的指挥艺术，所以我跟他一起“深入敌后”，那自然是妙趣横生、所向披靡。

这天晚上，“五鼠”与我切磋完战略指挥艺术，回家去了。而我依然沉浸在战斗胜利的喜悦中，兴奋使然，我也没有忘了与女儿嬉戏一番。

本来女儿正在大床上“认真研究”她的积木，毕竟刚过两岁，想用积木垒一个塔，但小手总是不听使唤，难得突破六块，就倒了。她也不恼，倒了就倒了，重新来！只要没人打扰她，她就好像可以一直垒下去。也许她根本就没在意垒了多少块，五个以上的数她还没有多深刻的认识呢！

看到爸爸来了，她兴奋地把积木抛得到处都是，然后要我给她搭房子，我当然是乐意效劳啦！我让她帮我围了一个院子，我就在院子里面搭房子，房子后面有棵树，房子前面还停了一台小车。

“小人儿呢？小狗狗呢？”我嗲嗲地喊着，女儿一下子就从玩具盒子里翻出来放进院子里去。

看着漂亮的院子和院子里的房子、车子、小人、小狗，女儿兴奋地拍着手，在床上又跳又叫。

“福无双至，祸不单行”本来指的是幸运事不会连续到来，而祸事却会接踵而至，但它同样也是警世名言。只要你善于总结，能够多思量，早谋划、早准备，那么幸运的事仍然会接踵而至，而祸事就会因得当的预防措施而得到杜绝，不会再发生。正如王羲之的那副名联所言，“福无双至今朝至，祸不单行昨夜行”。

而人的侥幸心理往往容易占上风，这就是为什么“祸不单行”就像是一个打不破的魔咒，总是纠缠那些“倒霉蛋”，阴魂不散。

在女儿的欢呼声中，我把被她跳倒了的房子又重新搭好了，但鬼使神差地，我眼前的积木院子在我的脑海里演变成了游戏场景，这不是那个刽子手施莱普上校的院子吗？（见《盟军敢死队：深入敌后》第15关，The End of the Butcher）

在院子里，有一个德国哨兵站在那里，对，就是这里。他那双贼眼总是越过院墙，扫视着对面那栋大楼的墙面和屋顶，我的狙击手必须一层楼一层楼地爬到楼顶，那里正是狙击手实施处决计划的绝佳位置。这个该死的——当然也是极其称职的军人，让我提心吊胆的，也是高高祭起“SAVE & LOAD”大旗，九死一生，才不辱使命光荣完成了处决施莱普的任务的。

虽然我的间谍可以去引开他的注意力，但迫于我的军阶不及那个施莱普刽子手，心虚，未敢贸然闯入。在这里，对，就是这里，那个就要下地狱的刽子手不就看不到我了吗？我只要在这里悄悄地训斥，不对，是关心一下那个哨兵，就不会被施莱普发现的。

我就像是一个职业指挥官站在沙盘前一样，运筹于帷幄之中，决胜于千里之外。

我不由自主地（现在回想起来，应该是走火入魔了）来到电脑前，读取了我的游戏存档，一边指挥我的狙击手向屋顶悄无声息地爬过去，一边派遣我的间谍大摇大摆地走到我预定的位置，“嗨！一等兵，好样的！”

就像我真的是他的上司一样，那个称职的军人，当然也是一切行动听指挥的军人，一个标准的左转，然后“啪”的一个立正，目不斜视地认真聆听我的教导。

突然，毫无征兆地，一声尖利的叫声从身后传来，“啊！”

我背后惊出一身冷汗，难道我的狙击手……

身后再次传来凄厉的，但却是压抑的哭声，是个孩子！

……

孩子？

我的孩子！又被烫伤了？

这一惊非同小可，于我有如天塌地陷一般，我疯狂地奔过去，身后的椅子倒了，键盘掉在地上摔散了架。

我可怜的宝贝女儿，双手捂在嘴上，眼里除了泪水，就是惊恐，声音呜咽，有红红的血水沿着小胳膊在往下流……

我愣住了，或者说被吓呆了。

“我一跳，就撞到这里了……”我可怜的女儿，估计是看到我没说话，以为要挨批评了，就一只手指着床头的梳妆台边缘，口中含混不清地向我解释呢！

我蹲在她面前，轻轻地捧着她的脸，检查是哪里伤着了。天哪，嘴唇上一个大口子！

已是深秋，晚上天还有些凉，我也来不及细想，抓起一件衣服把她裹上，抱着她就往外跑。

一切是那样的相似，她妈妈同样也是在洗澡。不同的是，这次孩子伤得更重。

老婆也听到了异常，赶紧穿好衣服跑了出来，“怎么啦，你们上哪儿去啊？”

“快点拿上钱，去医院！”

女儿肯定是仍然沉浸在搭积木的快乐中，还接着在床上蹦跳呢！“席梦思”的弹性好，跳着舒服，孩子都喜欢。但“席梦思”的弹性也不十分均匀，两岁多的孩子跳兴奋了，就容易摔着。摔着就摔着嘛，又不会摔痛，也许更好玩，爬起来又接着跳。这一次就碰到桌子边上了，嘴里还没几颗牙呢！就这几颗小牙把嘴唇给顶破了。万幸牙齿没碰坏，嘴唇却缝了三针。

在缝针的时候，由于孩子小，不能麻醉，医生说现在嘴唇刚碰过，应该还是麻木的，赶快缝上还来得及。

那每一针都像是扎在我的嘴上，我和她妈妈眼泪都下来了，但我们勇敢的女儿却哼都没哼一声，连眼都没有眨一下。我轻轻地握着她的小手，凉凉的，期间颤抖了几下，我知道，那是痛了。

医生缝针很仔细，宽慰地对我们说："幸亏是在里面，但还是要好好弄，女孩子嘛，这么漂亮，嘴千万不能破了相!"

医生自始至终没有说我们做父母的一个不是，临走时，也只是嘱咐我们多观察，有问题及时到医院检查。但医生的细心和嘱咐，比鞭打、辱骂还要深刻地刺在我的心上。

我游戏的热情终于被秋夜的徐风吹散了，这是我人生中所遭受的最大的痛，我第一次认真地反省自己。

一切行为都由心头起，而心呢？很多情况下都由境而生，但一些却是潜意识中的。回过头来想，由境而生的思想意识，容易被觉察，而潜意识却很难被发现。有时候这种潜意识即使被触及，也会不由自主地想逃避掉。

柏拉图说："不知道自己的无知，乃是双倍的无知。"也就是我们经常说的那句拗口令——"不知道自己不知道"。

其实，2500多年前，曾子就说过："吾日三省吾身"。只要自己想弄明白，就没有明白不了的事，就必将会有自知之明。

经过两次痛心的事故——为什么不是发生在我自己身上？痛定思痛，我不能简单地以偶然或不小心来搪塞自己的责任。

之前的我去哪里了？难道被风刮走了？从什么时候开始如此沉迷于游戏的？是的，这并不是游戏本身的错。游戏也是一类产业，具有其存在的合理性与合法性，同样需要市场。当我还在读研究生时就在电脑上玩过游戏，工作多年了，也在电脑上玩过游戏，但都没有沉迷过，基本上是说丢手就丢手，没上过瘾，或者说是克制加理智使我能够成熟地对待游戏，能够在工作、生活与娱乐中找到较为合适的平衡点。

经过认真的思考，我认为还是目标在作怪。之前，为了让自己的水平和能力得到锻炼和提高，在陶老师的指导下，我成长得很快，现在已经驾轻就熟了，做起事来轻车熟路，再难的产品开发对我来说也游刃有余，再新的前沿开发也可以啃老本，好像没有了什么可提高的余地。也就是说，前面再没有了更新、更高的目标，所以渐渐地就迷失了方向，不知不觉中就迷失了自我。

当然，这不尽然，肯定不全是这样！要说水平和能力，我掌勺搞新项目也不是一年两年了，之前不还是激情满怀吗？

认真地推演历史，好像是在我想辞职另谋职业以后，我才会这样的，是的，确实是在那以后。是不是“身在曹营心在汉”？那倒不是，这一年绝没再想过要跳槽的事，我不是向黎董事长郑重承诺好的吗？大丈夫“一言既出，驷马难追”！我不是留下来了吗？我不是说过要一如既往吗？我承诺过的，我在工作上没含糊过啊！

然而，仔细想想，也有一年多了，我的业余时间都做了些什么？有做过公司的软件或软件更新吗？或者有做过本职工作以外的任何其他工作吗？好像没有！有发表过或者哪怕是动笔写过什么论文吗？还真没有，连个大纲都没构思过。业余时间大部分在玩游戏！工作上只是在啃老本，主观上没思进取，甚至都没有好好思考过什么。

也许，这应该叫作“消极”，我在混日子，得过且过！人在，心也在，但心也就是老老实实地待在那里，没怎么动；或者说是把心思茫然地放在某个焦点上，心跟不在或者是死了没多大区别！

我又想起了毕业时老书记的话：要坚持原则，做事要想到责任；要端正生活作风，做到别人尊重的是你的为人而不是你职位的高低；要树立积极的职业观，包括人生观、世界观和价值观。一个人的工作态度和工作效果对一个公司来说是渺小的，几乎不能造成影响，然而这对个人来说却是全部，影响的就是自己的一生。

我由此也想起了我父亲的那句话：要想对得起父母，首先要对得起自己！

是啊！我连自己都对不起自己，还能指望对得起谁呢？

我工作也有五六年了，也还真没把谋得个什么一官半职当作我人生的追求。正如老书记所说，我自认为一直在努力做人，努力培养正确的职业观。

但我想来想去，潜意识中确实是有某种消极的思想在作祟，特别是闹了一次辞职，把心搅动了，不再平静了，不再单纯了，也就不再像从前那样有积极的、正确的人生观、世界观和价值观了。年纪一大把，已为人父，衣食无忧，工作轻松平淡，是不是每个人都会有这种感觉呢？

是的，人在各方面都要有追求，但并不是没有得到就有理由去消极！或者说，我就干脆去到另一个虚幻的世界，扮演着一个英雄，成就另一种人生的辉煌，以证明自身存在的价值？

是的，人非圣贤，孰能无过？有过就让它过吗？

一个人迷失了自我，得过且过，对企业来说确实是微不足道，但对自己来说那可是全部啊！我每天打发掉的都是自己的时日，我消极对待的难道不是自己的年月吗？

我不由得惊出一身冷汗。这一点儿也不夸张！试想，我的这种思想状况，不可能没有一丝一毫溢于言表，不可能不在工作中没有一丝体现，也绝不可能在同事甚至领导眼里没有留下一丝负面印象。按照老书记和陶老师给我的机会看，这也可能意味着我即将或者是已经失去了某些机会，甚至是很多机会！

认真地去回想，才发现自己是如此糊涂，居然迷失如此之久而浑然不知！居然要心爱的女儿用自己的伤痛来点醒我！

如风吹散迷雾，我的心境豁然开朗，我的职业生涯刚有起色，我的孩子才开始学着说话和思考，我的生活和前途还很长，不强求“日三省”，但一个已过而立之年的人，一定要多思量！

第二十一章　越

事情往往就是这样，太过一帆风顺的人，对突发事件或者旅途中的大风大浪与坎坷，都难有清晰的认识，甚至说根本都没有意识到，那就更不用说如何去应付和正确对待了。这尤其容易出现在我们这些自命不凡又自视清高的技术人员身上。每天家庭、单位“两点一线”，打交道最多的就是手头逻辑性很强的工作，对大千世界中的芸芸众生没有太多的接触和认识。

都说一次警醒带来一次顿悟，很难说我的反省能有多少是正确的，我对以后的工作和生活也还没有更深远的规划，但有一点我认为是很大的进步，那就是“三思而行”！当然，这并不是说每面临一件事都要考虑再三，甚至谨小慎微，踌躇不前，而是要有清晰的认识，一开始就对后果或者说是结果有一个合理的认识。心智有了质的变化，人也突然变得成熟多了。

心态决定命运，或者心态改变命运，而心态并非常态，是要适时、适度地调整的。只有合适的心态，才能导演出合适的人生。对事物有清晰的认识，它可以引导你调整好处世的心态。心态坦然很重要，只有坦然面对事物，心境才更宽阔，前路的目标才会更现实。

又一个新项目到来了，面对新的项目，我好像又回到了工作之初的精神状态，总能发现其新的一面。

这是上海的一个政府采购项目，也是让企业步入一个崭新领域的关键项目，公司有较之以往数倍的重视力度。通过激烈的竞争，我们公司最终在政府统一招标中胜出。虽然中标通知书已到，但正式合同还得在我们公司完善后的方案和主要设备论证报告提交业主审批确认后才能签订与生效。

似乎仍然是约定俗成，这个项目又落到了我的名下。然而，这个项目对于我却有不同于以往的感受，我似乎更加珍惜它，好像是好不容易才争取到的一样，并且一旦到手了，我就感觉到一种深切的感动和责任。

这个项目的规格定位较高，主要性能和设备都是以往的项目所没有涉猎的。作为我们机械专业，决定其推进性能的关键设备——主推进发动机的选型论证尤其重要。

考虑到政府采购项目的特殊性和影响力，这还不仅仅是性能本身的问题，仅从其估算的功率和国际前沿品牌的定位，粗略成本预算显示，本项目发动机的采购成本约占项目总成本的1/3，那么主推进发动机的选型失当，不仅将会为公司和业主带来巨大的经济损失，业主既定的新型特种交通装备的投放计划也将被延误甚至被迫流产。这样一来，非但公司拓展新市场的目标不能实现，对多年征战已经建立起来的市场声誉和地位也将是一个沉重的打击。

我们机械专业的祖师爷——陶老师亲自执掌帅印，披挂上马。

在陶老师的统帅下，我作为他的开路先锋，先期与业主方沟通了解其进一步的要求，对发动机品牌和产地的倾向性、现役交通装备的情况，以及对使用、维护和保养方面的偏好与习惯等，逐步厘清了思路，缩小了备选范围。

在掌握了更详细的信息后，陶老师主持召集了初步选型论证会，公司晏总经理、颜总工程师、技术研发部和相关部门都参加了会议。作为如此高规格的设备选型论证会，这还是公司自创办以来的第一回，足见其重视程度。

会上确定了美国的两个品牌和德国的一个品牌作为备选方案，并决定安排一次实地考察，在进一步调查取得更详细的资料后，再将可行性论证报告报业主方确认。

根据我和陶老师掌握的情况，其中一个品牌的发动机，在浙江某用户从日本采购的一型交通设备中装备有相近的型号。晏总当即决定，由陶老师任领队，带领总体专业贝洪涛、自动化专业丁力成和机械专业的我前往现场考察。

考虑到项目的重要性，会上确定了以晏总经理为组长的项目组领导班子，一切重要的技术工艺和重大的计划节点都必须经过项目组会议讨论决定，并形成文件，颁布实施。之前所确定的事项，如要求变更，也必须经过项目组组织充分协调和评审后，才准许按评审决议进行调整。

这一次的会议，标志着本项目的正式启动，也将公司项目管理提到了一个新的高度。

初冬时节，地大物博的中国，天南海北景象差异巨大。

北方已经下了好几场雪了，雪虽还都不大，但很多地方已经是白茫茫一片，只有等到来年春天，才会慢慢退去。

而南方呢？人们只有在《天气预报》中才能有季节已经变换的概念。不说乡下了，就连城里，人们似乎还没觉得那些花草树木有多大的变化。花草依然郁郁葱葱，百花争艳，虽然花色品种与春天迥异，可又有几个人真正叫得出来这些花的名字呢？所以，管它呢！那不是吗？就是那花儿，对，开得多好看啊！

我们一行在陶老师的带领下，从却月银河机场乘坐波音737飞机，来到了浙江宁波栎社机场，然后转车到了考察项目所在的这家公司。

由于公司的市场声望，特别是集团公司在业界的地位，陶老师带领的考察小分队得到了该业主高层领导的热情接见，还对我们提出了建议，希望认真学习日本制造业的先进技术和工艺，为他们正在规划的新一代交通装备进行前期研发，提出方案，争取能够早日与我们合作。

看来，考察显示出的对事物的认真态度，不仅于考察本身可以获得必要的信息和一手的资料，也可以感染用户，争取到新的订单和市场。这就印证了那一句“人人是公司形象，处处是企业窗口”的含义。在外面，任何一个人其实代表的就是这个人所在的企业，彰显的是这个企业应用的风采，只要能力足够，也能履行企业各项职能，实现推介企业、拓展市场的目的。

通过实地考察，经过小分队协同对比手头已经掌握的资料，并纳入项目的总体设计方案重新协调布置和安装，很遗憾地证明了我们所考察的这款发动机并不适合这个项目——尺寸不合适，根本没办法将其放进现有总体方案的发动机舱。然而，在三个备选方案中，另两个品牌相近功率的发动机，目前国内市场还没有使用过，并且该品牌在中国的办事处和代理公司也没有比我们掌握更多的信息。

一种未知的风险带来的巨大压力压在了陶老师的肩头。我们面面相觑，先前的豪迈被一扫而光。

“陶老师，事已至此，我们不妨采用排除法，来找找出路。”我经过一阵失落后的茫然，脑子逐渐清醒过来。陶老师是我入职后的恩师，新公司的发展耗费了他不少心血。几年下来，不到六十岁的人，已显出超过其实际年龄的老态，虽然有学者的儒雅，但更显得沧桑。我看在眼里，不觉心中掠过一丝难过和愧疚。是啊，我本该再多分担一些的。

“说说看！”陶老师猛地抬头看着我，但眼中依然疲惫。“三鼠”和丁力成也转过来了他们困惑的目光。

在他们的眼光聚焦之下，我反倒迟疑了，这话得从哪里说起呢？但大话已经说出口，总得有个交代吧？总不至于让我敬爱的陶老师一个人担担子啊！

“我们本来有几个方案的，但评审会分析后，就确定了这三个备选方案。”我只看着陶老师，“而这一个，实实在在地摆在这儿，我们也都看了，真的没法用在我们这个项目上。”我转头看了看“三鼠”贝洪涛，接着说，“除非总体专业能够调整方案。”

贝洪涛一脸的凝重。

这次出来，看起来就数机械专业责任最大，但其实却是总体专业，各个方案都会给他带来压力。而我有陶老师顶着，就显得轻松多了，可贝洪涛就只能自己当老大，压力可想而知。

“是倒是这个理儿！”“三鼠”怏怏地说，“虽然总体方案要等到发动机确定后才提交业主确认，但我们也做了好几个方案，就目前这一个方案能够较好地满足主要的几个性能指标，再改，目前也没个方向，时间也耗不起呀！”

“那就只有剩下的那两个方案了，至少根据目前掌握的资料看，反倒只能在它们中间选择一个合适的。而我个人觉得，德国的那一款机型，价格高出很多，可比性其实不高，也许根本就不该纳入进来一起论证的。否则，论证报告还得多出一段来对价格进行说明，所以也就只有另一款美国品牌产品可用。”我一副非它莫属的神情，既然没得选，就这么定了算了！

大家又是一阵沉默。

我突然脑海中闪过一丝慌张，这剩下的那款机型就能放得进去？遂急忙看向“三鼠”，问道：“贝鸿涛，你之前在图上试过另一款机型的安装空间是不是够了？”

贝鸿涛突然被我这一问，也是一惊，但毕竟工作做在前头，还不至于乱了阵脚，所以他稍一定神就肯定地答道：“我在图上都布置过了，肯定没问题。”

为了进一步确认，他从包里取出图纸来，可还没打开，就抬头说道：“这几款机型我都布置过，都没有问题的，可今天看的这个……”

我没等他说完，就接过话头说道：“确实，今天看的这个机型出乎了我们的意料，主要是供应商提供的资料不完整。我们现场看到的机器上本来该有的冷却系统附件，在图上并没有表达出来，误导了我们。”

“那另一款机型是不是也有这种情况呢？”一旁的丁力成不无焦虑地说。

对于这一点，其实我刚才在现场就想到了，已经对比过两款机型的图纸，所以经丁力成这一问，我的头脑反倒变得更加清醒，于是答道：“一般情况下，确实有可能。虽说是不同品牌，但功率相当的机型，其实都差不多。经丁主任这一提醒，我想起来了，另一款机型的图纸是完整的，我看过，并且很确定。”

我停顿了一下，有点儿沾沾自喜地卖了个关子，然后说：“真的，经丁主任这一提醒，我反倒觉得非另一款机型莫属了。为什么呢？试想：为什么我们看过的这一款机型，在图纸上没有表达出这个附件？就是因为附上了这个附件，两者一对比，优势劣势就很明显了！所以，我觉得这个厂家有点儿……有点儿那个，就不明说了，呵呵！虽说这款机型报出的价格低一点，但对我们来说，付出的代价可能远远不止低出来的那一点。”

陶老师又认真地掂量了一会儿，说道：“原以为这两个价格相近的方案都放得进我们的项目，所以在评审会上最终确定了这几个备选方案。现在一个方案干脆就直接被排除了，这方案论证报告都没法写啊！”陶老师说着，又陷入了沉思。

“是啊！这报告总不至于一上来就说一个价格太高，另外两个方案呢，因为一个空间条件难以满足，所以就选了另一个。”丁力成也体会到了陶老师的为难之处，“能不能把之前在评审会上被淘汰了的那几个方案重新加入进来呢？虽然这几种发动机国内也没有，但资料深度跟这几个差不多，充实一下评审报告总是可以的。”

我觉得丁力成说得很有道理，就补充道：“高规格的项目，可选择的设备本来就有限。要是谁都行，那规格还高什么高啊？”我看了看丁力成，又把眼光回到了陶老师那里，“同档规格的发动机，合适的就只有那一款德国产品了，但价格高太多，差距较大，总体预算也超过了业主的预期，虽然在选型论证会上没有将它剔出备选方案之列，但如果要报告像个样子，就把这几个还放到一起，先进行技术分析，价格比较，再加现场考察，肯定能入业主领导的法眼。”

陶老师挺了挺身板儿，看了看我们，眼光似乎明也亮多了，他端起茶杯，吹开漂浮的茶叶，哈着热气说道：“那也只能是这样啦！不管论证报告如何写，还是要先把考察实际情况写个书面报告，传真给颜总工和晏总，并把论证报告的想法简单地征求一下领导的意见，请领导批示吧！”

陶老师刚说完，突然想起来了，看着我说：“小宁，你的报告水平可是出了名的，今天的考察报告就由你来执笔。今天来得及就今天传真回去，不行就明天早上。然后，我们去周边回访几个老客户就班师回朝。”

晚上，该公司领导专门安排了饯行晚宴，再一次高度评价了我们现场考察所表现出来的认真态度，并安排了他们公司技术和装备采购部门的领导作陪，相互交流了该公司新一代产品的设想和要求，确定了沟通联络负责人。

陶老师情绪高昂，我也被席上一种蛋花黄酒独特的口味所吸引，而不胜酒力的我，一杯就醉了，幸亏考察报告在晚宴前就写好了。

我们完善后的总体方案图纸、文件和主要设备论证报告，经公司和项目组评审批准后，提交给了业主。由于准备工作充分，方案和报告翔实，很快就走完了政府审批程序，并与我们公司签订了正式合同。

项目的研发、设计、采购与生产任务繁重，但由于有了项目组的统一领导与协调，进展很顺利。

似乎工作忙的时候，地球自转和公转的速度就更快一些。我们并没有听到耳畔呼呼的风声掠过，但转眼已是春暖花开。

这一天刚上班，加班熬夜、早起和春困引起的综合征还没有完全退尽，一阵急促的电话铃声就在我们技术研发部偌大的办公室响了起来。没一会儿，就又响起了伊筱雪嘹亮的声音："宁致远，黎董事长要你去他办公室。"

我一怔，头脑彻底清醒了，赶紧随口问道："呃，那什么……"

我一看伊筱雪已经在埋头苦干，根本就没在看我这边，心知也没有下文，就放下鼠标，拿上日记本和笔走了出去。

黎董事长的办公室跟我们不在一栋楼里，之间又还隔着一排房子，但都在一个大院里，所以距离也并不远。

我一路小跑。

路上，我的思路也从设计项目中逐渐脱离出来了。我一算，从上次闹着要辞职，至今好像过了好久了。不记得我在那之后是不是还去过董事长办公室，心说，但愿黎董事长办公室没有搬过，否则还要找人问，岂不是很没颜面?

黎董事长的办公室依然在那里，不过走廊似乎翻新装修过，显得宽敞明亮，门上的牌子也换成了时下流行的塑料烫金蚀刻铭牌，看着大气、辉煌。

这一年多来，公司发展迅速，建制更加完善，并由公司出资加职工集资成立了一家新公司，专门开发生产公司产品中的专项配套设备，仍然是黎董事长担任董事长。公司规模处在不断发展壮大之中，黎董事长本来就很忙了，这又肩挑一家公司，肩上的重量可想而知。所以，除了几次公司大会看见过黎董事长，我也突然发现，在忙新项目期间，好像很少见到过黎董事长，甚至不记得最近一次见他是什么时候了。

心中想着，不免感叹时光的无情。

站在黎董事长办公室门口，举起手一边犹犹豫豫是不是该敲门进去，一边又想着黎董事长今天突然找我是为了什么。终于，手指的关节还是慢慢落在了门上，虽然没击起什么声响，但门却往里轻轻地动了一下——门并没关上，只是虚掩着。我赶紧轻轻用力干干脆脆地敲了两声，就听见黎董事长洪亮地应了一声“请进”。

我抖擞抖擞精神，挤出一个笑脸，轻轻推开门走了进去，并大声地向黎董事长问了一声好。

在我进去的当儿，黎董事长已经在办公桌后站起来了。他一看是我，就一边指着对面的沙发示意我坐下，一边和蔼地说道：“哦，是小宁啊，快坐。”

说话间，黎董事长也绕过办公桌往沙发这边走来。

这是“1+3+1”的组合沙发，我规规矩矩地站在三人座沙发前，礼貌地等黎董事长在靠近他办公桌的那一张单人大沙发上坐下来了，才在三人座沙发略靠近黎董事长的那一头浅坐下来。虽说老大不小了，也不是第一次见黎董事长，但事发突然，我还是有些拘谨。

黎董事长还是一如既往地平易近人，细心地关心着我的工作和家庭情况，不时地表达出对我工作的肯定和夸奖，有时还提出一点建议。我心中逐渐温暖起来，听着黎董事长的话，看着黎董事长的红光满面，又看看他斑白的头发，恍惚间，犹如儿子看着父亲一般。

“小宁啊，知道我今天叫你来是什么事吗？”

我正沉浸在一种幸福的感觉之中，闻听黎董事长的这一问，心中不觉一怔，但我还是强掩着内心的波澜，生怕被黎董事长看出我走了神。

是啊，被黎董事长这么一关心，我把来这儿的目的全抛在脑后了，可再一想，不对呀，我本来就不知道为什么呀！

借着黎董事长的关心所营造的亲切氛围，我扮着晚辈对长辈的调皮模样，夸张地摇了摇头，说道：“真的不知道呢，黎董事长！我来的路上还在担心是不是又做错了什么，您估计也看出来了，一开始我真的紧张得不行。”

黎董事长对我笑了笑，并把手挥了一下，意思应该是让我别猜了吧。

“你还想去美国吗?”黎董事长好像变得严肃些了。

“我……”我这一惊非同小可，答不上话来，估计脸色也变得更难看了。我看了看黎董事长，不敢正视他，赶紧把脸微侧过去，心想，这事……

“嗨！看你那点儿出息，想到哪里去了?”黎董事长看出我的囧态，估计是在预料之中，所以又和蔼起来，“我是真的问你还想不想去看看美帝国主义，不想去，我可就换别人了。”

我依然丈二和尚摸不着头脑。

“好啦，我就直接说了吧！你看看你，也不小了，要学着成熟一点儿，大气一点儿嘛！这倒好，肯定是把我看成小心眼儿了。”黎董事长又把手挥了一下，笑呵呵地说道，“是这样的，你现在正在做的那个项目，采购的不是美国产的发动机吗，发动机厂的产品工厂试验日程已经安排好了。按合同要求，我们公司和上海的业主方都要派人去参加试验验收的，你正好是这个项目机械专业的主管，所以你最合适。你带领大家去，怎么样?”

我听得头脑都发热了，并没感觉到兴奋，却感觉到了十足的压力。别说我不知道这工厂验收是怎么一回事，我连这工厂的门往哪儿开都还不知道，更不用说带领一干人到美国去验收了。

但我知道，先别说去美国，这是工作。既然是工作，就必须得先接下来，至于怎么办，自然有解决方法，肯定找得到，难不成比产品研发还高深不成?

我一个脑筋急转弯，就有了信心，兴趣和底气也嗖嗖地蹿了上来，所以赶紧表态：“黎董事长，虽然这件事怎么办我现在还不知道，但我知道，只要是领导安排的工作，我从来都没办砸过，何况是这么好的一个机会。请您放心，我一定办得好!”

“好!”黎董事长一下子站了起来，大声地说道，“这才像我招进来的那个宁致远。”

我也赶紧站了起来。

黎董事长拍了拍我的肩膀，又摇了摇头，对我说道：“我们公司之前也有人出去过，但那都是去香港和新加坡，去美国的签证申请基本都被拒签了。所以啊，这美国签证到底该怎么办，还得靠你自己了。”

在我快走到办公室门口时，黎董事长又补充道："这次公司就只派了你一个人，所以你不仅要把专业工作做好，还要把业主方的专家前前后后的服务工作做好。担子很重，但也锻炼人啦！至于业主那边派什么人，你去经营部问问找谁联系，剩下的就全部交给你了。"

正如我所料想到的，事情并不是那么难，比产品研发真是简单多了，只是涉及面比较宽。这种管理工作还真没有经验，好在方法基本一样，不就是那么几件事嘛！还是老办法，先列个清单，并厘清它们之间基本的逻辑关系，再一件件去办。

技术准备那是我的老本行，三下五除二就搞定了。

我的护照办起来也很顺利。这事该人事部主管，由于我之前帮宋经理开发工资管理软件，积攒了些人情，宋经理专门安排了一辆车，带着我在公司、集团公司和出入境管理处来回跑了几趟，就顺利地办好了。

工厂验收，按公司的机构设置，是质量管理部的事儿，我少不得要亲自登门虚心讨教。平时的人品这时候可真管用，不说质量管理部的经理，就连检验人员，对我也是关爱有加，不光把工作程序给我介绍得清清楚楚，连验收标准都给我复印了一份。我的陶老师也有丰富的工厂经验，也给我补了补课。陶老师还说："这去美国验收，可不能让人看扁了，到现场拉开架势，就要让人觉得我们是行家，别老拿那种看待第三世界的眼光小瞧我们，糊弄着给我们弄一些残次品。"

业主方的人员安排和准备工作倒是劳了我不少的神，经营部只是给我提供了联系方式，剩下的都得我来办理。与人打交道，虽然对我来说是新鲜门头，倒也不是一件难事，对方也都很支持配合。但是，因为是政府部门人员，报批需要提供详细的资料，除了合同，还要有对方工厂的邀请函和相关资料。我和供应商来来回回跑了好几趟，也总算是备妥了。很快，业主方专家的护照就办下来了。由于他们必须是因公出国签证，就由他们自己去申办，不用我操心。

时值初夏，北京的早晨依然有些料峭。我第一次来到首都，却全没有观光的心情。

我头天晚上到的北京，出租车直接把我拉到公司帮我联系的一个往来单位的协议酒店里。顾不得自己去找美国大使馆坐落在何方，干脆拿着新买来的地图，直接到酒店前台找接待员帮忙。在地图上一看，才知道酒店在阜成门，离美国签证处还大老远呢！漂亮的接待员看出了我在犯难，就拿着圆珠笔一边画一边热情地补充道："大哥别着急，这在北京已经算是很近了。这是地铁二号线，你在建国门下车，从秀水街走进去，总共不要一个小时就到了，很方便的。"

我一边感慨首都的早餐如此便宜，一边回想着昨晚酒店接待员所表现出来的那种作为北京人的自豪。脚下第一次感受着地铁的奔驰，脑海中地图上很远的一段路，真的很快就到了。

一切都很顺利。由于到得早，排位很靠前，第一批安检就进了签证大厅。我排队的窗口，在我前面只有四五个人。耳边有些轻微的嘈杂，有几个黑人警卫在来回地巡逻。我懵懵懂懂又心潮澎湃，脑海里时不时浮现出电视上美国的画面，不免心驰神往。

时间是怎么过的，是快是慢？前面的人的情况怎么样？这些我都没在意，兴奋中，很快就轮到我了。

签证官认真地翻阅着我递进去的资料，很快就打开我的护照，在最后一页"哐当"盖了章，并从手边拿起一页文件，连同我的资料一起递了出来。

这么快就签了！我抑制不住心头的喜悦，连声称谢："Thank you! Thank you!"

"对不起，我不能给你这个签证。"在我伸手去接递出来的护照和资料时，签证官用老外特征明显的中文对我说。

"这……"我一下子愣住了，"为什么？"

"很抱歉，请你看一下这个文件。"签证官在他给我的那张纸上用手指头点了点，然后眼睛掠过我，还是用这只手向我身后的下一位示意。

这心里的落差太大了，我一时受不了，头脑就发了懵。恍惚之中，好像是一位黑大个子把我"搀扶"出来的。

外面排队的人依然很多，签证处门前和马路对面也站满了人。估计我这形象，让人一看就知道是怎么一回事了。有几个人围了过来，看着我手上拿的东西，七嘴八舌地就说开了。

“这就是被拒签了！”

“还说是有移民倾向，肯定没戏！”

“嗨，我签了好几次，都给拒签了，好像谁稀罕去似的。”

“也没啥，今天好像还没签几个，很多都是很狼狈地出来的。”

“我孩子在那边读书，两年了，我都没去过一回，看样子今天也够呛！”

……

“兄弟，要不要我们帮忙？这是我的名片，打个电话就行。”

我没心情，也懒得理会，找了个空子钻出来，就沿着秀水街气冲冲地走了。

回到公司，我直接向黎董事长汇报了折翼经过，“对不起，我搞砸了！”

黎董事长和蔼地拍了拍我的肩膀，说道：“没关系！我听说美国签证是很难办，总觉得我们要到他们那里去打劫享福似的。唉！现在就看你们这一代啦，以目前我们国家的发展速度，过不了几年的，我们国家的面貌一定会有改观的！”

晚上下班回到家里，老婆又是一阵安慰。我一边吃饭，一边逗着女儿玩，看着女儿无忧无虑的高兴劲儿，我的心情从过山车似的大起大落中逐渐平静下来，头脑也清醒多了。

晚饭后，一家人在小蜗居里围着看电视，我突然想起来签证官说的话，“请你看一下这个文件！”

对呀！为什么拒签？那文件我都没认真看呢！

这是一份格式文件，估计拒签都是用的这“214条（b）款”。经过认真研读，我似乎明白了些，那就是：这强势的美国移民法一直就要求其驻外使馆的签证官把每个申请美国签证的人都假定有移民倾向，直到申请人本人出示足够的证明文件来推翻这种假设。也就是说，证明文件必须能够证明自己在期满之前一定会离开美国回到自己的国家。

我前后仔细研究了这份文件，并没有明确说明根据“214条（b）款”所作出的拒签决定就意味着我被永久拒签了。但是，该如何再次申请以获得签证，文件中也没有明确说明。不过，在文件末尾附有美国驻华大使馆的咨询电话。这就是说，我原本可以打电话过去问个究竟的，并不是如签证官那样简单了事。当然，签证官可没有那么多的时间来答疑！我后面不是还排着老长的一队人吗？

如此想来，去美国的希望并没有完全破灭！一方面出于渴望去美国的强烈愿望，另一方面出于我一贯执着的工作作风，必须要把交给我的任务圆满完成，何况我还是工厂验收的领队呢！如果我们公司没有人去，把验收的任务落到业主身上，不仅仅是失职，更会给业主带来不必要的麻烦，为发动机到我们工厂后的安装与调试留下隐患，并且还可能会因为顾客的不满意而影响我们企业的声誉。

这样一思考，我联想到向黎董事长汇报后，他的表情里好像也有失望的成分，只是出于其宽广的胸怀，并没有责备我而已。想到此，更加坚定了我努力再试一次的决心。

第二天早上，我试着按拒签文件上的电话号码，打到了美国驻华大使馆。

接电话的人是一位女士，她直接用流利但老外特色鲜明的中文回答了我的疑问，并且还表达了她心中的遗憾和惋惜，称很多中国人由于存在对美国的误解，往往在拒签后缺乏交流，甚至放弃了与大使馆咨询部门的沟通，从而失去了获得签证的机会。

这位女士在确认了我因私护照和因私商务签证的类型，以及我访美的理由和提供的相应文件后，立即指出我的签证申请被拒完全是因为证明材料不充分。她还声称，由于我们是采购了美国的商品，并且金额巨大，这是美国非常欢迎的。根据她的经验，我手头已经具备了获得签证的各种条件，只要按要求备齐即可，还建议我在美国驻华大使馆的网站上下载相应的指南。在得知我办公室上网并不方便时，这位女士还非常耐心地逐条宣读了指南中要求提供的证明文件清单。在我完成记录后，她还坚持让我读一遍，以便确认是否遗漏，同时还附带又作了相应补充解释。

在得知我们公司之前也有人员的申请被拒以后，这位女士感到很惋惜，并要求我转达和宣传赴美签证的相关政策。她还特别强调，如果申请人在首次申请被拒签后，只要签证官未书面注明你在多长时间之内不得再申请，你就可以一直向签证处预约申请。当然，面对这种情况，最好与大使馆咨询处多做交流，备妥必需的证明文件。

在得知美国工厂的计划很紧迫之后，这位好心的女士破例特别为我安排了下一个周四的二签排队，还一再强调，二签及后续补签均是预约排队，只安排在每周四。这就意味着每被拒签一次，至少得等上一周。如果预约排队人数多，就得一直顺延下去，所以要求我务必准备好她提醒我的那些证明文件。

这一次与美国大使馆的交流，因为是通过电话完成的，所以我并不感到十分紧张。这次电话交流，不仅使我弄明白了签证的流程和准备事项，更让我领悟了沟通的重要性，增强了我与人沟通的胆量和信心。

我这一次可以说是明明白白地在准备，并且对二签获得签证充满了必胜的信心。

果然如我所料，在二签时，签证官看了我的证明文件目录，在其中抽样了几份审核，没花多少时间，就毫不犹豫地收起了我的护照，并递给我领取签证护照的收据——一张很窄的绿纸条。

在我拿到绿纸条后，心中并没有感觉到意外的惊喜。然而，各窗口前却都爆发出来一阵低低的，但却很有力度的欢呼声。

在排队领取护照时，前面的那位仁兄对我悄声说道："哥们儿，够有运气的啊！在我之后，个把小时才出了你这一位呢！"

我心说，怪不得大家欢呼呢，敢情是看到风水转了啊！

我凯旋，同事们也替我高兴。我的签证成功，打破了之前公司领导总被美国大使馆拒签的魔咒，我也因此成了公司的签证专家。无论是谁出国，签证申请只要是经过我的手，就没有被拒签过。

第二十二章　抬举

我带领的工厂验收小组如约出发了。

由于时差，我们乘坐的美国大陆航空公司航班，于中午十二点在北京首都国际机场起飞，到达美国底特律机场时，公告牌上显示的时间与离开北京时看到的一样，我们一行都兴奋地说“时间停止了”。当然，在中国，这时候却是午夜。底特律初夏的阳光，刺得我们双眼生疼，在阳光下稍微停留一会儿，红红的眼球就浸润了泪水。

按照惯例，虽然我们是以工作为主，一行七人组成的一个小商务团，仍然预备了好几天的旅游安排，毕竟中国人出国是一件不容易的事嘛！

我们在底特律入境，并未停留，直接转机到了纽约，真正开启了美国之旅。

工厂验收毕竟是工作，占据了1/3的日程表。我们的旅游时间并不多，除了纽约、华盛顿、拉斯维加斯、洛杉矶和好莱坞的蜻蜓点水之外，也只是沿着美国著名的六十六号公路走马观花一番。

正如行前所了解到的，美国除了繁华，并没有能够显示厚重历史的物事，然而，它的自由却是让我们叹为观止的。

记得我们正在白宫后门外观光，一个在白宫外“驻扎”的流浪汉举着一块写着字的牌子向我们示意，细看之下，仿佛是在说美国轰炸了我驻南斯拉夫大使馆，极力唆使我们抗议。我们当时还真把他当成了疯子，心想，这美国可真是个自由世界，是个人就敢在总统府门口举牌抗议，还不用担心被逮捕入狱。

第二天一早，我们在一家中餐馆吃早餐，一位老者在确认了我们的中国人身份后，给我们买来了一份中文版《大公报》，情绪激昂地用手指点着头版头条的新闻。我们一下子明白了昨天那个“疯子”说的是真的。这一惊非同小可，我们草草吃完早餐，赶紧离开了。

美国之行的前前后后，我经历了不少事儿，也长了不少见识。我又一次深切地感受到，对于领导来说，结果真的很重要。因为领导不可能在你身边看到你办事的经过，不可能有足够的精力去关注你做事的过程。不是吗？如果领导深入得那么细，那你本身也就没有存在的价值了，他去做不就得了？领导除了给你指明方向，确定主要节点计划，特别是完成工作的最后期限以外，其他的就是你的职责了。事情办得圆满，那就必然显示出得力的办事能力，就会获得领导的认可，没准儿还会得到一顿夸奖，就显示出了你的优秀。

这就是我目前在公司的一个写照。

然而，我并没有被领导的夸奖冲昏头脑。这并不是说我有多么高尚，主要是根据工厂验收所取得的第一手资料，使我必须在发动机到厂之前，从我的设计开始调整和完善，特别是那些我们已经完成了制造过程的部分，我还得和陶老师、现场主管工程师共同商讨最经济的解决方案。

鉴于本项目的重要性，我突然意识到，我应该抓住这个机会，再一次申请去生产现场补上我自上班以来一直缺席的实践课。

我工作了五六年，一开始因为技术研发部人手紧张，我作为一个刚刚毕业参加工作的研究生，并没有像其他本科毕业生那样，有一到两年的现场实践安排。我也多次申请过，哪怕给我半年时间也可以，但通过几年的考验，领导觉得我的经验和水平已经很不错了，除了夸奖，还认为我根本没有必要再去现场实践了。

自从一开始踏入职场，没有被安排专门去现场实习，很多人都羡慕我的幸运，少受了多少现场辛辛苦苦的罪，可我总觉着刀刃还缺少磨砺。后来，可能是顾及流言蜚语——因为龚“大鼠”去了一趟生产部门，就像是上了党校或是进了黄埔军校，回来就升迁了，使我不便一再要求去现场，仿佛有所图似的，所以，申请一下，没批也就算了。

但是，我这一次去工厂验收的经历，使我心中生起一种从未有过的积累现场经验的迫切需要。

“韦经理，我这些年来承蒙领导培养，还有陶老师的悉心教导，我相信，我确实是取得了一些进步，要不领导怎么总夸我呢！呵呵！”这天一上班，我趁着韦经理还没开始忙碌，就赶紧跑去央求，“可是我总觉得，呃……怎么说呢，虽然有领导和陶老师撑腰，可我总觉得自己的腰杆子不怎么硬啦……”

“哼！你小子花花肠子打的什么主意我知道。”韦经理把刚刚拿出来的香烟点着了，深深地吸了一口。

我一看，正是我从美国回来时在免税店买的香烟，心想，这烟估计可以作为催化剂，没准儿韦经理就批准了。

韦经理刚吸进去，马上浓浓地一口就喷出来了，咳了两声说道：“小宁这钱花得太冤枉了，老美的烟啊，劲儿大，口味也不同，我们还真消受不起呢！”

我一听，心说这又麻烦了，搞不好又没戏了，但还是赶紧厚着脸皮打哈哈：“呵呵，韦经理您就将就着抽吧！那什么，萝卜、白菜换着吃嘛！”

“呵！小宁出息了啊！还敢拿老家伙们开涮了。”韦经理轻轻地吸了一口，然后缓缓地从鼻孔中喷了出来，“就冲你这出息，那我也就只好同意了。”

我本来傻不愣登地赔着笑看着韦经理的，一听这话，会心的笑立马就爬上了脸，赶紧说道：“谢谢！谢谢韦经理啦！”

韦经理轻叹了一口气，慢慢说道：“是啊，一晃五六年了，我们在这方面确实疏于对你的培养啊！你确实应该去现场干干，依你的能耐，不能仅仅说是锻炼那么简单，而是一段经历。你年龄越大，管的事就会越多。我们毕竟是工厂，没有现场经历，有时候说话可能真就没人听，我们也是这样过来的。”

听了韦经理的话，我也严肃起来，心中也充满了感激之情。

韦经理接着说道：“你去生产部门，还得报告总经理。你先写个申请，我与晏总和生产部孟经理交流一下，好做安排。”

从韦经理办公室出来，我心中很是激动，情绪也很高涨，报告写起来真是行云流水，还没忘记把韦经理的高见揉进去，这样应该更容易批准些。

也许是我发动机工厂验收工作的余音尚存，不光是晏总经理，连黎董事长也亲自过问了我的调动安排，还打电话了解我的思想情况。就在我报告打上去后的第二天上午，韦经理就把我叫到了他的办公室。

除了韦经理，龚经理和陶老师也都在。

“致远，你坐吧，韦经理有话要商量呢！”看到我进来，陶老师首先开了口。

韦经理拿出香烟，给陶老师和龚经理各递了一支，然后自己也抽出一支，在手上很快地墩了两下，然后点上，吸了一口，一边吐着烟一边越来越深情地看着我。

从我一进门开始，就总觉得心头紧张，心想，这黎董事长都关心过了，难不成终究还是不行？我看着韦经理那一连串的动作，心率也随之改变。

韦经理也看出来我的异样，所以率先给了我一个定心丸：“瞧你那点儿出息，紧张什么啊？都批准了！”

我的心情一下子就灿烂起来，并且溢于言表，一个劲地点头道：“谢谢啦！谢谢！”

“怎么，解放啦？逃出魔掌了？受了多大委屈似的！”韦经理一顿数落，但看得出来，也是真心在关心我的事。

陶老师吸了最后一口烟，把剩下的都摁进烟灰缸里了，然后对我说道：“致远啊，你也应该理解韦经理的难处，当领导的手上没牌，很难呢！”

我一时疑惑，不是说批准了吗？陶老师看我正要开口，就抬起手做了两个按下的动作，示意我先别说话。

“是的，公司是同意了你去生产部的申请。”陶老师看了看韦经理，又转向我，“但我们部门一时找不到人接手你的工作，所以我们就采取了一个折中的办法。”

龚经理也开口了，口中叼着那支香烟说道：“我也是从生产部回来的，知道它的重要性，而你们现在这个项目，生产部也欢迎你去呢！”龚经理打算再吸一口烟，但已经只剩下过滤嘴了，就夸张地朝烟灰缸一扔，接着说道，“我们现在的办法是，你仍然属于我们技术研发部的人，仍然负责该政府项目的技术工作，除了另一个项目后续产品的技术管理外，我们不再安排新的研发和设计项目给你，你就可以根据手头的工作，安排你在办公室和生产现场的时间。”

韦经理接过龚经理的话，补充道：“我跟生产部孟经理打好了招呼，你去向他报到。他会安排你配合这个项目的工程主管做一些现场管理工作，其他的项目，生产管理你就不参与了。两头跑，任务重，你自己注意把握，明白了吗？”

“明白了！”我赶紧回答。

韦经理接着说道：“去了生产部，一定要先熟悉他们的管理制度，特别是安全生产方面的规定，不能伤到自己，更不能伤到别人。另外，虽说时间由你自己安排，但每次去生产部前，你要跟陶老师说一声。同样地，你从现场回来，也必须先向你的现场工程主管打好招呼。这一方面显示出你的自觉性，另一方面呢，也是对别人的尊重，方便别人安排工作。”

“韦经理、龚经理，还有陶老师，请放心，我一定会把握好这次机会，不耽误手头的技术工作，也不放松现场实习。”

听了韦经理他们的一番话，想到技术研发部的难处，韦经理确实是下了很大的决心才做的决定。再说了，这样安排，我可能会累一些，但也更能锻炼自己，是一个难得的机会。所以，我心中除了感激，更有珍惜，不由得一阵激动，又表起了决心：“感谢公司给我的机会，我会结合技术和现场锻炼自己的管理和动手能力，真正学好本领，不能再像以往那样，一旦现场有问题，或售后服务要帮忙，都只能靠陶老师出马。毕竟陶老师年纪越来越大了，我们年轻人必须练就过硬的现场本领，处理问题得力，才能接过担子，挑起担子时也才不会给公司带来损失。”

“你有这份心，我们就放心了！”陶老师不无夸奖地说道，“不过你还得抓紧时间多在现场学习些东西，等这个项目一完，你就得回来了。”

韦经理也肯定了陶老师的说法：“根据目前的既定计划安排，今年年底该项目就得交付。政府项目一般不敢延期，抢都得抢出来。上海那边也说了，该装备过了春节就得服役。也就是说啊，你也就六七个月的现场实习时间，所以真的要抓紧呢！”

做个生产现场工程管理人员确实不是一件容易的事。我的那位主管每天忙得不可开交，用他自己的话说，“简直是连放屁的时间都没有”。

早上还没上班，他就已经开始写派工单和领料单了；上班的喇叭一响，他就已经站在班组前安排起工作来，时不时还得训斥几句；上班时间，他还要到各个工位去巡查，免得哪个愣头青又出了次品或不合格品；那些该由他检验的，还得认真检查，合格了签个字就算完成了，不合格还得打回去返工；有些重要节点，他还得向质量管理部专职检验员报检，甚至要配合专职检验员向业主代表和行业检验部门代表报检；要是出了问题或者不合格，他除了要训斥施工班组外，有时还得被领导批评，如果业主代表放一马认了，那他就得感恩戴德、千恩万谢，少不得要请一餐酒喝喝，否则就得和技术研发部的人一起想办法补救；有些时候，不明不白地还会被业主驻厂代表拖到工位上指手画脚地一顿教训，弄不好还会被指着鼻子训，这还算好的，要是把他客客气气拉过去高谈阔论一番，那无非是想让你按他的意思修改一下什么，这就得花钱，还得耽误工期，拗不过，那就少不得要报告领导，填个单子反映到经营部和技术研发部，而安排好的计划就又泡汤了；好不容易挨到快下班了，还得查看计划完成得怎么样了，一五一十地记录下来，马不停蹄地跑去参加项目经理会。

我的加入，一开始他还嫌麻烦，把我当个“拖油瓶”，可一天还没完，他就回过神来了，如获至宝。除了不用再向技术研发部报告、协调技术工艺问题外，连与业主代表的各种口舌也都交给我代办了。按他的话说，省了他一大堆本来就不该有的麻烦。

慢慢地，我在现场也变得如鱼得水。我把设计图纸装订成册，结合现场的计划安排，进一步明确了各图纸和各系统之间的逻辑关系；结合与班组工人们的实际操作讨论，对我的设计和工艺作了进一步完善、优化或者简化，使图纸做起来更顺手，也更省工省料；结合巡查和检验工作，我还可以提前发现设计中潜在的问题，及时予以纠正，否则等做完了再返工，设计问题可是要罚我的款的。

在项目生产完工时，我的完工图纸也完成了。特别是那些隐蔽工程，以前在画完工图时，根本不知道现场是不是按图施工的。问现场管理人员，那回答自然是斩钉截铁——是啊，当然是按图施工的啦！要不，怎么没挨批评呢？怎么没被罚款呢？

其实，工程主管们在说这番话时，眼神一般都有些闪烁。因为公司售后服务时已经发现过类似情况，按照图纸拆开面板后，那里并没有该有的东西，往往拆了一大片才找到。而这个时候，画图的和用图的人之间难免会发生一场争执。遇到问题大的，必须要处罚，责任又没法分清楚的，那就干脆各打五十大板，即使你喊得比窦娥还冤都没用，怪谁呢？谁让你没有白纸黑字的证据呢？

当然，我同样也给我的主管和班组的工人们帮了不少忙，毕竟我是技术人员，在技术和工艺方面的理论知识可以补充他们的不足。这也进一步增进了我同生产部门和现场各级人员之间的友谊，为我以后的工作开展攒了人脉，并铺就了一条路。

通过现场实践，我觉得最大的收获还在于与业主驻厂代表之间的交流与学习。不论什么产品，好不好或者好不好用，使用者最有发言权。作为业主驻厂代表，一般情况下，不是该项目的实际使用者就是该装备投入使用后的管理者。他们都是业主单位经验丰富的操作和管理人员，有的是经验和教训，见过不同生产厂家的看家本领，用过不同生产厂家的各种产品。他们在现场的每一句话，只要你用心听，那都是“金玉良言”，甚至有时候他们说错了，人们一时没转过弯来，都会信以为真。

这一点，是我到现场后不久就发现了的。那一次，一个与设备安装有关的问题，我自己拿不准，就找到业主驻厂代表讨教，他就如数家珍、旁征博引地给我从各方面作了讲解，甚至从使用方面如何让左撇子和右撇子都能方便操作出了不少点子，使我眼界大开。

为了从不同的项目业主代表那里学到东西，我只要有时间，就会“串岗”去找他们“聊天”。毕竟我是技术人员，在造的各型产品我基本上都熟悉，交谈中顺便还可以帮他们一些忙。我这一来二去的，不仅学到了知识，与人交往的技巧也学到了不少。有时候，在食堂吃饭，那些业主驻厂代表还会拉着我到他们那边一起坐，边吃边聊，搞得我在现场各部门的眼中身价大增。他们与业主驻厂代表之间有什么搞不定的事儿，还经常托我去斡旋呢！

有一天，我因为有事回技术研发部了，没多久现场就打来电话，说业主代表非要我去一趟不可。我赶紧骑上自行车赶到车间，老远就看见那个平时很和蔼的代表正指着我那主管在骂呢。代表很生气，我的主管已经被他骂得低着头不敢还嘴了。

看到我来了，业主代表和我的主管都像是见到救星一样。其实，听完之后，甚至处理完了，我也没觉得有多大事儿，无非是问题都没说清楚，言语上就都有些过激。

孟经理把我和主管叫到他的办公室，听取我们的汇报。

汇报完了，孟经理有些不解地问我："我也观察了好几年了，也调解过不少扯皮拉筋的事，但我一直没搞明白，为什么在业主驻厂代表面前我们只有挨骂的份。但我也看到，你在现场时却有些不一样，你有时还能大声吼他们。嘿！奇了怪了，他们还真听你吼呢！"

"还有这档子事儿？"我挠挠头，也觉得奇怪，但想了想，也不明就里，看来平时观察和关注的方向还不够全面啊！"我也没来多久，也还真没去比较过，不过听孟经理一说，好像还真像有这种情况。看来我以后得好好注意注意自己的言语和脾气，无论如何，对谁也不能对着'上帝'吼不是？"

我那主管好像还在火头上，忍不住又嚷嚷开了："宁致远肯定不一样啦！他是技术人员，是文化人，在那帮人眼里就觉得高人一等。而我们呢，都是些大老粗，他们哪里瞧得起呀？哼哼！"

主管的这种态度和言语提醒了我，记得有一次，一位上了年纪的驻厂代表跟我说起过一些浮躁的现象，还谈到了他对这种现象的一些看法。想到此，我就对孟经理说："我想起来了，曾经有业主代表也跟我谈起过，我们做的都是大宗产品，客户投资几百万甚至几千万或上亿的钱买这台装备，又都是单件订单产品，历时一年多的制造过程，肯定会有这样那样的问题。包括我们的技术路线和工艺，和业主自身的一些意见，别人问起来，或者是沟通过程中我们如果回答得不能令人满意，又没有虚心的好言语的话，将心比心，人家怎么可能有好脸色给我们看呢？毕竟他们是甲方，无论他们是对还是错，也无论解决问题顺利与否，更不论当事人是否有权力解决这个问题，我觉得首先应该尊重他们，甚至多陪个笑脸，‘美言一句三冬暖’嘛!”

孟经理点点头，陷入了沉思，过了一会儿才抬起头来，沉重地说道：“是啊！小宁说得对，我们之前把心思都放到产品上了，忽略了人的因素。特别是工期紧张的时候，眼中只看到进度，不管其他什么情况，一心只想到完成公司计划。看来，我们要改进的方面还很多啊!”

暑往秋至，随着落叶又飘来了冬天。忙碌中，我们制造的这一型特种交通装备真是一天一个样，好像还没真正看明白，就已经竣工了。各项试验也很顺利，套用官话说，在项目经理晏总的英明决策和正确领导下，广大干部和群众努力拼搏，光荣地完成了任务。

年关将至，又遇上这么重要的项目成功交付，公司安排了盛大的晚宴，答谢业主方领导、业主驻厂代表和行业检验机构人员等。公司上下也欢欣鼓舞，就好像过年一样。

第二天早上，我回到了技术研发部，向韦经理交了军令，全身心回到了自己的工位。正在整理自己的桌子，我的那位现场主管——也是我刚刚结束实习的直接领导突然跑到我跟前，拉着我就往外走。

我这一惊非同小可，以为刚刚交付正在离厂的装备出了大问题，就一边跑一边慌忙地问道：“出什么事了，严重吗?”

来到外面，那家伙一边大口喘气一边兴奋地说：“恭喜你，你小子要升官了。”

我一听，看着他在寒风中哈出的一大团白雾，我满脑袋也是一团雾水，但突然我脑袋一炸，不自觉地就回头看了一下，生怕有人听见了，赶紧低声但十分坚定又没好气地对他说道：“这没什么好玩儿的，玩笑可别开过头了。”

主管扬起手使劲地摆了摆，一本正经地说道：“真的不骗你，这事儿八九不离十。”

“那就等于八字没一撇!”我有些不耐烦地瞪着他，但考虑到这段时间的交情，情面上还得留着些。

他又把手挥了一下，满口哈着白雾说道：“是这样的，昨天晚上不是请人家吃饭吗？据我们孟经理说，来的是上海那个某某局的老大，喝着喝着酒，就问咱们晏总：‘哪位是你们的宁致远啊？我的驻厂代表一直在夸他如何如何了得，帮了不少忙，我一定要亲自敬他一杯。’我们晏总赶紧说：‘今天参加宴请领导的是公司中层以上干部，宁致远是我们的设计人员，所以没参加。’你猜猜，那老大怎么说的？他当着大家伙儿的面，非常不客气地说：‘像这样的人才，怎么没提拔呢?’晏总当时就表了态，立即提拔!”

那现场主管昂起头，挺了挺胸，学了学晏总的样子，然后转向我，还用拳头在我胸前擂了一下，说道：“你小子等着，别忘了请我喝酒哦!”

我将信将疑，毕竟他也没参加。再说了，这么多年相安无事，没来由的，别节外生枝！所以，我非但懒得领情，还正色地嘱咐道：“我现在过得挺安逸的，也很满足，你可别在那里瞎添乱，行行好吧！别到处给我嚷嚷，让别人听见了，还以为我自己觉得了不起，在那里发牢骚闹情绪。要是让领导听到了更不得了，弄不好没提拔就先开了呢!”

我说完，怕他又栀子花、茉莉花地来一通，不等他开口，丢下他，扭头就进了办公室。

第二十三章　站高一点，风景不一样

要问20世纪末什么让人印象最深刻，对于我们这一代的人来说，估计在军民万众一心战胜1998年滔天的洪水以后不久就渐渐地淡忘了它，而北约挑起的科索沃战争，虽然轰炸了我们在南联盟的大使馆，随着时间的流逝，愤怒也渐渐冲淡。电视剧《还珠格格》的爱恨情仇，着实让我们牵挂了很长的时间，但毕竟是虚构情节，不会让人过于纠结在意。

这些都赶不上“千年虫”的冲击波在人脑海中烙下的深刻印象。

如果说诺查丹玛斯的恐怖大预言不怎么靠谱，玛雅文化留下的末日年历也不属于我们的宗教思想，但“千年虫”却是实实在在存在的现实。众所周知，这是计算机硬件和软件发展之路上真真切切地留下来的种子。之前是“养在深闺人未识”，但就在我们充分享受高科技带来的各种便利时，似乎是陡然地，它就袅袅婷婷地登场了。

这当然是科学家该操心的事啦！至少也是Intel和Microsoft该负责任的事，谁让他们之前只想着如何赚我们的钱呢？即便是硬件、软件一遍遍升级，他们也只是关注我们的钱包，却并未将之前的缺陷放在心上。

在我们公司里，大家伙儿也就只是把“千年虫”当着时髦的下酒菜，或者饭后抽烟喝茶时候的谈资，但我却一直在担心着一件事，那就是我为公司开发的职工工资管理软件，它是不是也会感染上这该死的“千年虫”？

虽然我坚信，我为公司开发的这套软件绝对没有自带“千年虫”，特别是在我将其升级成Windows 98版本时，我彻查了所有涉及年份的变量和程序行，根除了“千年虫”的病灶。但是，我的软件毕竟是运行在买来的计算机上的，就连计算机及其操作系统开发商和供应商都不能肯定，我怎么能淡定地确信我的软件就不会因为计算机及其操作系统而中招呢？

当新千年的第一响钟声穿云钻雾传遍人类所居住的这个星球时，正如之前各行各业的专家在一阵忙碌之后所断言的那样，“千年虫”羞答答地走了！

当2000年第一次工资正常发放下来后，我之前悬在心头的石头终于落地了。

随之而来的21世纪元年的春节过后，我就被提拔为技术研发部的副经理，分管技术研发部机械专业的工作。根据之前的传言，似乎并没有什么悬念，但对我本人来说，传言毕竟是传言，直到领导约谈我之后，才是真的现实。

这最高兴的，还数我的陶老师，不光是他的担子可以轻一些，关键是我作为他的得意门生，这一下子出息了，他老人家肯定高兴啊！

我的晋升，也许并不是传言中的神话，而本来就是公司新千年开局之年规划的一部分。我们的韦经理被提拔为公司总监造师，接替言教授分管公司质量工作。“大鼠”龚骏远被提拔为我们技术研发部经理并兼管总体专业。计算机室主任丁力成也提拔为自动化专业副经理。

我既然升任为副经理，必然要承担相应的管理工作，履行职责和义务。

虽说只是分管部门内部的机械专业，但考虑到年前在生产部门实习的那段时间里，各部门之间和部门内部各专业之间的沟通所存在的问题，我认为有必要在公司层面上逐步规范化一些彼此相关事项的管理办法，尤其是现场问题解决过程中所涉及的信息传递等问题。

于是，我决定趁热打铁，作为我管理工作的处女秀，我向龚经理和丁经理谈了自己的想法，希望共同说服我们的分管领导颜总工主持会议，召集相关部门共同讨论确定一下具体的管理办法。用龚经理和丁副经理的话说，我是新官上任，初生牛犊不怕虎，什么都敢干啦！

颜总工高瞻远瞩，早就意识到了这个问题，只是牵涉部门多，苦于找不到一个牵头部门来组织制订相应的管理办法，而自己所分管的部门自告奋勇地出来担担子，颜总工理所当然地感到高兴，也就当仁不让，当即与各分管领导作了沟通，确定了会议日程。

会议由颜总工主持，公司行政部、经营部、技术研发部、采购部、生产部、质管部和售后服务部副经理以上至少派一人参加。

会上我结合现场实践阶段的具体问题谈了自己的看法，特别是从各部门的角度，以及业主驻厂代表和行业检验机构现场检验人员的角度都提了些建议。

由于这是公司自成立以来最重要的项目，且刚刚完成制造交付不久，各部门的印象依然历历在目，参会的各部门人员又各自补充了一些事例和想法，时而深揭猛批，时而相互指责，但都一致认为这个问题是时候该解决了。俗话说，事不辩不明，通过一阵波澜起伏的讨论，思路就越来越清晰，管理办法也就自然而然地出来了。

颜总工总结了各方意见，确定了一个分别以技术问题联系单和技术问题处理单为载体的审理和信息传递的管理办法，由技术研发部行文，归公司行政部按公司规章制度统一管理。

办法规定，任何部门反映问题，应经过主管和经理审核，若属实，则将前因后果阐述清楚，再反馈到技术研发部，不得一有问题，不分青红皂白就直接上传，更不能含糊其辞，导致技术研发部耗费大量时间重新调查核实事情原委；技术研发部的处理方案，也应经过主管和经理的审核，并经总工批准后才能下发实施；如果是技术图纸的问题，设计人员自当及时解决；如果是生产或采购过程中自身存在的问题，比如质量不合格，必须自己解决，除非是整改工艺需要协助，或是需要采取变通的方式，如某工件加工错误，只能报废了，但也可以通过修改与之相关的其他部分结构或工件，在能够满足整体性能和功用的前提下，仍然能够使用该加工错误的工件，则应向技术研发部反映，修改技术方案；如果是采购部确实存在材料和设备采购困难，希望更换供货渠道或替代型号和规格的，也可以反馈；业主及其驻厂代表的要求，经营部必须要核价，有必要的话，要与业主单位协商调价和调整交付节点；技术研发部经理在审核时，应判断所提出的处理方案是否应经业主驻厂代表和行业检验机构人员确认。

最后，颜总工还要求各部门在实施管理办法过程中及时反映该办法的不妥之处，及时修订管理办法，并特别强调避免审批过程中的官僚主义和形式主义。既然管理办法对应的是实实在在的事，那就必须要务实地去执行。

自从上海政府采购项目按项目经理制实施管理取得成效后，公司就刮起了项目经理风，每个项目都会有一个公司级领导担任项目经理，而各部门也会安排一位经理或副经理来担任该项目在本部门的项目经理。

虽然被提拔为副经理以后才一个多月，我的管理水平是否能够胜任工作，还没有得到系统性的检验，但由于在上海政府采购项目管理中，我还有一些不俗的表现，龚经理就大着胆子将却月公安局视察、治安、巡逻及消防多功能装备的项目经理头衔授予我了。

可能是技术出身的缘故，总认为一个新的管理办法必须有相应的管理制度为准绳，作为管理人员，不能盲目地去搞管理。项目经理这个头衔，这几年相当时髦，但我在与公司其他部门项目经理交流过程中了解到，这些项目经理也就只是认为自己管着一个项目而已，具体怎么管，有没有一个章法，大家众说不一。这也难怪，公司只是在提倡项目管理，可是也并未出台一个管理制度，那就是说，除了一个项目有一个牵头人以外，其余都是外甥打灯笼——照旧（舅）。看来，工作无论多么被高度重视，大会、小会紧箍咒上了一千遍，如果没有一个具体的操作办法，效果也不明显，弄不好，一些人意识麻木了，你每天把他提在手上当锣敲，也是枉然啊！

基于我新官上任的积极性和一贯执着的本性，通过与行业内的同学和朋友交流，特别是回了一趟母校，向管理学院老师讨教，对项目管理就有了一个粗浅的认识。

我国早在两千多年前修都江堰时就诞生了项目管理制，无奈神州大地国运沧桑，世人早就遗忘了我们祖先的荣耀与贡献，那就不谈了！国际上普遍认为，项目管理是第二次世界大战以后的产物，是为战后重建和冷战国防建设而创建的管理方法。现在提及项目管理，一般将20世纪80年代以前的时期称为传统的项目管理阶段，这以后呢，当然就是现代项目管理阶段了。

为了弘扬我国项目管理遗脉，汲取国际先进管理经验，从20世纪70年代开始，我国便开始了引进和介绍工作。然而，直到前几年，国家教育部学科目录中都还没有纳入这门学科。今年已是21世纪元年了，很遗憾，除了一些个别行业有了一些实践成果，制订了一些制度和方法以外，我国目前还真没有一套符合自己国情的管理理论呢！

这是家门口的政府项目，而我又是因参与上一个政府项目管理工作有成效才上的项目经理的位，所以我必须要有一些特别的措施，来消除项目执行过程中的不利因素。哪怕是潜在的不利因素，也不能放过。这些都是定时炸弹，该响的时候就会炸响，我可不想搞得如此狼狈，让人看笑话。

我苦苦争取来的现场实践机会，那就要让这个机会的所得能够发挥出不同于一般的作用。我结合现场实践所经历的方方面面，认为最成功的还在于与业主驻厂代表之间的沟通上。而与他们沟通的问题，大多都是要求对原设计进行调整甚至修改，有些还不得不修改合同金额和生产周期。

这种必须进行的调整和修改，如果在设计阶段或者在图纸发到生产部门之后但还没有投入生产之前就提出来，其实也就只是增加了一点点设计周期，不至于因返工造成各种人、财、物的损失，对生产周期也基本不会产生影响。

所知道的项目，特别是我参与过前期讨论的项目，从合同洽谈到生产开工前的阶段，一般都是业主单位领导和装备采办部门在管理，如本项目的公安局领导，以及计划基建处领导和相关技术人员。业主驻厂代表一般都是装备管理部门和装备使用部门人员，特别是装备使用人员，在项目生产进行到一定程度以后才全面进驻的。业主驻厂代表所提的问题，一般也很少是技术本身的问题，而往往是使用方面的问题。

本项目合同早就已经生效了，设计工作已经完成，图纸也经过了行业主管部门的审批，正在处理审批过程中暴露出来的问题。在生产开工之前，要求业主方即组织好驻厂代表小组参与我们的图纸审批讨论，提出他们对设计的认可意见，我们再综合考虑业主驻厂代表的意见和审图部门的意见，一并修订好设计图纸，岂不是更好？

我把我的想法向龚经理做了汇报，毕竟都是“鼠辈”，“大鼠”非常同意“二鼠”我的想法。

“是啊，我当年当生产主管时也没少费工夫啊！”听了我的一席话，“大鼠”龚骏远不无感慨地说，“当时我就纳闷，谈合同时他们都在想些什么啊？怎么总是等我做好了，他们就少不了要把这改改又把那挪挪的？你是没体会过，为了进度，我前脚刚挨了领导一顿批，后脚驻厂代表就来事儿了，你心里那个火啊！”

说着说着，龚经理还一个劲儿地摇头，仿佛当年那就是一场噩梦一样。

我们又就细节相互交换了意见。龚经理一拍大腿，站起来说道：“你小子的这一招肯定很奏效。走！我和你一起去请示颜总工。”

颜总工是一个办事开明而又严谨的本行业专家，在这一行相当有威望。记得在开上海政府采购项目评审会时，颜总工虽然是我们公司的总工程师，但业主领导却执意要求颜总工与他一起并列坐在主席位置，以示对他的尊重。呵呵！这样一来，我们的产品就得到了不少与会专家的好评，几点小的建议，还是在晚宴过后私下与颜总工交流的。

颜总工听了龚经理和我的想法后，非常赞成地说：“虽然这还没有先例，但并不代表我们不能开先河啊！我赞成，你们就从这个项目开始试验。”

颜总工是我们技术研发部的主管领导，得到他的肯定，对我当然是莫大的鼓舞！

颜总工看了看我们俩，然后问我道：“小宁啊，你有没有具体的打算啊？”

“有！”我赶紧给予了肯定回答，“颜总工，我是这样想的，毕竟业主是政府部门，要得到他们的支持，就必然会打乱他们的计划甚至用人安排，这没准儿就得给局里添麻烦了。”

我看着颜总工，停顿了一下。颜总工正听着，看我停下来，估计知道我有难处，所以立刻鼓励道："没关系，接着讲！"

我咽了一口口水，润了润嗓子，就斗胆地说道："却月市公安局可是个衙门机构，所以，可能得我们公司领导去打个招呼……"我看着颜总工，不知道该如何继续说下去了。

颜总工估计也想到了这一层的难处。他拿出一支香烟，一边沉静地思考一边点上，吸了两口后才抬头看着我和龚骏远。

"是啊，这个业主可不一般！政府部门的用人那都是要下红头文件的。"颜总工突然想到龚经理也是个烟鬼，就递给了他一支，然后接着对我说，"根据我的了解，他们应该还没有确定驻厂代表的人选。"

龚骏远把烟点上，美美地吸了一口，又把我和他商量的意见向颜总工作了些补充，"业主领导和装备的操作使用人员所涉及的范畴各有不同。谈合同的是领导，不可能全部掌握各专业的知识，更不能百分之百了解操作，所以才有驻厂代表的修改。再说了，如果驻厂代表在生产之前就确认了图纸，制造完成了，即便他还是有进一步修改的想法，不到万不得已，他们也不会推翻自己以前的决定，这就会使我们少了不少的麻烦呢！"

"确实是如此。"颜总工在烟灰缸里掐灭了香烟，"不说他们，我们也是一样，在谈合同时也不能把你们都带上，何况合同所附的技术规格书和图纸信息量毕竟有限，你们设计的时候肯定还会对某些当时并不合理的地方做些修改，这也要业主确认才行啊！"

我和龚骏远相视点了点头。

"我看这样吧！"颜总工看到我们的状况，觉得更有必要在开工前开展这个活动，因此说道，"你们先准备一下向业主进行设计汇报的相应材料，并把想与业主交流的事项罗列出来。我先去向晏总汇报一下，希望他出面与业主协调，早做安排。"

这其实就是ISO9001质量管理体系标准中所规定的对顾客有关要求的评审。当然，这还是几个月以后，公司决定申请ISO9001质量管理体系认证，认证咨询公司对我们进行标准宣传与贯彻时，我们才知道这一点的。当2000版的ISO9001标准出台后，“以顾客为关注焦点”更是被提到了一个崭新的高度，一些评审的要求甚至是提到了合同签订之前。

而在当时，虽然公司还未涉足ISO9001标准，但公司对我们技术研发部提出来要求先期与业主驻厂代表交流的想法给予了高度肯定。黎董事长和晏总亲自出面向却月公安局领导汇报了这个想法，也得到了局领导的肯定和大力支持。

由于双方准备得都很充分，特别是局里安排的驻厂代表高度重视，把各专业的图纸和审图部门的意见都认真地审阅过了，所以在交流会上沟通都很顺利，事项确定都很明确，对有争议的地方，由于双方高层领导在场，在辨明之后，也得到了现场解决，并形成了书面纪要。

最后，局领导又作了开工前的动员：“这是却月市委书记和市长联合督办的项目，是今年却月市十大惠民工程之一，是我市公安系统装备改革的示范项目。该装备的安装，将极大地提升我市公安系统的服务效率和质量。所以，我们会大力支持与配合贵公司开展工作，希望贵公司高质高效完成任务。”

虽然言教授退居二线了，但受董事会委托，一直在致力于公司的管理提升工作。他老人家年岁大了，心脏一直也不怎么好，但随着春暖花开，闲不住的他，在各部门和生产现场的走动也越来越频繁。

这天，我正在为琐事忙碌，言教授来到我们办公室找我了解些情况。我升任副经理后，韦经理也晋升为韦总，我本可以搬到经理办公室与龚骏远在一起的，但考虑到工作方便，我仍然留在了原来的座位上。看到言教授到来，而周围又没有空的座位，我只好带着他老人家去了部门的小会议室。

“小宁啊，自从几年前和你一起出了几趟差，我就觉得你将来会有出息。果然不出我所料，你进步得很快呀！”刚刚落座，我还在张罗茶水，言教授就开始夸我了。

可不是吗？经言教授这么一提醒，我才恍然发现，这一晃四五年就过去了。这几年的生活和工作也经历了不少事儿，虽然我隔三差五地也能遇到言教授，但我还真把他当年给我的夸奖给忘了呢！

岁月不饶人，言教授这几年在公司没少操劳，平时没觉得，这一仔细打量，他老了许多了，我不由得心生愧疚。

“言教授过奖了！”我递给言教授一杯刚沏好的茶，就在他老人家旁边坐下来，“别看我也三十好几了，但心智还不够成熟，整天价瞎忙活，经您这一说，可不是好几年就过去了吗！真是愧对您当年的期望啊！”

言教授拍了拍我的胳膊，一本正经但不失和蔼地说：“你知道吗？你最难能可贵的就是你的单纯和执着。”他把手就那样放在我的胳膊上，但把头转回去，眼光平视前方，仿佛心情很沉重，“是啊！这世道浮躁，也不知道是从什么时候开始，也不知道是个什么理儿，这单纯就是老实，老实就是傻了。所以啊，一些人就成天不务正业，一心只想去钻营往上爬，搞得乱糟糟的！”

听了这话，我心中不免也沉重起来，看着他老人家，一时竟然说不出话来。

言教授又转过来看着我，眼神矍铄，不觉抬高了嗓门对我说道：“老人容易感怀，不说消极的话了，免得影响你们年轻人！毕竟社会上依然是正面的占主流，看看你，就可以代表这个大方向啦！”

我受到言教授感染，不觉也心情开朗了。

突然言教授话题一转，问我道：“小宁，你对ISO9001管理体系有了解吗？”

问题来得突然，我也还真不知道，但我一下子就联想到不久前的一个星期天，在街上看到某公司大门上的大红标语，就顺着回答道：“我前些天在一个公司的大门上看到一条横幅，好像是祝贺公司获得ISO9002认证。看架势，好像很重要的，不知和您说的ISO9001是不是一回事儿？”

“嗯，基本上是一回事儿。”言教授肯定道，“这都属于9000认证范畴。”

“ISO9000认证？”

“是啊，你知道？”

我突然想起了一件往事，但不知道该不该说，也不知道从何说起。

好像是1996年吧，当时我的一个师兄找到我，说他正在一家合资公司上班，专门推广ISO9000认证。据他讲，当时我国才刚刚获得国际标准化组织认证认可资格，这项工作的开展在我国还没有引起广泛关注。但在国际上，获得ISO9000认证，早已成为一个企业市场准入的门票。师兄通过我的引荐，向晏总作了ISO9000认证的介绍，但当时ISO9000认证在我国还不是强制要求，晏总并不觉得有这个必要，也就作罢了。

“嗯！我听说过，但并不是很了解。”我违心地向言教授隐瞒了这个插曲。

言教授并未发现我的异样，就接着向我说起了他的想法。

“我最近了解到你在管理方法上做了一些事，这很好！”言教授真的是一个值得尊敬的教授，处处不忘对我们年轻人的夸奖与鼓励，这一崇高的人格魅力，在接下来我与他一起工作的几年里时刻熏陶着我，为我后来的发展起到了至关重要的作用。

“但光靠你，或者是几个人，也解决不了根本的问题，必须从上到下系统性地开展管理的完善工作。”言教授继续着他的设想，“所以啊，我就想到了ISO9001管理体系标准。一开始，我以为它只是专门针对质量的，因为它有一个‘质量管理体系’的名称，现在想起来，我抓了几年的质量工作，却没有抓住根本，未免失职啊！在退下来之后，没有琐事缠身，通过冷静地思考，才重新认识了它。”

言教授说着，从他的公文包里拿出来一本书，放到我的面前，是一本《ISO9001质量管理体系内部审核员培训教程》。

“实际上，这个标准是基于保证产品质量而规范企业管理行为的。只有标准化的管理，才能规范出企业有质量保证的相关过程，从而从根本上保证产品的质量，怪不得这个标准在国际上都被当成企业管理的‘圣经’呢！”

言教授越说越精神，端起杯子打算喝水，我才发现他杯子里都快喝完了，赶紧站起来帮忙续上水。

“言教授，那能不能先把这本书借给我看看呢？”我边续水边问。

“我拿来就是想让你先看看的。”言教授喝了一口水，接着说道，“我看过了，很受启发，估计你也会有这种感觉的。当我看过以后，就突然觉得我站得更高了，而站高一点，风景就大不一样啊！”

“谢谢言教授，我想这一定对我很有帮助的，毕竟我刚当副经理不久，基本上没有管理经验呢!”我边说边打算翻开书来先看一眼。

言教授轻轻地把手按在书上说：“小宁别急，这得慢慢来，俗话怎么说来着?‘心急吃不了热豆腐’。这事啊，我打算提请公司马上开展，就由韦总来负责，他是管质量的嘛！按照认证要求，得先组织内审员培训，考试合格，持证上岗，然后由韦总组织内审员和各部门经理，编制公司的管理手册和程序文件，这可是一项艰巨的工作啊!”

我听得入了迷，眼睛大睁着，都已经赶不上言教授的思维了。

言教授微微一笑，再一次拍了拍我的胳膊，说道：“你是我们公司的高才生，听说你的文笔也不错，现在我发现，你对管理方法有一种潜意识的追求，所以组织编制管理手册和程序文件的工作，我想让你协助韦总来完成。”

我正想推辞，因为我知道，这可是组织全公司各个部门来进行的，我真的很担心自己的号召力。

言教授也想到了这一点，还没等我开口，就抬手示意我不要说出来。

“你就放手干吧！我觉得你是最合适的人选，我会全力辅佐你去完成的。你不是说到ISO9002吗，这ISO9001与它相比，多了设计的要求。可别小看了这多出来的一项要求啊，相应文件可多出来将近一半的工作量，你们技术研发部的工作就很重要啊！这你也更应该当仁不让地挑起担子。”言教授担心我还有顾虑，就又进一步鼓励我说，“你也不用担心，有韦总当掌门，只要有我在，再加上你的潜质，我相信工作开展不久，大家很快就会认同你的，我也相信你能出色地完成这项艰巨的工作的。”

公司向认证咨询培训机构报名的人数达到了独立开班条件，该机构专门为我们举办了培训。我们公司除了挑选出来的内部审核员人选以外，公司中层以上干部基本上都参加了ISO9001质量管理体系标准的培训工作。虽然已是2000年5月了，但2000版的标准还没有正式出台，所以培训和首次认证申请仍然基于1994版的标准。

培训开展了两三天，跟言教授预计的一样，培训没有引起一部分人的足够的重视，这尤其以部分中层管理人员最为严重，他们把培训当作度假来了。反倒是作为内部审核员人选的普通员工和韦总等几位副总更为认真些。

“小宁，你注意到了这个情况更好，这可以让你提前有个思想准备。”在我把观察到的情况和感受向言教授反映后，他老人家平静地说，“ISO9000认证在我国开展本来不久，但从一开始就没把习惯养好。在已经取得认证的企业，也普遍存在‘两张皮’现象。也就是说，公司文件规定和管理人员实际管理操作基本脱节，各说各话。”

我一听，心中几乎凉了半截，气馁地说：“那我们还搞这一套干吗呢？不是花冤枉钱吗?”

“话可不能这么说啊!”言教授严肃地说道，“我们国家处在改革开放的攻坚阶段，未免人心浮躁。虽然我国历来就有为了当官而当官的传统，但这毕竟不是社会发展的主流，更何况我们国家也在大力加强体制改革呢？小宁啊，你可一定要有信心，你想啊，西方发达国家既然把它当作进入市场的门票，一定是有它的道理的。我也搜集了一些资料，说明西方发达国家的企业基本上把ISO9000标准当作企业管理‘圣经’呢！我想，我们也会有这一天的!”

我体会着言教授的那份执着，是啊，他老人家如此年龄都这么有信心，我还这么年轻，确实不该泄气。

回想培训老师所讲到的标准在国际上的发展历程，以及标准对企业内部管理体系的规范和促进作用，这个标准确实应该是一个很好的东西。所以，我对言教授谈了自己的思想：“看来，要走好这条路，光有激情和信心还不够。不管别人学得如何，我首先把它学好，自己在实践中再去体会它的作用。我想，自己的感受才是最有说服力的。”

言教授对我的想法几乎是立即给予了肯定，生怕哪儿会错过了。他欣慰地对我说道：“对，任何事情都具有其两面性，自己去实践了，特别是跌过跟斗以后，苦尽甘来，体会就会更深刻，认识就会变得理性，对自己有用的事物和思想，也不会因为别人的排斥就跟着去排斥。如果自己做的再多些，还会无形之中影响或左右别人的思想。作为一个管理人员，我把这当作是最基本的素质。看来我没有看错人啊!”

停顿了一下，言教授又补充道，“我今天已经跟培训老师交流了一下，明天的授课计划将有所改变，会补充一些现在教程中还没有的东西，那就是新版标准会提到的‘领导作用’，让各级领导主动提高自己的认识。”

俗话说“姜还是老的辣”，对于任何状况，以言教授多年的学术和管理经验，他似乎总有办法。“领导作用”于培训老师来说并不是太陌生，但基于言教授的要求，他可是花了很大功夫引经据典才完成的。

“领导”者，能领善导之人也。作为领导，他不仅仅只是确立组织统一的宗旨及方向，他还应当创造并保持使员工能充分参与实现组织目标的内部环境。而最重要的，他必须能够起好带领作用，以身作则，并指导下属做好工作。

“领导作用”是质量管理成败的关键。一般而言，领导者指的是在组织最高层指挥和控制组织的最高管理者，如我们常说的高管。从宏观上讲，作为领导者，首先要从本组织，也就是自己公司产品的特点、公司的顾客群体和所有相关方的利益出发，为本公司确立方向，策划未来，制订质量方针，确定质量目标，建立和实施有效的质量管理体系。领导应确保公司内各岗位的职责和权限得到明确规定和沟通，使全体员工理解质量方针和质量目标。领导还应确保资源的提供，为员工创造适宜的工作条件和培训机会，使全体人员理解自己的职责和工作程序，明明白白地开展工作。为很好地发挥领导作用，领导的艺术、领导的管理文化还应不断地提高，只有提倡价值共享、公平竞争，要有透明、务实的工作作风，才能调动全体员工的积极性和主观能动性。

培训老师还特别强调，实践和理论已经充分证明，领导者的素质、管理理念的更新、思想和行动的到位，对质量管理起着决定性的作用。一句话，“火车跑得快，全靠车头带”。那么，反过来讲，火车如果跑不快，车头肯定有问题。

人的惰性在约束机制下必将遁形，人的主观能动性也会在监督机制下逐渐得以体现。通过这一插曲，我们的意识都不同程度地发生了变化。公司第一届ISO9001质量管理体系标准培训圆满结束了，每位参加培训的学员都顺利通过了考核，获得了内部审核员资格证书。

公司ISO9001质量管理体系建立工作正式启动。在管理者代表韦总的统一部署下，特别是在言教授的感召下，各部门确实都很支持我的工作。当然，我也没含糊，除了要完成与我们技术研发部有关的《管理手册》和《程序文件》相关章节外，我俨然成了除言教授以外的第二个专家，跑前跑后，为其他部门的内审员提供帮助。这虽然辛苦点儿，但却让我对相关部门多了一份了解，更为难得的是，为我攒下了不少人情，到处混了个脸熟，不仅胆子又练大了些，更为以后的工作开展奠定了基础。

在编制《管理手册》和《程序文件》之初，言教授专程把培训老师请来帮我们梳理自己的工作。

正如讲课时老师所说，建立和运行管理体系，简而言之就是先"写我们所做的"，再"做我们所写的"。

在梳理我们所做的工作时，我们对标准和自己的工作都有了新的认识，或者说是有了更清晰的认识。我们越梳理，信心就越足，因为我们之前的工作方法和程序其实基本上都能够对号入座。当然，我们更加有信心的是，经过对标梳理，我们更清晰地理顺了逻辑关系，特别是之前困扰我们的那些工作流程。比如，对合同的评审到底在什么时候开展比较合适，到底要评审那些内容，之前各部门，甚至一些领导的看法不一，那么，经营部在组织该项工作时就经常召集不起来相关的人员，经常是合同未经评审就签了；又比如，对于现场问题反馈，虽然之前我们技术研发部发起了一次讨论，并且最终以公司的名义颁布了实施管理办法，但反馈的评审工作开展基本没得到落实，有的连象征性的签字都没有，经常还在为问题到底是不是问题，到底是什么问题等纠缠不清，浪费了不少时间。

但是经过梳理，我们发现依然有还没有涉足的领地，以及做得不符合要求的地方。比如，对设计和开发输出的评审，之前各部门都认为那是技术研发部的内部工作，我们也同样这么认为，即便是一次次出现因设计评审不足而导致的各种问题，尤其是生产工艺便利性和市场供应及时性等。这些看起来并不是设计问题，但不修改设计就难以顺利或继续开展下一步的工作。现在想一想，如果按照标准要求，设计输出的图纸在批准下发前经过了生产和采购等部门的评审，并且，这些部门也认真地履行了他们的设计评审职责，那么在生产和采购过程中就不会出现这类问题，即便临时仍然会有，但也只是偶然的凤毛麟角。

梳理我们所做的，再对标写我们所做的，然后采取分部门和公司集中的方式对《管理手册》和《程序文件》进行评审和修订，在管理者代表韦总的指挥下，又有言教授的指导，这些工作开展得都很顺利。经过四个多月的努力，我们公司的各级文件均建立完毕，并经过了认证公司对文件的审核，正式受理了我们的申请。晏总颁布了正式启动公司ISO9001质量管理体系试运行的总经理令。从此，公司的管理步入了国际标准化管理的轨道。

由于我获得了组织管理体系文件编制工作的机会，在公司中层干部中，可以说我是第一个全方位熟悉了公司组织机构，以及各级各部门职责和工作程序的人。虽然除了我们技术研发部的相关章节以外，我对其他部门的相应章节还不是十分熟悉，甚至对一些细节的规定仍不甚了解，但是我基本上把公司纵向和横向的逻辑关系厘清楚了。

看着我手头正式颁布并带有唯一控制号的《管理手册》和《程序文件》，自入职以来，我第一次实实在在地感受到我的视野是如此的开阔和清澈，就好像无意之中我站在了更高的位置，抬眼望去，目光所及更宽、更远，哪怕是遥远天际的一个小云朵，它的轮廓也是如此分明。我突然觉得，工作七八年了，现在才算真正了解了自己供职的企业。

再俯瞰我所分管的管理工作，就像树木与河流那般清晰，我甚至能够感受到鸟啭枝头、鱼翔浅底的那份平静中的无限活力。我第一次对我的管理工作有了如我对技术工作一样的自信。我相信，在接下来的管理体系试运行过程中，我们技术研发部一定能够做好，比其他任何部门都做得好。

30多岁才步入管理岗位，可能对有的人来说已经很晚了，但对于绝大多数人来说，仍然十分难得。我不强求机会，但对于一旦到手的机会，我都非常的珍惜，并且经过这一次的锤炼，我相信我把握机会的能力变强了，而且将变得更强。

我十分相信！

第二十四章　随树一起长高

很自然地，人们都希望工作轻轻松松，顺风顺水。工作轻松，必定没波没澜，时间稍一持久，你肯定就觉得平淡无奇、枯燥乏味，甚至感觉没有奔头。但困难重重呢？一开始你可能会觉得富有挑战性，每每解决一个问题，就有莫大的成就感，然久而久之，压抑、郁闷、挫折感、绝望，越来越灰暗的感觉接踵而至，你同样也会觉得没有奔头。

所以，还是回归正常的工作状态好。正常的工作状态就应该是抑扬顿挫、交相辉映，让你总是有一种美好的感觉，总觉着在被一种正能量向前推进，很有奔头。当然，"人上一百，形形色色"，工作作为人生中一种绕不开的存在，它绝不会完全因人的意志而转移。无论你的驾驭能力有多强，总体上讲，你手头的工作必定是要你去迁就它的。

在日常工作中，困难无论大小，肯定在所难免，但不是不可以克服，关键在于如何努力去突破，包括突破自己的能力上限，特别是意识的上限，这就需要付出更多的，当然也是该付的努力。

学生时代学习哲学——好吧，是政治课，不该那么高调——我们就白纸黑字地知道了，世界观决定方法论，也就是时下一句广告词说的，"思想有多远，你就能走多远"。但是，在对待具体事物时，我们好像也就是将理论停留在白纸黑字上，往往自觉不自觉地将它束之高阁。真的，当你真正明白这些道理的时候，你就会知道其实你早就知道了，但在真正明白之前，你也就是知道了，并没有理解，更不用说学以致用了。

当我们建立了ISO9001质量管理体系以后，在工作开展过程中，我时不时地发现，当初在标准宣传与贯彻和体系文件建立时期，我自认为很透彻地理解了的那些要求，特别是我引以为傲的针对技术研发部的那些要求的理解，却也是经常停留在《管理手册》和《程序文件》的字面上，与实际工作脱节；而要获得统一，也并不是照本宣科那么简单的事。

这一点，很深刻地敲醒我的还是丁力成所分管的工作。

这天，我听见丁力成主任与他的一位下属在办公室里有越来越高分贝的言来语去，似乎有向失控方向发展的趋势。作为一个惯常的和事佬——也是一个原则性很强的和事佬，我担心事情搞僵，影响工作不说，还伤了同事间的和气，所以，我当即就去了那边办公室。

“老丁，咋回事儿啊？”我当然不能向他的下属发问了，这也是原则。毕竟我现在和丁主任是一个层面的，我要是去问他的下属，乱套还不说，他的下属还会觉得我们官官相护，欺压百姓呢！

丁力成一看是我，火头马上来了个急剧降温，但仍然还有些恼火地说道：“你看看，现在的年轻人，能力不行也就罢了，工作不听安排，连我说他两句都还听不进去。”

我回头看了看，原来是新来不久的同事小魏，头微微低着，但我仍然能够看到他的眼睛在我和老丁之间不安地来回扫描，看那神态，还透露出不小的委屈。

我因为不明就里，也不便多说什么，就大而统地对丁力成说：“你也别生气了，与其这样，还不如让他回去自己好好想想，反思反思，兴许就明白了。再说了，他如果自己不求上进，在这儿也混不下去。如果他是个明白人，肯定会想通的。”我扫了一眼小魏，觉得他的眼神在闪亮，然后，回头接着对丁力成说，“万一他还不开窍，你再狠狠地敲打敲打他。”

“是倒是这个道理，”丁力成着急地说，“但时间来不及了啊！”

我心想，这丁力成肯定真的是着急了，要不怎么会抓住不放，非要跟下属过不去？这不有失颜面吗？不到万不得已，他断然不会这样。

我把他们俩又来回扫了一遍，心想既然进来了，不调和好，我也不好就这么出去。看来，不问具体事由也不行了。

我硬着头皮，小心翼翼地问丁力成道："老丁，这什么事啊？很急吗？"

丁力成叹了一口气，回到自己的座位上坐下来，指了指我旁边的椅子，意思是"说来话长，还是先坐下吧"！然后又对小魏说道："小魏，你也坐下！"

小魏一副拘谨的样子，既然我是个和事佬，就好事做到底，给了他一个示意，他才在身后的椅子上浅浅地坐下来。

丁力成打开他的工作笔记看了看，焦急地说："现在的业主，真是要求越来越高了，投个标，还必须要有技术方案的三维立体效果图。"丁力成看了看小魏，"我还在庆幸，幸亏提前招聘来了一个做效果图的，可小魏居然说不会，我说，不会那就赶紧补课啊！他倒好，给我来了个'学不会'，你说气不气人？我要是不为他的前途负责，反正他还在试用期，我真就要把他给炒了。"

老丁越说越来气，刚刚平复的气氛一下子又要紧张起来了。

我赶紧接上丁力成的话头，转过去问小魏："怎么就学不会呢？你先说说看，可别带着情绪，丁主任也是为你好啊！"

小魏也不敢看他的丁主任，就半低头半看着我，嗫嚅道："我学的确实是艺术专业，但主要还是平面设计和效果图，虽然在学校大致学过3D的，但学校条件差，根本没实际上机搞过。丁主任要得急，我担心……"他还是半低着头看了丁力成一眼，"我担心我学不会。"

我好歹也是软件工程出身，心想，哪有学不会的软件？这分明是带着情绪嘛！当然，丁力成也说得对，现在的年轻人，虽然也就小我们十来岁，但吃苦上进比我们当年差远了，特别是自觉性。可再一想，当年我们出道时，那些长辈不也一样感叹一代不如一代吗？还不是拖着我们过来了！

想到这里，我看来也得想个办法才行了，于是就平静地问小魏："小魏呀，那你在学校学3D用的是什么软件呢？"

说到具体事，小魏的精神又上来了些，马上答道："我们课本上讲的是3DS MAX，但老师说我们实验室的电脑跑不动，也就没有真的上机操作过，所以……"他顿了顿，低下头，这次可是真的低头，而不是半低，"所以，课本也没学完，反正不考试……"

我心想，这会儿训他、教导他也是枉然，就又转过去和丁力成去商量道："老丁，那我们还是先把软件买回来再……"

"已经买回来了。"还没等我说完，丁力成就打断了我的话，一开始音调还有点儿高，但马上就调整好平静下来了，"电脑也是时下很好的配置了，要不我怎么对他这么生气呢？"

我一听，心说这还真不是个事儿，脑袋里不免又转了好几个圈，看来该快刀斩乱麻才行！

我看着小魏，他刚来不久，又进了丁力成的队伍，我基本没什么了解，而从他目前的各种神态变化，对他的所思所想也不能拿捏得那么准，所以我就直接对小魏讲："小魏，你看这样行不行：这效果图，投标肯定是要的，不过你既然入过门，那我们就还有足够的时间，你抓紧时间边学边练习，就拿这个项目方案来练手。"

我停顿了一下，看看小魏有什么反应，但他也就是平静地看着我，我心想，应该行！

见他没言语，我就又接着说，并且显得更加和颜悦色，"我也喜欢软件，我也来和你一起学习学习这个3DS MAX，看看它的功能有多强大，效果能够做到什么程度。不过，你可别指望我来做这个方案啊！"

我想，如果这小伙子聪明，"响鼓不用重锤敲"，他一定会明白，如果我都学会了，而他之前好歹也学过，却还学不会，并且在投标之前没把方案效果图做出来——效果图的好坏先不论，他自己也就知道，在这个公司也就没得混了。

果然，这小子眼睛一亮，准确地说应该是眼睛一亮，透露出一副明显的紧张，但也好像还有不易觉察的不服输。

"好啊！宁经理肯定学得快，那我就有老师了。"这小子嘴劲上来了，看来还不赖。

“呵呵，你好意思啊？你白天上班学习，那是你的本分，我就只能晚上学了。所以，你就必须比我快！”我趁热打铁道，“不过你也别紧张，没谁会把你给吃了，我们互相交流，肯定来得快！”

小魏一脸傻乎乎的笑，但看得出来，是发自内心的。

一个多礼拜，小魏学得还真不错，我们相互取长补短，收获颇丰。从他每次给我的信息量来看，他那真是铆足了劲在往前奔，生怕落后于我。我每次都是让他先讲，所以，除了第一天以外，后来偶尔我发现我有些地方走在了前面，但我仍然会藏起那一部分，以显示我们顶多就是打了个平手。

在我终于亲手依样画葫芦做好了CCTV《新闻联播》的片头时（没办法，毕竟是个“菜鸟”，音轨与视频总是合不好拍），小魏完成的多角度、多层面的3D立体效果图也交给了他的丁主任。

我虽是个急性子，但也是自己急，对别人总要按捺着点儿。我虽然之前有过几次确实忍不住的时候，也只会对自己的领导“撒野”，却还从来没有过对同级别的人发飙，何况现在也是有了“一官半职”的人，更要注意涵养，轻易不要对下属发火。

虽然很多人认为，领导的威信是靠吼和所谓的强势打造出来的，但其实这并不是威信，是霸道。这种所谓的威信，基本上得不到下属打心眼儿里的认同和尊重。在工作上，下属虽然言听计从，但你仔细观察就会发现，几乎所有的执行都会慢半拍。久而久之，这种所谓的威信，就会导致你所分管的工作难以取得满意的结果，你的日子也就不会好过到哪里去。

记得在几年前的一次党会上，我们观看过一部教育片。那时我还只是普通一兵，理解可能还很浅显，现在陡然想来，不免深有感触。这个教育片的主题，是要求领导干部与群众的关系应该是焊接，而不是铆接。焊接，则熔为一体，坚不可摧；铆接，则联系不紧密，个别铆钉出问题，整体就有崩溃的危险。同时，片中还举了一个生动的例子，说领导就像是坐在八抬大轿中的官员，下属就好比是抬轿子的这八个后生。如果这个官员清廉体民，这八个后生就会步调一致，坐轿子的人就很舒服。反之，步调不一致，坐在轿子里的人，上路不出三五步，就会晕得从轿子上掉下来。

是啊，中国文化博大精深，约2500年前，老子就曾经说过："太上，不知有之；其次，亲之誉之；其次畏之；其次辱之。"这说的是，最优秀的领导，以完善的管理体系和培训，使员工能够按部就班地开展创造性的工作，员工并没有意识到领导的存在，但却能够实现领导和员工心中共同的目标；而比较好的领导，能"领"善"导"，恩威并重，努力推动管理体系良性发展，员工知道他，亲近他，称赞他；一般的领导，员工害怕他，敬而远之，甚至不抬庄；而最差的领导，员工蔑视他，瞧不起他。

经过这件事，使我深刻地认识到，做个领导并不是看起来那么容易，也不是在那个位置上就能够呼风唤雨、指挥若定的。

做到最优秀，那必须是管理人员的目标，但在实际工作中，至少要努力去做一个"比较好的领导"，而不能仅仅停留在"一般的领导"上。如果自甘堕落，沦落为最差，那就不能称其为领导了。

所以，既然要当领导，就必然要付出超乎常人的努力来修行！否则，你凭什么"领"？怎么去"导"？

市场，也一样呈现出"抑扬顿挫"，而这种波澜可不像我们谈论工作那么简单和轻松。在经济全球化时代，很难有哪一个国家或地区能够独善其身、偏安一隅。哪怕中国仍然保持着一个高速发展的态势，但国际市场的波动，依然会对不少行业带来冲击。特别是交通装备行业，市场不繁荣，人和物的流通就大幅度下挫，各种交通工具的需求锐减，甚至一些已经付了全款的订单，也会被搁置或者干脆弃单。

21世纪才刚刚开了个头，这一轮的行业市场波动就探到了谷底，不少企业就此倒在了新世纪的门槛上。

我们公司以特种交通装备的研发、设计和制造为主业，因为这个"特"字，我们一直走在市场的偏锋上，基本不受市场波动的影响。同样是这个"特"字，我们一直只能依赖于自己的研发和设计力量，这样就造就了我们强有力的市场竞争力，即使是常规交通装备的竞争，我们也能居于不败之地。

我们公司创建于上一个市场低谷时期，一直行驶在发展的快车道上，这一次的寒流来袭，仍然未能阻挡我们前进的滚滚车轮。始料未及的是，却月市的一家同行业大型国有企业难以为继，为了维持社会的稳定，不会造成大量人员下岗，省、市两级政府全力以赴，引入了几个国资投资方，而承担该企业继续生存与发展的历史重任最终落到了我们的肩头。当然，这一次国有资产的并购、重组加整合，对我们公司而言，无疑是一次难得的机会。我们就像绑上了一节强劲的助推火箭，猝不及防地就被推向了一个从未规划过的高度，使我们公司在行业中再次创造了神话。

公司规模扩张数倍，在市委和市政府的主导下，借接管破产企业之契机，开展股份制改革，以高新技术改造传统产业，重新组建国有股份制企业。

那时，我国仍然处在国有制企业改革的试水期，必须慎之又慎，稍一不留神，就会造成极大的社会问题。企业改制需要很长的一段时间，但企业的经营生产不能停止，必须尽快重组机构和人员，全面整合资源，恢复正常运转。为了公平起见，两个企业的人员全部重新竞聘上岗。

我们的黎董事长退休了，但集团公司领导和其他股东一致提议，考虑到企业正处于转型期，董事会特别聘请黎董事长担任董事会高级顾问。我们的晏总经理出任董事长；我的第一任经理，现在分管生产的郑副总经理被董事会委任为新一届总经理，不过生产依然还是由他主抓，还给他配了一位助理，协助管理生产；韦总监造师任分管质量的副总经理；经营部何经理被提拔为经营副总经理。在被并购企业原领导中，也有人出任副总经理和中层干部等职。

至此，一个新的国有股份制企业大局已定。

虽然说是全部重新竞聘上岗，但考虑到工作的延续性，我们原有人员基本上各就各位。基于我们原公司人员长期培养出来的工作素质，在这次巨大的变革面前，我们从一开始的难以预料，很快就过渡到处变不惊。由于被并购企业的规模几倍于我们原来的公司，我们集团公司以大局为重，提请股东会和董事会讨论决定，原公司整体搬迁到被并购企业。由于双方生产经营性质相似，不到两个月，两家公司的资源全部整合到一起，并初步完成了第一期技术改造，完完全全成了一家人，步入正常经营生产轨道。

除了公司高层人员有所变动以外，我也毫无征兆地被颜总工程师提名，直接从部门副经理被跳级提拔为副总工程师，协助分管技术研发部，见习期三个月，一时又在公司引起巨大反响。

我出任副经理才一年半不到，又赶上公司建立质量管理体系，忙得马不停蹄，这气还未喘匀称，一下子又被提拔到一个新的高度。这个位置，我以前连仰视的动作都没做一个，一下子就被提上来，压力之大，几近休克。

而让我更加为难的是，同样是考虑到企业正处于转型期，而技术研发部的工作举足轻重，在新的分管副经理人选确定之前，我仍然要兼任这个副经理。虽然，我和技术研发部经理龚骏远都是“鼠辈”出身，之前一直都很合得来，但这种上下交错的管理关系还真难以理顺。

我的这一次腾跃，开始于人员重新竞聘上岗之初，还是陶老师先向我透露了这个消息，因为颜总工向他征求过意见，并希望通过他了解我的想法。而此时，我的竞聘上岗申请已经递交到新公司筹备组了，当然还是技术研发部副经理。

陶老师很欣慰，得知自己的门生又获得了升迁的机会，感觉也是一种荣耀。“致远啊，看来我前些年在你身上下的功夫没有白费啊！俗话说，‘青出于蓝而胜于蓝’，你现在就已经要超过我啦！我也替你感到骄傲啊！”

不知道是高兴还是紧张，听到这个消息，我的呼吸一下子就变得急促起来，心口好像堵了一团棉花，看着陶老师，心中真是五味杂陈！“我的陶老师呀！别说这技术底子还远不及您那么深厚，就说管理吧，当副经理不到一年半的时间，我好像还没摸清门道呢！这就……”

陶老师不觉好笑起来，摆摆手就打断了我，“这么多年了，你还是那么实在，这也是我最欣赏你的地方。谁说踏实就是老实，老实就是愚钝呢？我看你明白着呢！”

看到陶老师笑，我也傻傻地苦笑起来，起身给陶老师茶杯里续了些开水。

陶老师端起茶杯，吹了吹飘起来的茶叶，浅浅地喝了两口，接着对我说道：“多少人想着这个位置呢，你倒好！这做任何事啊，都有一个发展过程，这么多年，你的工作不是做得挺好吗？其实啊，你可能没觉得，你想想，你做事那么有条理，那么顺当，这中间就透着管理的味儿，如果推而广之，你就可以从管好自己和自己的事儿发展到管好一个专业，一个部门，甚至一个公司，只要你有信心就成。”

听了陶老师的一席话，我的心情逐渐平静下来了，呼吸也不知道什么时候喘匀了，可能是给陶老师倒水，打了个岔吧！

我们师生俩就公司壮大以后的发展又拉了一阵家长里短，特别是企业产能陡增以后，项目也必须大量增加，才能维持和促进公司的生存与发展。产能和人员增多了，而特种装备的市场需求量毕竟很有限，那就必须上通用交通装备项目，每一个人的知识面又要面临新的挑战，个人需要学习，这做管理的，面就铺得更广。小家好管，大家难当啊！

陶老师还提议，颜总工程师管理得法，让我不妨先如实汇报一下我的想法，向他讨教讨教，做到心中有数。“不过你千万要记住，做事要敢于担当。颜总工有意提拔你，自然是看中了你的某些长处。人无完人，别一开始就对自己要求太高。再者，不说公司要培养接班人，就说这公司规模一下子变大了这么多，而颜总工年事已高，也必须要有一个得力的帮手啊！关键时刻，你不能辜负他的期望！”

是啊，人总是要不断长大的。我平时努力工作，本本分分，不求名、不求利，绝没有一心想着钻营，这些不也被企业的管理人员看在眼里吗？也许就真的看中我这一点了呢！已经被提拔到管理梯队了，就必须要有进步。如果确实是认为我具备了一定的条件，再获得提拔应该也是理所当然的，可别不识抬举。再说了，这机会可不是说来就来的，错过了这一次可能就是永远，之前可以说是赶鸭子上树，现在可不同以往了！

晚上回到家里，吃过晚饭，陪着女儿背了首唐诗，识了几个字，做个游戏，但就总是心神不宁，女儿都懒得搭理我了。

冷静下来思考，也许是幸福来得太突然了的缘故，所以我一时被冲昏了头脑，瞻前顾后，又考虑同事之间的关系，不免心头淤积，或者说是来了迂腐劲儿，思维就不正常了。看来，我在个性方面还不够成熟，更不用说老练了。陶老师不是说了吗？多少人盯着这个位置呢！换个角度评价我的思想和行为，那也许可以用两个字来形容，那就是“毛病”！想到这儿，我不免苦笑着摇了摇头。

老婆在一旁看见了，当然，她早就看出我今天极不正常，不免担心地问：“你这是怎么啦？莫不是真的要下岗了？”那年月，下岗风头正盛，几乎每个人都绷着一根神经。

我听了这话，先是一惊，接着就乐了，如实交代道：“确实是下岗了，不过，又给了个更高的位子，我是在担心坐不坐得住呢！”

“神经兮兮的，毛病！”老婆埋怨道，“只说公司搞改革，你倒是回来先讲讲清楚，别搞得我一惊一乍的。”

正如陶老师所说，人必须要有担当。再说，机会来了，有条件也没把握住，岂不是对不住自己？

我顺着这半年多来从事的管理体系工作往下梳理，虽然除了技术研发部的相关内容外，其他的只有一点粗浅的认识，甚至连副总工程师的职责也不能十分肯定自己已经理解。但即便如此，我心中对管理工作又多了一层认识，不觉信心渐渐高涨起来。

第二天，我专门去颜总工办公室，一是感谢颜总工的提拔之恩，同时也坦诚地说出了自己的想法和顾虑。“得到提拔，我当然高兴啦！但我没有系统地学习过管理，也没有一点经验，就像赶鸭子上树，担心弄不好，我掉下来不要紧，要是给公司带来损失，那我就是罪人了。”

颜总工程师颇具学者风范，不仅技术造诣深厚，管理思路严谨，治理之道得法，人格魅力更是在公司内部和行业内得到敬重。

听了我的一席话，颜总工和蔼地说道：“你的顾虑可以理解。人嘛，都有一个成长的过程。不过，这也显示出我们当领导的以前对你们年轻人的培养不够，才使得你有仓促受命的感觉啊！所以，你看看，我都这么一把年纪了，不是也会犯点错误吗？”

我赶紧起身对颜总工说道："您言重了，这都是我平时疏于自我提高的结果，以至于你给我机会，而我……"

颜总工微笑着用手示意我坐下来，接着说道："不过，你也不用担心，我还可以指导你几年呢！其实，这副总工程师主要还是技术型的管理岗位，你的技术功底很扎实，基本上就不会有太大的问题。前一段时间，我看你的管理工作也做得有模有样嘛，就算是只被赶上树的鸭子，那也是已经上了树了，是不是啊?"

听了颜总工的鼓励，我的信心更强了，一时竟然说不上话来，只是对着颜总工一个劲儿地点头。

颜总工接着就对我将副总工程师的职责作了简单介绍，除了协助他搞好技术研发部的建设管理外，我主要履行本专业研发、设计，以及工艺技术等的主导和审批职责。他还特别强调，这个审批职责覆盖公司所有相关部门，而不仅仅是技术研发部的。

"具体的设计工作，你可以少做一些，重点抓大局，特别是公司其他部门的技术管理工作，那有可能要比技术研发部花更多精力。"颜总工继续对我提了一些具体的要求，"但是，你毕竟还年轻，每年应主管一到两个硬骨头项目，任研发设计项目经理，任本专业主管，并完成本专业的主要设计工作，以保持和提高自己的技术水准，及时更新自己的技术和学识，发现创新点。搞技术管理的，一定要走在前面，至少不能落伍，公司才有竞争力。"

颜总工的这番话，与其说是要求，不如说是悉心教导，一下子就把我说明白了，就好比在我的心头开了一扇窗，无比敞亮。

颜总工最后又补充道："我还有个要求，那就是，你还得兼任一段时间你原来的专业副经理，毕竟公司是在变革初期，技术是台柱子，不能有闪失，管理就必须有一定的连续性。"

这倒真是我之前没有料到的，陶老师昨天也没有跟我打预防针。事发突然，我不免掩饰不住自己的惊讶，竟不知说什么好了。

颜总工胸有成竹地说："我也是今天才决定的，所以你的陶老师也不知道。不过，我相信你应付得过来，包括与龚经理的关系。”

你不能辜负了他的期望！陶老师的话又来到了耳边。“颜总工您放心，您这么相信我，我就更加有信心了，一定不会辜负您的重托的。”我站起身，就像士兵一样，对将军立下了军令状。

由于在公司建立质量管理体系文件时我立下了汗马功劳，顺理成章地，我就被推举为组长，主持公司质量管理体系的内部审核。

管理体系文件是在老公司的基础上建立起来的，新公司组建完毕后，体系运行时间也不长，所以肯定有很多问题。不过，正如聘请的辅导老师所讲，这次内审的目的就是要发现问题，然后结合公司规模和机构调整，组织修订《管理手册》和《程序文件》，使我们所写的文件，对我们的实际工作更具有现实的指导意义，可以规范我们的管理行为，体现标准既有的优越性。

我们所接管的这个企业，不愧为一家大型国有企业，很多中层干部均有极好的管理素质，相比我们这个年轻的公司，他们之前虽然没有申请过ISO9001质量管理体系认证，即使连标准的宣传都没有做过，但国有企业长期积淀下来的正统的管理思路和企业文化都很切合ISO9000族标准的思想，很多方面已经超越了ISO9001标准。所以在这次内审和文件修订过程中，他们也起到了极其重要的作用。这一次管理活动的开展，很好地统一了两个企业的管理和文化，为一个整合后的新企业快速步入正常发展的轨道打下了坚实的基础。

在修订后的手册运行两个月后，我们迎来了公司第一次质量管理体系认证审核，我依然是内部工作组组长，兼外审专家的陪同人员，亲身经历了外审组对公司几个部门的审核工作。

我一直清晰地记得，外审组完成现场审核后，在与公司高层管理人员交流时，以及在末次会议上，外审组长都强调了这样一个观点：内审和外审的主要区别在于，内审是为了发现自身的不合格，以寻求改进的机会；外审是收集合格的证据，以支撑认证审核合格的评价结果和核发认证证书。那么，在内审时，我们不要回避任何一个不合格，并针对典型的不合格进行深层次追溯，挖出根源，进行改进；而在外审时，我们以发现合格证据为主，当然，也会同时发现不合格，但概率相对较低。这就是说，获得了认证，并不是说就没有严重的问题。反言之，问题很多，由于抽样检查的概率不确定性，仍然可能会得到足够的合格证据。企业的正常发展，取决于管理体系的有效运行；而企业的不断进步，却源于不断地发现问题并改进之，所以我们要珍惜所发现的不合格，这才是我们改进的方向。

外审专家在报告中，对我们企业各级管理人员在质量管理体系建立和运行中所做的工作和所起的作用作了充分肯定，特别是对我们管理群体所表现出来的认真负责的工作作风作了较高的评价。外审专家认为我们这样一个大型的改制企业，集传统产品和特种产品于一身的高新技术企业，按ISO9001标准建立的管理体系，能够得到如此程度的贯彻、执行和保持，在当前国家还处在推行ISO9001认证的初级阶段，是相当难能可贵的，相比同行业其他几个企业的认证状况而言，已经发展到了一个较高的层次。

在外审不合格项整改过程中，我结合外审组专家给予我们陪同人员的特殊指导，按照PDCA（Plan-Do-Check-Act）循环过程方法的思路，进行了归纳总结，提交了整改建议，以便于整改和后期预防，得到了管理者代表韦总和晏总经理的批准，并责成韦总主持，由我负责组织开展整改工作。

既然是整改，我们的关注点就必须放在所发现的不合格上。这些包括外审组专家所开具的书面不合格单，以及现场交流时所提到的那些不太符合要求的方面。在以后多年的工作中，我逐步认识到（当然，也可以说是第一次接受认证审核时就感觉到了，而在以后的审核中逐步得到了证实），那就是，在我国当前的大环境下，个别认证审核也同样以形式为主。特别是认证公司越来越多以后，他们同样面临市场竞争，所以个别认证公司会对被审核企业网开一面，以求得一团和气，保住自己的客户。毕竟抽样是有不确定性的，不合格的活动也许就没有被抽样到，即便是抽到了，口头交流交流，也不形成记录，就只当没抽到。至于被认证企业，个别企业是花钱买得一张花纸贴在墙上，或者复印了放进投标文件中，“装神弄鬼”，还是正经八百地有效运行提升自身管理，谋求更好的发展，其实与认证机构真的没有太大的关系。这虽然不正常，但事实上个别企业就是这样，并且好像还不是十年八年就能得到改观的。

所以，以我一贯的严谨作风，只要是分配了轮得到我管的事，我还真就较上了劲儿。我当然不会放过那些我作为陪同人员亲自经历过的不合格因素。这一点，我一直坚持了下来，并获得了各届外审专家的高度认同。

P，也就是策划（Plan）。任何一项管理活动和产品实现活动都必须经过策划。俗话所说，“一日之计在于晨，一年之计在于春”。管理体系运行不久，策划不到位的活动还是比较多的，这主要还是管理人员对文件规定和日常管理实务有所脱节造成的。

比如说，一些项目的研发设计策划，如果没有严格规定各项工作完成时间，不仅部门内部各专业配合上难以一致，对公司生产计划的保证也不明确，就有可能影响生产准备的完整性，对合同的履行带来风险。

人员的合理分配是策划易于忽略的主要因素，因为不少管理人员基本上还停留在把策划当作计划的阶段，只对活动规定了时间。比如，钢结构的装配工序，点焊工作（即定位焊）是必不可少的，而一般都对点焊重视不够，基本上是装配工自己完成。然而，检验人员通过对焊接检验不合格的统计发现，焊接瑕疵绝大部分都发生在点焊部位，而实施点焊的焊工没有一个具有哪怕一级焊工的资质证书。这个不合格的根源，就是管理人员在策划时没有分配合适的人力资源。

我们之前作为一个小企业，生产副总有时候也会深入一线分管项目，并对其他中层管理人员的项目管理承担厂级管理职责。但现在企业大了，如果各项目各级管理人员的责任权利策划不清晰，将会导致高一级管理人员捡了芝麻却丢了西瓜。

至于D，即实施（Do），也就是做事。那是一个企业日复一日开展的主要工作，犹如车轮，滚滚向前。企业每天人声鼎沸、欣欣向荣，那不都在做事吗？

我们目前都只醉心于经营生产的开展，以完成计划、获得盈利为首要目的。这一次的认证审核，专家通过仔细地搜集证据，以警醒我们对培训的忽视。

想一想，在我国施行改革开放之前，全国都是国营企业，那些上了规模的企业，基本上都有自己的夜校和技校，专门培训所需要的人力资源，合格上岗，合格晋级加工资，那都是人事管理的日常工作。但这一好的传统，在我国大力发展经济建设的过程中，却逐渐地淡忘了。人事部门基本上停留在打考勤、核算工资这些小事上。

在公司整合后，产品范围扩大了，对之前的两个企业的人员，都存在知识面的扩充问题，然而我们却只是关注了经营生产，对体系文件要求的各种培训，都没有很好地开展。审核员专门针对我们企业的转型期，搜集了不少证据，对照标准要求予以警示。别看项目种类并未增加，但之前这个企业的设计人员从事那个企业产品类型的设计，经验不足，产生错误，导致这一阶段因设计原因返工的不合格率大增。审核前，我们还以为这是转型磨合期不可避免的现象，但真正追溯下去，面对具体的原因，却是可以避免的。除了前面说的人员合理分配以外，就是针对具体人员所涉及的新产品知识进行培训指导。

我们一直引以为豪的高质量产品，都得益于严格的检验制度和对制度的严格实施，这就是PDCA循环中的C（Check），检验。这次专家也没客气，为了防止我们自信过度而酿成大错，在现场审核开展不久就特别指出，要狠狠地敲打敲打我们的质量管理部。呵呵，可别不服气！一开始当然不服气了，并且连我们言教授一开始也都有些不服气，毕竟这个部门是他老人家一手拉扯大的嘛！这点儿信心还没有？

专家们还是高度评价了质量管理部的工作，这让大家都松了一口气，工作做得还是相当不错的，我作为陪同人员，提到嗓子眼儿的那颗心又落到了原位。是啊，质量管理部是我们公司质量管理体系的主管部门，它有大问题，那还能取得了证？

我们的产品质量高，表现在顾客和市场对我们最终产品的评价上。但审核专家们关注的是过程产品，经过审核，严肃地指出我们过程产品的不合格控制思路脱离了标准要求，不符合质量管理体系的基本思想。我们在现场抽样时，发现了不少的过程质量不合格现象。比如说，钢管已经切割加工好并安装到位，但距与之相连的管段在角度和距离上都有偏差，工人校正角度后长度依然不够，总得有一根管子要报废，可实际处理问题的办法也就是更换，并未开具不合格品单，也没分析产生不合格品的原因，无论是人为因素还是加工设备因素，没有去分析，当然也就没有合适的预防措施，导致这种现象几乎成了普遍现象。我们又针对这一现象在各车间、各项目做了较普遍地检查，几乎都不能叫抽样了，果然又发现了不少同类现象。

我们公司实施的是三级检验制度，这种现象逐级都采取的是更换，导致退库的不合格品不少，但却没有一份不合格品记录。所以，无论是从质量记录方面，还是从最终产品方面，我们都是一个产品高质量的企业。当然，那扇堆放不合格品仓库的门一定要关好了！

至此，实际上不用外审专家进一步提醒，我们也明白了：遇事不按标准和文件规定处理，不仅得不到预防，更会姑息养奸，企业投入的成本会不断攀升，盈利将不断下降，终将危及企业的发展与生存。

按照专家们的说法，上述工作没做到位，与我们口口声声PDCA循环，而实际上却缺了一个环节是分不开的，那就是缺少了改进A（Act）。

正如前面所说的，在管理活动和经营生产活动中，存在不合格是正常的，关键是对待不合格的态度。出现了不合格，我们不去记录它，并不能代表它就不存在。发现了不合格，我们不仅不能逃避，更应充分珍惜这些不合格。把发现的不合格拿到太阳下面来晒，认真分析，查找原因，针对主要原因，采取必要的纠正措施和预防措施，防微杜渐，直至杜绝。

记得标准培训时老师说过，我们在《管理手册》中规定的质量目标，产品的一次报检合格率为97%，我们不要以为是它在推动企业的发展，把关注点都集中在合格率上。而实际上，真正推动企业向前发展的是那3%的不合格，在认真对待不合格的过程中，我们进步得更快。关于这个说法，一直在提醒着我，才有了我后来在管理者代表岗位上的成就。

而在改进环节，最难对付的还不是那些已经发现的不合格，而是那些已经发生却还没有被发现的不合格，以及那些并没有发生但根据目前的种种迹象，已经或即将表现出不合格趋势的那些潜在的不合格。要找到这些隐藏着的或潜在的不合格，并制定相应对策，即预防措施，就需要更大的智慧，运用必要的管理技术与方法。

所以，要做好改进工作，还得从自身的改进开始。

这一个PDCA循环的改进措施，是下一个PDCA循环策划的依据，这个环节做好了，下一个循环才会搭上上升的坡道，如此循环下去，企业就会一直处在螺旋上升的发展通道上。这才是PDCA过程方法的真正目的。

回过头来讲，要做到这一点，我们首先要在大面上抓好过程控制，而要实现过程控制，还在于对过程的层层分解。正如老子所说："天下难事，必做于易；天下大事，必做于细。"管理的本质，就是要把复杂的问题逐次分解，使其简单化，再把简单的问题程序化，把程序化的问题标准化，这就是管理者进行组织建设和保持生存与发展的基本思路。

对于企业管理来说，片面强调管理的重要性和必要性是苍白的，不如精心策划好每一个过程，把策划的实施直接分解成如何做的程序和标准。这些程序包括对策划的实施、检查和改进，策划的执行者只要按部就班地按规定的程序和标准去做，过程就有保障。

而对于个人而言，我们应有"成全每一天，也让每一天成全我们"的思想。我们每天认认真真地为企业工作、奉献，而在企业这个不断上升的平台上，它也在一天天地成全我们、抬高我们，我们也才会有继续展翅高飞的机会。

第二十五章　再展一下翅膀

“我不管你用什么技术和办法，也不管你通过什么途径，我一定要这个问题得到解决，并且不能突破这个极限。”这是晏董事长关于此事给我的最后指示。晏董事长这样说话，肯定是极其为难了。把话说到这个地步，也就意味着没有了商讨的余地。

晏董事长可能担心我会有什么顾虑和压力，在最后还是给了我一颗定心丸。“如果需要动用什么资源，特别是外部资源，你遇到难处，可以找郑总，也可以直接来找我。”

这是该年度的一个出口项目，并且有不小的批量，是新公司成立后的第一个大单，也是公司自组建以来的第一个出口订单。为了显示公司高层的重视力度，由我们的郑总经理亲自挂帅担任项目经理，我这个新任副总工程师还没有转正，就挑起了该项目技术总负责人和计划监督协调负责人的担子。

当然，技术是我的本行，而这个计划监督协调负责人的头衔，全仗着我的英文水准在公司的管理人员中首屈一指，甚至可以说，在现阶段是独一无二的。由我担纲与老外业主驻厂代表进行沟通，就可以免去了配备翻译。而顺畅的沟通，也是项目顺利开展至关重要的一环。

沟通与协调，对当时的我来说，已经不在话下了，毕竟做了快两年的管理工作，特别是经历了ISO9001标准的洗礼，我的工作方式方法基本上可以驾轻就熟。

这技术嘛，原本以为多年的经验，搞这个项目也不在话下，哪知道刚一上手，我自己的专业功课就遇到了麻烦。陶老师和我想尽一切办法都解决不了，这才上报至公司高层。在开了几次技术协调会后，经过全面评价，解决的突破口还只能是我这个专业，“解铃还须系铃人”，所以晏董事长才下定决心做出这样的决策。

按照颜总工程师的要求，我虽然升任副总工程师，但每年必须担任至少两个重点项目的技术项目经理。这也意味着，我还得担任该项目本专业的主管，并完成主要的研发设计工作。

这是一个出口项目，执行的是欧洲的行业规范，与我国该类传统交通装备的规范相当。而我们多年的特种交通装备实验和试验数据，是我国行业规范制定和指导部门，从一开始参照美欧等发达国家同类型产品规范，逐步制定和完善了我国自己的特种交通装备规范。然而，本项目推进系统重要部件——传动轴的结构和尺寸，因为总体结构和布置的限制，即使依照我国或美国的特种交通装备规范，也仍然存在问题。

现在，合同的履行就卡在这儿了！

俗话说“兵马未动，粮草先行”，设计图纸和文件不出来，其他部门就只有干瞪眼。这一双双眼睛都齐刷刷地瞪着你，那滋味即使你自己不来试试，想也想象得出来，何况我还是个没转正的刚被跳级提拔上来的副总工程师呢？

当一型交通运输装备的尺度、载重量和运行速度确定后，其推进发动机的功率就可以计算出来了。而要将发动机的功率转化为前进的动力的关键部件，那就是这根伤脑筋的传动轴。

从传动轴的计算公式看，材料的抗拉强度越大，轴的直径就越小，轴及其附件的安装空间就占用得小，就能满足交通运输装备多拉快跑少喝油的终极目标，该项目的问题也就迎刃而解了。

然而，一方面，国内外行业规范对用于交通运输装备的传动轴材料的抗拉强度适用范围都有大致相当的限制，不允许无限制地提高使用范围；而另一方面，也是相对更头疼的，那就是当时我国材料的研究和生产相对落后，而高强度材料大多与军事用途相关，一直受到西方发达国家的出口限制。这两个限制条件只有全部突破，而不是仅仅突破一个，我们所面临的问题才能得到解决。

事不宜迟，问题只能各个击破。材料采购，本来就是采购部门的事，我作为协调员，也不能说买不到就不想办法不是？要是大家都抱着这个想法，我的技术问题也一样可以有百分之百的理由摊手不管了，那公司就只有关门大吉的份儿。凭着我前期工作中积攒下的人缘和说服力，采购部的经理拍了胸脯，“就算是星星，我也给你摘下来。”

由于合同交货期紧，我们自己的研发队伍毕竟造诣有限，突破性技术根本来不及自主研究，我请教了本行业我能够认识到的相关专家，并回到母校寻求帮助，最终与母校一个国家级技术研究中心共同立项科技攻关，采取理论计算和实验验证相结合的方法，确定了基本解决方案。

按照合同规定，该项目的设计图纸必须提交欧洲某检验机构审核批准。为了取得该审批和检验发证机构的认可，以及更便于获得顾客的确认，我们申请了一家欧洲权威研究实验机构对方案进行了验证。

新加坡的圣诞节正是夏天，炎热无比。为了能够引起设计图纸审批机构的重视与特别关注，争取赶回一些延误的工期，公司特别请求集团副总裁带领我赶赴该审批机构设在新加坡的亚太地区总部。

我们从却月飞到广州白云机场，在白云机场寄存了我们厚厚的冬装，换上夏装，日夜兼程飞越中国南海，赶赴新加坡樟宜国际机场。

按照电子邮件约定的首次面谈时间，我和副总裁顾不上先入住酒店洗去征尘，就带着行李直奔该机构设在新加坡世贸中心的办公室。

要说资本主义社会劳动法对人权的保护，那还真有值得我们学习的地方。圣诞节加班，那基本上是门儿都没有。好在这是亚太地区总部，当头的是个印度人，而其属下大部分都是华裔，并且差不多有一半都是中国来新加坡打工的。只要加班费给得满意，半推半就地，总会有人愿意来加班的，反正圣诞节也不是他们的宗教节日。

在我和副总裁的努力协调下，该审批机构破天荒地在圣诞节假期特别安排了足够的人员加班，插队审核我们的图纸。即便是之前邮件交流已经声明了我们设计的特殊性，但当审核人员真正拿到图纸后，还是面临无法可依的窘境。

在第二天早上的交流会上，该审批机构的领导就严肃地给我们讲明了所面临的严峻形势，但依然承诺会组织力量攻关核算，不过可能需要一段时间。如果我们等不及，就先回国，一旦图纸核算可行，就立即批准，以国际快递的形式寄达我们公司。

时间就像海绵里的水一样，只要你愿意挤，总是会有的。如果你不愿意挤，换别人来挤你，也照样能挤出水来。我向副总裁表达了我的想法，一不做二不休，来都来了，一定要摁住他们，尽快审核批准图纸，亲自带回去。

鉴于此，我向他们表达谢意的同时，声称愿意留下来一起研究与核算，毕竟我们是已经核算过多种方案，才最终定下来这个方案的。虽然研发工具和计算软件不同，但专业基础知识在国际上都是相似的，有些甚至是相同的。我们的经历，也许对他们有用呢。这样，就可以加快进度，早点完成图纸审批，没准还可以过过剩下的几天节日呢！

该审批机构的领导估计有一种被绑架了的感觉，苦笑着摇了摇头。

最终，在我们并肩作战、强打猛攻之下，终于在元旦节前一天，也就是这一年的最后一天，核算审批工作完成，并批准了我们送达的图纸。

“这是我们批准的第一份特殊设计的图纸，虽然批准了，但对此我们仍然没有十足的把握。假期结束以后，我们将进一步与总部一起进行核算。所以，我们口头保留推翻这次批准的权利，希望得到贵公司的理解。”审批人员提起刚刚盖下的印章，看了看油迹未干的印，无可奈何地对我和副总裁说道。

在地球人都沉浸在元旦节的喜庆气氛中时，我们带着批准了的图纸，也顾不得去看看新加坡赫赫有名的圣淘沙，就乘飞机回国，经广州白云机场来了个连环跳，回到了却月。

纵然却月已是隆冬，我们从火炉中被拎出来，一下子就扔进了冰窖，但我们并没有感到一丝丝的寒意。

由于出口限制，采购部终究未能把加工轴的材料买回来。但是，天无绝人之路，通过我的游说，经业主驻厂代表向他们总部请示，以他们的身份出面协调，最终硬是以出口成品传动轴到中国，并限制该批传动轴既定用途的方式弄回来了加工好的轴，当然，这价格可不菲！在其历史销售价格上打了好几个滚儿，郑总和晏董事长那个心疼啊！

这是我职业生涯的第八年，副总工程师转正的第二个月，我充分地体会到职位越高，担子越重，也充分地认识到办法总比困难多。

这件难题的成功突破，坚定了我做好副总工程师的信心。我想，这也在公司奠定了我相关技术权威的根底。这不，在接下来的几年里，我经常穿梭于各部门和生产现场，人送雅号——“影子”。但每每听到这个称呼，我总不免感到困惑和担忧。“我们的队伍是能力不行呢，还是意识上有问题？我不是消防员，更不是灭火器呀！不能一有问题就打119，或者干脆抓着灭火器就喷吧？”我下定决心，要采取措施扭转这一新的、更棘手的难题。虽然这并不是我主管的范畴，但我想到了质量管理体系，作为内审员，特别是以内部审核组组长的身份，以及后来出任管理者代表以后，在按滚动计划审核的过程中，我有监督和建议权。

出口项目的进展基本上还顺利，虽然新公司组建成立后，人员变化大，生产设施设备也发生了根本改变，但毕竟这是我们的主打产品，项目组中主要人员也仍然是原公司班底嘛！公司正处在新的起点上，大部分人都铆足了劲地在工作。

本批装备安装的发动机是德国产品，工厂验收的组织工作似乎是理所当然地又落到了我的头上。本来在当时的环境下，出国在咱们国家还基本上是个福利，按说是不该再轮到我的，但我们公司的激励政策中，专门安排了因公轮不到出国的人的福利出国旅游。那么，因公是以工作为主，该谁去就得谁去，所以，公司讨论决定，依然由我组织队伍出去。

回想起来，刚参加工作时，挑灯熬夜地去翻译领导安排的文件，连个加班费都没有，也曾心头产生过怨言。而那些没摊上这活儿的同事中，时不时还有人幸灾乐祸，或是酸不溜啾地说几句“逞能”之类的闲话。现在出国的机会一个接一个，能够被我抓住，与之前的充分准备是分不开的。当初年轻气盛，不免时不时地感到荒唐，好在有陶老师的谆谆教诲。要不然，很少能有几个年轻人会有这个悟性，早熟地知道怎样为自己的未来打好底子的。

当然，公司的管理上没有预先筹划好，也是促成我又一次带队的原因。在合同要求的工厂验收期限越来越近的时候，采购部门才突然想起来这档子事儿，一打听，从组织人员并提交相应资料到德国工厂申请办理邀请函开始，预定行程和机票，到德国大使馆签出签证为止，时间已经没有富裕了。所以，再次决定拉出我这个签证专家出马披挂上阵。

有了赴美签证的经验，再加上网络也开始普及了，急事急办，我首先与德国驻华大使馆沟通好提交文件的要求，所以一切都顺风顺水，如期交到了签证窗口。然而，智者千虑必有一失。签证申请及护照都已经递进德国驻华大使馆签证窗口并被受理了，三天后就可以到窗口来取，而此时验收组一个成员单位领导要求换人，在新换上来的人拿着护照登机赶往北京时，才打电话通知我。

这简直就是真真正正地开国际玩笑嘛！以为是到居委会找熟人开个证明啊？但愁归愁，领导毕竟是领导。事已至此，领导可不知道签证的过程有多复杂，讲了也未必能理解，总不能指望领导也是签证专家吧！要不然，事无巨细，谁还愿意当这个领导啊？管理体系说得倒轻巧，关键是控制过程，这领导管结果还来不及呢！

该发动机在中国的代理商也傻眼了。护照都递进去了，还换人？这会儿德国工厂的人还在睡大觉呢！太阳还在我们头上，还早没晒到德国去。不说办理邀请函要费一大圈的周折，没有两三天的工夫下不来，这会儿连个人都找不到。

急中生智，我突然开窍地想到了中国所津津乐道的“关系”。前不久，荷兰在却月的商会召开过一个推广会，以政府的名义，为荷兰企业与中国企业搭桥，正好我参加了。那么，德国肯定也有商会，这儿不是我们的首都吗？八成德国的总商会就在北京呢！

我联系到供应商，他提供了北京办事处的地址，这也是该工厂在大中华区的总部。听明来意，不用出示合同，他们已经知道了我们这一个大单，要不怎么叫总部呢？小单子可能真不记得，听他们讲，这可是近几年来的最大一单了，因此也高度重视。在北京办事处直接与德国驻华总商会联系沟通后，得到了总商会的全力支持，经总商会与大使馆沟通妥当后，总商会向我们提供了一份特别证明，并以总商会的名义补开了一份邀请函。据此，我们新换的人不仅明天一早就可以直接将护照通过特别窗口递进去，还可以与我们的签证一起在后天签出来。

“怎么样？小宁，现在换人不麻烦吧？”我没来得及赶到机场去接这位领导，等我一回到酒店，他也刚好到了，一见面，就表达了极高的关切。

“没关系，请领导放心！”我轻松地说道，“不就是换个人吗？明天早上我们把您的护照递进去就行了，然后您就可以先回去，后天我们的签证就一起办下来了，我一个人在这里等着就行。我回公司后，会安排人把您的护照送到您公司去的。”

领导不就是要个结果吗？千辛万苦我都过来了，总不至于还要向领导报告一下这个过程是如何千辛万苦，给领导增加心理负担吧？这什么意思啊，怪领导决策失误？

多年后，我在学习余世维教授的管理培训资料时，明白了余世维教授提倡的一个道理，那就是“领导错了也是我的错”。领导是管理者，我是执行者，管理者和执行者所需要的输入信息是有区别的。再说，领导也是人，不可能十全十美。如果我一开始就将人员确定和更改对签证办理的影响搞清楚了，并向做决策的领导报告了，领导可能就不会犯这个错误。

这一次签证的成功办理，使我还明白了另一个市场生存法则，那就是，大企业、大品牌和大订单能造就一个大舞台，才会有这样的能量特事特办！如果所有人都能走这条路，那签证处就干脆把职责下放到本国企业驻外办事处，甚至直接给那些代理公司算了。

地球的自转和公转周而复始，地球上的万事万物，也在各自的轨道上繁衍生息。企业的发展也一样，纵有波澜起伏，但终究还是平凡。

在我带队到德国完成工厂验收回国后，该项目的技术工作基本上就结束了，我在该项目的重心也从技术转到了计划监督与沟通协调上。

自从升任副总工程师以后，管理职责方面的工作量大增，在同一时段，我就基本上再也没有同时管理过几个项目的具体技术工作。按照我们技术研发部产品开发设计周期，特别是硬骨头新产品，一般都在四到五个月，怪不得我的顶头上司颜总工程师只给我一年两到三个项目的具体管理指标呢！

企业做大了，要求有更多的订单来支撑，而技术力量可不像工厂建设来得那么容易。生产规模翻了两番还不止，但技术研发人员数量连翻一番都没有。除了部分常规项目的设计工作委托给或招标转包给相关设计单位外，我们的核心产品设计，特别是核心新产品的研发工作仍然必须由我们技术研发部来完成。任务繁重，效果也就打了折扣，对企业的经营生产拖后腿不说，人员劳动强度大增，而薪酬基本没动，队伍的稳定又成了更大的问题。

由于我仍然兼任技术研发部的副经理，接班人还在考察中，所以即便不是硬骨头，眼看着“大鼠”龚骏远带着弟兄们都快累趴下了，我肯定要主动地分担任务，因此我主动请缨，担任一型新近签回的产品的项目经理。

这天，我正在电脑上忙于新担纲的项目设计，言教授来到我办公室，一句话都不说，表情严肃地拽着我就往外走。一看这架势，心知事关重大，哪能忍心让言教授费劲呢？我紧走一步，就跟上了他老人家。

正纳闷言教授会把我拉往何处，我们就到了晏董事长的办公室门口。言教授的脚步停了下来，眼睛看着我，并朝晏董事长的门使了个眼色，我明白了，这是要见晏董事长。

我在晏董事长虚掩的门上轻轻地敲了两下，旋即晏董事长就回了一声“请进”。

我完全推开门，然后转向言教授，不经意地扶着他老人家的胳膊说道：“言教授，您先请！”然后就轻抚着他进了门，一边向晏董事长问好，一边将言教授领到了沙发上坐下。

晏董事长一看是言教授，也赶紧离开座位，绕过办公桌来到沙发旁。言教授刚打算站起来相迎，就被晏董事长又扶着坐了下来。

“今天言教授好像有大事一样啊？”晏董事长挨在言教授旁边坐了下来，热情而又尊敬地说道，“有什么事情您老打个电话跟我说一声不就行了，还劳烦您亲自来。”

在两位前辈寒暄的当口，我自作主张地在晏董事长办公室给言教授沏了一杯茶，又把晏董事长的茶杯也端到了沙发前的茶几上。

晏董事长向言教授做了个请茶的手势，然后转向我问道：“小宁，是不是你做了什么事，让言教授不满意啊？他可是你的博导啊！一定要好好地学习。”

我看了看言教授，又看了看晏董事长，假装无奈地说道：“晏董事长您可别冤枉我，那我的压力就大了。言教授拉着我就到您这儿来了，都还没跟我说一句话呢！”

言教授“呵呵”笑了几声，就对晏董事长说道：“伯辉呀，我可能是倚老卖老了，但你可不能官僚啊！这还真跟小宁有关系，我就是卖了个关子，你可别吓唬他，呵呵！”

言教授和蔼，对我的教导颇深。如果说在技术上陶老师是我的恩师，那在管理上，正如晏董事长所言，言教授就是我的恩师了。但即便如此，听了言教授“卖了个关子”，我心里还是有点忐忑。

晏董事长不解，看了看我，又看着言教授。

言教授笑着挥了一下手，那意思好像是说，“你们真不经逗”！然后他摇了摇头，干脆直说道：“伯辉呀，现在摊子一下子铺得这么大，产品无论从种类还是数量上都增加了，千头万绪的。韦总分管质量，我觉得他的工作太忙，这把产品质量关的担子就已经不轻了，而管理体系刚运行不久，‘两张皮’时即时离，要操的心太多，所以继续让韦总任这个管理者代表不太合适啊！”

“这……”事发突然，晏董事长一点儿思想准备都没有。

言教授在晏董事长腿上轻轻地拍了两下，打断了晏董事长的话，然后看着董事长，又把视线转向我，说道：“伯辉啊，我不是来给你出难题的，我已经想好了接班人，就让宁致远接任管理者代表吧！”

“是啊！”晏董事长轻叹了一声，“我当了这么多年的总经理，这一当上董事长，说起来是向经营班子放权，但实际上好像是在卸担子啊！”晏董事长停顿了一下，端起言教授的茶杯递到了他老人家的手中，然后接着说道，“经您这一提醒，我才发现，我把郑总扶上了马，却没能好好地送他一程，让他受累了，也让班子跟着受累了啊！”

晏董事长边说边垂头顿足，我也大受感染，顾不得去思考这个管理者代表的分量，光这两位领导在我面前毫不遮掩地坦诚分析自己工作中的不足，就使我心中油然而生无限的敬意。

晏董事长把目光转向我，一边关切地上下打量，一边说道：“小宁这几年的进步确实比较快，但能不能挑得起管代这副担子，还真的只有您言教授最了解啊！这知子莫如父，知徒莫如师嘛！”

言教授喝了一口茶，放下杯子，接过晏董事长的话头说道：“小宁这孩子比较用心，像他这个年龄的人，有这个定力和恒心的少。”言教授转头看到我一副难为情的样子，就故作严肃地对我说道，“你也不要太谦虚，要敢于担担子，更要有信心。我看着你行，你就肯定行的！”

晏董事长看着我，鼓励道：“小宁，你听见老师的话了吗？赶紧表个态，别扭扭捏捏的！”

我还表什么态呀？一个是老师，一个是领导，他们信得过我，我还信不过我自己？在那里谦虚，摆明了就是懦夫行径嘛！不管自己是不是真的能行，这路都走到这步田地了，也就只有继续努力向前才是正理。

是啊，还表什么态呀？赶紧表决心吧，别怂了！

“请言教授放心，请晏董事长放心，我宁致远一定一如既往地全力以赴做好分派的工作，当好这个管理者代表！”我这时才发现，自打进门，我一直都是站着的。

“好样的！”言教授一拍大腿，响亮地说道。

晏董事长似乎也是才发现我还站着，赶紧说道：“小宁，你不要拘谨，快坐下。”他一边指着他旁边的单人沙发，示意我坐下，一边语重心长地说道，“根据你之前的表现，我相信你一定做得到。特别是言教授的信任，就更增加了我对你的信心，你可千万不要辜负了老师的期望啊！”

我浅浅地在沙发上坐下，向前微微点了一下头，坚定地说道："请言教授和晏董事长放心！"

"好！"言教授又是响亮的一声，接着身体向后，深深地靠在沙发背上，语气平静而温和，"伯辉啊，我七十好几的人啦，有小宁当这个管代，我这最后一副担子就可以放心地卸下来了，你就可以放我归田，颐养天年喽！"

现在都时兴讲职业规划，或者更大一些——人生规划。而我，通过刚入职那几年的磨砺，认为自己再也不是一只被赶上树的鸭子了，觉得已经到了"春江水暖鸭先知"的境界。虽然谈不上宏大的规划或理想，但也基本上就平静地想着努力做好一个研发设计人员，然后逐步发展为一个资深的技术人员。就像我的陶老师那样，如果进一步发展得好，没准儿能够得上一个行业内的专家。

新世纪的钟声敲响，我似乎总是在被推着走。如果说提拔为副经理，还有人提前给我吹了个风，但接二连三地，都是在不经意间就被人突然把我放在了一个更高的位置上。虽然我自己觉得猝不及防，没有做好准备，但每每都找不到谢绝的理由。

可能正是因为自己并没刻意地去追求什么，而是时时刻刻在努力做好自己分内的工作，所以才会有这样的发展机会吧！无论是不是企业的规划中原本就有对我的职业发展规划，但机会终究还是来了。不用我自己想方设法地去追求它，更不用去投机钻营，它就已经送到了我的手上。

一次又一次的机会，使我清醒地认识到，职业生涯其实原本就是这样的，越是被赶上树，只要不是去埋怨，而是正确面对，努力地去提高自己，改变自己，以适应自我必须赖以存在的环境，甚至改变环境，那就能够"如鸭得水"。能够做到这一点，不仅不会辜负赋予自己机会的人，更不会辜负自己所获得的机会，不会辜负了自己。那么，也许就还会有更多更好的机会在等着我，就像这一次一样。

清醒清醒头脑，走在路上，就必须努力向前向上。当你达到某一高度，你就会明白，其实自己还可以发展得更好，并且不得不去发展得更好。

管理者代表并不是一个实际意义上的行政职务，但代表的却是企业最高管理者。我不是管理体系的最高决策者，但却是制定游戏规则的组织者，并要努力推动管理体系在企业内有效运行，保持执行力，使之得到完善、改进和提高；我也不全是游戏规则的实际执行者，但却是游戏规则执行的监督者，并要学会当好一名全科医生，时时处处为企业把脉，开展组织会诊，开出方子，还要确保疗效；我还要学会当好一名谏臣，向我所代表的企业最高管理者如实报告组织机构各环节的运行情况，大胆指出不足，谏言献策，为领导者决策提供依据，虽被“五马分尸”也义无反顾。

作为理工科出身的我，多年从事技术研发工作，一下子站在了管理者代表的高度，就需要学习更多的管理知识，才能够驾驭。

好在管理体系标准就像它自己要求的那样一直在推陈出新，公司换版认证迫在眉睫。我出任管理者代表后的第一个重要活动，就是组织2000年版ISO9001标准的培训和取证，这为我饥渴的大脑补充了给养。

从2000年版的标准开始，其本身的逻辑性更强，更顺应国际社会的发展规律。不是所有的管理者都是管理专业出身，如果一个管理人员，或者打算从事管理岗位工作的人员，能够认真地学习这个标准，并基本领会了标准的意图和实质，即使你仅仅是个工科男，一样也会搞好管理工作。

这就是我担任管理者代表职务，接受了标准培训以后获得的最深刻的感受。有了这个感受，我不仅对做好管理者代表工作充满信心，并对承担副总工程师相关的管理工作进一步厘清了思路。

标准首先站在企业建立和运作的立场上，按逻辑关系进行要求。标准从企业生存发展所必需的文件建立、组织机构和人员职责的分配，到人力资源和设施与工作环境的提供，充分构建出一个公司的力量。一个企业必须依靠产品和服务的提供获取收益，以此维系自身的生存与发展，所以标准接下来就从如何获得订单、如何进行开发与设计、如何采购、如何生产产品或提供服务、如何检验和控制质量等方面，以“PDCA”过程控制的思路和管理的系统方法等给予基本指导和要求。只要管理人员严格要求自己按标准规定的思想开展工作，企业必定运行在良性发展的轨道上。

为了实现企业有续经营，国际标准化组织还出台了相应的标准，形成了标准族。但企业管理的投入必定意味着人力等资源投入，为了与企业规模相适应，并不要求企业全面推行。所以，国际标准化组织提出了八项管理原则，在原则的基础上，能使管理思想得以充分发挥，使管理体系运行卓有成效。

标准理论基础的八项管理原则，首先弘扬以顾客为关注焦点的立场，也就是我们常说的顾客至上；其次阐明了领导作用，特别是最高管理者，因为正如管理大师德鲁克所说，最高管理者的能力和意识是一个企业生存与发展的唯一的决定因素；最后，阐述了全员参与、过程方法、管理的系统方法、持续改进、基于事实的决策和与供方互利的关系。

八项管理原则给我的管理思想打下了很厚的底子。在以后的内部培训中，我基本上每次都要重点讲述一个或几个管理原则，以作为当时背景下公司重大关切的解决方案。

俗话说，“台上一分钟，台下十年功”。不可能每次培训都是“炒现饭”，而且脱离实际的培训本身就是一种失职和对他人时间的浪费。所以，我除了自己分管领域素材的收集外，每周还要不定期地深入各个部门的现场，特别是生产一线，发现第一手的信息，在分析和解决问题的过程中，不断地深入探讨和积累。一次一次地准备培训课件，就是一次一次学习、发现、思考、领悟与反思；一次一次地培训，不仅提高了他人，更提高了我自己。

以顾客为关注焦点，体现出标准自身的发展到了一个极具现实意义的高度。管理体系标准从要求企业提供符合输入要求的产品和服务发展到要求企业获得顾客的满意。也就是说，企业不能仅仅满足产品和服务本身的要求，如功能和质量，特别是磕磕绊绊、多次返工和延误工期才提交产品，那不一定能够获得顾客的满意。不是吗？如果一而再、再而三地不能令顾客满意，那这个企业就无法生存下去了，只能走向衰败和灭亡。

通过这一点，我回想起了上海政府采购项目中我的境遇，顾客满意的结果，才进一步催生了我后来的新起点。所以，以顾客为关注焦点，也是我的发展基础。在以后的职业生涯中，我一直信奉该信条。甚至在日后我调入分公司任副总经理以后，仍然有原公司在制产品的顾客找我交流，寻求一些问题的解决途径和方案，这对我真是莫大的鼓舞，也是我辛勤工作的核动力。

“温故而知新”，多学习、多思考、多领悟、多反思，才会有进步。这其实也是标准的要求，也是“八项管理原则”的实践体现。企业要发展得好，人力资源才是决定因素，而要将人力变成资源，通过培训教育来提高人的意识和能力，是关键中的关键。

而当人的意识提高到一定高度，形成了自我提高的长效机制，那是人力资源管理的理想状态。作为新任不久的管理者代表，哪怕多年以后，甚至是到了今天，我也没有对此有所苛求，而仅仅是不断地在提醒自己，千万别忘了进步，既然已经在管理的路上了，就不能停下脚步。

鸟儿通过日复一日地扇动翅膀来训练自己，终究翱翔于天空。一只被赶上树的鸭子，只要你能够刻苦，照样可以展翅。不求腾达于蓝天，只求平衡自己，不至于摔了下来。如果坚持训练，鸭子再展一下翅膀，就能飞到更高的枝头。

在我的主持之下，推选了新的组织者——质量管理部经理组织完成新版体系文件的修订工作。考虑到管理的宗旨是职责权限分配明确，程序简单化和标准化，在我的要求下，将原来的《管理手册》和《程序文件》简化合并成一本《管理手册》，使管理人员能够高效使用，避免了火焰熊熊，而消防人员还要先看好几页扑救程序的现象。

同时，我组织各部门补充并完善了企业标准，使具体的作业有法可依。

在认证公司换证审核期间，我们企业的管理体系文件和实施效果得到了极高的评价。

基于对管理体系标准的理解，以及我登高远眺的感受，我知道，我开了个好头，但我更希望，这不仅仅只是开了个好头。

第二十六章　一纸的官儿

科学技术是第一生产力。在一个制造型企业，技术是所有部门的台柱子，特别是像我们这种从事特种交通装备的制造业，涉及的学科和专业面很广。在企业的转型期，技术一时半会儿跟不上，还有理由可讲，但随着企业发展逐渐深入，技术面临的压力再大，也必须要突破。

20 世纪的最后几年，我国大型骨干制造业开始大力推行精益生产模式试点运行，并在 21 世纪初年纷纷取得了一些成就，为“中国制造”奠定了精益生产理论基础。

我们作为一个特种交通装备研发制造企业，通过并购和转型升级，现在也已跻身大型企业行列。为了在现有生产设施设备的基础上进一步提升产能，提高生产效率，公司研究决定逐步推行精益生产技术改造。

精益生产管理，是一种以客户需求为导向，以消灭浪费和不断改善为核心，使企业以最少的投入获取成本和运作效益显著改善的一种全新的生产管理模式。它的特点是强调客户对时间和价值的要求，以科学合理的制造体系来组织为客户带来增值的生产活动，缩短生产周期，从而提高企业适应市场的能力。仅仅从精益生产管理的概念来看，要推行精益生产管理绝非一日之功。

“千里之行，始于足下”，任何事情的开展，特别是大的变革，都难以一蹴而就。但畏难不前，就绝对没有可能实现目标，所以迈出脚步一步一步往前走，才是正道。公司决定技术改造从深化改造技术开始，以设计能被生产工人和生产加工机械直接使用为宗旨，提高计算机辅助制造率。如数控切割和加工，提高生产准备完善程度和准确率，为精细化生产提供直接而不需要再分解的管理依据，从而提高管理的有效性，缩短生产周期。基于此宗旨，公司成立生产设计组，挂靠技术研发部，由我具体分管。

这是我第一次从零开始打造一支队伍，好在我耳濡目染了前几任领导的工作方法，又有管理体系文件作指导，一步一个脚印，从办公室建设与软硬件配备，再到内部人员分配、人员招聘与培训，一切进展都还顺利。有一个强大的企业，就有一个光辉灿烂的舞台，所谓“家有梧桐树不愁凤凰来”嘛！

当然啦，一个新的部门成立了，自然少不了职责和工作程序的规定，特别是正在进行深化改造的设计部门，作业标准和作业指导书更是必不可少。

生产设计与我们技术研发部原来的研发和设计还有较大的区别，更接近于我们之前的工艺设计。这就是说，生产设计不仅要符合企业自身一线生产工人的技术工艺水平，更要符合企业自身现有的生产设施设备的技术参数和能力。对于技术改造所必须增加的新工艺和新设备，必须经过评审，只有必要且可行，方可上马。

除了少量几个从公司技术和生产部门选拔出来的生产设计人员外，我们专门招聘了几位在同行业中有一定生产设计基础的新员工，并从大专院校招聘了一些攻读与之相关专业的应届毕业生。历时一个多月，公司生产设计组宣告正式成立。

基于公司管理体系架构，我组织了几位有经验的老同事分工消化行业标准和相关文献，考察了几个同行业中已小有成效的企业，学习了不少管理和设计经验，边摸索、边设计；同时，分头制订了公司第一套生产设计标准和作业指导书，为公司生产设计工作的推行和开展铺就了道路。

在我将组建生产设计组作为自己首要工作的阶段，我仍然要负责公司第一个出口项目在技术研发部的工作，以及该项目在公司层面的协调工作。同时，我新担纲项目经理的那一型产品，设计工作也还在进行中。在各种状况集中的日子里，不免有些力不从心，好在我依然年轻，能耐得住这份苦，也算应对得法，左右兼顾，工作开展得比较顺利。

在我成功解决了出口项目传动轴的问题以后，我俨然成了公司的轴专家。无论是材料化学成分和力学性能的确定，还是热处理方法以及加工工艺，甚至是理化试验报告的评价，同事经常都会找到我一起理论理论。虽然这许多都不是我审批的范畴，但也不便推辞，我本着在讨论和实践中学习，以及互相帮助和提高的心态，始终是来者不拒。而我在这个阶段，虽然对忙得被人称呼为“影子”觉着不妥，但也许又有一种功成名就的心思在作祟，也就听之任之了。

人在得意时难免会忘形，“得意忘形”也就是这么来的。古语云“智者千虑必有一失”，更何况还处在得意忘形之中呢！当然，这得意忘形，如无人提醒或敲打，一般也都是后知后觉，在事后反思中，有这个悟性，才能领会得到。

这天，我刚从车间汗流浃背地回到办公室，我的顶头上司颜总工程师就拿着一份文件来到我办公室。

“小宁啊，这是总经办拟的一份文件，几个领导传阅审批一下。”颜总工把文件递给我，“你也看看，给个意见。”

看着颜总工一副严肃的表情，我取下手套，顾不得摘下安全帽，就赶紧接了过来。

“你好好看看再给我，有不清楚的地方，不妨去调查一下，要慎重些！”颜总工说完，犹豫了一下，似乎欲言又止，然后也不等我答话，就转身回自己办公室去了。

我心知事态必不寻常，也顾不得之前去现场回来的更衣、洗漱和整理记录三部曲，就一屁股坐在门边的客座沙发上，打算仔细地看看文件。

这是一份公司的红头文件，一看标题，就让我大惊失色——“关于对贝鸿涛降职、降薪处分的决定”。

“这……”我心中一阵刺痛，就好像有人冷不防当胸给了我一记老拳。毕竟是一个战壕摸爬滚打出来的同事，还同为“鼠辈”，心中不忍啊！不觉眼眶就有些湿润起来。

我花着眼快速地浏览着文件正文，文件讲述着贝鸿涛作为主任工程师，担任某项目的主管，因管理不当，严重拖延了设计周期，耽误生产，给合同履行造成极大的风险，决定处以降职、降薪处分，留职察看一年，云云。

看着正文，一股寒意掠过我的后背，也许是汗湿的衣服贴上来了吧！

“这不是我担当项目经理的那个新项目吗？几天前我检查协调计划时不还好好的吗？怎么就……”我心头沉重，但思绪却逐渐清晰起来，“是啊！这还是一周以前的那次协调会了，看我这事儿忙的！”

我记得那次协调会上“贝三鼠”专门提醒过我，由于龚经理临时抽调他项目组的人手去突击另一个项目了，如果不及时归队，就会耽误工期。

“对，他确实是这么说的。”我脑海中回放着录像，“我当时不是跟龚经理说过了吗？好像“大鼠”是说突击的项目已经结束了，人员马上归队的，这后来……”

这个礼拜项目例会没有开，因为当时我在忙着组织生产设计作业指导书的评审，就推迟了。后来，我心想这个项目都快结束了，就没有补开，还打算下周一起开会总结计划的呢！

“没想到一个多星期没照看这个项目，就出了这么大的事啊！”我的心情陡然低落，陷入懊恼的深渊。

在冰点症候过去后，我的头脑也清醒过来了。这懊恼是解决不了问题的，必须弄清楚是怎么一回事儿。

“我说过了的，是不是？会上不是答应得好好的吗？但人呢？”贝鸿涛听明原委，冤屈地直嚷嚷，“我又不是三头六臂，我又不能拔根毛就能变出几个人来，我……”

我在他后背拍了拍，止住了他的话头。我启齿动了好几下舌头，终于没说出话来，就在他的手臂上又拍了一下，意思是说我明白了，就扭头走开了。

我把被临时抽走的陈工叫到隔壁的小会议室。这个小会议室作为部门内部小范围开会或讨论问题用，也用于接待，但大部分时间都是用来整理打印出来的图纸，便于成套下发。

我把正在整理图纸的资料员请出去以后，就和陈工坐在桌子的一角，呈九十度落座。

刚才贝鸿涛的声音很大，陈工与他同在一个大的办公室，隔得也不远，“三鼠”的那些话，我相信办公室的每个人都听见了。

“我是没有回去贝主任的那个项目，因为这边我又在接着往下做另一个项目了。”陈工不知所措，未等我开口，就照直说了。

我点点头，意思是想表达他并没有做错什么的意思，但不知道他是否理解了，也或者说，我表达得是不是到位了。

“那你现在做的这个项目是谁当项目经理呢？”我问道。

“哦，是丁经理。”陈工赶紧答道，又接着补充了一句，“我们专业是洪工当主管，我当时调出来打突击，就是洪工的项目，我在现在这个项目中的活儿也都是洪工安排的。”

陈工所说的洪工，就是我们公司转型升级期间招聘来的洪学志。由于他在行业中有了不短的工龄，甚至比我还多几年呢。他在原企业工作成绩也不错，加盟我们公司不久，就显示出其精湛的技术水平和一定的管理能力，所以试用期还没结束，正好有新项目，也是洪学志所熟悉的那种产品类型，就直接让他担任该项目的专业主管了。

洪学志所主管的第一个项目，由于人员结构复杂，边磨合边开展工作，耽误了一些工期，在后期专门抽调其他项目的人员过来搞突击，才没有耽误公司该项目各部门的总体进度。

在突击工作结束前，正好又赶上一个同类型新项目，鉴于洪学志得力的工作表现，再接再厉，就又挑起了现在这个项目专业主管的担子。而顺理成章地，原班人马整体转入。

也不知是什么原因，总之是刘备借荆州——有借无还，这陈工说是借来搞突击的，但没刹住车，就又往前冲了。

“那陈工你觉得现在这个项目的计划紧不紧张呢？”我看了看刚才在龚经理那里拿来的本月人力资源分配表，觉得有必要多了解一些情况。

“应该还好吧！”陈工用手拍了拍自己的后脑勺，肯定地说道。

我又和陈工聊了一些别的事情，就让他回去了。由于这一段时间我太专注于生产设计组的建设，不说副总工程师，就连技术研发部的副经理都没有当好。这不，部门各项目的计划情况基本上没有关心，连自己担纲项目经理的项目，计划管理和执行监督也显然是一团糟。

我心知理亏，但还是要去问问龚骏远，谁让他是“大鼠”呢？就该帮帮老弟，何况毕竟他是技术研发部经理，又答应过我的。

“哎呀！你看我忙的，把这事儿……”龚骏远听了我的话，也感觉到了事态的严重性，“那怎么办，你可是领导，得帮老兄想法子啊！”

是啊！别说我是领导了，我还是项目经理，是第一责任人呢！

“大鼠”和“二鼠”关起门来“密谋”了半天，我还陪着消耗了好几支香烟。一方面，我主动承担责任，另一方面，龚骏远马上召集各项目经理开会，抽调人员打突击。

当我回到颜总工办公室时，本来已经平静了的心情又突然受到了刺激，似乎比先前火头还大。

我正打算把文件递给颜总工，突然意识到了一个之前没有意识到的问题。我看着手头的红头文件，虽说还是个清样，还在传阅评审中，但在成文之前，怎么没有人向我核实具体情况呢？我不是该项目的项目经理吗？我的项目主管工作情况如何，该当何罪，我应该最有发言权！

我一时没有控制住自己的情绪，把打算递到颜总工手上的文件猛地一丢手，就落到了他的办公桌上。还好没有摔呀，要不就失大理了！这是我事后才想到的。

“颜总工，他们也太过分了，我是这个项目的项目经理，他们下文前也没有问问我……”我气哼哼地说。

“小宁，你消消火，现在你已经是副总工程师了，怎么遇事不冷静了呢？”颜总工看我这副德行，估计不用重锤是敲不响鼓了。

“对不起……”我被颜总工这一记重锤猛地敲醒了，不觉一怔，心知失态，难过地低下头来。

"事到如今，对不起管多大的用啊？这对公司的损失有多大，郑总还在召集生产部门核算呢，把计划都打乱了。"颜总工平静但又沉重地说道，并用手指了指他办公桌对面的椅子，也就是在我旁边的那一把，示意我坐下来。

看我坐下来后好像也平静了，颜总工把文件拿在手上，接着对我说道："这是生产部门反映的情况，郑总亲自下令调查处理的。谈谈你的看法吧，关键是解决方案。"

我的心情逐渐平静了下来，就记起来了去技术研发部调查和讨论的经过，便一五一十地向颜总工做了汇报。

颜总工平静地看着我，认真地听着，没有打断过一次。

"我和龚经理已经商量好了，由他组织各项目经理讨论抽调人员搞突击，把进度赶快一些，把耽误的时间减到最少。"我最后说道，"我是项目经理，计划协调是我的主要责任，所以这个处分应该给我，而不是给贝鸿涛。"

在我说完以后，颜总工思考了好一会儿，才把文件又递到我的面前，说道："你们的方案可行，赶快实施吧！"他顿了顿，接着说道，"这个问题可不是一般的问题，我看是个系统性问题，涉及经理、项目经理和主管，你们要好好反思反思。你勇于承担责任是对的，但你既然在会上说了，经理没有抓到位，也有责任；而主管呢，明明知道计划完不成，人又没有归位，一味等待不继续报告，听之任之，这个直接责任他怎么也脱不了干系；各个项目经理和主管，只知道抢自己的项目，完成自己的计划，全然不顾公司大局，明明是这个项目借来的人，不及时归还，继续占用到另一个项目，也应该负一定的责任。还有，你也应该站在副总工程师的高度，协助我搞好部门建设，负小责，更要负大责啊！而我呢，同样要负不可推卸的责任，毕竟在公司层面上，我是技术第一责任人啊！"

我听着听着，对颜总工入木三分的评判敬佩不已。

颜总工又指了指我面前的文件，对我说道："这是征求意见稿，你把你的意见和补救方案写上，最好给一个完成计划的准确时间节点，让人有个盼头，然后反馈给总经办。"

最终，公司经过评审采纳了我的意见，免去了原定的对贝鸿涛降职、降薪处分，改为给予通报批评，并按绩效考核罚款两百元，我作为项目经理应负领导责任，也处以两百元的绩效考核罚款。处分面不宜过大，否则就没有效果，所以文件对颜总工和技术研发部其他人员均免于处分，仅在公司中层干部会上进行了口头警示和批评。

然而，正如我所预料的那样，在目前企业纷繁复杂的大环境下，以“三鼠”的个性，恐怕公司是留不住他了。果不其然，在本项目突击完成任务以后，贝鸿涛就提出了辞职。鉴于贝鸿涛也算是公司的开山元老级员工，晏董事长和黎董事长都分别作了他的思想工作，但他是吃了秤砣铁了心，就像被八头牛牵着一般，怎么也拉不回来了。

想当年的“五鼠”英姿勃发，豪情万丈，为企业的发展驰骋疆场，屡建奇功，被业主驻厂代表誉为公司“五虎”。现如今，“三鼠”怅然离去，我不仅仅感觉到那种剜心的惋惜与失落，更感觉到一种刻骨铭心的愧疚，这成了我心中永远的痛，挥之不去，乃至伴随至今不得释然。

“吾日三省吾身”可真不是一件容易实现的事啊！如果我能够坚持做到这一点，哪怕是每天能够肤浅地反省自我，草草地检视一下自己分管的每一项工作，而不是把眼珠子像一双对眼那样聚焦在几粒芝麻上，“三鼠”的这个劫难就断不会发生。

出口项目的生产已接近尾声，正是各工种平行交叉作业的高峰期，这并不像前期英文图纸给管理人员带来的那种单纯的管理难度，而是严苛考量管理人员综合策划能力与协调能力的关键时刻。

企业转型升级初期的高涨热情逐渐趋于平常，而磨合过程中的一些顽固窠臼却似乎变得愈来愈硬，好像根本就找不到突破口。计划的推进也像是越努力反而变得越慢，完全不遂人愿。公司上下心浮气躁的迹象越来越明显，就连我们的郑总经理也时不时地变得沉不住气了，几次计划协调会上都无法淡定地面对极具关怀之心的晏董事长，甚至对业主单位的领导也时有不悦之色。

这个批量出口订单占了本年度一半以上的产值，不能按期交付，还不单单是企业的经济效益受损，更因为是国际订单，合同管理要求严格，不谈严重拖期，哪怕是刚过合同交付期，如果与业主协调不过来，就有被弃单的风险。而我们这一单依然是订单生产的特种交通装备，不具备通用性，一旦被弃单，很难找到出路，那就意味着产品积压于库。这么一大笔资金烂在仓库里，已经几乎超出了我们公司的资产总值，即便折价能够处理出去，公司也必定是伤筋动骨。所以，搞不好我们这个刚刚实现跨越式发展的企业就倒在了门槛上。

合同规定的交付期越来越近，无论是我们公司还是业主，都非常着急。今天，业主方董事长和总经理不远万里专程赶到我们公司，召集业主驻厂代表一起了解了具体进展情况，讨论了一切可以采取措施的可能性，然后忧心忡忡地约见了我们晏董事长和郑总经理。

在双方高层紧急磋商后，晏董事长亲自召集了项目特别会议，公司高层分管领导悉数出席，而我作为项目计划监督协调人，当然也必须参加。

“这是项目交付前业主方和我们公司双方最后一次合同履约协调会。”会议一开始，晏董事长没有礼节性地致欢迎词，也没有感谢之类的官话，而是直奔主题，切中要害。“根据会前双方的商讨，确定了一个最终交付期限。这个期限已经没有任何讨价还价的余地，所以，计划已经不用大家再讨论了，大家只需要想办法如何去完成。按期，最好是提前到合同既定的期限交付产品。否则，这个后果我想在座的各位都能够领会得到。”

接下来，晏董事长将会前与业主高层商定的交付期向在座的领导作了通报，并将业主驻厂代表反映的公司管理上的不足和可以挖掘的潜力作了较详尽的阐述和分析，也提出了几条要求和建议。“你们都是各部门的分管领导，谈谈各自的建议吧！最好立下军令状。”晏董事长最后要求道。

各分管领导基本上都谈了自己的想法，正如晏董事长要求的，即便是面露难色，言语上也没有一个人敢打退堂鼓。想想也是，不是还有将近两个月的时间吗？到时候确实完不成再说吧！以前不都是这么过来的吗？何苦当着外人的面暴露公司的短处呢？再说了，总得给晏董事长留足面子嘛！

“这个计划这么紧，董事长就这么答应了，让我们经营班长如何完成得了！”郑总经理似乎是憋了老半天气一样，一开口声音起点就有点儿高，在小小的会议室里不亚于爆了一个炮仗。“如果到时候真的完不成，就会被弃单，那不就等于把公司送上了绝路吗？这个责任谁负得了啊？”

在场的人都是一惊，业主董事长和他的总经理，以及我们的晏董事长都面带尴尬之色。

我的脑海里似乎有一种“嗡嗡嗡”的轰鸣声。虽然我不是分管领导，但我是计划协调人，与其说是会议上的一纸决定左右着我的协调难度，还不如说是会议上各人的态度或心理活动起着真正的决定作用。“我这个协调人算是当到头了！”我在心里沮丧地想着。

也不知沉默了多久——应该是没多久的，晏董事长平静地说道：“郑总经理说得对，这个决定确实存在一定的风险。然而，这个争取来的延期交付期限，虽然是最后的机会了，但也是经过协商权衡，业主宽宏大量才给予的。”

晏董事长越说越沉重，声音略带颤抖。在略微停顿了一两秒钟后，晏董事长平静而又果断地说道：“但是，我们要讲究契约精神，忠实履行合同。既然承诺了，就要全力以赴地兑现。最后期限是我决定的，那我就来带领大家做最后一搏！”

在晚宴上，双方董事长坐在主席位子上，分列两边的分别是双方的总经理，接下来是业主驻厂代表和我方项目组成员。

酒杯斟满，菜上几道以后，晏董事长庄重地站了起来，表达了对业主的感谢，并对我们进行了勉励和嘱托，各位纷纷起立举杯，在微笑中一阵叮当的碰杯声后，一饮而尽。

桌上的氛围在宾主相互敬酒和互致问候的过程中逐渐轻松和热烈起来。

酒过三巡，菜过五味，业主方的总经理叫来服务生分别斟满了郑总经理和他自己的酒杯，然后郑重地端起酒杯站了起来，离席移步来到我们的郑总经理旁边，向郑总敬酒。

“郑总啊！我们都是总经理，是带领公司向股东负责任、谋利益的。”他转过头来看了看我，然后又回头对郑总说道，“其实我们俩啊，在某些时候真还不如宁总呢！怎么说呢？他可以是两纸的官儿，而我们总经理从来都是一纸的官儿啊！来来来，我们先干了这一杯，互相勉励鼓劲吧！我先干为敬。”说完，一仰脖子，杯底朝上。

接着，业主方的总经理又示意服务生将两人的酒杯斟满，然后端起酒杯，再敬郑总。

“这两纸的官儿就是，当要提拔小宁时，公司会下一个文件，而当他不能胜任时，还会下个文件降他的职。”他是在对前一杯酒进行解释呢！“而我们总经理呢？好像就只有在上任时发了个文呢！好了，我们哥俩再干了这一杯，相互打个气！”话音未落，杯底已然朝天了。

接下来，他抓过服务生手上的酒瓶，不顾郑总再三客气，执拗地为郑总满上，然后给自己也斟得漫了出来才作罢。

两人的脸都略微泛红，不知是酒精作用，还是心情使然。

业主方总经理一手挽着郑总的肩膀，一手端着酒杯，在与郑总的酒杯相碰时，几次调整杯口的高度，使其始终低于郑总的杯口，以显示酒席场上对人的那份尊重。

“郑总啊！我敬你这第三杯酒，千万拜托了，如果产品不能按时交付给我，我这个一纸的官儿啊，就算是当到头了。”他再次碰了碰杯，并在郑总上臂拍了两下，“就算是帮兄弟这个忙啦！”说完，一饮而尽。

果然，领导作用这一唯一决定性因素发挥了应有的作用，晏董事长的周密安排和严格督办以后，通过我每天的计划监督检查对比判断，工程进展从一开始的滞后，很快就调整到跟了上来，然后是合拍，再然后就是略微超前。本来就是不到两个月的时间，这个调整过程的背后是各级管理人员和直接作业人员的巨大努力。破釜沉舟，有志者事竟成，通过努力，该项目硬是赶在最后期限到来前完成并顺利交付了。

郑总经理离开了公司，公司没有下文件，也没有通过正式的会议传达，只是在小会上简单地讲了讲，说是“因为个人原因”，因此在坊间留下了各种各样的传说。

晏董事长重新挑起总经理这副担子，对公司实施了自转型升级以来的第一次领导班子大调整。韦总调任分管生产的副总经理，从集团公司重新调来一位分管质量的副总经理接替他的工作；我所兼任的技术研发部副经理，也终于有了接班人，经韦总和陶老师力荐，杜明浩被提拔为分管机械的副经理；为了让龚骏远这个经理能够有更多的精力放在部门建设与管理上，经颜总工提议，提拔了洪学志担任总体专业的副经理。

第二十七章　跌落

作为公司第一个出口项目的计划监督协调人，同时站在管理者代表的角度，我对项目进行了总结分析。一方面是梳理自己的工作，提高自身在管理上的总体意识，反思自己的不足，吃一堑长一智，为以后的工作厘清头绪；而更重要的一方面，是要述职，向公司高层管理者报告工作，并对不足之处提出建议（而不是仅仅说一大摞的不是，这也是作为一个管理人员的失职）。

首先，我非常感谢公司给我提供了这样一次锻炼的机会，让我能够站在公司全局的高度，在项目管理各个方面的能力都得了锻炼和提高。

在这个项目中，我除了担任项目办公室负责人外，在技术研发部还担任分管该项目的经理、机械专业主管及主要设计人员。同时，作为副总工程师，协助颜总工程师做好技术把关等工作。

作为项目办公室负责人，我基本上经历了该项目的各个方面。统筹管理项目计划、协调公司内外关系、处理图文函件和资料文档、接待涉外相关人员。

统筹管理项目计划，应是项目办公室最主要的职责，所以我在项目管理中一直被当作计划监督协调人。但是，由于公司处在转型期，人员磨合的切合程度，以及管理人员管理水平和业务能力转变的进程，都对计划有着直接的影响。从一开始，每个月所编制的计划，甚至是大节点，大部分都不能按计划进行控制和实施。编制计划并不是项目办公室的职责，我的检查结果和协调结果，也只是对下一步计划有建议作用。计划不断地调整，我就不得不进行一次次地协调，特别是要与业主或其驻厂代表进行协调和解释，这可真是一件闹心的事儿！

为了使公司各部门对项目管理的状况有一个理性而不是浮夸的认识，以利于企业的发展，我专门就项目管理中的一些不足表达了自己的看法，并提出了一些建设性意见。

是的，这是一件让一些人很心烦的事儿。虽然表面上他们不会说什么，甚至还会摆出高姿态来，誓言虚心接受、努力改正。“良言一句三冬暖”，但谁让我是管理者代表呢？不是说要充分珍惜所发现的不足吗？谏臣，一不小心就会被当作奸臣。但我坚信，只要我不“恶语伤人六月寒”，实事求是，就不会变成奸臣！在这一点上我从来没有含糊过，事后多年，别人对我的评价就证明了这一点。毕竟人心向善，希望企业好的人占绝大多数嘛！否则，这企业还办得下去吗？

作为管理者代表，我必须从自己的“一亩三分地”开始，呼吁健全全面质量管理体系，强化全面质量管理意识。

全面质量管理是一个组织以质量为中心，以全员参与为基础，目的在于通过让顾客满意及本组织成员和社会受益而达到长期成功的管理途径。其成功的关键，一是要有最高管理者强有力和持续的领导，二是开展全员教育和培训，特别是敬业精神、主人翁责任感和增强凝聚力的教育，以及岗位所需的知识和技能的培训。

既然是全员参与，则应在组织中层层把关、层层负责，而且不能有短路、断路或错位现象。比如，被短路的部分会被削弱能量，从而降低其积极性、责任感、敬业精神乃至在下属中的权威性。越是关键时刻，越不能短路或阵前换将。如果下一层次收到多层次的指示，也会感到无所适从，工作将会出现不同程度的紊乱。这一点，在企业转型期显得尤为重要，在以后相当长的一段时期内，也仍然是管理上的重要课题。

同时，有必要对各层次人员进行适当方式的教育和培训，并形成一种积极的管理制度，对各层次人员的职责、权利、义务和应承担的责任予以界定，使每个人能各行其职、各尽其责。特别是基层管理人员，还应提高其知识和技能，增强责任感和积极性，分清责、权、利，减少对相关部门或设备供应商等的过分依赖等。如工程主管，不能只是开工单及领料单，还应充分领会图纸，对施工计划严格控制；在安排工作时，对工人的施工工艺及过程进行指导，制定合适的不合格预防措施并落到实处，严格把住各工序的质量关。只有这样，做出的产品在报检时才能确保是合格品。

记得有一次我在现场例行巡查时，一位工人师傅拿着一份工程修改通知单，问我到底怎么做，我问他："主管安排工作时给你讲解没有？"师傅回答："没有。"正好这项修改我还比较清楚，虽然并不是我的专业，但我毕竟是技术研发部项目经理，图纸的正常下发是按专业走流程，不一定都得经过我，但修改项目就不一样了。评审和批准程序更严格，项目经理是必须要全面评判的，以防顾此失彼，修好了东墙却把西墙顶歪了。当时我给这位师傅讲明了做法，但同时强调要求这位师傅再主动与他的主管去核实，因为我的帮助并不代表正常的途径。如果每个主管，每项工作都像这样，工程进度如何保证？质量又会怎么样呢？

对于工人，除了教育和培训外，还必须有合理的奖惩措施，毕竟产品直接出自工人之手。如果对所做产品严格按实际质量分级，而不是通通以"合格"定论来核定报酬，必定更能鼓励工人多出高质量产品。该项目由于有一定的批量，每个工种都会有好几套班子在工作。如钳工，就有几套班子。如果其中有一套班子返工多次，拖延了近一个礼拜的工期，消耗了几倍的施工成本，那么，这套班子的报酬就应降低。如果报酬一样，质量好的班子即使不效仿，至少心理也不会平衡，做事慢个半拍，那对企业的影响则不可估量。

《财富》2002年8月第44期（中文版）一篇名为"企业为什么失败"的文章，总结了一条企业失败的最简单的原因，那就是"管理失误"。只有健全了全面质量管理体系，增强了全面质量管理意识，才能提高产品质量、缩短周期、降低成本，提高效益，公司才能做到长期成功。

科学技术是第一生产力，我对技术支持保障能力也进行了一些思考。

本项目的设计，涉及新的规范和标准，且在设计过程中面临了不少如传动轴那样的难题，再加上外籍审图部门工作模式的原因，导致整个设计周期拉长，对生产计划也造成了一定影响。

期间，由于业主的生活习惯和管理上的要求，对总体布置又做了很大更改，不仅给设计增加了很大的难度，更是延误了进度，还导致了一定的工程返工。

本项目设计工作中贡献最大的当首推吊运工艺、吊运胎架及吊具等的设计，经过多次反复论证、设计及试验，最终确保了吊运工作安全、顺利地完成，为这一批特种交通装备通过海运成功抵达目的地提供了保障。

由于在新规范条件下设计经验不足，加上内外沟通不畅，在生产过程中发现了不少设计问题，比如结构设计的合理性，以及设计完整性控制等，又导致了一定程度的工程返工。

我通过召集部门管理人员和该项目设计人员进行反思，除了结合十多年来公司所积累的特种交通装备设计经验，以及大量可参考的设计原型外，我们都认为技术研发部该下功夫的方面还很多，这主要表现在：充分了解业主所在地的生活习惯和管理方式，满足营运中生活和工作方便、舒适等需求；充分评审业主的需求，即结合项目的特点，分析其实施的可行性，并且一定要业主对设计进行充分的评审和确认，以规避风险。如果按业主的要求会影响相关性能、成本和周期时，应与公司主管领导及经营部门联系，尽最大努力与业主协商解决，否则，最终影响的是公司的利益；不断进行技术创新，填补国产配套材料和设备及传统设计方法的不足，力争研发设计并制造高新技术产品，填补国际国内产品空白；设计不能闭门造车，应充分考虑市场供应及企业生产设施、工人工艺水平等情况，多与物供部门和加工部门交流，力争设计不会因为在生产过程中再行更改而影响周期和成本；进一步提高设计本身的质量，避免生产中不必要的作废或返工……

作为项目办公室负责人，或者计划监督协调人，我把计划比作是串起珍珠的丝线，珍珠再完美，没有一根好的丝线，也会散落，甚至丢三落四。

本项目既然是公司第一个出口项目，也是公司第一个批量大单，公司高层给予了前所未有的重视，每月均有一个节点计划及分项详细计划，其中某些计划还是经过详细讨论，耗时几天才定下来的。不过，这些计划最终均未得到很好的实施，以至于未能很好地控制工程进度。而本项目的最后期限确定后，面临生死存亡的严酷考验，项目必须按时完成，所以公司在最后阶段只能日夜奋战，难免重工期而轻其他。

计划对一个工程的重要性其实每一个管理人员都理解。我们企业的优势主要在于研发、设计、建造该类特种交通装备，并且已有十多年数十型产品的设计和制造经验，这正是我们能够在国内外竞争厂家中脱颖而出获得订单的原因。该项目在技术上是因为新规范等原因带来了难度，但在制造方面却并无新工艺要求，与既往产品相比，所涉及的工程并不大，工期也不长。结合十多年的经验，应该能很好控制生产周期，至少是大节点的计划，应该能——也必须能够编制出来，同时也应该能够控制得住。

每次在讨论计划和工程进度时，各部门总是有一大堆的困难罗列出来，并不止一次地被强调，特别是“企业转型期”和“人员磨合期”这两个虚幻的原因，几乎成了一部分管理人员语句中的连接词或口头禅。如果这种现象在转型、磨合一年多后，在管理层还在多次被提及，必不是一个好现象。这是一种畏难、一种推脱。我们都知道，在困难面前，应多一些解决困难的勇气和建设性意见，为工程的顺利开展多替公司出谋划策，主动去清除摆在自己面前的障碍，创造条件，使计划得以顺利完成，但终究还是“困难重重”。

计划应起到贯穿整个工程的串珠线作用，只有将计划编制好，并对各种可能影响计划实施的因素提前定好对策，计划才能得到充分落实；计划的编制还应做到前紧后松，以预留整改时间；计划的实施，特别是大节点的完成，应作为管理人员的“死杠杠”，从激励和约束机制上笼住管理人员的思想，“西瓜皮”现象才会减少甚至杜绝。

当然，总结起来，最关键的仍然是质量，不能因任何原因而松懈。“质量第一”“质量就是生命”不能仅仅是挂在嘴上或者墙上的口号。

不知从何时起，公司某些部门有了这种想法，认为把检验员——特别是第三方检验员和业主驻厂代表摆平了，就能轻松过关。但这种摆平，并不全是用无懈可击的质量来达到的，所以第三方检验员和业主驻厂代表颇有微词。其实，这永远是一种被动的、消极的、自欺欺人的想法，一旦被这种想法充斥了头脑，就会被侥幸心理所左右，做出的产品都会存在质量问题。而一旦真的出了质量事故，责任仍然在我们企业，特别是缺陷，企业将对产品负终身责任。

总结，就像翻书一样，轻轻一动手指，就过去了。时光何尝不是如此，好过的时候不觉得时光飞逝，难过的时候却觉着度日如年！但好也罢，歹也罢，过去了，回过头来再看，也是弹指一挥间！

“宁总，你一定得给我想想办法呀！”在向我倒了一大盆苦水后，生产部的章培华经理近乎哀求地说道。

章经理是从什么地方开始讲起的，我还真没印象了，只知道打一开始我就有些头晕，心头堵得慌，大脑里就像着了火，高温高压，都快爆炸了。但事态的严重性我还是心中有数的，做了几年的管理人员，也得到了一些锻炼，学会了一些沉着冷静对待事情的方法。所以章经理所讲问题的梗概还是弄清楚了的，那就是，我历经一年半打造的生产设计组，从技术研发部划归生产部管理不到三个月，就只剩下生产设计组的冷主任和一个设计人员了。

“你早干什么去啦？现在来跟我讲，我又不是神仙，有回天的法术啊？”我也是真的被气急了，等他一讲完，也许还没完全讲完，我就没好气地劈头盖脸给他来了一通。唉！这可能是我第一次对一个比我职位低的人发火，毁了我一直坚持的为人之道。

“我这不是没办法了吗？我看你以前一直很忙，就没好意思来找你。”章经理显得有些理亏。

是啊！前些时候我一直很忙。就是因为我很忙，并且公司考虑到生产设计与生产靠近一些，可以互补提高，所以就把生产设计组划归生产部管理了。

我确实是忙了些！记得一开始是有弟兄们来找我说这说那的，我还开导他们要尽快熟悉新的环境，有什么事也多与领导交流，就像以前跟我交流一样，不能自顾自地闷在心里，更不能与同事闹矛盾影响团结，云云。可能是卸了担子就在潜意识中不想去管了，也可能是觉得已经不该自己管了就不方便管了，当然，也可能是真的太忙了，对自己的老队友反映的问题，没办法认真地去关心，也就打起了官腔。

可真没想到，事情急转如此之快。我自认为是一个好端端的队伍，即便工作中有些磕磕绊绊也是正常的，以前不也是这样吗？要是早知道会是这样严重的后果，我再怎么忙，也断然不会放手不管的，即便不是我分管了，但我对我的协调沟通能力还是非常有信心的。

但现在一切都晚了，还说伤心的话有什么用？不是更伤感情吗？

“章经理，现在人已经都走了，那肯定是不会回头了，我是个知识分子，我也跟知识分子打了这么多年的交道，被管过，也管理过，这点儿自知之明还是有的。”我的心还是个疙瘩，但也心知纠结不是个事儿，何况章经理年岁比我大不少，来跟我说这事儿已经就够为难他的了，“章经理啊，当务之急可能还不是找人来顶上去那么简单，这方面的人本来就不多，很难找，即便找来了人，一时半会儿也跟不上趟，所以着急也没用了，得先想别的办法才行呢！”

“宁总说得也是啊！你也帮我想想，能有个什么办法好用，下面生产催得急呀！这次是我自己部门的这套班子催我的另一套班子，我一点退路都没有啊！”章经理着急起来脸都涨得通红，让人好气又于心不忍。

我能有什么好办法呢？我站起身来用一次性纸杯给章经理泡了一杯茶，这事儿还真得好好合计合计。

“一个建制的队伍没有了，这可是件大事，比你现场等图纸施工要严重得多吧！”我惋惜——确切地说是痛惜地说道。

“就是啊！我打报告要求招聘人手，人事部肯定要问为什么人手不够的，即便他们不刨根究底，公司领导审批时也肯定会问的呀！”其实章经理心里比我还明白。

我沉思了半天，心头也没个准儿，“那章经理再想想，这人好端端地怎么就都不干了呢？这才几天啊！”

“这可能得怪我啊！”章经理快快地说，“我们不是讲考核制度吗？我们之前的办法就是，谁不服从管理，就扣谁的‘公分’，屡教不改，那就走人！所以就……”

“怎么就不服从管理了，怎么就屡教不改了呢？一个个就都那么严重？”我纳闷了，或者说是对自己没信心了。毕竟这支队伍我管理的时间长，难道我从来就没觉察到？所以心上就像挂了十五只水桶，七上八下的，“我怎么之前就没有遇到呢？”我说得很轻，几乎就只有我自己能听到。

我们俩都陷入了沉默，闷闷地喝着茶。

突然我想起来了什么，“章经理，是不是冷主任的犟脾气又犯了？”

“怎么？”章经理一脸疑惑。

“是不是冷主任指挥不动，就向你报告了？”

“是……是啊？”

“那章经理就听了他的，也没有问问同志们，就把人给训一顿，甚至给开了？”我心头的气又开始蓄积了。

“冷主任是对我负责的，生产设计组也得仰仗他来管理，我必须要支持他的工作，树立他的权威嘛！”

“权威不是有了权力就可以要威风的，是要通过正确使用被赋予的权力，在自己的团队中赢得威望，从而默契地达到令行禁止的效果的呀！”我的气又上来了，但幸好我还压制得住，“老冷的优点是很明显的，在这个组中，还真只有他能够挑得起这副担子。但是他的不足也比较明显，这主要是因为在他的职业生涯中还没有对这个行业有一个全盘的经验。有时候，他对工程的逻辑关系的认识不一定正确，这就容易导致瞎指挥。队伍也并不是要跟他对着干，只是在这种情况下没办法跟着干嘛！”

“这……”章经理显然并不完全认同，“那设计人员怎么就不跟我说呢？”

“这可能就是你章经理的不是了，我估计你一开始就没有给过他们辩解的机会。”我确实口渴得不行，一股脑儿就把杯子里的茶喝干了，到口里的茶叶也懒得吐，囫囵地就吞了下去，“我也是经过了一两次才发现的。老冷第一次跟我讲了，我不是先去批评人，而是先了解一下，再把人叫到一起评一评，让大家都说说。一方面我自己判断一下，另一方面少数服从多数，我再在中间打个哈哈，缓和缓和气氛，大家面子上就都过得去。这一来二去，到后来，他们也习惯了，有事干脆就一起来找我，或者两个人在顶牛，另外一定有人去劝解，劝不了就给我通风报信，我马上赶去救场子。时间一久，他们自己基本上在内部就能解决了。”

“我也是后来心里慢慢才回过神来，但觉得为时已晚，越着急就越扭不过来呀！”章经理心中沮丧。

“是啊！你想想，怎么可能大家伙儿都不对，都跟老冷过不去呢？”我一想，再说多了也无益，还会伤感情，何苦呢？就挥了一下手，打住了话头，“这也怪我，记得刚开始有弟兄们来找过我，我想本来已经理顺了的，他们自己肯定能协调好的，不会有大问题，没想到最后闹到这个地步，搞得你一个劲儿地为冷主任披荆斩棘，荆棘倒是清理干净了，可也荒成了沙漠呀！”

我们俩又都陷入了沉默。

最后，我们商量来商量去，只能勇敢面对现实，认真检查反省，报告公司，接受领导批评和处分。同时，申请并配合人事部门搞好人员招聘和培训工作，重新开始打造队伍。

当然，燃眉之急还是要解决的，章经理重新安排工程管理人员和工程技术人员，重走老路，只当是没开展生产设计。

站在枝头的鸟儿，从来都不会去担心脚下的树枝会不会折断，因为鸟儿信赖的不是它脚下的树枝，而是它自己的翅膀。

但是，站在枝头的鸭子就不一样了！它的翅膀很关键，但可能树枝更关键。脚下的树枝折断了，很可能它就掉了下来。

自己的一支队伍没有了，就好比脚下的树枝“咔嚓”一声陡然折断了一样，可真不是闹着玩儿的。虽然现在不该我分管，好像我并不用为此承担责任，但毕竟之前是我分管的，感情上受不了啊！再说了，我这个副总工程师，之前的分管责任人，难道真的一点儿责任都没有吗？所以，我也不敢带着章经理一起去面见领导。最终我想了一个折中的办法，先一起去向黎董事长禀报。

在前董事长、现董事会高级顾问黎董事长的办公室，我向黎董事长汇报了这一段时期公司的变化和我的思想状况的改变，特别是因生产设计组的变迁所经历的苦恼与痛惜，也表达了对生产设计组重建的信心和一些建议，以及对管理人员管理方法培训的建议。时间过得飞快，也不知道是不是因为站的位置比以前高了，才发现和经历了这么多的不顺心，以至于停下脚步回望和思考时，就觉得自己浑身都像快散架了一般。

“之前，公司只是作为技术骨干在培养你，并未把你作为我们管理梯队的培养对象，但你却自己长大成熟了。突然有一天，我们发现，一些岗位，甚至是重要管理岗位只有你能胜任，这使我觉得，之前未从这方面培养你，也是我们犯了一个错误啊！”黎董事长最后有些沉重地说道。

实际上，研究生毕业时老书记对我的嘱托，陶老师的悉心教导，特别是那种抱鸭子上树的准备式或前导式培养，不知不觉中在我心里就打下了“时刻准备着”的心理基础。所以，在公司成长过程中，一个人只要有上进心，即使没有系统的学习和培训，潜移默化地，也能够达到一定高度。

而在系统管理理念的形成过程中，对ISO9001质量管理体系的敬畏和忠实，以及对ISO管理原则和管理思想的理解与应用，更使我受益匪浅。

可能一开始，因为你是一只鸭子，不说在树上生存，连上都上不去。幸运的你，被人抱上了树，并被小心地呵护着，生怕树枝断了或者你自己没站稳脚跟，掉下来摔着了。甚至当你一不小心跌落下来，还有人及时地接住了你，再把你放上去。但生存和发展终究是你自己的事，命运选择了你，你也选择了树，那你就必须去努力适应，刻苦锻炼，奋力展翅，否则你就永远没有翱翔的那一天，你终究会从树上下来，甚至是摔下来。

第二十八章　做好“头鸭”

在我被提拔为副总工程师以后的这三四年里，我个人和公司都有了很大的变化。特别是自我担任公司管理者代表以来，我对管理体系理论和标准的领会、掌握越来越深刻。我站在管理者代表的高度，审视公司管理体系及其组织机构职责的履行和管理程序的运行，对公司整体运作的逻辑关系及其优缺点也看得越来越清楚。就好比认证审核员建议我的那样，我时刻把自己当作一名随行医生，随时随地在替公司把脉，并在必要的时候向公司高层提出适当的建议。

当然，副总工程师的主要行政职务还是协助总工程师管理好下辖的技术研发部。所以，我绝大部分的管理精力基本上还是放在技术研发部的建设上，何况这也是我成长和发展的根据地呢！技术研发部的发展必将与我的工作息息相关。

我在技术研发部担任专职副经理，加上后来升任副总工程师后兼任副经理，总共也有将近两年的时间。在这近两年的时间里，作为部门的ISO9001管理体系负责人，我一直在协助经理——“大鼠”龚骏远做好部门的管理工作。在杜明浩接任我兼任的副经理以后，我依然在努力想办法做好龚骏远的参谋，以图技术研发部在他的领导下有一个好的发展——技术研发部是公司及各部门发展的台柱子嘛！

实际上，作为主管领导机构，只需要做好部门建设的指导和监督工作就行了，而具体的管理工作日常事务，完全是部门领导班子的事。我之所以投入如此大的精力在技术研发部的管理上，主要原因还是颜总工一直担忧龚经理在管理方面的问题。或者说具体一点，是他的沟通协调能力，使部门这几年的发展内外交困。而往往在技术研发部出了问题时，晏董事长也总是第一个拿我是问。也是嘛，颜总工虽说是公司第一技术责任人，我是他的副手，但毕竟颜总工年事已高，我必须冲在前面，担当重任才是。

对内而言，技术研发部是一个知识分子的大熔炉，他们智商、资历都高，思想活跃。几年的发展，梯队健全，年龄大的如陶老师等，都已经退休了，现在是部门的高级技术顾问，主要承担新进员工的培训、辅导，以及重大工艺技术的攻关指导和审核把关；再往下，在公司完成国有大企业的并购，实现跨越式发展以后，从集团公司和社会上又引进了一批骨干力量，作为部门发展的技术核心力量；而以龚骏远为首的“五鼠”，以及丁力成、杜明浩等，则是部门的中坚力量；近几年，特别是这两年新招聘进来的应届大学毕业生，则是我们未来的砥柱。

以龚经理为核心的部门领导班子，同时又作为部门研发设计的中坚技术力量，管理和研发设计技术工作责任大、担子重。领导这样一支年龄层次跨越大的知识分子队伍，必须有大智慧和大胸怀。

在我们的韦经理升任总监造师以后，颜总工程师和陶老师就发现了这个问题，那就是，这一届领导班子不够成熟。由于我们都比较年轻，上有老下有小，对上难以取得绝对的信服，对下也难以绝对地服众。相对来说，龚经理还比较沉稳，就是稍微缺乏决心和胆魄。丁力成和后来的杜明浩、洪学志呢，多少又掺杂了一些小气，弄不好就会导致相互间的抵触情绪。而我比较感性，对下属和同级同事都还好，但对上级就是会在一些原则问题上固执已见。特别是早几年，我不够成熟，更谈不上圆滑，以为是在坚持原则，实则是因小失大，不仅影响领导的威信，也破坏了团队的和谐氛围。这些特质，注定了龚经理的管理难度大，管理工作也很难有大的作为。

所以，在我被提拔为副总工程师以后，特别是在卸任技术研发部副经理以后，颜总工程师——我的顶头上司，就时常提醒我要多关注技术研发部的管理，多给他们出点子，多帮他们上下打圆场。

俗话说“现官不如现管”，这几年，技术研发部的管理也久经波折。

在计划管理方面，由于放权不够，人力调配监控时常跟不上，计划绩效经常不能实现。这使部门处处被动，考核被扣分，人员受处分，把以“三鼠”贝洪涛为代表的员工活生生给气走了好几个。

为了调动人员积极性，部门拟实行计件工资制度。虽然，在颜总工和我的大力劝导和修改后，这个本来用于管理工人的制度，被改进成了管理技术人员的一个制度，但由于其先天固有的缺陷，执行起来又太机械，导致部门畸形发展。技术水平高的员工都不愿意担任项目的专业主管，不愿意做项目管理和图纸校对、审核等技术管理工作，而愿意去一张接一张地画图，工资上去了，但做人的感觉下来了；那些新员工，和那些水平还不成熟，难以独当一面的员工，则只能承担一些鸡零狗碎的设计工作，还难以得到指导，工作量和设计质量双双上不去，工资甚至只能保底，成就感缺失，沮丧感却与日俱增。这个制度执行了半年多，老的少的又辞职了好几个。

对外而言，“兵马未动粮草先行”，这是技术研发部的首要职责。

公司经营发展要开拓市场、承接订单，就必须要有及时、有力、与时俱进甚至前卫的技术做后盾。特别是在订单洽谈期间，对顾客要求的反应速度和质量，那是取得信任、赢得竞争的法宝。

材料、设备的采购，产品的制造甚至检验放行，依赖于技术研发部的技术文件和图纸的保质保量供应，以及出现问题后的及时处理，这是作为一个制造业赖以生存和发展的根本。

公司每周五下午的生产调度会，以及每月初第一个星期一下午的公司例会，不知从什么时候开始，会议开着开着，就成了对技术研发部的批斗会了。各级领导和各相关部门都是恨铁不成钢而又义愤填膺地架起机关枪对着龚经理一阵疯狂扫射。这只“大鼠”就真的像一只过街的老鼠了。而作为分管领导的我，特别是第一分管责任人颜总工程师，每每在这种时候都是无比尴尬，脸色也在红白之间不停地转换。

这技术研发部的管理就成了颜总工和我管理工作中的一个心病，也成了公司发展中的羁绊，令经营班子、董事会和股东头痛不已。

“小宁啊，我马上就到退休的年龄了。”

一天，我正埋头在电脑屏幕后面忘我地工作着，颜总工不知何时从我隔壁他的办公室来到了我的办公室，坐在了我办公桌对面的那把椅子上。突然的一句话，惊得我猛抬起头来。

这一声音量虽小，却不啻于一个响雷，不仅仅打断了我工作的思路，而且堵塞了我的思维，使我不知所措地哑然。

我赶紧移动我的椅子到办公桌的旁边，以挨近颜总工。这不仅仅是为了从电脑屏幕后面把我的脑袋移出来，好让颜总工看见，而主要是考虑宾主和上下级之间的关系——我怎么能大摇大摆地坐在办公桌后面，看着坐在我对面的上级呢？

我突然发现我的脸有些涨红，不是为了甩下的工作，而是因为我好像并没有听清，或者说不敢确信颜总工说了什么，但总觉得颜总工这样造访，肯定要说非常重要的事情，所以我眼睛难为情地盯着和颜悦色的颜总工，欲言又止。

“啊！我是在说我马上就要退休了。”

“这，这……”我的耳朵这次肯定是听明白了，但心中却并没有明白，或者说现在还不想明白。

“你别紧张，不就是我要退休了嘛！”颜总工也转过来他的椅子，正面对着我。

我们就这样，他老人家和我，坐在我办公桌的相邻直角边上，我也记不清是不是给颜总工张罗过茶水。

颜总工的心情好像并不像那些要退休的老同志那样有一种失落感。我记得，我的陶老师在退休的时候就是这样的。当时，我都不知道怎么安慰他。当然，在我刚刚转正成为正式的副总工程师时，颜总工就对我说过：“你要赶紧成长，我会给你加码的，否则你进步太慢，而我只有不到三年的时间就要退休了。你可别指望我到时候会接受延聘，或者正儿八经地给你当个高级顾问！我要充分享受属于我自己的生活的。”

但这也来得太突然了——三年就这么快？我不觉心中默算，可不是嘛，三年过去啦！想起我手头正在忙的工作，不觉回头朝技术研发部的方向看了一眼。

“是啊，这也是我最放心不下的。”颜总工和颜悦色的脸上变得凝重。

“颜总工，您真的就要退休回去吗？”我心中不舍，却又压力陡增，“时间是太快了，我糊里糊涂地还没理出个头绪，特别是这几年部门管理工作拖了公司的后腿，让您操碎了心啊！我辜负了您当时对我的厚望，成长得太慢了！”

我说着说着，都快要有哭腔了。

“恰恰相反，你没有让我失望！”颜总工严肃地说，“而我反倒有些遗憾，那就是没有早一点发现并提拔你，否则，技术部门也不至于落到今天这样被动的局面。”

“我……”

颜总工微笑着用手示意打断了我，接着说道：“你看，自打你当上技术研发部副经理以后，公司建立质量管理体系，你在部门主持这方面的工作，我就看出来了你有一定的管理功底。这便是我直接把你提上来的原因，是想让你能够在部门建设上有更大的作为。而言教授力排众议，要晏董事长任命你为管理者代表。这两年下来，也证明了他的眼光啊！同时，你也充分把握了这个机会，所以你的管理思路成熟得非常快。这一点，我非常满意！”

颜总工的夸奖，抑或是鼓励，让我有一种无颜消受甚至无地自容的感觉，“颜总工，您太过奖了，我真的很感激您的知遇之恩和谆谆教诲。我知道，我在性格上有不少缺点，这可能与我自小的成长环境有关，我也在努力改变和塑造我自己……”

我很激动，也有点感伤。我低着头，看着自己不断扭绞的双手说：“我一直觉得我很幸运，真的！”我抬起头来，就像儿子看着父亲那样看着颜总工，“在我刚刚走上工作岗位时，就有陶老师这样的好老师引领我；我工作多年，其实也很淡泊，但却有您的提拔和教导，我……”

我激动得说不下去了。我真担心继续说下去，我会控制不住自己的眼泪。

颜总工用手轻轻地拍了拍我的肩膀，“我们的作用其实都是有限的，关键还在于你自己。其实，在我们每一个人的一生中，不仅仅是职业生涯，所有经过的人和事，都只是过客。那些你经过的人和事，对你的成长到底有多大的作用和影响，关键在你对他们的看法，和你如何去对待。而你在这方面，应该算是做得比较明智的。”

颜总工和我又认真地分析了技术研发部存在的问题，特别是对部门班子成员逐一进行了分析。这确实是颜总工最不放心的一件事，也可能是他老人家退休前的一件憾事。我心中不免懊悔：我怎么就把颜总工当初关于退休的事给忘了呢？要是我一直把它放在心上，我的工作计划——按我这几年对公司和部门管理的理解，只要是在我的职权范围内，我肯定不会像这样缓慢地去解决问题的。当然，要根本解决问题，可能就难免涉及人。但我相信，按照我的性格，我绝对不会犹豫，我肯定首先考虑的是颜总工，因为颜总工的心愿就代表了公司的目标。

很不巧，就好像颜总工下定决心非要退休似的，他老人家生病了。这是集团公司一次例行体检发现的，颜总工得了早期癌症。大家的心都提到了嗓子眼儿上，特别是我。

手术完后，可以探视的第一天，我就急急地赶到了医院。还在高干病房的门口，我就惊奇地发现，颜总工正与我们的前董事长黎董事长谈笑风生。一时间，我似乎厘不清头绪了，几天来的担忧，难道是我获得了错误的信息？我使劲地摇了摇头，好让自己清醒过来。不是吗？颜总工正穿着医院特有的蓝白条纹病号服，斜躺在些微摇起的病床上，雪白的被子盖着他明显瘦弱的身体，一根氧气管由专门的夹具固定在他的鼻孔处；一旁的监控仪器上，绿色的心电图规律地移动着，偶尔也会有一个突然的升高；黎董事长浅坐在床沿，双手握住颜总工没有在打点滴的那只手，与颜总工小声而欢快地交谈着；靠窗边的一把椅子上，颜总工的爱人——吕阿姨正微笑地看着他，从她时不时微皱的眉头看，正在心疼着……是啊，颜总工这次是真的病了。

“小宁，小宁，快进来！快，快进来！”我不知道在门口站了多久，突然被吕阿姨的叫声唤醒了。

“啊！我……我来看看颜总工。”我一时语无伦次，分别又跟颜总工和黎董事长打了招呼。“我听说颜总工今天可以探视了，所以就赶快过来了。前些天听说颜总工生病了，又不能来探视，真把我急得不行！”

吕阿姨把我让到她刚坐的那把椅子上，慈爱地说道：“小宁你坐在这里，陪老爷子说说话！”

我难过地看看颜总工，又看看黎董事长，然后对着吕阿姨说：“吕阿姨，我真希望我能来替颜总工受这份苦啊！”

“这孩子，别瞎说！”吕阿姨假嗔道，“这可不是好替的啊！你的颜总工老了，反正不中用了，这下不就好了吗，可以回来陪我享福啦！”

黎董事长也接口道：“你的颜总工命大，发现得早，一刀剜下来，就没事了，哈哈！”

我“呵呵”地对着颜总工傻笑道：“那当然，那当然！”

一听黎董事长的话，我悬着的心总算是落地了。想想看，癌症！听着就瘆的慌，多少人得了这个病，吓都要被自己吓死！

在颜总工的乐观精神感染下，黎董事长和我与颜总工谈得很开心。期间，好几次都把护士惊动了，过来对我们好一通批评。

“你准备好接班了吗？”黎董事长突然问我道。

“这，这……”我感到突然，心中一点儿准备都没有，我看看颜总工，又看看黎董事长，“这我还真没准备好呢！不久前颜总工找我谈话，我还在自责呢！”

颜总工说道：“你应该是准备好了，小宁啊，这我掂量得出来。”

吕阿姨也在旁边补充道：“是啊！刚才黎董事长和老爷子谈到你啦，你就别谦虚了。”

“是啊！”黎董事长道，“就像我之前说过的，你成长得快，超过了我们的预期呢！何况，这几年颜总工培养有方啊！”

要说还没准备好，这对我来说是有原因的。

因为我一直记得研究生毕业时老书记对我说的话，这不是说仅仅靠我单方面争取就能得到的，而我的个性——这么多年也一样，我比较淡泊名利，从来不去刻意追求。当然，若降大任于我，我也从来没含糊过，绝不会辜负期望。

同时，技术研发部现在所处的境地和郑总经理的辞职，使我意识到，一个人的资历或者说年龄，在我们这个公司管理工作中的作用显而易见。我们公司的高级管理层，本身并不年轻化，虽然我也三十六七岁了，但与他们相比，我仍然还是个“小孩子”。这个现实和压力我并不怕面对，但管理过程中，“情”和“理”都是存在的，而“情”又往往对执行力的实际效果起着决定性的作用。

所以，我诚恳地对黎董事长和颜总工说道：“黎董事长、颜总工，小宁可能要让两位领导失望了！”看了看领导们严肃而又诧异的目光，我又稍微清理了一下思路，斗胆地补充道，“我并不是拈轻怕重不想担担子，我甚至很想挑战一下自己和公司的管理现状，但是……”

我停了下来，突然又没有勇气在这两位对我职业生涯起了重要作用的领导面前说下去了。

颜总工和黎董事长交换了一个眼色，然后黎董事长用一个坚定的眼神鼓励我继续说下去。

“但是，我担心公司长期以来的文化，特别是这几年的企业文化，一时半会儿可能还并不能接受我。也就是说，我并没有十足的把握去掌控我分管的工作。我是说在这种背景下，是我的个性，或者说是我的心智，可能还不够成熟地去对待这个职位，而不是我的能力。那么，这对公司造成的损失将是不可估量，甚至是无法弥补的。”

我时断时续的一席话，可能真的令两位领导苦恼了。我感觉到颜总工似乎叹了一口气，而黎董事长也是沉沉地“嗯”了一声。

肯定的，特别是黎董事长，这是他一手创办的公司。现在在位的有十位高层领导，除了两位是完成收购以后其他股东派来的以外，其他的基本上都是与他一起打天下并被他逐步提拔上来的，所以他对此非常了解和理解。

而现在，企业大了，特别是作为一个国有股份制企业，一些不怎么好的文化氛围在原本单纯的企业中滋生和蔓延。这些虽不至于伤筋动骨影响公司的正常运作，只要控制、利用得当，也不会影响公司的发展，甚至还可以作为一种外围的体系——就像信仰一样，维系着企业的稳固，至少是在一定的时期内。

但是，这种外围的体系，不利于公司再有跨越式发展，甚至不利于技术、工艺的创新与发展，那么，它必将随着管理者的老化而老化。

“干吗呢，一个个的，啊？”吕阿姨打破了我们的沉默，“不说这个，一说，刚才的高兴劲儿啊，都不知跑哪儿去了！”

我们又谈了一些别的事。时间也不早了，该是医院换班、吃晚餐的时候了，黎董事长和我在护士的一再要求下，告辞离开了医院。

我是搭公共汽车来的，黎董事长坚持不在其位不享受其待遇的原则，也是一个人搭车来的。所以，回来的路上，我与他老人家一起，挤上了一趟公共汽车。

这正是下班高峰，并没有人给年老的黎董事长让个座。

在拥挤和嘈杂的人群中，黎董事长一手扶着座椅的靠背，一边大声地对我说：“小宁啊，你的颜总工生病了，这些时日你经常来看看他。他的孩子大老远的不在身边，也不能总是请假回来陪着，这你是理解的。”

“您放心吧！”我也基本是靠吼，“我不忙的时候就每天晚上来看看，忙得要加班呢，至少两天来看一回。”

“你的担子可不轻啊！接班的事儿我们都再考虑考虑。但这段时间，你要先把担子挑着，不管以后是不是你。知道吗？工作不能缺位。”

“您放心，我不会让您失望的！”

我代总工三个多月，颜总工终于出院了。

这一届领导班子任期已满，晏董事长不再兼任公司总经理，提拔分管经营的何副总经理担任公司总经理，并继续兼管经营工作；考虑到各方面的原因，公司决定，由我之前的韦经理，现在分管生产的韦副总经理兼任总工程师，颜总工任公司高级技术顾问。

一晃，半年过去了，韦总调任为总工程师。

在这大半年，技术研发部的管理工作非但没有起色，反而每况愈下。公司研究决定，由韦总工程师兼任技术研发部经理，主持部门工作；我兼任部门副经理，分管主要的管理工作；而原来的龚经理，也回到了副经理的岗位。

我和韦总工又搬回了技术研发部的办公室，以便贴近管理。一切，又仿佛回到了从前，只是队伍壮大了，以前部门占据一层楼，而现在部门占据着一栋三层的办公楼。

行为心理学研究表明，一般地，二十一天以上的重复会形成习惯；九十天以上的重复会形成稳定的习惯。同样道理，任何一个想法或观念，重复二十一天，就会变成习惯性想法或观念，而九十天以上的重复，它一定已经变成了信念。

俗话说，“江山易改，秉性难移”，讲的也是这个道理。

如果这个习惯、想法或观念是正面的，或者说是积极向上的，是好的，那么我们就可以发扬光大。但是，如果不幸恰恰相反，那我们就必须要改变它，而这种改变将会非常难，甚至难于撼山。

这就是为什么我觉得承接总工程师的职位不具备条件。

在兼任技术研发部副经理的前一阶段，有很长一段时间，我的压力非常之大。这，并不是相比当初任副经理而言多了一个副总工程师的职位那么简单。当年，我刚被提拔为副总工程师时，不是也兼任了很长时间的副经理吗？一方面，作为副经理，在未得到经理批准时，某些计划开展的工作，特别是整肃或改进工作，不能擅自开展；另一方面，相比之前的副经理不同，部门几乎全部日常管理工作，包括计划、质量、绩效等，都是我负责。特别是计划，眼看如果不采取某些措施，就不能保证计划的实施与完成，也只能变换工作方式去执行。当然，这样开展工作，稍一不慎，不是上级不满意，就是下级不高兴。但是，虽然偶尔稍有越位——而不是明显越位，只要工作完成了，上下级之间的矛盾总是能够平衡的。

我想，这一点我还是做到了。但是，对于部门的管理，却仍然没有根本的变化。

一晃，我重新回到技术部的第二个年头的第一个季度又要结束了，而计划完成情况却相当不均衡。人员相对充足的总体专业，相比人员紧张的机械专业和自动化专业，计划延迟了将近一个月。这不仅在部门内部造成了不好的影响。作为先导专业，总体专业的图纸要早于其他专业。这个专业的计划延误，实际上就等于技术研发部的计划延误，也等于整个公司的计划延误，给公司经营生产活动的开展带来了严重的影响。

我是随着技术研发部的发展而成长起来的，清楚地知道做事的程序和要消耗的时间。十几年的同事，我对部门的元老级人员深有了解；对后期加入的老少员工，由于我良好的亲和力，也与他们之间有了很好的感情基础；几年管理工作的经验，特别是管理者代表工作的磨砺，使我非常善于去发现问题的根源。

之前，我的步子很谨慎，但这一次也许就是一个机会。所以，在征求了韦总工和龚经理的意见后，我专门召集了总体专业全体人员开了个会。

看着大家或期待、或理解、或不屑一顾的眼神，我直截了当地说："今天开会，我不说大家也知道为什么。我的为人大家也了解，那大家有什么话就说吧！不管是机关枪，还是迫击炮，只管对着我轰，我绝不吭一声。"

说完，我打开工作日志，抽出钢笔，看着大家，一副忠实听众的样子。

一阵沉默之后，从平时与我交道多的同事开始，大家抢着发表了看法，或激动、或气愤、或无奈、或期许……我就是要让他们自己说出来，并且大家相互把想法谈透彻，相互达成理解，以免我"一言堂"。即便都是他们的想法，到头来，他们仍然认为是我们这些当领导的想法。

我把这些想法总结起来，当着大家伙儿的面通报给了他们。

"首先，大家都知道出了问题，不解决的话，各位的经济利益和前途也都没有什么光明可言。大家都希望改革、上进和发展，当然，这是大道理，说起来容易，做起来难。但你们说出来了，我一定会去开展，不管有多难，请相信我，不出一个星期，我一定把办法拿出来，再给大家讨论。

"其次，大家勇敢地指出了各专业分管副经理和经理也有管理失误，或者说管理不善，人员调度不得力、不及时，导致打乱战，没有效率，人还累，没有成就感，还要挨领导批评，受冤枉气。说得好！这是我最想听的。

"再次，对于新员工的帮教机制要改善，任务重，老师的工作一忙，没办法管大家伙儿，希望有机会、有针对性地组织专门的培训。这个我们一定会考虑，去年管理体系外审时，专家也提出了这个建议。大家放心，培训不会总是安排在休息日的，‘磨刀不误砍柴工’，这个时间肯定赚得回来的。

“最后，那些认为我们不会做的部分，或认为我们完不成的部分，往往外包出去，本想抢进度的，但实际上这些图纸回来后，我们修改的时间，比我们自己设计所花的时间还要长。为什么不一开始就把计划安排好，由我们自己来完成呢？我们暂时不会的部分，其实也只是不熟练的问题，担心我们出错误造成损失，为什么不担心外包出去也是一样的状况呢？为什么不把交学费学本领的机会留给我们自己呢？这一条最尖锐，也说到了我们的软肋上。确实，我们部门发展十几年了，但十八般武艺还真就是不全。这一点一定要改变，否则，我们愧对高新技术企业的招牌。”

会后，我又分别召集老中青三个层次的人进行了座谈，进一步互相交流了看法和想法。

我还特别把“四鼠”司空星汉拉到我办公室，关起门来谈了谈心。自从“三鼠”贝洪涛辞职，我们就再也没有互相以“鼠”相称了。而“三鼠”的离开，受打击最大的也是“四鼠”。从那以后，他很消极，并且他的这种状态，就像传染病一样，不同程度地影响着“五鼠”江明杰，以及后来的伊筱雪。他们这都是公司早期的员工，也是现在的中坚力量啊！

“老四，这么多年了，我知道以你的为人，有些个性跟我是一样的，不是那种爱强求，或者爱攀扯的人。”我看着司空星汉，由于是老班子了，也没有必要去拐弯抹角，“我知道，你并不是完全走不出老三的阴影，你是被逼着偏离了你原本的路线，是不是？”

“是的，别人敬我一尺，我必敬他一丈；他若做得了初一，就别怪我做得了十五。”看我直接说中了心事，老四愤愤地说。

“是的，不说老大，就说我吧，也可能完全是走狗屎运爬上来的。要不，就我那个臭脾气，把领导都气得住进了医院的人，哪还谈什么前途光明啊？那就是一个黑暗，你说是不是？”

“哼！就像你说的，我倒还真不稀罕当个什么鸟芝麻官呢！”他还在气头上没下来。

“我知道，是的，这也是我这几年才悟出来的，公司领导也想一碗水端平，所以，自从并购了现在这个摊子，五湖四海地进来了这么多人，总得把管理岗位分一分，免得说我们是侵略，是殖民，我们不是国有股份制企业嘛！”

“……”老四没有进一步的反应。

我分别给他和我把茶杯加了些水，然后继续说道：“但是，公司也确实该吸取教训。当然，教训肯定是知道的，就是应该做到干部考核能上能下就好了，这样，也不会有今天的局面……”

“看来你也还没真正搞明白是怎么一回事！”老四还没等我说完，就打断了我。

“嗯，也许是吧。”我接口道，“我接着说，你再看对不对啊！”

我看了看他，见没有反应，我只好自顾自地说下去了，“从老三开始，公司领导就认为他，当然后来也包括你们这几个元老似乎不太听指挥。我也知道，晏董事长、颜总工，还有我们当年的郑经理，以及当年的韦经理，都找你们谈过话，要你们配合现在那些个经理、副经理的工作，但根本没有效果。”

老四鼻子里“哼”了一声。

“是的，这其实根本就不是那么一回事儿，我知道，这根本就不是你们的不是。所以，当初为老三的事，我跟好几个领导都干过仗。”

可能勾起了老四的一些回忆，也可能我的话转过弯来了，反正老四一下子转过来，抬眼看着我。

“实际上，人都有自己的弱点，而人的弱点又具备传染性，特别容易在同一类人中传染。”我看着他，注意着他的变化，“就像你们几个害了同样的病一样，他们这几个后来的副经理，也害了同样的病，这其实是安全感缺失在作怪。安全感缺失，你明白吗？你们在相互排斥、相互防备，知道吗？”

老四不安地低下他的眼皮和他的视线，但并没有低下他的头。

“我也跟他们谈过，给他们打了个比方，领导和下属之间的关系呀，实际上就是坐轿子和抬轿子的关系。如果领导对下属仁德，那么抬轿子的人步调一致，这轿子就有规律地上下悠着，坐轿子的人就觉得舒服。反之，这轿子就像发了猪癫疯似的胡乱颠簸着，那坐轿子的人能享受到坐轿子的滋味吗？甚至连尊严都会受到贬低，你说是不是?”

“好像是这个道理。这跟我们大有关系，那是肯定的，但我们能有什么办法呢，干吗全在指责我们呢?”老四的无奈是有道理的。

我一口气把杯子里的水喝干了。

“确实，你说的我深有体会，这你是知道的，可能不同的就是，我跟你所面对的上司的修行深浅不同。”我和他相对会心而又无奈地笑了一下，“是啊，在上下级之间，如果出现不和谐，下级无论付出多大的努力，可能上级一个喷嚏就打没了；而上级向前迈出一小步，可能下级紧走一步就跟上来了。这就是上下级之间的关系，上级无论如何都会站在主导的地位上。”我看了他一眼，并专门用眼神交换了一下，“这就是你们之间的问题，我不能说得太直白了，你觉得是那么回事吗?”

老四轻轻地点了点头，眼睛都有些湿润了。

我把他的水杯向他面前推了推，等他稍微平静了一些后，接着说道：“但做下级的，并不是完全处于被动地位，也不能自暴自弃地甘愿处在被动地位。”

“那么……”

“我还是谈谈我这几年思考所悟出来的一些道理吧!”我看着他，觉得还是应该好好组织一下语言，以免产生误解或误导，“咱俩就直说吧，你可以选择性地听，我不会介意的。”

“呵呵，搞那么严重干吗!”老四有意缓和一下气氛。

“那不一样，话总得说清楚嘛!”我给自己续了一些水，吹了吹，慢慢地喝了一口。今天说的话好像很多，所以总觉得口干，“其实，你可以从两方面考虑。一方面，对方可能有意激起你的不满情绪，然后他很高兴地看着你自甘堕落，那么他就安全了。”

听了这话，老四不由得睁大了眼睛，他端起水杯喝了一口，甚至不由自主地把水杯按在嘴巴上没有移开。

“这是消极的一面。另一方面，你完全可以积极地面对，认真地做好自己的工作，甚至创造性地开展工作，那句话怎么说来着的？哦，对了，‘是金子总会发光的’。我一般都是选择的后者。”我顿了顿，“我们也不要把人想得太坏，即便别人确实是在使坏，我知道以后，也仍然不往坏处想，只当没看见，以免影响我的行为。老哥我今天有句话要与你共勉，那就是，‘我只要在这个位置上待着没走，那就好好干。如果觉得不称心，那就干脆滚蛋另攀高枝。因为光阴是自己的，一个人消极对待，其后果对集体的影响是有限的，但对自己，失去的却是全部。那一天天的光阴，就那么不明不白地溜走了！’”

老四的眼睛又开始湿润了。

我趁热打铁道：“所以，何苦呢？就算往阴的方面想，我们千万不能做让亲者痛而仇者快的事，不能上了人家这个当；往光明正大的方面想，只要我们能够积极面对，正确对待，无论如何都把自己锤炼成一块好钢，我们就一定会有机会。否则，就是机会来了，砸在你面前‘轰’的一声响，你也得不到，因为你根本就没有准备好。也许，我的狗屎运就是这么来的！”

“你别说了，我明白了……”老四的眼泪终于忍不住淌下来了。

我只是把手按在他的手臂上，再也没有说一句话。

正如我所承诺的，技术研发部管理办法的调整工作，在一个礼拜之内就获得通过，并下达、宣传与贯彻和实施，不久就见了成效。

首先，我们的计划管理中，设置了配套的人力资源配置计划，每一个礼拜都要进行检查和调整。项目经理需要额外的人力资源开展临时突击时，由各专业分管副经理及时调配。项目经理和专业副经理双重监督，突击工作完成，及时回到原来的岗位，或者另作安排；项目进行过程中，人员一旦空出，项目经理及时归还给专业副经理，由经理根据所有项目的计划状况进行调度。这不仅做到了资源和负荷的平衡，更使人员的积极性和主动性得到了充分发挥，研发设计进度相比之前得到了极大的改善，研发设计周期同比缩短了1/4到1/3，因技术研发部自身原因导致的计划延期基本杜绝了。

根据员工均衡、全面发展的要求，在项目研发设计的人员安排上，采取轮流更换岗位的方式，并安排老师跟随指导，逐步在一到两年的周期内，让一个人能够全面掌握该专业的所有知识和技能。这一工程的开展，不仅实现了部门建制的完善——十八般武艺样样俱全，还提高了员工自身的成就感，更方便人力资源的调度。因为在一个专业中，每个人，当然除了新进员工以外，随时随地都能被安排承担需要完成的工作。

员工的培训，特别是新进员工的培训，我们安排了每周一次的定期培训计划，和根据项目需要的不定期专项培训，并按年度安排在外进行拓展训练。老师分别由资深的老员工、老领导做理论基础教育和拔高教育，而让不同层级的员工或自发或强制安排进行串讲和交流，形式不一而足。

而最让人欣慰的，当属上下级之间关系的改善，同事之间的和谐、团结，真正体现了团队的力量。

在这一年的年终考核中，伊筱雪第一次被评为了优秀员工。新的一年开始了，公司机构和人员进行了一次小的调整，在原来的生产设计组基础上，重整扩建成立了独立的生产设计部，老四司空星汉被委任为经理，全面主持部门建设、管理与发展工作。看他拿龙做虎挽起袖子、甩开膀子大干一场的那股子劲头，与前几年相比，那真叫判若两人！

第二十九章　该踢的时候还得踢

要说，今天的生产调度会我准备得并不充分，除了一件事之外。

也正是因为这一件事，使我花了不少时间。这并不是因为这件事本身要耗费我太多的精力，关键是一份记录，我必须要拿着它，在下午一上班，我必须拿着它坐在生产调度会我常坐的那个位子上。

这份记录在公司资料室，而现在是午餐时间，人都不在办公室了，不仅仅是资料管理人员，我的部门一时也找不到一个可供使唤的人，我必须亲自去资料室，一直等到资料员回来。我知道他们在下午上班前会回来的，这是我管辖的部门，没有十分的理由，且至少经过口头允许，是不允许迟到和早退的。按规定，不得晚于上班前五分钟到岗位上，也不得早于下班后五分钟离开岗位。毕竟上班前要准备，下班后要收拾吧，这些“瞻前顾后”的事，原则上不能耽误在正式的工作时间。这就是规定，一个简单的作息规定都不能很好地坚守，那其他的纪律防线绝不会稳固，对个人、对集体，都没有益处。而我们作为一线的服务部门，更应遵守。

中餐时，那位勤恳的总调度室计划检查员找到我核实生产图纸发放计划执行情况。这是个吃苦耐劳的小伙子，要检查核实的项目实在是太多了。本来按生产调度会规定，各部门应在调度会前一天下午下班前报到他那里的，以便于他进行统计，为生产调度会准备好材料，但显然有些部门的领导并没有履行好职责，害得他忙了一上午。

“宁总，”虽然我努力修行了几年而以对下属极具亲和力著称，但小伙子还是有点拘谨地说，“您看看，这个项目的图纸生产部门已经提了几次了，您每次也在会上说早已经发了，我每次核实的时候，您也说发了。但没办法，他们这次又提出来了，只能麻烦您再关心一下。”我看了一下检查表，愣了一下，立即觉察到心里的温度在上升，但还是马上极力镇静下来，“啊，我知道了。我这次亲自办，一定做成铁案，不让你为难，辛苦你啦!”

公司规定，每周五下午召开生产调度会，检查本周计划完成情况，协调部门间沟通未能达成一致意见的问题，分析计划泡汤的原因，布置下周的计划，并听取各部门对计划的意见，以便提前协调甚至调整好计划，把卡脖子的事儿提前布置好应对方案。这本来应该是一个好的管理办法，或者说是管理工具，特别是针对我们这种按订单生产、批量小、过程中时常还会要修改设计的产品，似乎变化总是比计划快。但是，如果执行过程中顶层设计或顶层控制不严格，慢慢地，这种生产调度会就会转化成扯皮会、责任推卸会，非但会议形式和目的被歪曲，会议效果和会议决定执行效果也很不好。更有甚者，一些管理职责履行不严谨，甚至不作为和乱作为的管理人员，在考核不合格被降职或撤职前，将对公司带来不可估量的损失。这种损失不仅包括直接经济损失，更包括这种管理传染病导致的大面积意识形态恶性感染。

就说今天提到的图纸发放计划执行情况所产生的问题吧！生产部门第一次在会上提出时，由于事前生产部门并未按规定与技术研发部或资料室沟通检查，按调度会规定的原则，我是可以不响应的。不过，考虑到生产部门的迫切要求，在当时的调度会上我就与资料室电话确认过，并在会上当面告知对方图纸已经发到位了。但生产调度会会议纪要是生产管理部门整理下发各部门的，所以，这一次不知是记录原因还是主观故意，仍然把这一项视作未完成计划。在接下来的礼拜一上午，总调度室计划检查员向各部门发放生产调度会纪要，并向各部门负责人确认落实。我当时就指出来了，请计划检查员向其领导解释，并要求其在部门内部核实，以免耽误生产计划。然而，计划检查员在礼拜三的中期检查和礼拜五的会前检查时，仍然在提到这一项计划的完成情况。更让人不可思议的是，这一项又一次出现在生产调度会纪要上，并在这个礼拜一、礼拜三被一再检查确认，今天的会前检查居然还在说没收到下发的图纸。

确实，我心里难受极了，并不全是因为该条检查记录会影响我部门的考核得分，关键是……唉！作为公司管理体系管理者代表，我觉得有一种挫败感，同时，也感受到一种难以战胜的力量。毕竟，搞好管理关键在领导，我只是公司副总工程师兼技术部主持主要工作的副经理（经理仍然由总工程师兼任），下级好沟通，但上级……特别是非直属上级，沟通起来就必须要小心，不论是方式方法还是时机的把握，弄不好不仅不利于团队团结，更无济于事啊！

但今天我下定决心要采取措施了，俗气地说就是要发发飙。会议还未正式开始，我就坐在我常坐的位置上，面前的会议记录本下就压着我从资料室拿来的图纸发放签收记录。我像往常一样与同事们开着玩笑，相互交换信息和意见，非正式地回答或口头承诺、处理一些问题，只要会下能沟通处理好的，哪怕在最后一刻，我也不想把它拿到会上请上级领导主持协调解决。但今天，有一条信息我不会在会前讲，是的，是故意的！我也不想故意去这样做，甚至觉得这样做显得不够成熟，有失威严，也好像很阴险，但是，也许只有这样——这并不是去纠结生产部门是不是故意的，因为我觉得可能只有这样才记忆深刻，才能引起高度重视，至少能够在一段时间内能让各位引以为戒。

生产调度会按照一贯的方式进行着，一条挨着一条地就到了这条关于图纸发放计划的落实情况上来了。也许同样感觉到了有些不可思议，主持会议的生产副总经理把满怀疑惑的眼光投向了我。

我“咳”了一声以便清一清嗓子，镇静地从笔记本下面拿出那份图纸发放签收记录，并举了起来，不同角度地展示，好让与会的领导都能看见。当然，并不是要让大家看到那几条签收记录，那太小了，除了挨着我左右的人以外，肯定是看不清的。但是，大家应该看得出这是什么，因为这份记录的格式在各个部门都有，几乎天天都会与它打交道，这是我们公司《管理手册》中规定的格式。

我的这一举动立马达到了效果。我严谨得近于苛刻（当然，有的人称为迂腐）

的工作作风在公司是公认的。我作为管理者代表，每次宣传与贯彻培训时都会强调记录的重要性——没有记录就没有工作，特别是在会引起纠纷的场合或要追究责任时记录的重要性。当我手上拿着记录时，一般人都知道，这比他们自己拿着记录更严重。

“关于这一项计划的执行情况究竟检查了几次，我想我真的没有必要在这里说明。”我镇静地说，“我们都知道，总调度室的计划检查员每周一会向各位发放纪要并落实确认，周三会做中期检查确认，周五会前还会检查确认，然后准备好会议资料供开会用。”

可能是有些激动，我发现嗓子发干，只得停顿了一下，喝了一口水（我比较讨厌讲话过程中喝水，好像是打官腔摆谱的样子），“我想在座的有人一定还记得，这之前两次会上都检查过，我也确认并通报过，确实是已经发到位了，而不是因为什么原因还没完成。但是，纪要上仍然还记载着未完成，这就意味着，在会上我已经向各位确认了两次，在会下我向计划检查员确认了六次。是的，每次都是确认已经发到位了，要求生产部门自己向自己部门的资料管理员核实。”

我的嗓子又干了，并且嗓门好像越来越高，我抑制住未拿起水杯来，“难道是有人检查过，之前我的确认是不属实的？今天我负责任地说，如果我作为一个部门负责人，我连这件事情都查不清楚，我还坐在这里干什么?!”

我停顿了一下，眼光快速地环顾了一圈，再次举起了那本图纸发放签收记录，“记录就在这里，上边有各收到部门资料管理员的签字。如果提出未收到图纸的部门，不方便在自己部门查或者在自己部门没查到，可以在这里来查。如果对我手头的记录的真实性有疑问，可以要求你部门的图纸管理人员来核实，也可以同时把资料室发图人员叫来共同对质。”

我放下签收记录，努力平静了一下自己的心情，并稍微检点了一下自己的语气，“在座的都是中高层管理人员，管理体系的要求我想大家都基本清楚。一件事情在向别人求证或检查别人之前，为什么不就近先检查确认一下自己呢？找主观原因总比找客观原因来得快呀！发生这种事，对工作和生产进度的直接影响还是小事，对公司管理和企业文化建设与发展的影响才是大事啊！”

我说完了，会上冷场了很长时间。

该踢的时候还得踢！

打这以后，在我调任前的一年多里，生产调度会上再也没有向技术部门提过什么有斤两的意见了。当然不是没意见，而是意见都在会下解决了。另一个变化是，生产调度会开的时间也缩短了，因为会上要协调的事项变少了。

自从在公司第一单出口项目中担任了一些管理角色后，所有出口项目我都会担任一些职责。技术研发部的项目经理和专业主管那是肯定的，在计划管理或生产管理方面也总会承担一些工作。我也非常珍惜这些机会。真的，别看只是兼任，但确实很锻炼人，只要你舍得吃苦，勤于思考，就一定有进步。

公司承接了一小批援助出口项目，由国家商务部主管，支援落后的小国家。

政府部门一般对产品的设计和生产周期没有明确的概念，但对整个过程管理的严谨和严肃性却很精通，所以，往往在合同洽谈时会因为细致的程序化工作占用很长时间。而一旦合同生效，就对最终交付期卡得异常严格，简直到了今天签合同明天就要产品的地步，似乎完全无视产品生产所要消耗的最小基本周期。没办法啊！这不是政治项目吗？一旦有问题，就会变成政治问题。而对于援助出口项目，还会导致国际政治危机，说严重一点，甚至危及国家核心利益和国家安全。

在公司这一个项目管理中，我承担了协助生产管理工作，轮流实施生产现场总值班。既然是总值班，不仅要协调部门间和公司内外的计划、技术和材料设备供应等，还要协调生产部门内部的计划、人员和过程中的冲突等。

作为技术出身的我，项目的信息掌握是我的优势，处理日常工作还是很轻松的，但生产现场的调度却还是我的短板，做协调工作时难免心中没底，甚至怯场。但就我平时的为人，在各部门甚至现场施工班组，都还积攒了一些口碑，所以，在协调过程中，不仅获得了支持和谅解，还挣得了不少一手数据积累。这样一来，我做管代所掌握的管理理论与实践相结合，进步还真快。

这天，生产部另一个项目的项目经理找到我，投诉援助项目钳工主管太霸道，霸占着钳工师傅，不让去他主管的项目实施计划安排好今天必须进行的施工。我抄起对讲机与该主管核实，其称我们援助项目的计划也是今天，这不能怪他。我随身还真没带着其他项目的计划，就用对讲机与总调度室核实，计划安排确实都是在今天，但计划上并没有指明由哪个班组来实施。

是啊！这种计划，还谈不上策划的完整性，仅仅表达了何时做何事。我第一次切身感受到策划的不完善甚至策划本身存在的冲突所导致的实施冲突。

还好，我在实践中积累了一些经验，并且该项施工工艺正是我的专业，所以，一方面我承担着协调责任，另一方面也想通过实践试一试通过计划再细分将节拍错位实施的可能性。我将两个项目的主管和这个钳工班班长召集到一起，讲明了我的想法。

"我知道，计划细分后，会要求工人师傅在两个作业点来回跑，但钳工作业的轴线校中、安装和检验本来就是分步分人多次进行的。所以，我们不妨辛苦一下。不然怎么办呢？任务太紧了！"

我的话得到了响应。

最终，按原计划两个项目各一天完成的工作安排，硬是被调度成在半天的时间内交替作业一起都完成了。

在下班前的日总结会上，我简单地表达了我对此事的看法："我认为，今天这个协调成功的基础还在于我们按项目计工费的薪酬制度。也就是说，施工班组在力所能及的情况下，单位时间完成的项目越多，他们的收入就越多，就是这个主观意愿，促成了协调的成功。另外，别看来回跑耽误了一些时间，但正因为知道有人在另一个项目等着，所以每个人的手上自觉地就加快了动作，总时间就降下来了。当然，这种计划的安排，对我们管理人员的工作却是个考验！"

在结尾，我只是轻描淡写地点到为止，毕竟生产不归我分管，还得顾及领导的面子。

第三十章　知之

我们乘坐的航班在漆黑的天空飞行，机翼上的信号灯规律地闪烁着，提醒你飞机并不是仅仅给你带来嗡嗡的声响，而是实实在在地在前进。

透过打开遮光板的舷窗，向上，可以看到九天之上的璀璨群星，漆黑和晶莹，在你眼前展开迷幻的深邃。放眼平视，机身之下是一望无际的云海，由于月亮此时在地球的另外一侧，星星再明亮，也无法照亮云面，所以，眼睛如果盯得太久，恍然间，就没有了明确的距离感，反而会疑惑这下面深灰的一片到底是云还是海洋。

因为按照航班的行程，我们此时此刻正翱翔在大洋之上。

我国援助某落后小国的那一批特种交通装备的质量保证期马上就要到期了，经我国商务部统筹安排，我带领公司几位售后服务工程师前往该国对这批产品实施系统性的检修、维护和保养。我并不分管售后服务部，为什么是我带队呢？因为我能够很好地履行三个身份的职责，即公司领导、技术人员和翻译。这在当时，好像我是唯一的人选，否则，就必须派两个人，甚至是三个人。

飞机上正在播报关于飞机降落时的注意事项，从飞机的姿态判断，它已经在下降了。很快，飞机就重新钻入云层，又从云下钻了出来。

舷窗外，依然是一片漆黑，但当你紧贴舷窗玻璃，并用手遮住旁边的空隙时，慢慢地，你就能够分辨上下的漆黑和中间遥远的那一条地平线了。不经意间，我的心头一紧。

“我们这是到哪儿了？怎么一点光亮都没有啊？”坐在我前排靠窗的同事回过头

来对我说。

“是啊！一点儿都不像有人烟的地方。”我心中疑惑，不觉言语上有些犹豫，但又不便显得太紧张，毕竟我是领队嘛！所以我就打趣道，“看来我们要体验不带电的生活了，日出而作，日落而息，没准儿也挺好！”

说话间，远处出现了一个亮斑，我赶紧提醒道：“看那儿，估计是机场了。”

是的，那还真是机场。飞机的起落架已经吱吱呀呀地放了下来，感觉机身稍微侧了一下，调整了一下姿势，就朝光亮处滑翔过去。当我终于看清了机身下面是水而不是陆地时，还没来得及质疑和惊慌，飞机就已经冲上了跑道。

入境很快捷，大家排队从唯一的一个出口出去。坐在窗口的工作人员打着哈欠，懒洋洋地在递进去的护照上盖上章，就往旁边一扒拉，你还得赶紧抓住，否则就很有可能掉到桌子下面去，或者被下一本护照给压在下面了。

我打开手机，确实如中国移动告诉我的，“全球通”还是有盲区的，这儿就是。

在到达大厅（估计有一百平方米吧），我集合了队伍。除我以外，公司另外还有机械和电气服务工程师各一名，再加上发动机和控制系统厂家的服务工程师各一名，共五人。

“大家可能也感觉到了，情况比我预计的还要严峻啊！”在这种情况下，也没必要去掩饰或说服，怎么想就怎么说，大家都是久经沙场的人了。“现在是深夜，周围可真是伸手不见五指啊！这个国家的情况大家可能略有了解，正如出发前我所讲的，不会有人来接我们的，我们得自己去目的地。”

我扫了一眼各位，也许是旅途劳顿的原因——但愿是吧——那种出发前所溢于言表的出国的兴奋劲儿是一点儿也看不见了。

我也顾不得多想什么鼓劲儿的话，估计也没什么用。环境如此，还不能让人心中有个落差呀？所以我就接着说道：“不过大家也不要紧张，我们是通过官方安排过来的，我这就去机场办公室，希望通过他们与业主方取得联络，大家就先在这儿等我。”

我安排我的一个同事李工负责照看大家，并嘱咐他千万别让大家到处走动。因为没有手机信号，找人很不方便，异国他乡，人文差异很大，又是深夜，安全第一在这时显得尤为重要。

然后，我返回到入境窗口，胖胖的工作人员正在收拾东西准备离开。

我拿出了准备好的资料，包括一份以我国外交部名义起草的公函，一些与业主方的来往传真和电子邮件的复印件，以及一张我国援助该国产品的照片，用以弥补我生疏了的英语。

果然，对方的英语也是地方特色浓厚，并且也不太流利，不过我们交流得还算顺利。这位工作人员赶紧收拾停当，带着我赶往机场办公室。因为这是每周两个航班中的最后一个，工作人员马上就要结束本周的工作了。

在机场办公室，我得到了热情的招待。我们的业主与机场同属于该国交通部，由同一个部门管辖。经办公室负责人电话联系，确定了我们要入住的酒店，并约定第二天上午九点，我们直接去业主办公室联系安排工作。机场办公室负责人一边讲电话，一边在便签本上快速地写着。他放下电话，扯下那页纸递给我，头一歪，示意我跟他走。

我向他讲明我还有另外四个同伴在到达大厅等候，他笑着举起手向我做了个手势，然后仍然是头一歪，示意我跟他走。

我也会心地笑了，回了他同样的手势——OK！这身体语言，抑或是原始语言，估计于人类都是一样的吧！我突然想到，好像各国的鸟啊、狗啊、猫啊什么的，都是一样的“叽叽喳喳”“汪汪”“喵喵”，不觉就又笑了起来。这世界原本也是简单的，都是被人自己给搞复杂了！

我随机场的负责人来到一辆大卡车前，卡车上已经有好几个人在上面散乱地席地而坐。负责人用我听不懂的本地方言把坐在副驾驶位子上的人叫了下来，然后让我享用这个位子。我赶紧表达了谢意，并说我的同伴不会英语，我还是跟他们一起的好，我边说边指了指卡车的后部。

“OK！”他这次是用口在说了，因为他正用手在抓住扶手爬上驾驶室。

我也赶紧跑到后部，看着高高的卡车拖斗，正不知该如何上去呢，上边一个人探出头来，用手指了指轮子，然后把手伸向我。我心领神会，两人配合默契，只一下，我就踩着车轮，被顺利地拉进了车厢。

卡车咆哮着向后扬起无数的碎石，在昏黄的灯光照射下，摇晃着向前冲去，绕着这幢不大的建筑，很快就来到了前面。

整幢建筑此时只有一个位置——到达大厅还有灯光。在那里，我的四个同伴正焦急地等待着。

卡车刚一停下来，司机——也就是接见我的那位负责人就跳了下来。我站起来，正打算下去，他一手做了一个向下按的手势，一手指了指灯光下的人。我点了点头，他就朝那边去了。我想，我也没必要去了。我离开了一阵子了，突然在广阔的黑暗中，门前停下来一辆没有熄火的卡车，来了一位看起来有些身份的人对你指手画脚一番，我想大家都会懂得的。我和这位新结识的人大部分的交流不也是如此吗?

大家七手八脚地就上了卡车，机场的最后一盏灯也熄灭了。漆黑的夜幕下，卡车颠簸着，轮胎轧在路面上发出的“卡啦卡啦”声甚至盖过了引擎声，两边高大茂密的树木也看不出分明的轮廓。

我真后悔没有带一把手电筒。我打开手机，用微弱的光照着行李，提醒大家清点一下。

“宁总，这些人要把我们弄到什么地方去呀？别不是拉去给卖了吧?”这是发动机厂的工程师，虽说是在开玩笑，但显然多少还是有些紧张。

“别自己吓唬自己！我们这是去酒店呢！”我这时也意识到，其实我一直是紧张着的，怎么可能不紧张呢？我甚至太过专注于行车的状况，以至于都忘了向同伴们讲明下一步的安排。

我再一次提醒大家清点一下行李，老天保佑，都还在。我接下来就简单地把刚才的经过给大家讲了一下，同志们算是安心了。

我们逐渐适应了黑暗，好像都能看清卡车上其他几个人的脸了。我转过身，举起手向他们示意，并向他们问好。他们中间有一两个人扬了扬手，算是回应，但无语。

我们就都安静了下来。

卡车也不知道走了多远，根据我早年在农村的经验，别看卡车“轰隆轰隆、卡啦卡啦”阵势磅礴，其实车速并不快，这半天估计也就走出去三五里路的样子。

突然，刚拐过一道弯，卡车就猛地停了下来，车上一个人站了起来，向我们挥了一下手，然后抓住车厢边缘，麻利地就下去了。

卡车继续前进。但我并未看到刚才停车的地方有什么建筑，甚至连萤火虫都没见到一只。

又过了一段时间，前面不远处突然隐隐约约出现了星星点点的光亮，就好像一个村落，看来估计是要到了。

确实是到了，卡车停在了一栋房子的旁边，司机跳下车，我们站了起来。他挥了一下手，又向那栋房子歪了一下头，我们就都下来了。车上的人帮我们把行李递了下来，然后司机跳上车，卡车又“卡啦卡啦”地继续前进。

我们的酒店有两层楼，总共也就七八间房吧！我操着“流利”的英语问接待我们的服务员，当然也可能是老板了。睡眼惺忪的年轻女士只是笑着，并拿出一张表格给我们填写。

这是一种格式表格，除了姓名、护照号码、入住天数和日期是现填外，其他的，包括七美元一天的房价都是印刷的，也就是说，价钱是没得商量了。

表格上也写得很清楚，这里是热带地区，所以不供应热水淋浴，饮用水得自己去超市买，随时会停电，请自备蜡烛，等等。

我们公司的三个人共享一间房，另外两人住一间。房间里每人一律都是一张床垫铺在地上，上面是毯子和毛巾被，然后就是自己的行李。

我们按时差调好手机上的时间，匆匆忙忙洗漱过，倒头就睡了。还别说，我从来都没有睡过如此好的一个觉呢！第二天，我们其他的四个人中，有三个都有和我相同的感受，而另一个一直在担心会有蜈蚣什么的爬上床。

天亮了，外面也没有什么声音，我第一个起床，来到外面，一种文学作品里描写的场景扑面而来。天空瓦蓝瓦蓝，两朵不大的白云干干净净地悬在那里；周围是热带茂密的丛林，郁郁葱葱，绿意盎然，在阳光下闪着金光。除了椰子树，我都不认识，也不想去认识，认识了也记不住，记住了也没什么用；几栋不规则的房子不规则地散落在树林中，若隐若现；树下和路边，有低矮的灌木丛和各色的花；房前……哦，见鬼，我突然发现七八个皮肤黝黑、衣着节省的男女老少，正无言而专注地看着我。我一怔，突然就明白了，他们这是在看“老外”呢！

“Hi!”我向他们挥挥手，并问声好。

几个大人向我懒洋洋地挥了一下手，然后依然如先前一样看着我，有个小一点的小女孩，什么也没穿，歪着小脑袋盯着我，咬着手指头就怯生生地向大人靠过去。那一定是她的妈妈了，衣着也是相当的“节省”——就系了一条腰带。

我拿来昨晚那人留给我的纸条，就两个单词，中间一个可能是逗号的符号，我想，那可能是一个地址和一个人名，或者相反，反正是我们要去的地方和要找的人了，要不然，那个人给我这个字条干什么用呢？管他呢！等会儿问问吧，没准儿能遇到一个好心人带我们过去呢，呵呵！

后来才知道，我们所在的村子，其实是该州的州府。整个州也就五千来口人，还能指望有多大一个城市哪怕是城镇呢？

我们就在这样的环境下，努力开展着我们的售后服务工作。由于备件的原因，在两周的签证时间内，没能完成所有的工作，所以我和李工在当地交通部的安排下，在机场办理了签证延期，留了下来。这一留，就是一次一次的签证延期，最终在当地待了三个月之久。

我们来的时候，随身携带了一些预计要更换的备件，考虑到随装备也还交付了一些备件，所以带得并不多。但当我们第一次登上我们阔别了近一年的这些交通装备时，心里不觉沉甸甸的。该国落后，但真没想到会落后到如此地步。

但后来三个月的共同工作与生活，我才真正体会到，他们的技能的确是不怎么高，也不会有多么勤快和主动，但却也不是懒惰。驾驶员和操作维护人员仍然在力所能及的情况下对装备实施了维护和保养，但是我们的产品水土不服，设计和交付也没有顾及当地完全不可能买到必需的备件这一事实。我们的文件说明不够充分，也是主要原因之一。这一次的经历，为公司后来的出口产品找到了一条改进的途径。

就说冷却水泵吧，中文说明书上要求每500小时检查机械密封，有渗漏就必须更换，每1500小时检查泵轴等的磨损情况，磨损超标就必须更换，但在厂家提供的英文说明书上却并没有这么详细的说明。厂家翻译工作量缩水可以理解，但关键的信息不能少啊！我们随泵配备了一件机械密封备件，但等到操作人员发现要更换时，已经没有任何必要了，因为随着机械密封的失效，泵轴就加剧了磨损，继而叶轮随着泵轴剧烈跳动，与泵壳发生着越来越严重的擦碰和撞击，反过来又加剧了密封的失效和损坏，恶性循环。当冷却水泄漏严重，高温报警和停机越来越频繁时，拆检发现，已经只能更换冷却水泵总成了。

因此，接下来的检修基本相似。每当我们拆检一件设备后，就只能更换大量的备件甚至是总成。即便是那些在正常使用和维护条件下，整个生命周期都可能不必更换的零部件，我们也更换了不少。

驾驶和操作维护人员有什么办法呢？该批由我国援助的装备，数量本不多，加上日本等国的援助装备，根本就不能满足该国交通运输和工程建设的需要，只要这些装备还能跑得动，那就必须上路，别说轻伤，甚至连重伤都下不了火线。

由于时不时地要等待备件，在完成该批装备售后服务的同时，我们在当地通过各种渠道，利用各种机会，对当地的各方面条件、其他国家如日本产品的特点和状况等，都做了尽可能多的调查和了解，以便为中国援助该国的这批由我们公司制造的特种交通装备的售后服务和以后的定期维修，以及今后可能为当地或类似落后国家设计制造该类特种交通装备等积累一手的背景资料。

该批装备的建造合同是跟我国商务部签订的，不是直接与使用方签署的，合同中明确的质保期责任，如运动件质保期六个月、易损件不保修等，我们公司在操作维护手册中都作了相关规定。但使用方认为是单方面的，不予以承认，甚至还认为，我们送给他们这些装备，就必须负责一辈子，呵呵！你哪里跟他们说得清楚呢？但想想也是，在他们眼里，我就代表了中国，至于谁付给我们企业钞票，跟他们都没有半毛钱的关系。而我呢，既然受了我国政府的委托，从外交形象出发，当然不能不负责任，一切以解决问题为前提，做好工作记录。

经进一步了解，日本援助的装备，初期也出现了类似的情况。日本前后共援助了七个批次，前两批基本上在一年内即完全“趴窝”了。到第三批时，日本装备建造厂和设备厂专门组织了考察组，就设施设备包括其材料的适应情况等进行了考察，在建造中是否有所改进，无从考证（但我想应该是当然的事），但主要设备，如前面提及的水泵，均备足了备件，维护人员只需按维修周期定期调整和更换，基本上能保证在两年的大修周期中不出现导致停运的故障。日本后来援助的这些装备，在新出厂或大修出厂时，备件都充分按照大修周期供应，备件架上整整齐齐，密密麻麻，在每个大修周期基本消耗不完所供的备件，没有特殊情况，一般不需要再购买备件，并且使用方认为这些都是建造厂免费提供的。

我在其中一型日本援助的装备上进行实地考察，专门针对泵的备件作了了解。其各型泵的轴、叶轮、轴承、机械密封等基本上是整盒整盒提供。其中，同一台泵的轴还有不同材料的，如铜和不锈钢材料，按规定的运转时间更换下来的叶轮和轴基本未见明显的腐蚀和磨损。当然，如此充足的备件，肯定不是建造厂和设备厂免费提供的，但却给建造厂和设备厂减少了售后服务的支出，维护了这些装备甚至一个国家的声誉。

考察结束后，我专门预约拜见了我国驻该国的大使进行了工作汇报，建议国家投入专门资金或与该国协调由其自筹资金，保证备件的供应，以保证我国援助的装备能够正常运行。在回国后，我向公司报告了相关情况，并专门草拟了一份报告提交到外交部和商务部。

在公司召开的总结会上，我特别强调，装备交付出厂前，售后服务部应负责有针对性地建立设备档案，包括各设备特别是其组成部分或附件的型号、主要参数和生产厂等，为售后工作提供更方便的信息，这一点很重要。售后服务光有设计单位的设备清单是不够的，不能满足专业、快捷、准确、高质量、高效率售后服务的要求，毕竟原始资料才是准确的依据。此次售后服务耗时太长，主要就是因为设备铭牌腐蚀严重看不清楚，零件拆下后已经损坏看不清编号，导致备件多次提供错误。

总之，也是最重要的，就是在合同洽谈和合同执行时，成本预算应将售后服务成本——比如备件的储备统筹进行合理考虑，有些预算提前到建造中，可能会为售后服务节省很大的支出，尤其是这种由国家政府出资建造后援助到不发达国家的项目。我特别提出建议，希望在合同洽谈时，公司即向政府相关部门提议，在合同预算中充分考虑备件的储备，最好是做好一个大修周期的储备，这对维护一型装备乃至一个国家的形象都至关重要。备件的内容必须由设计方、装备建造厂和各设备制造厂根据设备本身及其使用、维护和保养手册的要求认真核定。必要的话，可以对大修时装备剩余的备件进行盘点，以避免不必要的重复；同时，还应对装备上各设备的现状进行调查，避免出现遗漏。各方对备件本身的存储和保养也应提出相应的要求，并由我们公司向使用方作好沟通和培训，使其充分理解，以避免出现不必要的损失。

所有这一切，几乎涉及了公司每一个部门。我的建议能起到多大作用，关键还在于公司如何将其当作一个系统工程进行改进。

俗话说，“水往低处流，人往高处走”，但按照“彼得原理”，人在晋升的过程中，到了德才皆不能胜任的时候，他的工作成效就将由正值走向反面，这对其自身和所在的企业都是极其危险的。

如果不幸遇到这种情况，当事人其实是难以觉察的，特别是肩负重任的管理者。所以，管理者自身应具备“吾日三省吾身”的自觉，并努力建立一种长效机制，组织培训，带领下属学习、反思、再学习，打造学习型团队，不断提高自己的意识和能力，不断提高判断和决策水平，以胜任晋升的新岗位，并为晋升到更高的岗位提前做好充分的准备。

当然，鞭策也是必需的。要是人人都有自觉性和悟性，那也不会有“吾日三省吾身”的千古名言了。鞭策其实是一个正能量的词汇，不仅能够催人奋进，更能跃马跨越障碍。在必要的时候，我们每一个人其实都需要有人在身旁扬鞭击出一个炸响，甚至是击打在自己的背上，这样才不至于到了无法收拾的下场。

第三十一章　老鸭有言

却月市的夏天，火热！

却月市地处北纬三十度，能够享受到四季分明的自然之美，春樱、夏荷、秋菊、冬梅。既然能享受春的烂漫、秋的金黄和冬的纯洁，那夏的火热不正是一种激情燃烧的体验吗！

摄氏38℃以上，所有的露天作业就停止了，如果没有绝对的必要，休息日也是不安排加班的。

今天就是一个火辣得让人心跳飙升的星期天，但有几个订单任务紧迫，办公室和室内车间还是安排了部分人员在加班。为了安全起见，除了平时休息日分管领导轮流总值班的安排以外，公司增加了额外的总值班人员，我这个副总工程师今天也在。

“黄师傅，您老今天也在加班啊？”

我巡视现场来到了加工车间，老远就看到了我入职时的车间老师黄师傅，不觉有些心疼。

黄师傅怕是快60岁出头的人了，手艺精湛，现在是车间的指导师傅，并兼任一个班的班长。作为工人，他早就过了退休年龄，但如今手艺好的师傅，特别是愿意带徒弟的师傅，少之又少，所以征得黄师傅同意，公司又返聘了他。

我自从入职后断断续续的现场实习开始，黄师傅就是指导我时间最长的现场老师。虽然我因工作安排原因在现场的时间连“三天打鱼两天晒网”都算不上，但他一直有耐心，也很愿意教导我，就像在技术方面得到陶老师的教导一样，我的现场工艺方面的经验大都来自于黄师傅。

我非常敬重黄师傅，两人成了忘年交。当我升任副总工以后，黄师傅还经常指导我，并对我在一些工艺方面的不足比之以往更加大了批评和指导力度，为的是不让我犯错误，免得我在人前掉链子而有失颜面。而在他搂着我的肩膀有说有笑，把旁边的年轻师傅们惊得有些诚惶诚恐时，他总是骄傲地说："不管致远当多大的领导，他呀，永远都是我的徒弟。"每每听到这样的话，我心中都充满了暖意，就好像父亲在身边呵护着我一样。

今天天这么热，黄师傅也在加班，我的心头有些不忍，就赶紧跑过去打招呼。

"哟，是致远啊！你小子今天不在家待着，大热天跑出来好玩啊？"黄师傅一看是我，停下手中的活，取下手套，一边跟我说话，一边还是老样子，在我肩头重重地拍了一下。

你可别小看这一拍，如果经常在办公室窝着不去现场，久而久之，肯定就挨不住。黄师傅这一拍，也是在检查徒弟的工作，作为制造型企业的干部，脱离现场实践是搞不好管理的。

"黄师傅，什么活儿这么急，连您也要加班啊？"我算是通过了检验，但还是有些不解地问道。

"好像项目大的方面是有些急，我这个多年的老江湖多多少少还是看得出些道道来的，但其实我手头的工作并不急，没必要加班。但领导安排了，不来不行啊！一把年纪的，让人数落一番划不来。"看来老师傅对加班还是有些看法的。

我心下不安，但也不好表达什么看法。虽说是我敬重的师傅，但一般都不愿意太把话头挑深了，弄不好就被看成是发牢骚，对谁的影响都不好。

"是啊！这一晃就十几年过去了，您老身体好，但也要悠着点儿啊！毕竟六十打头的人了吧？可千万别不服老，跟小伙子似的没命干，把身体搞垮了，以后就没福气享受喽！"我有意岔开话头，务虚地说一些关心的话。

"可不是嘛！一晃你也该四十了吧？"黄师傅心情轻松了些。

“是的，再过一年，我就到不惑之年啦！”

“嗯，好好干吧！你可是公司最年轻的老总了。我是看着这个企业长大的，总是希望看到它发展得越来越好啊！”

为了不影响黄师傅工作，我们就简单地说了几句话。我告别黄师傅，正打算离开，黄师傅好像抬眼看到了什么，一把拉住了我的胳膊，“致远，你看看那边走过来的是不是晏董事长啊？”

我扭过头去看向黄师傅眼睛盯着的方向，“是的！”我点头说道。

晏董事长估计也是看到了黄师傅，加快步伐向这边走来。黄师傅向晏董事长挥着手，晏董事长立即举起手来，用力地摇着。

黎董事长和晏董事长当年创办这家企业时，黄师傅就是公司高薪聘请的带班师傅之一。这一批带班师傅为企业的发展可真是立下了汗马功劳啊！所以，一直深得公司领导的尊敬。

晏董事长和黄师傅年龄不相上下，时间一长，相互了解加深，互相都不以上下级相称。

黄师傅紧走几步迎上去，双方紧紧地握着手。我在一旁也跟晏董事长打了个招呼。

“老黄啊，这些年辛苦你啦，你都见老了啊！”晏董事长对我点了点头，然后转过去上下打量着黄师傅，不无深情地说道。

“老晏你也见老啦！管着这么大一个厂子，担子也不轻吧？”

我听着二老的谈话，心中也是感慨万千。谁说岁月匆匆过，青春不留痕？这斑白的头发，还有脸上和额头的千沟万壑，没有青春的激昂奋发，能留下如此深刻的印记吗？

我禁不住抬手摸了摸自己的额头。我知道，我早就发现了，我的青春也在这里留了痕！

在车间，我们都只能站在那里说话。

“老黄啊，你生活过得怎么样啊？工作还吃得消吧？收入如何呀？”晏董事长关切地问着一个接一个的问题。

也是啊，现在的企业规模，可是当年的好几倍呢！以前好像总能在现场见到晏董事长，因为要不了半个小时就可以走遍全公司。现在就不同了，不说晏董事长要忙于企业发展和市场拓展，一个月估计有一半的时间不在公司，就说这厂区和车间面积那么大，晏董事长即便走访了每个部门和车间，也不可能到得了每一个工位。今天这情形，晏董事长就可能是有将近两年时间没见过黄师傅了。

“好！我好着呢！哈哈……”黄师傅看着晏董事长，突然打住话头，欲言又止。

“怎么?”黄师傅脸上这一细小的变化，丝毫没有逃过晏董事长的法眼。

“是这样，”黄师傅眼神暗了些，声音也低沉下来，“这一想到当年啦，我心头一直有个疙瘩不吐不快啊！今天索性就跟你说一说，有得罪的地方，你也别当回事。”

“有这么严重啊?”晏董事长脸上也凝重起来。

黄师傅咳咳两声，用手背揉了揉鼻梁，缓缓地说道：“以前啊，就是我们刚来的那几年，单位工价低，每个月的收入都还不错。但现在呢，单位工价高了，好像也更忙、更累了，可是一年内大部分的月份收入却比以前少了，这真是……”黄师傅摇了摇头，似乎是说不下去了。

晏董事长看着黄师傅，在等着他的下文，但黄师傅有一会儿没说话了，只是抱着膀子，头扭到一边，看着车间的顶棚。我仿佛看到一滴辛酸泪从他的眼眶倒流了回去。

“小宁，真的是如此吗？怎么就没人反映过啊?”晏董事长听了肯定是很生气，转过头来问我。

我之前也有各种耳闻，但没有具体的数据，我们管理体系内审和外审也不会查公司的经济账。不过，结合以前审核的结果和问题分析，出现这种情况，特别是企业转型壮大后，出现如黄师傅刚才说到的现象，也是非常可能的。

“晏董事长，我想黄师傅既然跟您提及此事，所言肯定不假。至于没人反映，这肯定也是有原因的，毕竟机构大了，层级又多，能反映到您这里来确实不容易。”因为事情来得突然，我没有十分的把握，只能大而化之虚幻地帮晏董事长做一些推测。

“是有人吃黑搞腐败吗?”晏董事长严肃地问。考虑到车间还有些人在加班，我们的声音尽量压得低一些。

“那倒不是!”黄师傅转过头来，很干脆地答道。

我们三人不觉面面相觑。

我突然想到，一开始黄师傅不是跟我讲今天他本可以不加班的吗?脑海里就掠过了一些想法，并且此类想法以前也不止一次地在报告中反映过，只是没提钱的事儿。看来，我当这个管代也好像有些神经质了。

“黄师傅，您的意思是不是说，您这一个月虽然一直在忙乎，甚至还要加班，但实际完成的工作量并不多，所以收入也就上不去啊?”我虽然将信将疑，但还是有八成的把握的，否则我也不好当着晏董事长的面就这么直截了当地问黄师傅。

“呵呵！看来致远挺有两下子，我这个师傅可没能耐教你这些啊！也是，要不怎么我就当了一辈子的工人，你却一开始就是个干部呢!”黄师傅又轻松地跟我开起玩笑来。

“小宁，你再说仔细些，让我看看这到底是哪里出了问题。”晏董事长一边抬手向我示意，一边说道。

有了黄师傅的肯定，我底气就足了，于是我重新整了整站姿，先看了看黄师傅，然后对晏董事长说:“晏董事长，这说来话也长，但其实也简单，那其实还是我们经常强调的计划管理仍然有问题。”

晏董事长看着我，没说话。

我接着说，但尽量简化。很长一段时间以来，部门的计划就与公司计划有出入。出入也属正常，只要调整一致那都还是个计划。但是几级计划很少协调，调度会也只是点对点地在解决问题。而到了部门的下一级，特别是生产班组，计划一直是短板。说得不好听些，计划形同虚设，甚至根本就没有。没有计划，准备就不充分，上面催得紧了，人员也就一哄而上，不管是不是需要，当然也有根本没有意识到是不是需要的。我们一直没有一个将各工种、各车间的各项工作都协调好了的计划，所以最伤脑筋的还是做起事来磕磕绊绊，停停走走。工种间不协调，不是扯皮打架就是相互拖后腿。总之，这企业做大了，如果目标不统一，窝工就不可避免，肯定就会出现黄师傅反映的状况。

“唉，也是啊!”晏董事长不觉叹了口气，“其实，在宏观上，我们早就发现了这些问题。这不，今年的董事会上又提到了，我们企业的规模扩大了将近五倍，但产值却只是勉强突破了三倍，我们的经营班子一定要想办法扭转这种局面啊!”

晏董事长伸出双手握住了黄师傅的手，深情地说道：“老黄啊，企业大了，我好像在管大事，但大事都是由小事凑起来的。你的小河里没水了，我大河就该干了。就说这计划和管理的问题，都是我们管理人员的不是，不能只让你们来承担损失啊!”

晏董事长依然握着黄师傅的手，转过头来嘱咐我道：“小宁，你是管代，今天正好你也在，不用我多交代了，你帮忙再深挖一下，写个报告上来。”

星期一上午是个多会时段，公司高层经营班子有总经理例会，部门有经理例会，班组每天早上都有少则五分钟多则半小时的班前会。而星期一的班前会可能稍微长一些，末了还会打个趣，总结一下前两天的麻将战况。

我们技术研发部的经理例会结束以后，我打算先放下手头的工作，趁热打铁，潜心将昨天晏董事长在车间交代我写的报告草拟出来。

正在文思泉涌之际，韦总工来到我办公室，“宁总工，售后服务的李工昨天刚完成一个维修项目返回公司，向领导反映了一些问题。今天在总经理例会上，何总提出召集相关部门召开质量分析会，本该我这个总工主持的，但我在市里还有个会，你是副总工，你来主持一下吧!”

这个李工跟我一起去国外完成过售后服务工作，一起连续相处了近三个月，我对他比较熟悉，我们是在一个战壕一起战斗过的战友，还有些私交。李工个性沉稳，做事踏实，原则性较强，平时话并不多，在部门乃至公司都有很好的口碑，几乎是每年的优秀职工，有几年还是企业标兵。

他这次一回来就向公司领导反映问题，何总经理在会上还作了专门指示，肯定就不是小事了。韦总工也没具体交代所指何事、针对哪个项目，所以我按惯例就提高了会议级别，通知各相关部门经理和主管必须到会。

我不敢怠慢，放下手头的报告，交代好技术研发部的文员，请她电话通知相关各部人员，然后我就出了办公室，直奔会议室。

经营、技术、采购和售后服务几个部门的经理和主管都到会了，但与产品质量，或者说与售后服务紧密相关的生产部门和质量管理部就来了几个主管当代表，再三催促，均称工作忙走不开。通知这两个部门的分管副总，也推脱手头正忙来不了。

考虑到事情的严重性，我亲自打电话给我的前任总工程师，即现在的公司高级技术顾问颜总工，因为他每个星期一都来，早上上班前我还去看过他老人家。

颜总工非常支持我的工作，接到电话就赶来会议室参加会议。

李工汇报了事情的经过，并陈述了他的意见。末了，他举了举手上拿的那份报告的复印件，说："这份报告我已经交给了公司，希望公司各级领导高度重视，我们在外面搞售后服务，钱花得心疼啊!"

会上当然是各抒已见，也少不了针锋相对。

生产部门和质管部门的几个主管似乎有些挂不住了，除了提些看法和建议外，也发了不少的牢骚。其中一个主管甚至站了起来，把桌子拍了一下，以引起注意，然后涨红着脸说："今天就颜总工和宁总工两个领导，我就毛着胆子报告一件事。不知道大家晓不晓得，工人们在私底下都在说，现在是'三个看，一个干'，你们谁晓得是什么意思？你们……"

这个主管终究没有再说下去，他的脸涨得通红，嘴唇发抖，一屁股坐下去，就再也没有说话了。

会议眼看着就要冷场了，我正打算说点儿什么，颜总工用手示意打断了我，然后说道："今天李工的报告很翔实，建议也不错。大家的讨论也很积极、坦诚，问题剖析很尖锐，措施也想得很好。"

颜总工停顿了一下，看着大家，会场上一时鸦雀无声。

“但是，”颜总工接着说道，“售后服务的频次越来越高，说明我们的产品质量确实存在问题，并且还在下滑。质量是做出来的，今天管生产的领导呢？质量不合格，发现了就要整改，但不合格又放行了，就说明并没有把好关，那今天管质量的领导怎么也没来呢？”

我相信，颜总工也肯定很气愤，但颜总工之所以德高望重，是因为他极好的修养，即便很气愤，言辞犀利，却不会大光其火。

“今天到会的人员结构就反映了不同的重视程度啊！我第一次听到这句‘三个看，一个干’。我先不论它具体的含义，但我可能还要接着这位主管继续问一下在座的，当然还包括该来却没有来的，这‘一个干’，究竟有没有人在看？”

颜总工说完，示意我接着主持。

“质量分析会，就是结合问题找原因，制定纠正和预防措施。与原因相关的‘人、机、料、法、环、测’这六个因素中，起决定作用的是‘人’，而搞好管理关键在领导。”我环视了一圈，调整一下自己的心情，接着说道，“今天关键部门的领导不在，我们的分析会也不能搞缺席审判、草率收场，所以，各部门结合李工的报告，以及今天已经开展的分析和总结，先分头写个报告，本周三前交上来，我再召集会议。散会！”

几件事情夹杂在一起，写这个报告时心中却又记挂着那一个报告，这报告写起来思绪不免就有些乱。

但冷静下来思考，两件事情其实所指的是同一个大类，也就是公司的生产管理，于是我索性就等到售后服务质量分析会结束后，将两件事情放到一起，统筹兼顾，写成一个报告，同时呈报晏董事长和何总经理。

第三十二章　树形

我刚从现场回到办公室，办公桌上的电话就响了起来。我桌上的电话鸣响的频率，也不知从什么时候开始变得越来越高，当然我也逐渐习惯了。因为并不是每一次来电都有十万火急的事情要处理，我偶尔慢半拍，也是想提醒那些拿我当消防员甚至是灭火器的人，我宁致远也有自己的分内工作要做呢！我放下安全帽，取下手套，在第三遍铃声响起时，抓起了电话。

“宁致远，你现在有空吗?”在我还没有出声前，电话那头就先说话了，但语气沉稳，并不是那么急迫。

我一听，是何总经理，就赶紧回答道：“是何总啊！我刚回办公室，领导找我，那肯定是有要紧的事儿，是要我现在就去你办公室吗?”何总比我大不了几岁，同事十几年了，称呼起来就随便些，显得上下级关系融洽嘛！

“也不是什么紧急的事，就是想跟你探讨一些事，听听你的想法。”

“那好，我马上就过来。”

我拿起办公桌上的水杯狂饮一通，就抄起工作日记本和笔出去了。

“是这样，前几天颜总工向我反映了一些你们那次会议上所提到的问题，特别是那几句顺口溜。我本来已经安排总经办在暗访了，昨天晏董事长又向我通报了关于工效和工人收入的关系问题，责成我们经营班子好好总结反省，想出切实可行的办法，尽快扭转局面，这就变得紧急了。你是管代，这两件事你也都知道，你的报告我也看过了，但还想当面听听你的想法。”来到何总办公室，刚坐下，何总就开门见山地说道。

我刚从现场回来，也是协调处理了好几件事情，脑袋里面还有些糨糊，听了何总一下子倒出来的几个问题，一时还真理不出话头。我放下手中的钢笔，不知从何说起。

“你慢慢来，想清楚了再说。”何总边说边招呼总经办给我倒来了一杯水。

我欠了欠身表达了谢意。

是啊！这报告我写了好几天，按照过程方法，识别问题，针对问题找原因，从原因中找主因，针对主因找对策，这样的报告可谓有理、有据，也有建设性，况且文件化的报告本身就比口述逻辑性强，并不难理解，可为什么何总还要我当面陈述想法呢？

“何总，你这个题目出得太大，我那报告好多页呢，我一时还真不知道如何说起。不过，”也不知是不是刚从现场回来，刚才在自己办公室水还没喝够，我总觉得嗓子眼儿有些发干，真想喝口水，但我还是忍住只咽了咽口水，接着说道，“恕我直言，一句话，那就是各级领导层面，特别是高层领导层面，意识形态不同程度地存在问题。要细说嘛，这……”

“我今天找你来，就是想听你细说。”何总用手示意，我停顿下来。他从桌上拿起一份报告接着说道，“我看了一下你的这份报告，你这个管代还有些见解，你就从这份报告说起吧！”

我看了看何总手头的那份报告，正是关于晏董事长在车间与黄师傅的谈话和李工售后服务质量分析会的报告。质量分析会颜总工也参加了，并对“三个看，一个干”的顺口溜深感痛心。

我就从这“三个看，一个干”说起，表达了我的看法。刚才所说的那“一句话”，在报告中并没有直说，毕竟文件化的报告还是要讲究分寸的。当然，当面口述难免也会有或多或少的情绪化言语，甚至在逻辑上也会前言不搭后语，所以在最后，我又简单地总结了一下，以免前面话多而语无伦次，反倒不能表达清楚观点。“其实，不是我们管生产的没有进行策划，而是每一级的策划基本上都没有很完善的保障措施，导致执行时不是缺这就是少那。而我们各级领导，不是去专心完善策划，而是忙于现场指挥。经理刚对工人如此交代，没一会儿主管来了又要他这般那般，甚至副总还会一竿子插到底，在现场即兴亲自指导一番。几个领导看完了，说完了，人也走了，留下工人这样做也不是，那样干也怕行不通，终究还得自己想办法备料把工作做下去，否则拿不到工钱啊！”

我就只差说“万事不备，只有东风”了。

“嗯……”何总若有所思道，“你在报告中也深刻地分析了原因，认为主要还是各级领导的意识和能力有不到之处，导致工作的效果不理想，也提到了解决办法，那就是还要加强学习和培训，提高意识和能力，对不对？”

“是的！”我回答得很干脆。

“这加强学习嘛，是个难以考核的软指标，企业毕竟不是学校，没有太多的时间来专门上课，也总不至于期中、期末弄个考试，看看学习成绩吧！”何总面有难色，“要说培训，公司的培训应该也不少了！比如你管的体系，每年都请老师来讲好几天的课；公司每年还专门组织主管以上人员集中专题培训呢！怎么没有效果，反而还不如当初了呢？”

可不是吗？不说人事部门组织的，就光我经手的，每年花费在培训上的资金也不是个小数目了！

“何总，有句话也不知当讲不当讲……”我犹豫再三，但欲言又止。

“不妨直说！”何总眼神坚定，语气坚决。

我端起面前一次性茶杯，手感微温，一口气就喝干了。

“有人说，‘一年的企业靠产品，十年的企业靠技术’；也有人说，‘一年的企业靠运气，十年的企业靠经营’。但不论哪一种说法，它们都在说，‘百年的企业靠文化’。我们的企业有十好几年了，按说之前产品和技术也都还过硬，运气不错，经营得也很好，但企业做大转型后，企业文化有些飘摇不定。说句不好听的话，就是上下目标不如以前统一。可能正因为如此，才有今天的局面啊！”我终于还是把“搞好管理关键在领导，目标一致性贯彻还要靠总经理亲自来抓”之类的话咽回去了。

何总和我一时都陷入了沉默。

何总沉思了一会儿，起身拿起热水瓶分别给我和他的杯子加了水，然后重新坐下来，说道："宁致远，我今天找你来，除了想跟你继续探讨外，还想跟你谈一件事。"

我睁大眼睛看着何总。

何总就接着说道："你的分析和措施都有道理，那你能不能帮我组织一下，按照你的想法逐步去解决这些问题呢?"

我一听，心头既吃惊又为难，"这……何总，我估计……我可能很难办到。"

何总似有不悦道："你是副总工程师，又是管代，也算是高层管理人员，你既然提出了想法，想法也还不错，就可以发挥你的领导作用。怎么做起来就有困难了呢?"

我心说，看来"语言的巨人，行动的矮子"这顶帽子不总是用来扣在别人头上的，今天我自己也领到了一顶!

但这依然是两码事，我确实有难处。这个难处我很清楚，因为我只是管理者的代表，何总刚才不是提醒了我吗?

于是我坐正姿势，很严肃地说道："何总，记得管理培训时老师强调过，领导作用必须正确发挥，不是逞英雄，更不是去充当万事万物的救世主。事情既然不是一个人就能够完成的，那就必须要打造一个团队。团队的领导就应该清醒地意识到，并且严格遵守一个原则，那就是'良好的合作是建立在职责分清的基础上的'。我们公司各部门都有相应的分管副总经理，在总经理的领导下，形成一个金字塔团队，高一级领导比低一级领导应能更好地发挥领导作用。"

我停顿了一下，看看何总，他正在听着。

我继续说自己的观点："以我浅显的管理知识，我认为，如果个别人的能力不足或意识形态高度不够，执行的效果就会不好，甚至给公司带来很大的损失。但是，如果越俎代庖，把体系搞乱了，责任混淆不清，该负责的不负责，不该负责的受到指责，甚至不该负责的去负责了却得罪了一弯子人，打击了一大片，还会让人不敢再反映管理上的不足，那么导致的后果必将更严重。所以，我对何总说我有难处，不是我不愿意帮忙或不想去承担责任，更不是不想去挑更重的担子或者怕得罪人，而是怕搞乱了阵脚，更加不好收拾。何况，这么大的一个工程，也绝非我一己之力能做到的啊！”

“宁可负我，不可负人”，这些年来，我一直秉持这个信条，但帮忙给我带来的矛盾心情和负面影响一直萦绕在脑海，挥之不去。

帮忙，正如一次培训学习时老师所说，只可以应一时之急，解一时之困，千万不能认为是一种奉献精神或服务意识，就无条件地将其发扬光大。无谓的帮忙会助长他人不负责任的意识，削弱他人的积极性和主观能动性；帮忙会升华自己的光环，同时也遮挡了他人的光环，在团队中容易产生不和谐，影响团队的综合战斗力，结果适得其反；帮忙还会阻断他人进步的阶梯，你帮他的忙，有时候就是剥夺了他的机会，最终难免会遭人怨恨。所有这些，作为领导更应该多思考。

想到这里，我心头不免又有些惆怅。何总以手托腮，也没有说话。我心想，干脆把话说到底吧！于是就又挺起胸膛说道：“就说这生产和质量吧！公司是两个副总经理在分管，我的职位比他们低，去组织他们，肯定有不妥。而我直接去组织两个部门改善管理，两个部门的经理可能都弄不明白这到底是怎么了，所以，‘解铃还须系铃人’，自己的伤还是得自己疗。”

我也不能再多说什么了，毕竟坐在我面前的是我的总经理。

何总肯定能领会到我要表达的思想，毕竟他是学管理的，不论是理论还是实践，应该都不是我现在的这个水平能够比拟的。

“授人以鱼不如授人以渔！”何总放下托腮的手，抱着膀子说道，“是啊！帮忙必须要帮在点子上，并不是说帮他把职责履行了就是帮忙，而是要指导和帮助他学会如何履行好他自己的职责，这才是正当发挥领导作用啊！”

何总突然站起来，向前踱了几步，又停下来，转过身用手指了指我，我也马上站了起来，而何总又用手示意我坐下来，然后对我说道：“培训，你来讲，你是管代，宣传与贯彻本来就是你的职责，为什么要在外请老师呢？”

何总说着，停了停，走到自己的座位上坐下，我也没敢插嘴，他可能也并没指望我现在就说点儿什么，就继续讲道：“确实，包括我，以及每个副总和中层干部，不是所有的人对公司全局或上下游的关系都了解，更不要说都理解了。请来的老师并不十分了解我们的情况，只是不分轻重地泛泛而谈，讲得全面却没有针对性。所以，我希望你能够以这个报告所指的问题，结合分析和对策，举一反三，有针对性地进行一系列宣传与贯彻，怎么样?”

“行!”我毫不犹豫地答道。怎么能犹豫呢？这确实是我的职责所在呀！“确实，我之前过多地依赖第三方来进行培训讲课，一方面是自己的理论基础和管理经验不足；而另一方面，也是最主要的，总以为第三方的话比自己的话更能够让领导和同事信服。刚才听何总这么一说，才体会到，我的报告中提到的根本原因其实还没有挖到最深的根源，所以对策也还谈不上十分对症啊!”

我越说越觉得惭愧，之前谈论的好像都是别人的不足，但现在发现，无论如何，我的罪责也不轻!

准备培训资料，不仅仅是理论，更重要的是收集现场素材，然后将其分门别类，配以分析和对策，再做成PPT，这可不是一时半会儿就能搞定的。

不过，这可是耽误了我的主业——技术和技术管理。要知道，我手头正管着一个重要的项目，该我完成的主要图纸才刚开始，其他弟兄还等着呢，否则也开展不下去了。

这就是能力和精力的关系。当精力不足以应对手头的工作时，就直接表现为能力不足。

我现在就处于这样一个尴尬的境地!

陶老师是第一个发现这个问题的人？也许不是吧！但陶老师是第一个来跟我说这件事的人。

“致远啊，这段时间在忙些什么呢?”我正忙于整理资料，陶老师进到我的办公室。

我抬起头，揉了揉眼睛，“哎呀，是陶老师啊！怎么……”

“别怎么怎么的了，先把脑袋好好清醒清醒!”陶老师在我对面坐了下来。

我赶紧把椅子往办公桌旁移了移，看着陶老师。是啊，我好像真的该好好清醒一下头脑了。

“这段时间你在忙些别的事吧？”陶老师一边摇头，一边说，“不过你也别担心，工作上的事儿，龚经理都跟我说了，我还没老呢！我还能带着队伍干几年，就像当年带着你们搞项目一样。”

看着陶老师，我不觉心头一酸，眼泪就只差那么一点点儿就掉下来了。

“陶老师，真是对不起，总让您替我担心。说起来，我都快四十的人了，能力还是不够。作为一个不大不小的领导，心智也还不够成熟啊……”我都有些说不下去了。

“你也是，你也不把话跟龚经理说清楚，就把任务朝他一丢。虽说该你完成的设计工作都完成了，但项目管理呢？你和龚经理毕竟是兄弟，说清楚了，有事情大家一起来分担嘛！”在我的记忆中，陶老师这还是第一次埋怨我呢。

“唉！我也是没厘清头绪，一时半会儿跟他还说不清楚啊！”于是，我把报告的事，以及何总与我的谈话，连同何总安排的培训任务，原原本本地跟陶老师说了一遍。

陶老师不无忧虑地对我说道：“致远啊，公司这些领导做得好好的，就你这资历，又不比别人强，职位也不比别人高，干吗逞能给大家当老师上课呢？”

“陶老师，这不也是我的职责所在吗？我……”我看着陶老师，虽说在一栋楼里工作，好像天天都见面，但突然一想，又好像好久没有见过陶老师了。这工作忙起来，很多事情其实根本就顾不上。别看职责所辖就这一栋三层楼，好像每一个角落都知道，其实也就是在心头、在记忆里知道。上一次去陶老师办公室是哪一天，还真就没有印象了。

陶老师看着我，感觉到了我的犹豫，摇了摇手，呵呵一笑，“其实啊，一个人要想做一件大点儿的事，就必定要付出很多。不光是劳神费力，还要虚以应酬，更会得罪人，这需要各方面的能力，或者说需要大智慧。你呀，太过耿直，在某些方面转不过弯来，就容易好心办坏事。所以，你在这方面也要多学习、多思考啊！”

陶老师拿起我准备的部分资料看了看，点了点头，接着说道："嗯，还有些见地嘛！也是，你通过这样一个活动，肯定可以来一次系统的思考，对管理能力肯定会有一个系统的提高。"

"确实！万事开头难，经过几天的收集整理，结合以前的经验，我大致有了一个总体思路了。接下来，课件准备起来会更顺手，也会更快些！"有陶老师的鼓励，我信心大增，"就像您说的，一些事情，我必须自己想清楚了，想正确了，才能去讲，否则出洋相不说，还会误了大事！"

"嗯，是这个道理。"陶老师说得很肯定，"不过，我给你个建议，你面对的大多数都是公司领导和中层干部，在宣讲时，可别真把自己当老师，而应该更谦虚一些。分析问题时，不要用说教的语气，要将心比心，明明白白地向大家表明是一起探讨，是对是错由大家一起来分析和判断。大家都是明白人，自然一点就通，表达的方式融洽，大家也好接受些，各人心中没有了那堵墙，也才能更容易达到你想要的效果。"

按照与何总商量的计划，宣传与贯彻课件我准备了八讲，每讲两小时。前四讲为公司管理体系基础课，因为何总经理特别强调过要从基础抓起，要求各级管理人员全面领会公司管理体系的逻辑关系，充分掌握自己的职责和工作程序，并了解与自己相关部门的职责和工作程序，做到知己知彼，便于交流、沟通与合作；后四讲，原本安排的内容较多，但晏董事长认为，培训可以分期分专题按计划开展，本期着重讲解策划的必要性，并结合当前实际，讲解理论方法，共同进行案例分析，群策群力，解决当前亟待解决的问题。

课件准备完毕，提交给何总经理和晏董事长审核，然后根据何总和晏董事长的意见，又进行了几次调整和补充，终于定稿。公司为提高第一期内部管理培训的重视程度，特别颁布红头文件，将培训安排在每周四下午的前两个小时，而不是像以往那样安排在业余时间。

终于，第一次课开始了。

我提前了差不多一刻钟来到会议室准备投影仪和音响设施，却发现几乎一半的人都到了，这使我感到很紧张。其实，投影和音响已经准备妥当了，在总经办文员的协助下，我笔记本电脑上的PPT也很顺利地就转到了投影屏幕上。

讲课，不，应该是陶老师所说的“共同探讨”，我此时已经厘不清该用怎样的方式和语气来讲了。我努力地想使自己镇静下来，就像个老师一样，先把讲台上的东西摆放有序，并把手表放到讲台上，以便控制时间。除了在电脑上和工作日记上温习一些重点外，我时不时地两手交叉放在前面，站在讲台上，放眼扫视个一两秒钟，装着不经意地巡视着课堂上的各级领导和同事们。然而，无论怎样，我的心脏还是不听使唤，突突地乱跳。其实，这不是我第一次在众人面前讲课，我已经讲过很多次课了，并且应对自如。这次主要还是因为课件内容和听众群体的关系，我对我的感受和他们的感受没有十足的信心。“说起来容易，做起来难啊！”我心想。

我不时地看一眼放在讲台上的手表，心想，时间一到，照着PPT念总可以吧？有什么好紧张的呢？

离开始还有两三分钟的样子，晏董事长进来了。通知不是要求副经理以上管理人员和内部审核员参加吗？到何总经理就到顶了，怎么董事长还亲自参加呢？

我赶紧从讲台迎上去跟晏董事长打招呼。

晏董事长看我走过去，赶紧向我一边摆手一边和蔼地笑着说：“小宁，你不用来管我，今天你是老师，何总是班长，我嘛，只是来帮你照看场子的。”

我一听，不免感动万分，心说，“真是难为董事长了！”我心里明白，晏董事长这是来给我撑腰的，虽然下了文件，但一些人可能还是只把它当个文件放在桌上，却并没有放在心上。这里连董事长都来了，其他人肯定多少要当回事儿。

我当时一激灵，脱口就来了一句：“晏董事长是校长，您来了，这又是第一讲，麻烦您先给我们做个指示吧！”我把无形的定心丸吞了下去，但并没有直接为此表达对晏董事长的感谢，以免弄巧成拙。

晏董事长一听，略显严肃地看了我一眼，“我更希望你能保持你一贯的实在作风，不要去学这一套花花肠子！”说着，晏董事长转过头扫视了一圈在座的人，看到何总和不少的领导都站起来了，就连忙用手示意大家坐下，然后转过来看着我，眼神中似乎是思考了一秒钟，就大步走向讲台，“好！那我就先说几句，开个场！”

晏董事长看了看投影屏幕上的主讲题目，然后回头面向大家，表情从刚开始的轻松变得严肃而凝重。“管理体系是一个企业运作的法则，是各级、各部门沟通合作的桥梁纽带。上下一心，沿着同一条路走，就很容易达到目标。我们是一个有国有企业背景的股份制企业，在经济浪潮中不断壮大，但随之而来的问题也显而易见。虽然目前企业形势一派大好，这些问题还很小，还不至于伤筋动骨，但久而久之，企业核心价值观就会动摇，到那时再来扭转，为时晚矣！”

晏董事长略微停顿了一下，台下鸦雀无声。“有问题并不可怕，怕的是回避问题，不去谋求改善。从我开始，虽然从事管理工作多年，但按国际标准建立的管理体系，在公司运作了五六年，我们其实并没有能够全面领会和掌握，这样的话，运行效果就大打折扣了。所以，要科学发展、与时俱进，就离不开学习。”

晏董事长转过头来看了看站立在一旁的我，然后回过头去接着讲道：“宁致远是公司管理体系的管理者代表，主持建立和推行管理体系是他的职责所在。他通过学习和考察，准备了这次宣传与贯彻活动。希望大家和我一道，先认真听讲学习，再共同分析探讨和改进我们的管理文件，使文件能切合实际，易于操作，也使我们的工作更合乎文件规定，目标更统一，使公司和我们每个人都有一个更好的发展。在此，我也代表股东和董事会感谢公司领导班子和他的管理团队所做的工作，谢谢并辛苦各位啦！”

台下掌声雷动。

最后，晏董事长还给了我一柄“尚方宝剑”，“管理学习是我们工作的一部分，应该高于我们其他的日常工作，希望各位能妥善安排，按时参加。除了重要的商务和会务出差，其他原因——哪怕是总经理未到，宁致远都有权利中止既定的计划安排，责任由缺席者负责。”

宣传与贯彻活动开展得很顺利，我准备的课件和临场发挥都超过了我的预期效果。

在基础方面，我基于管理“八项原则”，结合标准规定，从管理体系策划和文件建立、职责权限按直接高效原则分配、人力资源和设施设备建设与管理，到经营活动的开展特别是合同评审、设计和采购作为粮草先行的保障及意义、生产和服务一次性合格提供的保障及意义、过程和产品质量控制与管理，以及统计分析与改进如何提高下一个循环的起点等，做了较为全面的宣传与贯彻，并自始至终贯穿着这样一种管理理念，即通过提高内部和外部顾客的满意度，四两拨千斤，从而以最小的投入获得更好的效果。

在策划专题中，我把它融入设计、制造的各个对应阶段，以满足产品的开工及开工后的均衡、连续生产作业为目的，着重探讨基本的生产准备策划和保障，从最容易、最基本的策划工作开始，逐步全面开展。

生产准备是一项全系统、全过程、全方位的综合性基础管理工作，因而工作面大而全。虽然有许多教材和指导书对其进行了介绍，但都是提要求多、具体的方法——特别是简洁易行的方法太少，未能真正解决管理中的难题。因此，在管理中即使投入大量的人力，甚至成立专门的生产准备管理部门，也往往顾此失彼，达不到预期的效果。

要抓好生产准备，首先应分解出亟待解决的问题，以便作为准备的基础。按照“八项管理原则”和管理体系标准中的PDCA过程控制方法，生产准备工作属于P——策划范畴。策划应解决的问题是策划项目的确定和相应对策的确定，5W1H和5M1E分析法是解决这两个问题的两项常用技术。利用这两项技术可以科学分配公司经营生产行为的任务和资源，使一个策划做到尽可能充分和有效，即制定的策划在实施时不缺项，并有相应的保障措施。

在策划专题第一次课即将结束时，我复习了一下：“我们之前培训时讲到的5W1H分析法，也叫作‘六何’分析法，它将策划的项目分解成六个方面，即‘何人（Who）’‘何时（When）’‘何地（Where）’‘何因（Why）’‘何事（What）’和‘何法（How）’，就像小学生写记叙文一样，要表达清楚什么人什么时候在什么地方做什么事，怎么做，为什么要这样做。”

我看看在座的，心中忐忑，遂提议道："我今天重提这个分析方法，包括我在后面还将提到的5M1E，面对生产准备，其实我依然停留在理论上，毕竟我的本职工作范畴与实际的生产准备还是有距离的，更谈不上实践经验了。饭要一口一口地吃，所以我提议大家回去思考一个问题，针对自己的管理范畴，在这'六何'中，一起抓有难度，你认为首先要从何抓起呢?"

其实，一个粗略的计划，只安排"何时"做"何事"，如网络计划、大日程计划、中日程计划、日程计划等；"何人""何地"一般由生产或工程管理部门按公司人力资源状况和生产设施、设备状况自己去进行分配；"何因"与"何法"，即生产必需的图纸、采购清单、工艺文件、作业指导书、验收准则等，由设计部门，特别是生产设计部门来完成。

如果要编制一个完整的策划，就必须确定全部的策划项目，即解决"何人"于"何时"在"何地"按"何因"和"何法"做"何事"这一完整的问题。但作为生产准备，在管理发展的初级阶段，必须抓住重点和基础部分，即先从"何因"与"何法"抓起。

特种装备制造作为小批量、订货型、多品种、不稳定型生产产业，其策划管理影响因素很多。一成不变甚至少变的策划几乎是不现实的，必须以综合管理为主进行策划，而综合管理的基础就是5W1H中的"何因"与"何法"，这是生产准备的重中之重。

为了保证策划的实施，还应按5M1E分析法对影响策划顺利实施的因素进行分析，制定对策，即保证措施。

5M1E分析法本是将影响产品质量的因素归纳为六个因素，即"人（Man/Man-power）""机（Machine）""料（Material）""法（Method）""测（Measure-ment）"和"环（Environment）"，然后针对这几个因素进行分析，找出主因并制定相应对策的方法。但它同样适合于过程控制的各个方面，包括策划的控制。在5M1E中，"人""机""测""环"应是企业各制造项目共享分配的资源，即共性因素。而"料""法"是各项目特定的因素，即制造该项目必需的材料、设备、图纸和工艺文件等。在生产准备阶段，也可以先从主要矛盾入手，针对“料”和“法”这两个因素备齐材料、设备，以及相应的图纸、工艺文件、作业指导书、验收准则等。所以，“料”和“法”也应作为生产技术准备的重点。

通过宣传与贯彻，结合大家的思考和讨论，综合5W1H和5M1E分析法，“何因”与“何法”和“料”与“法”属于同一类。既然生产准备是作为生产策划的对策，我们就可以将“何因”“何法”“料”“法”统一到“料”与“法”，便于简化管理。

无论项目制造策划的5W1H和5M1E如何变化，一个制造项目的“料”和“法”对该项目本身是特定的和相对稳定的。这两个方面准备得好，是整个项目策划实施得到保证的基础。即使其他方面准备得不充分，也可以临时调整或弥补，使生产活动向前推进。反之，如果这两个方面准备得不好，其他方面准备得再充分，也没有实际意义，整个项目策划的实施基本上得不到保证。

根据以上的分解和综合归纳，在项目制造策划的5W1H六个方面和保证对策的5M1E六个因素中，决定先以“料”和“法”作为生产准备的主要内容，并以此作为生产准备的基础。基于此，我结合同事们的实践经验与要求，专门研究制定了一套通用生产准备管理模型，以方便各相应部门直接运用。

虽然，各项目生产准备的深度要求不同，但至少上述基础信息必须具备，以此保证一型装备在制造过程中所需物理量的齐备，并提供相应的图纸和工艺文件等。

当公司管理有更深入的和更广泛的发展以后，生产准备的其他因素，甚至包括合同管理、成本管理、计划管理、人力资源管理、生产设施设备资源管理、安全生产管理、职业健康管理、环境管理以及财务管理等，都可以在上述管理模型的基础上按相似性原理进行扩充。

一型特种交通装备的设计与制造管理非常复杂，且周期长，因此必须向前期细化管理争取效益。在前期细化管理中，特别是生产准备管理中少量的投入，将可能在后期设计与制造过程中节省大量的资源和缩短周期，使企业资金、设施设备、人力等资源得到合理、有效的利用，并减少制造过程中的管理难度和强度，提高各方面的效益。

“没有保证措施的策划，是难以实现的。”在宣传与贯彻结束时，晏董事长语重心长地总结道，“我们之前出现的问题，其实就是出现在这个保证措施上。我们在座的都是领导，安排工作不能只是安排谁去做什么事就完了，毕竟领导调配资源比做事的人去讨资源要容易得多，那我们就把做事的资源一并安排妥当嘛！工人干活顺手就顺心，效率就高，钱就赚得多了。小河里涨水大河里满，企业才能发展。所以，拜托并辛苦各位啦!”

本次针对策划，即生产准备的宣讲，其根本宗旨在于厘清生产准备工作的思路，使管理工作者能清晰、全面地开展生产准备工作，及时形成管理文件，充分、有效地指导和服务于生产，使生产活动顺利、高效地开展，最终获得个人收益和公司收益双丰收。

经过培训，结合管理体系外审后管理体系各级文件改进的时机，以及公司组织机构调整后管理体系文件要求相应调整的时机，经请示总经理同意，我改变了以前力求高效或者说图省事的做法，即由管理者代表亲自召集部分内审员来完成文件建立，改由各部门负责人亲自结合自身管理实务修订现行管理手册和程序文件，经分管副总经理审阅通过后，再由管理者代表召集内审员集中对照标准审核文件的符合性，最后由总经理审核批准。

我的这一想法，得到了何总经理的肯定和支持。只有通过自己亲自参与和主导，各部门负责人甚至是分管副总经理、总经理才会全面地熟悉和领会管理体系文件的精神，才能与全体管理人员有一致的管理思路，知己职责知彼权限，工作中才能有充分履职的主动性、监督和被监督的自觉性和紧迫感，管理目标的统一才能得以实现。

确实，这一做法所激发的推动作用，不仅在于各自去写好自己该遵循的管理文件，让文件很好地指挥自己部门的工作而不是捆住自己的手脚，更在于让大家能主动站出来互相促进和监督，让管理活动变得更有生机与活力。

文件修订工作还在进行过程中，在几次调度会上，当某一个部门经理在大谈困难或数落其他部门的不是时，如果他确实走了形，就时不时会有另一个人站出来让他打住，说这该是他自己的责任，并告诉他文件规定该如何去做。

工作其实都是实实在在的事，不是务虚似的理论研究，加上管理体系文件执行多年，其符合性、适宜性、充分性和有效性都经得起考验。只要大家都认真，就很容易达成一致。所以，会上遇到这种情形，活泼中一定透着严肃，有理有据，很容易地就能让问题迎刃而解。

唐朝柳宗元《种树郭橐驼传》有云："橐驼非能使木寿且孳也，以能顺木之天，以致其性焉尔。"说的是做事为人，犹如树木生长，当顺其自然。

清朝龚自珍《病梅馆记》惜曰："斫其正，养其旁条，删其密，夭其稚枝，锄其直，遏其生气，以求重价。"皆因"梅以曲为美，直则无姿；以欹为美，正则无景；以疏为美，密则无态"。好端端的一棵梅花树，被摧残成了病梅。

从管理理论来讲，不能全依着其天性，也不能矫枉过正，而应该综合这两种思想，让一棵树能够在合理的约束机制下正直向上，茁壮成材。倘若一颗小树苗，因为自然条件或其自身原因长得有些歪斜了，你只需在它身旁插上一支竹筷，用绣花线轻轻将小树苗绑附在竹筷上，它就能长直了。如果你不去理会它，顺木之天，待它长大到一定程度，已经不成形状了，当然不能成材，唯能成柴。而这时你想到要帮它一把，促其正直，就找来几根粗壮的木杠子甚至是钢管立撑在树旁，用粗绳甚至铁丝将树绑附其上，这可以导致两种结果：一是耐心地循序渐进，日复一日地帮它矫正，虽经数年，终于也能成材；而另一种结果是，想立竿见影，速见成效，铆足了劲想把它快点儿矫正过来，然而终因用力过猛，致树木夭折。

十年树木，百年树人。企业管理活动是由人来完成的，人也如树一样，必须在管理原则和管理体系标准的指导和约束下才能正直成才。

我所栖息并赖以生存的这棵树已经不小了，而我却只是一支竹筷，短时间内想轻易地撼动它实属不易。但我毕竟是一支竹筷，终究对它有用。况且，我已经不是当初被赶上树或者被抱上树的那只鸭子了。这棵树已经与我休戚相关，只有树好它的形，使它有个好树形，才有我的未来。

第三十三章　再造

小轿车在高速公路上疾驰，当然，一定是在罚款扣分的临界限以内，这是必须的，这是原则问题。其实，真正好好地去想一想，把车开得无原则了，你图个什么呢？你又能得到什么呢？我想，绝大多数人得到的无非是更加心烦意乱，甚至是灾难。而当你把车开得有原则了，你会发现，事情都变得既简单又容易，心情自然豁达开朗。

同事们经常会在一起谈论驾车的感受，一般都认为，这是自己能掌握的不多的几件事情之一，特别是在下班以后。上班时间，紧张忙碌的工作，还被领导呼来唤去，而下班以后，手握方向盘，一切都在自己掌握之中，那感觉就叫一个爽啊！

不过，我并没有这种强烈的感受。驾车确实是自己掌握，而工作分寸，其实也是自己在掌握，毕竟领导安排的事情，总还得你来执行并完成。如果自己的工作，还得要领导成天呼来唤去，那其实自己是没掌握好的。试想，有几个领导愿意成天忙得不可开交？真这样，又有几个人愿意当这个领导呢？

当然，当个领导，特别是中层领导，上面还有顶头上司，下面又有自己的队伍，真要掌握得好，那还是要些水平的。

“嘀嘀……”一阵长笛，一辆黑色轿车飞快地超过我，如闪电般消失在了前路远方。

看看路面，我的车又没有偏离车道压着线，干吗对我大声嚷嚷？看来赶路的人，不讲原则的还真不少。“十次事故九次快”“好事不在忙上”，这些至理名言要落实到行动中，真不是一件容易的事啊！

2008年对于中国人来说，是极不寻常的一年。年初的冰雪灾害，“5·12”汶川地震，全国人民都经受了巨大的悲痛。但北京夏季国际奥林匹克运动会正一天天走近我们，举国上下必须一边抓紧灾后重建，一边用火热的心情迎接奥运会的到来，满怀激情地迎接世界各地的客人。

早在两年前，公司完成股份制改造以后，为了顺应发展要求，集团公司已经在谋求企业的再一次腾飞。经过集团缜密规划，科学运作，在北京奥运会倒计时一百天，成功收购了省城却月市的另一家中型国有企业，成立了集团下属的又一个独立公司。

企业再次扩张，首先需要的就是管理人员。除了保留被收购企业的原班人马并重新任用外，集团公司还委派了董总出任新公司总经理，并在现有公司抽调了几位管理人员，补充到新公司相应岗位。由于新公司主要面对国际市场，需要有一定英语水平的管理人员，经过集团和公司经营班子研究决定，调我去新公司，并提升为副总经理，辅佐董总开展工作，分管技术和质量等部门，而且新公司管理者代表一职，理所当然地也落到了我的头上。

面对新的工作，我来不及做任何准备，哪怕是系统地想一想都不可能，因为我之前所有的职务中，除了监事会监事一职外，我承担的副总工程师、技术部执行经理和管理者代表等工作，甚至包括我手头正在设计的项目，都需要向继任者一一办理交接。公司也深知这一点，新公司筹备和接手后的前期工作都没有牵扯我。

新公司开张快半个月了，我在原公司的交接工作才完成。我婉拒了新老公司的迎送，只身驱车赴任，去至今仍未谋面的新公司开启我新的职业生涯。

按照同事们帮我规划的路线，GPS正在提醒我下高速。看来路程真的不远嘛！我都还没来得及去想象新公司是个什么模样呢！

下了高速，还有将近十公里的路程，基本上都是在市区行车，人生地不熟，还是集中精力好好开车。

“你已接近目的地，目的地在道路的右侧……”呵呵！GPS可真称职！

我收起油门，右脚放到刹车踏板上，提前打开向右的转向灯，放眼望向道路的右侧。在前方一百多米处，立着一幢高楼，楼顶立着崭新的标牌。我的心头不免一热，那就是我即将为之效力的新公司了！

新公司的前身是该市于20世纪60年代末期投建的，按现在我国国家经贸委、国家计委、财政部、国家统计局等颁布的标准，属于中型企业。该公司水、陆、空交通便利，距却月市中心城区和机场约80公里车程，有制造型企业优越的地理环境。

然而，该公司的转让毕竟是在其经营难以为继的情形下不得已而为之的。整个厂区除了有一栋不大的办公大楼、一栋屋顶局部坍塌的危旧仓库、一栋设备新购后一直不能正常运行的加工车间、四栋地面泥泞顶棚漏雨的老加工车间、两栋不知闲置了多久也不知作过何用的车间以外，近四百亩的厂区内约一半的面积杂草丛生。一批产品因管理不善仍未完工交付，成了遗留项目，业主们正巴望着我们能接手赶快完工。站在我办公室前的阳台上，放眼我们的新公司，其起点用“寒薄”二字都不足以形容其窘境！

“新公司成立后，感谢各位的通力协作，新旧交接工作已经顺利完成。现在宁总也到任了，新一届经营班子和中层干部班子都已到齐。俗话说，‘万事开头难’，最难的一个开头已经过了，厂区的状况大家也都了解了。我想我们先不要急于投入战斗，下一步如何布局，如何开展工作，我们来好好议一议，多花些时间在前面，后面就可以少走弯路。”我到任的第一个下午，董总经理就召集了中层以上干部会议，相互做了介绍后直奔主题。

我看着围坐在椭圆形会议桌周围的新同事，突然感觉到一丝紧张。是啊，刚入职那会儿，懵懵懂懂，傻不愣登，满心的都是喜悦和兴奋，可能也紧张过，但也许还真不知道什么是紧张，或者该紧张什么。而现在，已过而立之年的人了，本来工作得好好的，一直都是在一棵树上往上爬，自我感觉爬得还挺高的，可一下子就把你放到了另一棵树上，或者是自己飞到了另一棵树上，还攀了个高枝，真是有些紧张呢！当初真所谓“无知者无畏”，而现在，“高处不胜寒”说的可能就是我此刻的心境。看来，万丈高楼又得从打桩开始了。不过，这一次可不如从前，不会给我十五六年的时间，甚至一年都没有，顶多三五个月。这，我来之前还真没有想到啊！

我肯定是走了一会儿神，因为突然地被耳边激烈的讨论声惊了一下，偷眼观瞧，似乎大家的热情都很高，也没有谁专注于我的失态，方才释然。

“……我们之前还欠了不少外债，债主们天天打电话，已经问了我无数次了。有的已经发来了律师函，有的甚至去法院起诉了。我想，我们是不是先讨论个说法，我也好一一应对。”是分管经营和采购的副总，我看了一下我的会议记录本，对，是荆总，他是原来这家公司的高管，也算得是一员干将，还是我们的校友。本来调任我来新公司是分管技术和采购的，正是看了荆总的履历，考虑到他在采购方面相对于我更精通，且新公司还没有一个适合的人分管质量，我才跟董总经理商量进行职责调整的。

先前荆总说了些什么，别人都说了些什么，我不知所以，也顾不上自责，赶紧屏神静气，集中精力听，集中精力思考。

新公司刚开张，下锅的米在哪里都不知道，债主就上门了，这还真不是件小事！

董总经理刚点上一支烟，赶紧按熄在面前的烟灰缸里，看来事情确实太多，百废待举啊！

“欠债的事，连同前面各位提到的应收账款、遗留项目，就一并由荆总全权负责处理，逐个签订新的协议，重新约定期限，分步实施兑现。特别是欠债，小额的先付，大额的安排兑现第一期款，近一两周就完成，给人以信心。务必稳住阵脚，重塑企业的市场形象和声誉。不过，今天我想我们的主题还是应该放到‘发展’二字上，把下一步的方向定下来，也好分头行动嘛！”董总说得好像很沉着，但就我之前对他的了解，他的心头依然还是很沉重的，这从他重新点烟的动作上就能够看得出来。也是啊，这百废待举，能轻松得了吗？

作为管理者代表，本打算说一些建设性的话，给大家提醒一些思路，但此时非彼时，特别是我现在身为高管，初来乍到，觉得还是应该先多听听大家的意见为好，特别是多听听中层干部们的意见，毕竟他们是各部门的掌门人，苦乐自知。

余世维教授在培训时不是讲过吗？作为领导，要学会“静退”。其实，早在公元前200多年，韩非子在《主道》中即论述过“人主之道，静退以为宝”。即便知道了这个理论，但要参透并用于实际，还真不是件容易的事。就说我自己吧，以前虽说已是副总工程师，还是管理者代表，但在行政职务层级上仍然属于中层干部，所以，每每在管理评审或广泛征求民主意见之类的会上，理应主动谏言献策，为领导决策多提参考意见。但现在突然转变了身份，思想意识和管理意识就必须顺应转变，以适应新的岗位，才算得上称职。我一直不太认同对“屁股决定脑袋”的绝对否定。任何事情都是矛盾的辩证统一，你坐在什么位置上，本来就应以该位置上的规则去思考，但“屁股决定脑袋”中的那种官本位的思想，确实应该摒弃。

确实，作为一个新公司的第一次全体干部会议，大部分人员之间的相互了解都还仅仅停留在互相认识或仅仅是点个头的基础上，别说统一公司发展目标，就连燃眉之急的解决方案都难以达成共识。这个时候，要的是信念的支持和求同存异的大局观念，大家应该坦诚相见，各抒己见，不急于求成，但求离目标越来越近，会后多加思考，勤于调查，修正各自的提案，以最少的会议次数确定发展目标。

除了前面已经决定了的议题，大家讨论得最多的，还是如何尽快恢复生产，逐步展现公司欣欣向荣的景象，鼓舞士气，给广大员工吃一个定心丸。员工关心的可不仅仅是刚刚补发了的一个月工资，而是长远的生计!

但在谈到如何恢复和发展生产方面，生产部经理的意见就得到了很多干部的反对。这也不难理解，这个老公司的生产原本就是他主管的，虽说公司经营生产不善并不是他一个人的错，但作为一个制造型企业，把产品做出来，特别是把订单产品先做出来，是生存和发展的第一要务。反之，主管生产的管理人员都难辞其咎。当然，现在主管生产的副总，是跟我一样由我们原来的公司调任过来的郭总。之前他也是中层干部，在生产管理方面，特别是技术成熟的特种交通装备生产管理方面有很丰富的管理经验。但他的一些思想，也受到了质疑。毕竟现在的产品类型与他之前管理过的类型有不小的差距，况且现在生产管理战线上的中层和一线管理人员都是当地这家企业的员工，思维定式一时也还转不过弯来。

董总好像不经意地已经看了我好几眼了。我也知道，会开了快两个小时了，我除了自我介绍外，还一言未发。我大致扫描了一眼我的会议记录本，绝大部分人都发了言，看来我太过于专注静退，都快置身事外了。这在广泛民主讨论之类的会议场合，如此之长时间的静退，也是不合适的。

我喝了一口水，润了润嗓子，趁着一个合适的空当开始了我的发言。初来乍到，还没来得及跟董总和其他高管交流，本来我想着还是迂回一下，但想到郭总之前和我相互了解颇深，我们之前所做的工作相互都有所参与，所以我干脆直截了当，这也更符合我一贯的管理原则。

“我在原公司做过一些宣传与贯彻，包括管理体系基础和一些专题，比如策划、基础工业工程和精益生产等。在宣传与贯彻和讨论过程中，领导和同事们的一些看法和意见，使我的思路和意识也更加成熟，信心也更足。在后来的实践中也取得了不少成果，积累了很多宝贵的经验，所以……”我稍作停顿，环视了一下，因为我突然意识到，在座的各位，一半以上我还叫不出名字来，我说教似地来一通有没有意义？但看到大家伙儿都正专心地看着我，我就接着说道，“我觉得，我们目前面临的境况未见得就是坏事，千头万绪，我们就先抓主要矛盾。比如说，生产就是时下主要矛盾的重中之重。作为新公司，必须要有新气象，我们不妨干脆把它当作一张白纸，通过学习和应用精益生产模式相关理论与方法，先好好重新规划现有厂房和新建设施，再一边进行技术改造，一边恢复生产，一边新建。有时候，重新开始，思想可能更容易统一一些。如果把生产管理当作主线，那么人力设施、经营、技术、采购和质量等的管理就以配合它为原则进行开展，生产管理这个矛盾就容易得到解决。生产管理这个矛盾解决了，其他主要的和次要的矛盾，大多都会迎刃而解。”

可能我的提议，或者说我本人，都是新的，出乎大多数人的意料，一时各位面面相觑。这种情景，我虽有思想准备，但还是不愿意冷场，所以我看了看董总，就接着进行了补充。

“其实啊，这精益生产也不是什么新鲜玩意儿。丰田生产模式可能大家都听说过，精益生产是美国人的通用命名，得到了全世界的广泛接受。我国已经推广了二十多年，取得了不少成果，积累了不少经验，接地气的书也出版了不少。就在我们却月市，推行精益生产模式的企业也不少，我们的老大哥，也就是我原来的公司，也在推广。哦！对了，大家可千万别以为推行新的生产管理模式就是对过去的否定，恰恰相反，它是对我们过去的管理模式重新进行规整和发扬，所以，梳理好我们现在的辫子，是重要的第一步。”

经我这一补充，大家的讨论就又热烈起来，从之前以分歧为主，到现在以梳理好的方面为主，达成统一的方面越来越多。俗话说，“美言一句三冬暖”，在这种时候，还是往好处想，拈好的说，更容易让人接受，也不至于迷失方向。

会议持续了近四个小时，已经接近下班的时间了，董总情绪也很高涨，但总是要告一段落的。所以，他看了看手表，以鼓掌的方式打断了讨论，让大家安静了下来。

“今天的讨论很热烈，也很成功，这是个好的开端，不过，‘心急吃不了热豆腐’，我们这么宏大的事业，肯定不是一蹴而就的。大家的想法，要经过充分发酵，才会成佳酿，历久弥香嘛！”董总的表情也跟他的言语一样洋溢着热情，他清了清嗓子，接着说道，“我们企业的生产发展，在相当长的一段时间里肯定是我们管理的主线，它决定着我们的前途和命运，大家有这样的热情和积极性，我代表股东和董事会感谢大家了！”

说着，董总激动地起立给大家鞠了一躬，大家随即报以热烈的掌声。

董总经理以手示意，接着讲道：“今天宁总的提议，与集团公司领导的要求比较一致。是啊，毛主席在新中国成立之初就曾讲过，‘我们现在是一张白纸，但在这张白纸上可以画出最新最美的图画’。就是这种思想，我们的新中国越建越好。股东、集团领导、董事会都有这方面的要求，希望我们要比我们的老大哥转模来得更彻底些，正如大家所说，我们的薄底子，给了我们彻底转模的紧迫感，也给了我们彻底转模的机会。所以，我们一开始就要切实强有力地推进企业精益生产模式改造。”

大家的思想可能都被董总引用伟人的一席话提升到了一个新的高度，脸上除了激情，还多了一份严肃。

董总肯定也注意到了大家的状态，这肯定也给了他莫大的鼓舞。可不是吗？“一个篱笆三个桩，一个好汉三个帮”，要成就一番事业，光靠一个人的力量是不行的，必须要有一个战斗力强、同心协力的团队。董总按捺住自己的激情，在大家热情的基础上，对下一步的工作做了部署，“今天的讨论就到此。荆总的工作已经安排了。请郭总组织遗留项目的原班生产管理人员，先按既往的管理规定，从明天开始清理、恢复遗留项目的生产。我们手持的新订单，待规划出来以后再启动。请宁总准备一些素材，最好本周就给大家先讲一讲这个精益生产模式到底是个什么好东西。各位都结合精益生产的思想，通过梳理自己分管的工作，提出具体的思路。下周这个时候我们再一起讨论，争取有一个初步方案，特别是对那些新建的部分，一定要在规划方案经股东会和董事会评审通过后才能实施。无论如何，我们必须全力以赴地争取在新公司正式成立后的第二个月即开始步入发展的正轨。”

精益生产模式的宣传与贯彻，本不是一件容易的事，何况我并不是这方面的专家，甚至连个行家里手都说不上，顶多也就是在公司的管理人员中稍微多了解一些，加上现在面对的是相对老大哥企业基础更薄弱的群体，又要在极短的时间有所成效，还是得想一些得当的法子才行。

根据既往的经验，我觉得还是先根据自己对精益生产模式的知识掌握程度，结合对现有背景条件的理解，草拟一套初步实施路线，再结合理论，直接对路线进行贯彻，可能来得更快捷一些。这样既可以减轻同事们对理论消化的负担，更可以让同事们把本不充裕的精力放到具体方案的拟订上来，如此才能在短时间内拿出一套完整的方案，提交股东会和董事会审批。

生产管理和生产设施设备管理是郭副总经理的职权范畴，我宣传与贯彻所依据的路线是否合适，宣传与贯彻后所产生的效果是否显著，很大程度取决于郭总对路线的认知和认同程度。所以，这个基本路线，必须先与郭总沟通达成共识，并得到他的具体经验的充实，才具有鲜活的生命力。

好在我与郭总有六七年的共事经历，相互了解颇深，关系也很融洽，在路线交流的过程中，双方总体思路基本一致。对个别分歧，特别是在具体管理实务方面的分歧，郭总都能基于具体案例耐心地向我阐明他的观点，而我也可以从新旧模式的优缺点对比案例进行解释。双方对精益生产管理理论和实践认识的加深，使我们的思想更容易向一个方向统一。

当然，精益生产毕竟是一个有别于传统模式的新的管理模式。郭总年岁长我不少，经年的实践经验是他的财富，思维定式在这个年龄阶段相对更难以改变，所以在主要路线上，我们多少还是存在一些分歧。好在郭总管理素养也还深厚，对于精益生产模式中那些一时还达不成共识而又正是精益生产模式精髓的部分，他也能够充分尊重和理解我的意见。

“虽然这一套实施路线是基于精益生产管理的基本理论，但面对实际操作，也并不是一成不变的，精益生产管理理论本身就非常重视改进和提高，所以，即使在具体方案批准后，我们在实施过程中也不能完全照搬，要结合实际实时进行评价。必要的话，必须要对方案进行及时调整。”时间紧急，宣传与贯彻素材的准备熬红了我的双眼，在我把宣传与贯彻素材准备好以后，董总经理专门召集经营班子进行评审。会上，我特别强调了改进的必要性，因为这更有利于求同存异、统一思想，避免议而不决，能够促进初步方案早日达成。

第一步的宣传与贯彻主题主要围绕厂区技术改造和新建的统一规划，以产品实现的逻辑工艺路线为依托，图文并茂，从材料和元器件仓库、材料处理、加工、配套生产到总装车间，以及实验和试验车间等，描绘了一张新厂蓝图。在宣讲的过程中，激动之时，我似乎看到了现在杂草丛生的空地上，正在竖起一幢幢车间，听到了车间加工机械低低的轰鸣声，一时不免热泪盈眶。

对照蓝图，我结合基础工业工程理论，宣讲了一些可能引起误解或疑惑的精益生产理念，始终强调，每一个节点的管理者，心中应该有一张逻辑网络图。我们每一个管理者的管理工作都是与其他人息息相关的，一个节点的延误或断裂，将可能导致整个网络所有节点的延误或断裂，这是精益生产精髓所在。

比如说降低库存，它只是精益生产的其中一个手段，目的是为了解决问题和降低成本。但是，低库存需要高效的工艺流程、稳定可靠的产品质量来保证。如果在实施精益生产时，只是一味地去追求零库存，不先去改造工艺流程、提高产品质量，那我们的成本不但没降低，反而还将急剧上升。同时，为了达到降低库存和零库存的目标，我们不能将库存全部向供应商那里一推了事，而一定要理解，精益生产降低库存的目标是降低整个供应链的库存。如果不去改善管理流程，只是简单地将库存从一个地方转移到另一个地方，是解决不了任何问题的。试想，当我们供应商的成本负担加重以后，他们产品的质量和服务质量还能得到保证吗？这到头来受损的还是我们自己。

而当我们关注流程时，应以提高总体效益为目标，什么样的流程必定产生什么样的绩效。我们在改进流程时，一定要注意目标是提高总体效益，而不是提高个别部门的效益。并且，为了企业的总体效益，即使暂时牺牲个别部门的效益也应在所不惜。这就需要我们的管理人员要有大公的思想，要有全局观念，而不能各打各的“小九九”。

“大家可能也已经知道了，推行精益生产管理，目的是消除八大浪费，即企业中普遍存在的过量生产、等待时间、运输、库存、过程（工序）、动作、产品缺陷和忽视员工创造力等浪费。要消除这些浪费，绝非一日之功，但我们必须坚定信心，坚持不懈。只有从根本上消除了这些浪费，企业才会健康快速地发展。”在宣传与贯彻接近尾声时，我突然产生了一个深切的想法，本来在素材中没有准备的，但我认为有必要特别讲一讲，“那么，在这里我想着重强调两点，我们先从这两点抓起，其他的将会迎刃而解。”

首先，上级要尊重下级，敢于给下级授权，从而调动全体员工的积极性和主观能动性，提高全体员工敢于承担责任并敢于负责的思想。尊重员工就是要尊重其智慧和能力，给他们提供充分发挥聪明才智的舞台，为企业也为自己做得更好。按精益生产理论，推行精益生产的企业，其雇佣的应该是“一整个人”，而不仅仅是只雇用了员工的“一双手”。如果各级员工都能实行自主管理，在组织的职责范围内自行其是，那么，我们的这张网上的每一个节点就都充满了活力，连接节点的每一条线，不管上面流动的是人员、信息、材料还是过程产品，都将是顺畅的。我们不必担心因工作上的失误而受到不公正的处罚，坚信任何出错一定有其内在的原因。如果一错再错，那就说明根本原因还没找到并消除。只要找到了根本原因并施以对策，下次就不会再出现同样的错误。所以说，人是决定性因素，人的问题一定要放在第一位去解决。“解铃还须系铃人”，人的问题，自行解决将是最高效的途径。

而接下来的便是产品的质量，这是企业的生命线。精益生产要求关注的是全过程的质量，特别讲究一次性做对，保证整张网不至于断链。我们的意识和行为一定要统一到“质量是制造出来的而不是检验出来的”这一关键思想上来，要真正理解检验发现不合格再去纠正只是一种事后补救，不但成本高，而且无法保证不出差错和不再出差错。因此，应将产品质量内建于精益设计、精益流程规划和精益制造当中去，建立一个不会出错的质量保证系统，一次做对。精益生产要求做到低库存甚至零库存、无间断流程，我们只要稍加思考，就可以想象得出，如果哪个环节出了问题，后面的工序，甚至整个网络就将全部中断或停止，所有的浪费都将如毒瘤一样疯狂地冒出来。

“所以，”我觉得，虽然我的准备还算充分，但大家能够理解到什么程度，依然还得靠各位的意志，所以我最后还是要再一次强调领导作用和过程控制的关系，而不能是领导们经常奉行的只看结果，“精益生产必须建立在全过程高质量的基础之上，各级领导必须要重视所管辖的过程和环节，而不能仅仅是重视想要得到的结果。否则，无论我们的厂区建设得多么完美，我们的流程规划得多么无懈可击，精益生产都将只是一句空话！”

我的首次宣讲结束了，董总经理带头以掌声给予了肯定和鼓励。

最后，董总满怀希望地做了总结发言，“我们的企业依存于满足顾客的需要，从而源源不断地获得订单，获得收益，并持续满足全体员工的美好愿景。我们相信，只要我们从宁总上述强调的两点入手，我们就将会有一个良好的开端。我们的精益生产模式将顺利得到推广，我们的新公司也将很快步入良性发展轨道。只要我们坚持不懈，我们的企业必将实现永续经营的远大目标。”

按照我宣传与贯彻的基本路线，各部门的议案很快就书面提交到了总经办。总经办连夜组织归纳，形成了一个初步方案。在上次会议规定的时间，总经理召集了我们公司中层以上干部，以及部分职工代表共同开了一个扩大会议。

正如一首歌所唱到的，“家是小的国，国是大的家”，我们公司的这次会议，无异于国家的“两会”，决定着公司的发展和前途。

由于前期对总体路线沟通得当，通过路线和理论的宣传与贯彻以后，各级各部门准备充分，总经办综合提炼出来的方案，通过近三个小时的逐条讨论和现场修订，最终获得了通过。

在方案提交到股东会和董事会以后，领导们也没有丝毫的耽搁，加班加点进行审议，第二天下午就通过了经股东会和董事会最后修订定稿的实施方案。

接下来，对照批准的实施方案，跟随企业精益生产技术改造第一期规划建设的实施，我又组织了几期宣传与贯彻活动，使新公司生产模式的转型顺利得到开展。

在举国庆祝北京奥运会的巨大成就，庆祝“神舟七号”载人航天飞船成功发射，庆祝党的十七届三中全会胜利召开时，通过三个多月的紧张工作，战高温冒酷暑，我们完成了企业精益生产技术改造第一期规划的建设，并实现手持订单过五亿，开工项目达三亿的开门红。

第三十四章　青枝之上

远城区的天空虽不如遥远的乡下那么纯净，但相比中心城区却要好得多。

今天是一个晴朗的初夏日子，我站在办公室前的阳台上，抬头望向天空，蓝白分明，几朵白云悠悠地挂在那里，好像一动不动；放眼远眺，掠过波光粼粼的江面，远处低矮的山峦分明而苍翠；再看远一些，一直看到天边，蓝色的山脊与蓝天已经分不清了。

我收回视线，突然觉得好像还是第一次这么近、这么清晰地看着新公司的厂区，第一次发现我办公室前的视野是如此好。修缮一新的老厂房，和第一期建设好的新厂房，已经投入正常运转了。第二期的建设也已过大半，正在进行收尾和生产设施设备的安装和调试，一个新的企业马上就要建成了。

我刚刚接到质量管理部同事的报告，就如同一个埋头走路的人，忽然听得一个响指，遂转过身形，才来到这里。我再一次抬起头，发现几只叫不出名的鸟，正漫无目的地上下翻飞，搅动着蓝天和白云的宁静。

理想和现实总是矛盾的统一体，如影随形，那是自然现象，关键在于转化，而想逃避或消除，是绝不能如愿的。

企业精益生产技术改造第一期规划的建设完成后，公司一边进行下一步规划的建设，一边在已经具备生产条件的厂区投入产品的生产。要说这精益生产模式可真是一台极好的管理机器。首先，从设计开始，设计图纸按照既定的模式表达生产信息，生产车间按部就班地将生产能力提了上去。刚过半年时间，新公司的月均产能已经超过了老大哥企业。我原来的领导和同事们一开始还经常来新公司考察和检查工作，后来就转向号召向我们学习了。

企业在发展之初，员工情绪激昂，热情高涨，战斗力（或者说执行力）就强。企业的管理体系一直在强调“坚持不懈”“长效机制”等，无论是战略还是战术，即使再完美，其实还是难以抵御一部分人潜意识里的惰性的。对于这一类人，“重赏之下必有勇夫”也只能解得了一时之困；再严苛的责罚，也只能挡得了一时之过。要想严格“能者上，庸者下”制度，由于没有合适的储备，如果把这个人撤了，一时又还找不到一个合适的人顶得上去……

部分人的这种惰性，还在第一期规划建设过程中就陆续复苏了。当然，这也是自然而然的事。但作为管理者，特别是高层管理者，可千万不能有半点的忽视，否则，这些高层管理者思想上的惰性一样会占了上风，那与这些普通人又有何异呢？更何况，高层管理者思想上的惰性所导致的危害程度，与普通人思想上的惰性相比，因职务高低至少是呈现出几何级数的关系。正所谓“头摇一尺，尾摆一丈”，对企业的影响可想而知啊！

长效机制的关键，其实根本还在于适时地紧螺丝，上紧箍咒。还是那句话，“管人先管思想，管思想重在教育”！人在路上走，总有走偏的时候，只要及时发现，及时被拉回正途，或者及时自己折返到正途，就能好好地走下去。这就是通过教育提高意识形态后，批评和自我批评所发挥的作用。

教育的主要职责在公司人力资源部，但作为公司管理者代表，不仅仅是主持完成建立管理体系那么简单。其实，管理体系运行总体监督和改进职责更为重要，这是管理体系长效机制的关键。

然而，作为分管技术和质量的副总经理，我在完成了企业精益生产转模宣传与贯彻和总体发展规划方案制定以后，便全身心地投入技术研发部和质量管理部的规划和建设之中。特别是技术研发部，被收购的这家老企业基本上缺乏该建制，完全要从头建设。同时，一边完善部门建设，一边还要主持指导刚建立起来的技术研发部完成公司工艺技术方面的作业指导书建立，以及主持指导质量管理部完成企业质量标准和相应作业指导书的建立工作，所谓“兵马未动，粮草先行”，生产工作的开展都在等着这些粮草呢！

现在，随着企业设施建设接近尾声，我们的产能还将进一步提升，但技术人员的引进和培养，可不像建设厂房来得那么快，也远远跟不上生产人员和生产管理人员引进和上岗的速度，目前已经捉襟见肘。等到二期产能上来，如果技术人员的引进和培养没有突破，必将成为企业发展的一大瓶颈。

所以，我这段时间的精力中，只有十之一二放在我分管的质量管理部上，其余十之八九都放在了我分管的技术研发部上。

而我的管理者代表职责不幸掉进了“惰性”的陷进。

我再一次放眼看向远方，努力分辨出蓝色山脊在蓝天下的轮廓，深深地呼吸了几口温热的新鲜空气，尽量让自己的心情朗润起来。

分管人力资源部的乔书记的办公室在我楼下，我赶得好时候，正好他刚从生产现场回来，忙了一身汗。

“宁总最近好像特别忙啊！你上一次是什么时候来我这里的呀？都不记得了吧！”乔书记一口气喝光了茶杯里的水，一边续水就一边跟我说着话。

乔书记比我长了十来岁，刚刚50岁开外，也正是干事业的好年月。不愧为书记，国有企业的正统思想加上股份制企业的灵活多变，工作中，在人的思想管理上很有些造诣，而在生活中呢，也是个贴心人呢！

“是啊，我刚才差点没走错门呢，呵呵！”我接过乔书记给我倒的水，顺势就坐在身后的木质沙发上了。

“来，再‘腐蚀’一下！”乔书记说着，一支香烟就飞了过来，我赶紧伸出右手笨拙地接住，左手茶杯就荡出了不少的水，引得乔书记哈哈大笑，直说没长进。

我不好意思地说道：“我还真就只吃书记的这一套‘腐蚀’呢！啥时候你见过我吃了别人的啊？所以嘛，手生着呢！”确实，我基本上不属于烟民，除了偶尔陪乔书记抽上一支，其他时候，还真难得看到我嘴上叼着香烟，公共场所是绝对没有的。

一阵寒暄过后，老乔言归正传，问道：“宁总是个大忙人，在原公司就有‘影子’的称号，上班时候来看我，准是有什么要紧的事了，并且我还脱不了干系，是不是啊？”

我脑海中一忽闪，几年的光阴荏苒如电影快放而过，不觉心中又有些不好意思地说道：“老乔啊，说真的，我这几年来，大小也算是个领导，还忙得这步田地，感觉失职啊！队伍没带好，战斗力不济，就忙我们自己了，我就是为这些事来找你商量的。”

我浅浅地吸了一口烟，没把持住，呛了一口，引得老乔又是一笑，我也傻笑起来。

“是啊！我是抓人力资源管理的，把人变成有用的资源是我的中心工作。虽说各级、各部门也有带队伍的职责，但主抓还在我这里。所以，这要说失职啊，首先脱不了干系的就是我！”老乔心头压力也不轻，抽了一口烟，胡乱地吐了出来，顺手把半截子香烟摁在面前的烟灰缸里了，“我刚从现场回来，愈发发现老毛病抬头的迹象日趋严重呢！”

我深有同感地说道：“我也是啊！我分管技术和质量，管着生产的两头。这图纸不及时发下去，生产就张着嘴嗷嗷待哺；而这质量没上来，不合格就不能放行，又把生产憋得脸红脖子粗。但产品的实现过程又不是我一个分管领导能全盘负责的，而总经理和董事会看的主要还是结果，我感觉我肩头的担子越来越沉，都快迈不动腿啦！”

“宁总啊，不是我说你，你也别总是把责任往你自己一人身上揽嘛！也千万不能当老好人开闸放水。”老乔说着，从旁边拿过来一本书，翻到有折页的部分，接着说道，“新公司成立后，股东和董事会的要求余音犹在，但给我们的提醒也更深刻，希望我们打造学习型的团队。只有通过学习提高思想认识，才能把老的不良习气逐步改掉，并通过认真领会精益生产管理模式理论来指导建立我们的管理体系和管理团队。只有这样，各级、各部门也才能自己管好自己的“一亩三分地”。可现实也正如史蒂芬·柯维在这本《高效能人士的七个习惯》中所说的，要改变一个人的思维定式可真不那么容易啊！”

《高效能人士的七个习惯》是我们公司中层以上干部定期学习的教材，我们采取集中学习，课后思考，再集中讨论的方式，力求各位能够尽量深入地领会其精髓。特别是讨论，各人都是基于自己的工作，结合工作中的实际问题进行分析，所以效果还是较好的。

“这本书我们集体学习才过了一半，但我个人已经全部学习完了，特别是结合这么多年管理者代表的工作经验，我觉得美国人把它比作《圣经》还真不为过呢！”提到这本书，我心中泛起一阵激动，“书中对成功人士从依赖到独立，再从独立到互赖的自我提升历程，很好地阐述了个人与团队的关系，以及个人与团队的成长，也契合管理‘八大原则’中领导作用和全员参与的要求。其实，很多管理理论都是相通的，但要真正领会才有用。就如面对‘木桶理论’，不能只简单地想到长短不一的木头做的那个桶，而要从桶板的独立特性和相互关系这一表象深入领会其寓意，‘仁者见仁，智者见智’都行，只要透过现象去看到了本质就好。”

一句广告语同时涌上了我的心头，“可是，‘不看广告看疗效’，结果说明一切。不少人还没跟上，也许有些人压根儿就没想过要跟上。理想与现实的差距还不小呢！”我顿了顿，喝了一口茶水，“也是啊，‘坚持不懈’这一要求不就说明了这个转变的过程本身就具有其‘漫长’的特点吗？光‘恨铁不成钢’也不行啊！”

老乔重新点上一支香烟，我才发现我的那一支不知何时已经燃尽，烟灰掉了一地。我不好意思地把烟头丢进烟灰缸，掸了掸洒落在衣服上的烟灰。

老乔深吸了一口，接着我的话说了下去，“我们新公司成立快一年了，成绩还是主要的，公司目前总体上正红火，积极性依然很高，我们还是有信心把它搞好的。只是我们需要及时纠正刚刚重新冒头的不良习惯，把公司继续往好的方向引导，我这个书记要做的确实还有很多。目前的偏离看起来虽然还不严重，但你我心中是明镜一般啦！纠偏已经是燃眉之急。”

“是的，我今天来找你，其实就是为这件事。”我重新理了理思路，回归正题，“我的质检员今天专门来找我，我可不想把这说成是打小报告啊，总得要有人向上反映实际情况嘛！他跳过了他的经理来直接跟我讲，肯定是有他的道理的。”

我喝了一口水，接着说道：“质检员刚在现场与工程主管闹了点矛盾，工程主管认为他故意吹毛求疵，还放出话来，说要是影响了工程进度，由质检员负责。其实，这件事我在现场基本了解清楚了，产品质量确实是有问题，但这个工程主管对质量要求的理解与质检员的理解不一致，就互相顶住了。我在质管部的会上多次强调，质量确实是做出来的，但质量管理的主责是我们。我们不能只在事后去把关，而应把工作做到前头，提前做好质量标准的贯彻，及时发现工程管理人员和工人在质量标准要求领会等方面的问题，事前沟通明白。否则，工件都做好了，工人的劳动付出了，被质检员打了‘不合格’踢了回去，工人心里肯定不好受嘛！进度上不去，工程主管两头不是人，有几个能有好态度呢？”

我似乎讲得口干，不觉又喝了一口水，看了看老乔，他正看着我，知道我还有话要说，于是就继续讲道：“可回过头来讲，我的质检员也对我喊冤，说什么我的胳膊肘往外拐，只想替别人着想，说我们自己的工作量也很大，人手比生产管理人员少多了，一人管好几个项目的检验，过程监督哪里忙得过来呢？再说了，我们去给他们上课，人家还不领情，有的甚至说我们管得宽，手伸得太长。”我摇了摇头，“呵呵，他哪里知道，我前两天与管生产的老郭聊天，这老郭还总说我‘护犊子’呢！唉，这人心，看来还真不是一日之功啊！”

“嗯！这我们其实都能够理解，各人站在各自的立场，其思想觉悟的高低不同，决定了其思考的事情其实是不一样的。”乔书记用手指了指我，笑了笑说道，“我们都知道宁总的觉悟高，能够处处从大局全面着想，所以你能够坐到副总的位子。但不是所有人都有这么高的觉悟啊——包括我自己。所以呀，即使出现这种情况，我们也只能从我们自己的工作入手，积极引导以提高大家的整体素质，真还不能轻易去批评他们。否则，不但他们难以理解，甚至更加消极呢！”

老乔重新拿起了那本书，指了指翻开的那一页说道：“我想在本周的集中学习时间组织专门针对关注圈和影响圈再来一次讨论，你看如何？你也准备一下，有针对性地谈一谈。毕竟你是管理者代表，管理思想比我们要来得更系统些。我们人力资源部在培训方面只能起到组织作用，对片面的管理理论教育还可以，但专业性强、针对性强的课题，还得你们这些高级工程师级别的人来执教鞭啊！”

“好，我在所不辞。其实，这也是我职责的一部分呢！”我非常赞同老乔的这个提议，一听到这个提议，心中不觉都已经开始筹划我的讲义了。

简单地说，关注圈内的事就是我们正在关注的那些事。但是，我们关注圈内的事不一定都是我们该关注的，比如各种八卦绯闻、伊拉克战火等。而我们该关注的事并不一定都在我们的关注圈内，比如说车间禁止吸烟，但总有人在违反。关注圈内的事有些是我们能控制的，有些是我们不能直接控制的，还有一些是我们不能控制的。那些关注圈内我们能控制的事，就划归到我们的影响圈了。

影响圈是管理手册中给我们规定的主要职责，这些主要职责一定要全部纳入影响圈内，否则就是失职。

关注圈内那些我们不能直接控制的事，一般都是别人的主要职责，但却与我们的影响圈有关，那就是我们的次要职责。协助做好关注圈内那些我们不能直接控制的事，即履行好我们的次要职责，就可以扩大我们的影响圈。

我们从事的工作，很多都是靠一己之力或一个部门之力不能独立完成的。比如产品制造是我们生产部门的主责，产品质量管理是我们质量管理部门的主责。产品不合格，生产部门向质量管理部门报检通不过，就成了双方的事。如果质量管理部门检验通过了，甲方的检验通不过，那又成了质量管理部的事，但返工整改还是生产部门的事。

这其实就是环环相扣的责任，因为各自的影响圈都不是相互独立的。如果各方只关注自己的主责，对与自己相关的次责漠不关心，甚至主责都执行不到位，那么，谁的工作都做不好。比方说，如果质量管理部门在开工前对质量要求和控制方法向生产部门进行交底，让生产管理人员和生产工人真正领会并掌握了，在生产过程中，质检员对产品质量发展趋势进行跟踪监督，对不良的发展势头及时遏制；同时，生产部门认真消化质量要求和工艺文件，在技术部门和质量部门的交底过程中多多沟通，并向下贯彻到生产工人，在生产过程中认真执行工艺纪律，工程管理人员做好工艺纪律检查，对质量发展趋势做好指导和监督，那么，我们生产部门和质量管理部门双方的目标就都能很好地实现。

扩大我们的影响圈，一开始可能意味着我们更多的付出，但综合起来，我们的控制能力增强了，实现主责就会更加容易。

我们不该关注的事，有些我们关注了，留在了我们的关注圈里，作为茶余饭后和工闲时间的谈资，并不影响大局。不过，不该关注的事应该将其清除出自己的影响圈，否则会分散我们的精力，甚至可能会左右我们的思想，并且还会破坏了别人的影响圈。

那么，为什么我们的影响圈越来越小了呢？或者说，为什么我们做事越来越困难了呢？或者要么无所事事，要么举步维艰？因为这种人总是容易消极对待工作，包括对我们的主责工作有畏难情绪，并且总是容易想到去找客观原因搪塞，特别是我们不能直接影响的事，认为都是别人的事。我的主责没完成，都是别人的工作没做好而耽误了我的工作。

当我们面对事情特别是困难，如果都有“我可以”的雄心，那我们就可以由内而外改变自己的意识和能力，让自己能更好地履行职责，做好自己该做的事，我们自然而然地就会正面去影响周围的人和事，我们就可以不纠结于所处环境，不纠结于领导的严苛言行和同事的误解、挤对，我们就不会去关注那些本不该关注的事，那我们就可以有更多的精力去关注那些本该关注的事，我们就可以扩大我们的影响圈。

而当我们面对事情特别是困难，心里想的都是“如果”——如果不是领导瞎指挥，如果不是同事不给力，如果不是天气惹的祸，如果不是工人没做好，如果不是质检员总爱挑毛病，如果……我不就能按时完成我的任务了吗？我们满脑子真的都这么想，那就真的完不成任务了，我们的影响圈就会理所当然地越来越小。

更有甚者，当我们面对事情特别是困难时，心里总是担心做得越多就会错得越多，总是想着多一事不如少一事，甚至都忘了去想“下一次还有没有任务分派给我去做”，我们的影响圈就没有了。也就是说，我根本就没有存在的必要了。那么，等到下岗的那一天，泪水能解决问题吗？

老乔组织的这一次关于关注圈和影响圈的讨论，同志们表现得都很热情，很坦诚，也都很积极。在讨论时，大家都能够开诚布公地说出自己的不足，罗列自己在哪些工作上，特别是次责工作上还可以进一步做些什么，也会相互补充一些他人关注圈甚至是影响圈里的漏项，并进一步讨论了对管理手册和作业指导书的调整，以便更直接、高效地指导我们的工作。

这就说明，各人其实在大面上都还是以正统思想为主的，都对自己的工作有较清醒的了解，并且对失职可能导致的后果有正确的认识。但是，一以贯之的坚持还是不容易，惰性比积极性来得更轻松，所以警钟还是要经常性地敲响，有时候，即便是响鼓也得用重锤。

理论贯彻必定要辅以实际行动，以榜样和模范带头，才能真正得到推行和发扬，也才能收到预期的效果。我作为发起人之一，当然不能做“行动的矮子”，肯定要从自己的工作做起，从自己分管的部门做起。我想，技术研发部作为“粮草”部门，并且还是其他部门的台柱子，其作用的改善将有明显的推动力。何况，技术研发部有公司最高教育层次的人员，更容易推行，也更责无旁贷。

由技术研发部组织，通过对前一个时期公司精益生产模式的运行情况进行分析，总结了优点和不足，进一步深化了精益设计策划，结合公司生产设施设备和生产工人的能力，把公司设计建造的各型特种交通装备进行分类，形成各自独立的精益设计标准模式。

对于不同类型的精益设计标准模式，又采用相同的工艺路线，即将整体装备划分成逻辑性相对独立的模块。每个模块又按各相关专业统一进行工序策划，使各个模块可以同时投入并行作业生产，然后再将模块搭载起来完成总装。同一类型的装备安排好节拍顺序，同类型模块定置生产，流水作业。如此，计划和生产负荷安排相对平衡，理论上讲，整个生产周期就可以大大缩短了。

针对每一个模块，按专业把零部件图纸和组件图纸分解和组合得更合理，把指导性工艺要求写得更明确，把材料和组件、配套设备等清单分门别类列得更完善。一个模块的设计完成并将图纸发放到车间后，就设计思想、工艺要点和质量要求等对生产部门进行有针对性的宣传与贯彻、培训和现场指导。这样一来，生产部门的生产准备工作更充分了，生产管理人员和工人的工作开展更有目的。产品质量，特别是一次性检验合格率大大提高。这样一来，生产部门的实际生产周期确实在不断地缩短，越来越接近计划预期。

而对于技术研发部而言，这种付出很快就得到了回报。生产部门的实际生产周期的缩短，反过头来，在整个订单的合同周期内，留给技术研发部的设计周期就更充裕，就更能保证设计的质量和完善程度。在设计图纸下发后，修改和返工大大减少，不仅使部门间的矛盾得到了化解，也大大提升了设计人员的成就感。

部门绩效的提高意味着员工收入的提高，更加激励了设计人员的进步。部门的发展总算是步入了快车道。

技术研发部的进一步发展，更进一步地推进了生产，并提高了相关部门的工作绩效。如此一来，各部门就都步入了轻松且高效的工作轨道。

在技术研发部精益设计模式改进初见成效后，我随即发起了质量管理部精益质量管理模式改造。基于技术研发部模块化精益设计策划结果和工艺要求，质量管理部按照模块分解质量标准和精度控制标准，以保证模块无余量或少余量搭载总装。

在质量标准和精度控制标准下发后，质量管理部也集中组织了标准培训，并分项目由质检员进行班前现场指导。同时，由人力资源部组织，对生产工人，特别是有持证上岗要求的工人，如电焊工、行车工等，分期进行了培训，并按月组织考核，对水平提升达到更高一级的工人进行升级加薪，而对水平下降的人员，进一步培训，如仍然不符合要求的，则降级、降薪或转岗。

通过这些实实在在的措施，产品质量提高得很快。一些检验环节，甚至是业主驻厂代表或第三方检验机构的检验环节，逐步降低了检验频次，有的已经获得了免检资格。产品一次性检验合格率的提升，大大促进了生产进度。在质量和进度提升后，我们公司的经营竞争力和市场声誉也蒸蒸日上。

企业的发展，人是决定性因素。一个人的能力和意识提高了，通过次责的发挥，就扩大了他的影响圈，对他自己主责的推动作用同样是非常积极的。

一个人的影响圈逐步扩大，他对企业的作用也就越大。

创业阶段的艰辛终于告一段落，我站在青枝之上，举目四望，一片金黄。

后　记

珍爱自己

——怀念我的父亲

一只鸭子，无论栖息于寒枝，还是游戏于春江水，珍爱自己，就懂得为了生计去扑腾，去进取，就会有适合于自己生存的广袤天地。

为人子，为人女，珍爱自己，才明白“对得起自己”的真正含义。一副好的身板儿，一份熟谙世事的觉悟，满腹经纶，志在四方，发展于四方，父母亲友纵然牵挂，却不担心。

为人夫，为人妻，珍爱自己，必得一份愉悦的心境。愉悦了自己，愉悦了自己的另一半，成双戏水，比翼翱翔，虽人生苦短，却爱意绵长。

为人父，为人母，珍爱自己，就有一对呵护家小的温暖翅膀。已然迟暮，少一些操劳，多一份慵懒，其乐融融，陪伴子孙，他乡游子倍思亲，却安心。

自己于社会，沧海之一粟，珍爱自己，便是益友、良师、高徒……珍爱自己，虽渺小，光与热却播洒四面八方。

珍爱自己者，懂得珍爱他人。

珍爱自己，是大爱。

作者于2017年3月20日